Ullstein

DAS BUCH

Helena Abschied, Lehrerin, 35 Jahre alt, ist der reinste Engel. Das typische Frauensyndrom, es jedem recht machen zu wollen, tobt sich bei ihr gründlich aus. So kriegt Engelchen Helena bei allem immer nur das kleinste Stück vom Kuchen, und zu Hause muß sie ihren Freund, den Möchtegernübersetzer und Pseudoniederländer Willem, durchfüttern. Als dieser sie dann auch noch mit ihrer eigenen Schwester betrügt, steht für Helena eines fest: Man muß ein Biest sein in dieser Welt! Doch die Verwandlung vom braven zum bösen Mädchen will gelernt sein, und so gibt Helena eine Anzeige mit dem Titel »Biete Flügel, suche Hörner« auf. Maria Gnädig, eine toughe Ex-Pfarrerin, die die Männer wie die Puppen tanzen läßt, zeigt Helena, wo's lang geht. Doch die biestige *femme fatale* hat die Gelehrigkeit ihrer Schülerin bei weitem unterschätzt.

DIE AUTORIN

Eva Klingler, Jahrgang 1955, lebt als freie Journalistin und Autorin in Baden-Baden. Sie hat bereits mehrere sehr erfolgreiche Romane veröffentlicht, zuletzt bei Ullstein: RECHTSANWÄLTE KÜSSEN BESSER (UB 24242), UND TSCHÜS, MEIN LIEBER! (UB 24355) und MÄNNERSPAGAT (UB 24576).

Eva Klingler

Biete Flügel, suche Hörner

Roman

Ullstein

Ullstein Buchverlage GmbH & Co. KG,
Berlin
Taschenbuchnummer: 24668

Originalausgabe
November 1999

Umschlaggestaltung:
Bauer + Möhring
Illustration: Thomas M. Müller

Printed in Germany 1999

Gesamtherstellung:
Ebner Ulm
ISBN 3 548 24668 0

Gedruckt auf alterungsbeständigem
Papier mit chlorfrei
gebleichtem Zellstoff

Die Deutsche Bibliothek –
CIP-Einheitsaufnahme

Klingler, Eva:
Biete Flügel, suche Hörner :
Roman / Eva Klingler. – Orig.-Ausg. –
Berlin : Ullstein, 1999
(Ullstein-Buch ; Nr. 24668)
ISBN 3-548-24668-0

Kapitel 1

VERMEIDEN SIE ES, AUF AUTOBAHNEN UND LANDSTRASSEN LASTWAGEN HINTERHERZUFAHREN, AUF DENEN GROSSE MINERALWASSERFLASCHEN PRANGEN. DAMIT PROVOZIEREN SIE EIN VOLLKOMMEN UNNATÜRLICHES DURSTGEFÜHL!
(*Britta*, Dezember 1999. Im Ratgeberteil alles zum Thema »Fit for a better life – Wie Sie sich vor Konsumterror schützen«)

Helena Abschied starrte wie ein hypnotisiertes Kaninchen nach vorn, wo ein riesiger Sauerbraten vor ihr hin und her schaukelte. Sie schluckte trocken. Drohte zu verhungern. Wo man diesen Sauerbraten wohl kaufen konnte? Ein Königreich für einen Sauerbraten mit Rosinensauce.

Helena bog in eine Seitenstraße ab und wartete, bis das Geräusch des Sauerbratenlasters in den Straßen von Karlsruhe verebbte. Wie gut, daß sie sich vorgestern, gerade noch in letzter Minute, bevor der Supermarkt schloß, dieses neue *Britta*-Heft gegönnt hatte. Zugegeben, fünf Mark sechzig waren ein stolzer Preis für 100 Seiten Werbung, 50 Seiten Frisuren und ein bißchen aktuelle Wintermode in zarten Pastelltönen, aber der Ratgeberteil – stets in Rosa gehalten und zum Heraustrennen – war diesmal wieder einmal hervorragend ratgebend gewesen.

Und da konnte Helena nun wahrhaftig mitreden!

Seit Jahren schon war sie Expertin, ja geradezu intime Kennerin einer jeglichen Zeitung und Zeitschrift. Sie las sowohl die Klatschpresse, in der das stets gefährdete Wohl und Wehe der Grimaldis und der Windsors breitgetreten wurde, als auch die teuren Hochglanzmagazine, und zwar sowohl in- als auch ausländische. Sie hatte sogar die *Ebony*, Amerikas einzige große Zeitschrift für Farbige, abonniert. Einmal im Monat brachte ihr der Postbote das Heft mit den vielen schönen schwarzen Models. Sein Gesicht blieb dabei völlig unbewegt, doch Helena konnte jedesmal ganz deutlich erkennen, daß die Zeitschrift schon durchgeblättert worden war. Aber sie beschwerte sich nicht. Es hätte sowieso keinen Sinn gehabt. Helenas wahre große Liebe galt jedoch nicht derlei Luxuszeitschriften, sondern der sympathischen, frischen Frauenzeitschrift von nebenan. Die hieß wahlweise *freundin*, *Brigitte*, *Petra*, *Maxi*, *Allegra*, *Marie-Claire*, aber auch *Britta* und *Frau-Today*. Sie alle waren voll mit Mode, Frisuren, Rezepten und Tips, wie man auch den reizlosesten Neun-Quadratmeter-Flur mit ein paar Handgriffen in einen megaschicken Designerwinkel verwandeln konnte. Doch besonders hatten es Helena eben besagte Ratgeberteile angetan. Dabei war sie keineswegs nur auf Frauenzeitschriften fixiert. Als aufgeklärte und emanzipierte junge Frau hätte sie gern auch die entsprechenden Pendants aus Männerzeitschriften gesammelt, doch da stieß sie auf unerwartete Hemmnisse: Es existierten nämlich kaum Männerzeitschriften im klassischen Sinne. Und die wenigen die es gab, enthielten sich jeglichen psychologischen Rats – von ganzen, herausnehmbaren Ratgeberteilen ganz zu schweigen. Keine Tips über die gerechte Verteilung der Haushaltslasten oder darüber, wie man mit den Schwiegereltern umgehen sollte (natürlich freundlich und gelassen und stets fair, auch wenn man sie haßte wie die Pest). Die Problematik, wie man Kind und Familie unter einen Hut bringen konnte, schienen die Redakteure der Männermagazine ebenso nebensächlich zu finden (warum nur?) wie Ernährungsratschläge oder die neuesten Modetrends. Helena behandelte Zeitschriften und Ratgeberhefte mit äußerster Sorgfalt. Sie sammelte sie, sie heftete sie ab, und sie studierte sie immer wieder.

Ein sinnvolles Hobby brauchte eben jede Frau, sonst bestand Gefahr für Beziehung und Selbstwertgefühl. Auch das war in vielen ihrer unzähligen Ratgeber zu lesen gewesen.

Die Verkäuferin vom Kiosk nebenan kannte ihre treueste Leserin längst und informierte Helena gutmütig wispernd über künftige Neuerscheinungen und dräuende Firmenzusammenschlüsse. »Sagen Sie es noch nicht weiter, aber es könnte sein, daß die *Emma* von einem sehr, sehr großen deutschen Verlag übernommen wird. Ich nenne keine Namen, aber der Vertreter hat so etwas angedeutet ...«

Helena, die ihres Zeichens eigentlich nicht nur ausgebildete Lehrerin, sondern auch Inhaberin eines (wenn auch ziemlich popeligen) Magisters für Anglistik und Germanistik war, hatte sich schon oft dabei ertappt, wie sie die Frau am Zeitschriftenkiosk um ihren Job beneidete ...

Solchermaßen also vor Konsumfallen gewarnt bog Helena nun sicherheitshalber zweimal ab, um dem gefährlichen Sauerbraten zu entgehen. Doch jetzt mußte sie sich durch die engen Innenstadtgassen quälen. Sie roch den Smog, sah die graugrünen Blätter der Bäume und den fahlen Himmel. Ach wie gern hätte sie auf dem Land gelebt, am liebsten jenseits der Grenze, im lieblich-ländlichen Elsaß! Aber Willem, ihr quasi-holländischer Freund, war dagegen. Er betrachtete das Elsaß als Bestandteil Frankreichs, wenn auch nur als hochstapelnden Bastard. Und da er die Franzosen nicht mochte, wollte er, so hatte er ihr charmant versichert, lieber auf der Stelle umfallen, als dereinst dort unter Massen schleimiger, nach Knoblauch stinkender Weinbergschnecken begraben zu werden.

Zweimal mußte Helena um den Block fahren, bevor ein kleiner Twingo sich mühsam aus einer knapp bemessenen Parklücke herausquälte. Helena verdrehte die Augen. Das bevorstehende Parkmanöver würde mal wieder mühsame Maßarbeit werden. Kaum hatte sie begonnen einzuparken, baute sich rechts von ihrem Auto ein älterer Mann mit Dackel und links ein kraushaariger, vierschrötiger Typ mittleren Alters auf. »Rechts!« schrie der Kraushaarige in türkisch angehauchtem Badisch. »Sie müsse rechts oischlage!«

»Nein, links rum und dann scharf geradeaus!«

Helena kurbelte wie eine Wilde – erst nach rechts, dann nach links. Je nach Anweisung. Nach ein paar Minuten, die kein Ende zu nehmen schienen, gaben ihre Ratgeber auf. Der Kraushaarige entfernte sich beleidigt, der Ältere wurde von seinem Dackel fortgezerrt. Helena hatte sich schon oft gewundert, wieso sich 85 Kilo schwere Menschen mit hilflos-glückseliger Miene von energisch dreinschauenden 5 Kilo schweren Hunden herumzerren lassen. Es mußte der entschlossene Hundewille sein, der die Masse bewegte.

Manchmal beneidete sie diese Kreatur um ihren festen Willen. Schlimm genug, daß sie schon viele *Menschen* beneidete, doch wenn sie jetzt auch noch mit *Tieren* anfing, nahm die Sache langsam Formen an! Jetzt stand

Helena jedenfalls genau da, wo sie am Anfang gestanden hatte. – Symbolik pur.

Das hat man nun davon. Hätte ich auf keinen der beiden gehört, wäre ich vielleicht schon drin, in der Parklücke. Diese ewigen männlichen Besserwisser! Wenn eine Frau nicht ganz sicher ist, hält sie den Mund. Ein Mann hingegen würde sich sogar zu den steuerrechtlichen Problemen der taiwanesischen Minderheit in Hongkong äußern – selbst wenn er taiwanesisch nicht buchstabieren kann und auch gar nicht genau weiß, wo Hongkong überhaupt liegt.

Was hatte letztes Jahr in der *Gabriella* gestanden und war ihr seither in Fleisch und Blut übergegangen?

SCHEUEN SIE SICH NICHT, AUCH EINMAL EINEN RAT ANZUNEHMEN. DAMIT DEMONSTRIERT Frau NÄMLICH KEINESWEGS SCHWÄCHE, SONDERN IM GEGENTEIL STÄRKE.

Wie die anderen Hefte druckte auch die *Gabriella* allmonatlich einen strengen Ratgeberteil für jene Frauen, die noch immer nicht tough genug durchs Leben schritten. Er war nicht rosa und auch nicht zum Heraustrennen – er war gelblichbraun und fest im Heft verankert. *Woman today* hieß er, und die darin abgebildeten Frauen, die die Zielgruppe repräsentierten, waren – SEUFZ! – natürlich allesamt schlank und graziös. Sie hatten lange Beine und reizende Grübchen in den Wangen. Doch immerhin konnte man sich damit trösten, daß sie nur gezeichnet waren.

Helena suchte nach einer anderen Möglichkeit, ihr Auto loszuwerden, und statt der entzückenden Grübchen in den Wangen hatte sie steile Zornesfalten auf der Stirn.

Nach geraumer Zeit scherte ein Essen-auf-Rädern-Wagen aus der am Straßenrand parkenden Blechlinie aus, und hurtig setzte Helena in die Lücke. Aussteigen.

Abschließen. Jetzt hatte sie nur noch die zweihundert Meter bis zum Haus zurückzulegen.

Trotzig sprach sie immer nur von *dem* Haus und verweigerte ihm bewußt das Possessivpronomen: Es war nun mal nicht *ihr* Haus. Es gehörte einem kleinwüchsigen, schiefzahnigen Vermieter mit undefinierbarem Dialekt und gierigem Bankkonto. Es beherbergte insgesamt sechzehn Wohnungen, und sie bewohnte eine davon. Helena haßte dieses Haus abgrundtief. Sie sehnte sich nach Ruhe und Frieden, nach Tieren und Idylle sowie nach Grün in allen Schattierungen. Nur zu gern hätte sie ein Häuschen auf dem Land gehabt. Mit Garten und Zaun.

Doch statt eines ländlichen Idylls erwartete sie im Hausflur eine weitere Ernüchterung.

Jetzt hat doch tatsächlich irgendein Mistkerl meinen Regenschirm geklaut!

Vorhin hatte er noch friedlich und blau-weiß kariert unter den Briefkästen gestanden und wie ein treuer Hund auf sie gewartet. Und sie selbst war doch nur rasch in die Stadt gefahren, um einen Einschreibebrief bei der Post abzugeben. Willem vergaß immer, seine Briefe mit Briefmarken zu versehen, und warf sie mit großer Geste ein, wie sie waren, nämlich unfrankiert. Und eingeschriebene Briefe brachte er erst recht nicht zustande. Da schien er ebenso hilflos zu sein wie ein Kind. Helena machte ihm daraus keinen Vorwurf. Nach eigenen Angaben war Willem Künstler, und Künstler und Vergeßlichkeit gehörten seiner Ansicht nach zusammen »wie ein junger Käse aus Edam und ein leichter Weißwein aus Luxemburg!« – Das war sein Wahlspruch.

Mist!

Helena Abschied starrte auf die Stelle, wo ihr Schirm gestanden hatte. Alles, was von dem guten, 49,50 Mark teuren Stück geblieben war, war ein winziger feuchter Fleck am Boden.

»Gibt's da wat Interessantes zu kieken?«

Der große, kräftige Mann mit Stiernacken, Glatze, einem Ohrring und schwerer, braunglänzender Lederjacke war lautlos hinter ihr aufgetaucht und sah mit stechendem, grünäugigem Blick auf Helena herunter. »Oder wat ham Se an meinem Briefkasten zu suchen?«

Helena zuckte zusammen: *Du meine Güte! Solche Augen habe ich ja noch nie bei einem Mann gesehen. Ich dachte, nur Frauen wie Scarlett O'Hara haben grüne Augen. Und manchmal vielleicht auch noch die Models in meinen Heften. Zumindest die, die vor der irischen See posieren und ganz und gar in Leinen gewandet sind. Ihre rötlichen Haare flattern im Wind, und sie grinsen mit blitzenden weißen Zähnen in die Gischt.*

»Oh, nein nichts!« sagte sie.

Der Mann hatte einen unüberhörbaren Berliner Akzent, was sie neben seinem Outfit und seinen Augen noch zusätzlich verunsicherte. Ihr eigener, süddeutscher Tonfall klang dagegen in ihren Ohren eher kindlich. Berliner, die ihre Sprache wie ein freches Florett handhabten, schienen die richtigeren Großstädter zu sein, solche mit handfesten Metropolenerfahrungen wie S-Bahn, Love-Parade und scheußlichen Verbrechen in Hinterhöfen und vor Nachtbars. So wie die New Yorker. Nur eben deutsch. Berliner waren für Helena fast wie Fremde. Und dieser Typ hier war besonders fremdartig. An seinen Händen klebte darüber hinaus etwas sehr Merkwürdiges. Es sah aus wie getrockneter gelber Schleim.

Pfui. Igitt.

Doch Helena zwang sich zu einem Lächeln. Ihre Gedanken und ihr Tun stimmten nur selten überein. Manchmal wünschte sie sich, es wäre anders, doch sie konnte partout nicht einschätzen, wie ihre Umwelt dann auf sie reagiert hätte, und vor allem Unberechenbaren hatte sie Angst. Da verließ sie sich doch lieber auf ihre Ratgeber:

WENN SIE EINEM MANN ZUM ERSTEN MAL BEGEGNEN, SOLLTEN SIE AUF SEINE HÄNDE ACHTEN, DENN HÄNDE SAGEN EBENSOVIEL AUS WIE OHREN. ANGEWACHSENE OHRLÄPPCHEN LASSEN AUF JÄHZORN UND HERRSCHSUCHT SCHLIEßEN (TYP MACHO). BEI DEN HÄNDEN IST ES WENIGER DIE NATURGEGEBENE FORM ALS DER REINLICHKEITSZUSTAND, AUF DEN MAN ACHTEN MUß. EIN MANN HAT UNSAUBERE, UNGEPFLEGTE HÄNDE? – VERGESSEN SIE IHN!

Gut, die *Meine Sonja* war ein wenig konservativ (Häkeltips, keine Angst vor Lammfleisch, schicke Blousons für jeden Typ), aber die darin tätige Ratgeberin war immerhin Diplompsychologin und trat gelegentlich im Fernsehen auf. Die würde schon wissen, was sie sagte. Helena betrachtete die Ohren des Grünäugigen. Sie waren *nicht* angewachsen. Aber ein Macho schien er trotzdem zu sein. Und zum ersten Mal begegnete sie ihm heute auch nicht grade.

»Wat starren Se mich denn so an?«

Helena lächelte wieder verkrampft.

Sie hatte ihr Leben lang in Karlsruhe gelebt, einer ruhigen und gepflegten Beamtenstadt, in der sich die Gefühle ebensowenig austobten wie die biederen Bürger. Für Lüste und Gelüste fanden sich ein, zwei schummrige Bars mit Plüsch, für die Teenies gab es gerade mal eine Disco am Stadtrand neben MacDonald's und einem Baumarkt. Die Kulturbeflissenen hatten das Staatstheater, und für den tumben Rest gab es die badischen Speiselokale, die nach zweiundzwanzig Uhr kein Essen mehr servierten. Die vereinzelten Griechen, Türken, Chinesen und der einsame Mexikaner der Stadt hatten sich angepaßt und servierten nach zweiundzwanzig Uhr nur noch Kaltes, also Tsatsiki, Auberginensalat, Guacamole, und der Chinese sein »Gar nix mehr«. Doch Helena störte das nicht, denn sie ging sowieso abends nicht viel aus.

»Ich, also ich, ich war doch nicht an Ihrem Briefkasten!« sagte sie unsicher.

»Ick weeß, dat man in diesen großen Häusern keene Privatsphäre hat«, sagte der Berliner feindselig. »Aber die zehn mal zehn Zentimeter, die man mir für meine persönliche Post zubilligt, die möchte ick mir denn doch janz gern nehmen!«

»Natürlich. Aber ... äh ... nun ja ... offenbar hat jemand meinen Regenschirm ge ... versehentlich mitgenommen und ...« Verbindliches Lachen.

»... und jetzt wollen Se dezent andeuten, dat icke een Dieb bin!« stellte der Berliner fest. Seine Augen, deren fast unwirkliches Grün sie immer mehr verwirrte, glitzerten im Strahl eines Restchens Sonne, das sich bis ins Treppenhaus traute, böse und abgründig wie die eines Tigers. Helena erinnerte sich plötzlich daran, daß sie im Sommer die Tätowierung einer wütend speienden Schlange – oder war es ein Drachen? – auf seinem Oberarm gesehen hatte, und wünschte sich unverzüglich weit weg.

Sie haßte derartige Auseinandersetzungen. Konflikte waren ihr aus tiefster Seele zuwider. Oft stellte sie sogar den Fernseher ab, wenn zwei Politiker sich stritten.

»Aber nein. Ich stehe nur rein zufällig hier! Zufällig, weil mein Regenschirm nun mal auch hier stand!«

Der Typ lachte ungläubig. Seine Zähne waren weiß und regelmäßig. Wie die eines Panthers. *Hat dieser Prolet überhaupt eine Frau oder Freundin, und wenn ja, wie hält sie es mit ihm aus?* Sein Kopf war groß, seine Haut leicht gebräunt, er sah aus wie ein Seeräuber. Seit er im

Haus wohnte, waren bereits zwei neuwertige Kinderfahrräder verschwunden.

»Bei uns drüben standen die von der Stasi auch immer nur rein zufällig vor der Tür! Und der freundliche Blockwart in unseren riesigen Wohnsilos schloß dann immer ganz, ganz leise – und natürlich zufällig – die Tür hinter sich ...«

»Ach, Sie sind aus der DDR?« Helena lachte wieder verbindlich und hoffte, das Gespräch damit auf ein harmloses Feld zu lenken.

»Die DDR gibt's nich mehr, oder gucken Se keene Nachrichten?« fragte der Pirat, fischte einen länglichen grünen Brief, der irgendwie amtlich aussah, aus seinem Briefkasten und drehte sich um. Mit einem Tritt öffnete er die Tür zu seiner Wohnung im Erdgeschoß, und kurz bevor er sie wieder hinter sich zugekickt hatte, glaubte Helena für den Bruchteil einer Sekunde, etwas Vertrautes, Weißblaues neben der Tür stehen zu sehen.

Weihnachten, das Fest der Diebe. Mistkerl, verdammter.

***

Helena hielt es für eine nette Idee, jedem Kind zu Weihnachten eine kleine Süßigkeit auf den Tisch zu legen. Zweifellos hatten die Knirpse auch für sie ein Geschenk vorbereitet, und vielleicht waren sie ja enttäuscht, wenn sie ihnen nichts schenkte. In der Fünften waren die Kinder noch furchtbar emotional, sie weinten rasch und wurden dann verschlossen wie ein Tresor.

Also machte Helena am nächsten Tag auf dem Weg zur Schule halt bei einer Bäckerei. »'s Back-Peterle« war trotz des niedlichen Namens eine große unpersönliche Backstube mit zahllosen gleich gekleideten 630-Mark-

Verkäuferinnen, die wie geklont hinter der Theke aufgereiht standen. Die Brötchen in den Fächern wirkten blaß und kraftlos.

Helena stellte sich brav hinter die Schlange der wartenden Kunden.

»Ein Mischbrot, geschnitten!« las der alte Herr vor ihr gleichmütig von einem Zettel ab, den ihm wahrscheinlich seine Frau geschrieben hatte.

Helena drehte sich um und studierte die Nikoläuschen in der Auslage gegenüber dem Tresen. Sie grinsten allesamt froh vor sich hin und zwirbelten ihre silbrigen Bärte.

»Ja, bitte?« fragte die Verkäuferin.

»Ein Baguette!« orderte eine dicke Dame mittleren Alters, die den Laden nach Helena betreten hatte.

»Entschuldigung!« sagte Helena und hob zaghaft die Hand. Die dicke Dame ließ sich nicht beirren. Ihr Wille glich dem des Dackels von gestern.

»Oder hätten Sie auch ein halbes Weißbrot? Mein Mann mag nämlich kein Baguette. Er hat die französische Besatzung in Karlsruhe noch miterlebt.«

»Entschuldigung ...«, wiederholte Helena höflich. »Ich glaube, ich war vor Ihnen dran!«

Diese deutsche Musterhausfrau hat sich schamlos vorgedrängelt, und ich soll auch noch höflich bleiben? Und alles nur, weil sie älter ist? In diesem Land ist man immer entweder zu alt oder zu jung.

»Keine Ahnung, wer zuerst dran ist!« sagte die Verkäuferin gleichgültig.

»Sie haben sich doch aus der Schlange entfernt und sich die Nikoläuse angesehen!« sagte die dicke Dame mittleren Alters mit scheppernder Stimme und durch jahrelange Drängelerfahrung erstarkter Selbstsicherheit. »Oder haben Sie auch Roggenbaguette, Fräulein? *Das* würde mein Mann vielleicht essen!«

Helena schwieg.

Wen interessiert es, ob er überhaupt etwas ißt, der wählerische Gatte? Ich bin berufstätig, ich muß pünktlich in der Schule sein. Laut meiner Frauenzeitschriften ist die Phase zwischen 30 und 40 haargenau diejenige, in der man sich in seinem Job festgebissen haben muß. Danach ist es zu spät, denn jeder, der über Vierzig ist, hat im Berufsleben mit Krankheiten und Mobbing zu kämpfen. Und die Frühpensionierung gibt's erst ab 58. Bis dahin muß ich durchhalten. Das sind noch 23 Jahre!

Nachdem die Nachkriegs-Baguettefrage hinlänglich geklärt war, richtete die Verkäuferin ihren Blick auf Helena.

»Ja, jetzt sind Sie dran! Also, ich kann wirklich nicht immer alle . . .«

»Schon gut! Macht ja nichts.«

Hier geh ich nicht mehr hin. Klitsche.

»Fünfundzwanzig von den kleinen Nikoläusen da hinten!«

Hinter Helena stöhnte ein junges Mädchen auf. Zu ihrer kaugummikauenden Freundin sagte sie: »Warum gehen die Leute für ihre Großeinkäufe eigentlich nicht in den Supermarkt!?! Als ob ich ewig Zeit hätte, ey!«

Helena fühlte sich angesprochen. »Entschuldigung, aber . . .«, begann sie, dann verstummte sie.

Warum sind eigentlich alle Leute so unfreundlich? Und das sogar generationenübergreifend. Jetzt muß man sich schon von so einer kleinen Pipi-Schülerin blöd anmachen lassen. Und man kann sich doch schon denken, wie's weitergeht. Jetzt hat sie es eilig und gleich an der Bushaltestelle läßt sie den Bus zweimal vorbeifahren, damit sie noch zu Ende qualmen kann.

»Hier, vierundzwanzig, fünfundzwanzig!« Die Verkäuferin packte den letzten Nikolaus roh am Käppi und warf ihn in die knapp bemessene Tüte. Helena bemerkte, daß ihm die Schokolade durch den roten Mantel schimmerte.

»Vorsicht!« sagte sie. »Der letzte ist ja schon kaputt! Na ja, jedenfalls leicht beschädigt!«

»Na, die sind nun mal nicht aus Gummi! Und für sechzig Pfennig das Stück kann halt schon mal was dran sein!«

Eine Aussage, die Helena einigermaßen verblüffte. *Wieso soll ich eigentlich nicht erwarten können, daß Sachen, die nur sechzig Pfennige kosten, genauso einwandfrei sind wie andere? Wo ist denn da die Logik? Warum bescheißt mich eigentlich jeder?*

Doch sie sagte – wie immer – nichts. Wozu etwas sagen, wenn man doch nichts ändern konnte? Sie brauchte Nikoläuse, die Bäckerei hatte Nikoläuse. So einfach war das.

Es gibt offenbar Dinge, an denen kannst du auch mit deinen Ratgeberheftchen nichts ändern.

***

Jedesmal, wenn Helena sich der Schule näherte, wurde ihr peinlich bewußt, wie unsicher ihre Stellung dort war. Allein die Tatsache, daß man ihr verwehrt hatte, den Lehrerparkplatz zu benutzen, sprach Bände.

»Das müssen Sie verstehen, Fräulein Abschied!« hatte Direktor Gluck gesagt. Dr. Gluck. Hauptberuflich fanatischer Altphilologe. *Und nebenberuflich Kotzbrocken.* Und dennoch: Wenn Helena ihm im Gang begegnete, lächelte sie und sagte freundlich guten Tag.

Wieso sagt dieser alte Knochen überhaupt Fräulein zu mir? Erstens ist das gesetzlich verboten, und zweitens bin ich bereits 35 Jahre alt und habe einen festen Freund, mit dem ich das Bett teile. Von Fräulein im Sinne Gretchens kann also keine Rede sein.

»Das müssen Sie verstehen: Sie sind bei uns ja nur aushilfsweise eingestellt – befristet für ein Jahr! Und was würden die Kollegen wohl dazu sagen, wenn *Sie* einen Parkplatz hätten und andere altgediente Lehrer nicht! Das ist per definitionem schon quasi undenkbar.«

Altgedient, daß ich nicht lache! Zwar dämmern sie alle selig ihrer Rente entgegen, aber kaum einer ist wirklich alt.

Das Lehrerkollegium bestand überwiegend aus der Generation der Vierzig- bis Fünfzigjährigen mit Kindern, geschmackvollem Eigenheim, familienfreundlichem Minivan, zottigem Hund, fröhlich grillendem Freundeskreis und Theaterabonnement. Aber keiner davon war körperbehindert, so daß Helena nicht einsah, warum sie ihr bei der Parkplatzvergabe vorgezogen werden sollten.

Etliche wurden morgens von ihren Ehepartnern zur Schule gebracht, manche wohnten sowieso in der Nähe und kamen zu Fuß, und der Chemielehrer, eine lederhosentragende Til-Schweiger-Imitation, erschien jeden Morgen auf seinem knatternden, alten BMW-Motorrad, das in den Farben Blau und Creme gehalten war. »Spermaweiß!« pflegte er im Lehrerzimmer immer zu sagen, wenn Gluck grade nicht in der Nähe war. Dann lachten die Männer vielsagend, und die Frauen taten peinlich berührt. Helena hatte sich das Kollegium an einem Gymnasium dramatisch anders vorgestellt.

Jeden Tag mußte Helena also den bitteren Anblick eines halbleeren Lehrerparkplatzes ertragen. Nachdem die Gebühren für die Strafzettel wegen ihres wilden Parkens rund um die Schule fast die Höhe ihres Gehaltes erreicht hatten, hatte sie sich eine Monatskarte für die Bahn besorgt und fuhr nun mit dem Bus – genau wie ihre Schüler. Um denen nicht zu begegnen, nahm sie einen ziemlichen Umweg in Kauf. Sie haßte es, ihre Schüler außerhalb der Schule zu treffen, und im Bus fand sie es vollends unmöglich. Vor ihrem geistigen Auge sah sie sich im Gang hin- und herschaukeln, während ihre Schüler auf den Bänken neben ihr saßen und noch eben schnell ihre Hausaufgaben machten.

Während Helena heute die langweiligen Straßen zur Schule entlanglief, blickte sie zum Himmel hinauf. Was für ein häßlicher Monat. Keine Blätter mehr an den Bäumen, alles grau in grau, Vögel, die wie schwarze Klumpen in den Ästen hingen, Kälte, die einem so lang an den Beinen hinaufkroch, bis man sich eins a Blasenentzündung geholt hatte. Es sei denn, man trug spießige Angora-Unterwäsche. Warme Unterwäsche konnte allerdings auch sehr schick sein, verhieß die letzte *Mona* in einem Artikel über eine Kölner Polarforscherin, die zwar vorübergehend in Grönland arbeitete, aber trotzdem trendy bis aufs letzte Hemd in ihrem Iglu hockte und ihre männlichen Kollegen mit Geist und Materie bezirzte. Helena hatte sich diese sündhaft teure, iglutaugliche Unterwäsche – aus Satin und Kaschmir – sogleich gekauft, aber irgendwie hatte sie an ihr nicht ganz so gut ausgesehen wie an der Grönlandreisenden. Überdies hatte Willem weder ihre Existenz noch ihre Konsistenz bemerkt – aber da war die männermordende Forscherin ja auch eindeutig im Vorteil, denn im Iglu wurden paarungsbereite Männchen eben nicht ganz so schnell vom Fernseher abgelenkt ...

Helena fröstelte.

Im Winter sehnte sie sich weniger nach dem Elsaß als nach dem Süden; dort nach keinem bestimmten Ort, sondern nach milder Luft, die wie ein sanft brummender

Fön die Haare streichelte, nach dem Geruch von Thymian oder nach modrigwarmer Erde, die nach Wurzeln und feuchter Fruchtbarkeit duftete.

Doch für Helena blieb es selbstverständlich beim Träumen. Sie hatte sich schon lange keinen Urlaub mehr im Süden gegönnt. Auch ihren Traum vom Häuschen auf dem Land, mit Garten, Tieren und Hahnengeschrei am Morgen sowie Kirchenglocken am Abend würde sie sich wohl niemals erfüllen können. – Kein Geld. Zu unsicher war dafür ihre Situation. Außerdem hatte sie einen Freund, der nichts verdiente, sondern lediglich im Bistro Amsterdam bei belgischem Bier und Käsestangen darauf wartete, von einem der möglicherweise zufällig vorbeischlendernden Verleger für niederländische Kriminalliteratur entdeckt zu werden! Ihre Sehnsucht nährte Helena mit – meist heruntergesetzten – Büchern und Kalendern, auf denen südliche Postkartenansichten prangten: Olivenbäume, weiße oder gelbgestrichene Häuser mit Kletterpflanzen, Zimmer mit Holzmöbeln, Kräuter in Terrakottakübeln.

Das Herdergymnasium war der übliche häßliche alte wilhelminische Kasten. Roter Backstein, umgeben von immergrünen Büschen, die mehr an einen Friedhof erinnerten. Verblassende Linien zierten den Schulhof, der wohl früher als Sportplatz genutzt worden war. Ehemals war es das führende humanistische Gymnasium der Stadt gewesen, das einzige, das zahllosen unmotivierten Schülern die Möglichkeit bot, sich beim Erlernen von Latein, Griechisch und Hebräisch zu Tode zu langweilen. Das Interesse an den alten Sprachen nahm zu Dr. Glucks häufig geäußertem Bedauern ständig ab. Seinem Lebenswerk, der stadtbekannten Homer-AG, drohte gar das Aus, da es keine Interessenten mehr dafür gab.

Neben den Mülltonnen am Eingang lungerten ein paar rauchende Schüler herum. Andere schlenderten vom Bäcker gegenüber lässig zurück zum Vordereingang. Dritte Stunde. Ein paar Jugendliche aus ihrer Neunten, die sie mittags in einer allseits gefürchteten Englischdoppelstunde zu bändigen hatte, saßen auf den Treppenstufen und ließen – begleitet von sanften Rülpsern – eine Cola herumgehen. Als sie Helena sahen, lachten sie. Nicht direkt bösartig, einfach lässig und wie selbstverständlich. Wenn man bestimmte Lehrer sah, lachte man eben. Natürlich gab es auch Lehrer, bei denen sie nicht lachten. Welche das waren und wo der Unterschied lag, hätten sie selbst nicht zu sagen gewußt. »Ich glaub, ich nehm meinen Abschied, ey!« frotzelte einer, und die anderen lachten noch mehr.

Satansbraten.

Helena lächelte ihnen dennoch zu. Sie bemühte sich immer um Verständnis für die jungen Leute. Schließlich war sie auch mal jung gewesen. Zwar konnte sie sich kaum noch daran erinnern, auch nicht an Frechheiten oder Anzüglichkeiten ihren Lehrern gegenüber, doch die Zeiten hatten sich eben geändert. Und die Kinder mit ihnen!

Ein blondes Mädchen mit kurzen Ringellöckchen löste sich aus der Gruppe, »Ach, wo ich Sie gerade sehe, Frau Abschied . . .!«

»Jaaa?« sagte Helena liebenswürdig. Sie mochte es, wenn ihre Schüler sie persönlich ansprachen. Sie wollte ihnen eine Freundin sein, eine Vertraute, keine seelenlose Nummer in der bürokratischen Bildungsmaschinerie. »Dürfte ich nach Hause gehen? Mir ist total schlecht, ey, echt, schon seit heute morgen.«

Helena seufzte. Keine leichte Entscheidung. Das Mädchen sah zwar schlecht aus, aber das taten sie sowieso alle. Alle waren sie blaß, was durch die bläulich schwarzen Lippen und die dicken Kajalringe um die Augen noch unterstrichen wurde.

Sie sieht aus wie eine wandelnde Wasserleiche. Außerdem bin ich froh, wenn sie nach Hause geht. Eine weniger, die mir nachher den letzten Nerv rauben wird: »Miss Abschied, wie war das jetzt noch gleich mit der -ing-Form?«

»Dann solltest du aber keine Cola trinken, Stefanie!«

»Ja, da haben Sie wahrscheinlich recht, Frau Abschied!« sagte das Mädchen kreuzbrav, obwohl Helena einen Augenblick lang glaubte, daß ihre Mundwinkel zuckten. »Also, darf ich gehen? Danke! – Würden Sie bitte auch Herrn Tross Bescheid sagen? Bei dem haben wir gleich in der vierten Stunde Mathe!« – Und weg war sie.

Helena erklomm die Stufen zum Lehrerzimmer. *Tross? – Ausgerechnet diese wandelnde Logarithmentafel!*

Das konnte nur Ärger bedeuten! Hugo Tross war ein weithin gefürchteter Mathematiklehrer, einer von der Sorte, der selbst ihr heute noch ein schlechtes Gewissen verursachte, weil sie keinerlei Kurve mehr diskutieren konnte.

Doch Ärger wartete sowieso schon auf sie, und zwar in Gestalt des schuleigenen Hausmeisters, Herrn Lernboss, der sich gerade aus dem Lehrerzimmer drängte und dabei Schülertrauben teilte wie einst Moses das Wasser des Roten Meeres. Helena sah ihn mit einiger Beunruhigung auf sich zukommen. Nein, Beunruhigung war das falsche Wort: Sie haßte ihn.

Als dieser Kerl nach der Geburt seinen Namen gehört hat, hat er gleich beschlossen, Hausmeister zu werden. »Da kann ich Lehrer scheuchen, Mama-au-fein-das-macht-Spaß.«

Äußerlich sah Lernboss genauso aus, wie ein Hausmeister auszusehen hatte: stämmig, nicht sehr groß, angriffslustig gewelltes Haar, grimmiger Mund, blaugrauer Kittel.

Er sieht aus wie ein laufender Werkzeugschrank. Und ich mag auch keine Werkzeugschränke.

»Sie – Frau Abschied, ich hab in dem Klassenschrank Ihrer 5a noch Plastikbecher vom Sommerfest gefunden. Damals sollten die nicht benutzten Plastikbecher unverzüglich zurückgegeben werden! Ich muß für die Automaten dauernd neue Becher bestellen, und bei Ihnen liegen sie massenweise im Schrank herum!« Einige der umstehenden Schüler und Lehrer wandten sich träge um und beobachteten die kleine Szene. Behutsam manövrierte Helena den Hausmeister ins Lehrerzimmer zurück. Hier waren wenigstens nur noch ihre Kollegen Zeuge.

»Nun ...« Helena versuchte, sich an den kleinen, unscheinbaren Stapel aus weißen, billigen Plastikbechern zu erinnern, der sich im Klassenschrank ihrer 5a tummeln sollte. Oder auch nicht. Irgendwann während ihres Hochschulstudiums und der Beschäftigung mit großen Gedanken, echten Gefühlen und schöner Literatur hatte Helena mal kurzfristig geglaubt, diese Dinge seien nicht wirklich wichtig. Doch dann verließ man die Uni, galt als erwachsen, mußte richtiges Geld verdienen, und plötzlich erschlug einen ein kleiner, weißer Stapel Plastikbecher wie ein Meteorit. *Scheißbecher.*

»... eigentlich dachte ich, daß man vielleicht auch mal im Klassenzimmer einen Becher brauchen könnte. Für Mineralwasser! Wenn es warm ist ... oder einem der Schüler schlecht ist ...«

Im Lehrerzimmer verlor man bald das Interesse. Ein Lehrer nach dem anderen versenkte sich wieder in seinen roten Lehrerkalender oder in die Tageszeitung.

»Überlassen Sie das Ausschenken von Getränken mal ruhig mir!« dröhnte Lernboss. Helena haßte ihn abgrundtief. Sie machte sogar an den Wochenenden einen weiten Bogen um die Schule, um ihm nicht begegnen zu müssen, wenn er mit beamtenhafter Gründlichkeit draußen die Hecken schnitt. Nur einmal, an einem Samstag abend spät, war sie an der Schule vorbeigefahren. Zu ihrem Erstaunen war der Parkplatz, der in begehrter Nähe zu den Vergnügungsstätten der Innenstadt lag, voll gewesen. Und dann hatte sie einen Herrn im Theateranzug gesehen, der einer Gestalt, die verdächtige Ähnlichkeit mit Herrn Lernboss gehabt hatte, etwas in die Hand drückte. Aber es war so dunkel gewesen: Sie hatte sich sicher getäuscht . . .

Jetzt betrat ein ältlicher Pfau das Klassenzimmer: Dr. Gluck. Je länger er Direktor des Gymnasiums war, um so schlimmer wurden seine Starallüren. Und man machte es ihm leicht: Schließlich waren alle von ihm abhängig – die festangestellten Lehrer, die befördert werden wollten oder an eine andere Schule versetzt zu werden wünschten, die jungen, naiven Referendare, die auf gute Beurteilungen hofften, die enttäuschten Nebenlehrer, die jahraus, jahrein auf eine Weiterbeschäftigung hofften, die ehrgeizigen Eltern, die Schüler, einfach alle. Er war ein kleiner unsympathischer König. Ein Cäsar. Fast schon ein Professor Unrat, nur daß ihm leider nie ein Blauer Engel begegnet war (nur vielleicht manchmal ein paar blaue Schüler . . .). Gluck genoß die Regentschaft über sein Reich, solange es währte. Denn es war vom Untergang bedroht. Die Jahre schwanden dahin, seine Pensionierung stand kurz bevor. – Und seine geliebte Homer-AG würde mit ihm sterben. Nur noch sieben Schüler aus den oberen Klassen nahmen daran teil. Nicht einmal mit Vergünstigungen wie »kein Pausendienst mehr« waren die anderen dazu zu bewegen, sich freiwillig mit Homer, dem Dichter der Dichter, zu beschäftigen. Oder mit anderen altsprachlichen Literaten. Früher war es eine Ehre gewesen, in der Homer-AG zu sein ... Gluck schien im stillen ständig vor sich hin zu seufzen.

»Was ist denn los, Herr Lernboss?« sprach er nun freundlich zu seinem Hausmeister. Der Hausmeister war nämlich der einzige, zu dem er uneingeschränkt höflich sein mußte, denn eine gute deutsche Hausmeistersfamilie zu finden war sehr schwierig. Allemal schwieriger jedenfalls als fade Aushilfslehrerinnen für das Fach Englisch, die man beim Oberschulamt im Dutzend billiger bekam.

»Ach, nichts, Herr Gluck-Direkter, nur wünschte ich mir, die Lehrer würden sich aus meinen Aufgaben raushalten! Warum beschränken die sich nicht aufs Unterrichten? Dafür werden sie schließlich bezahlt!«

»Ganz recht!« sagte Dr. Gluck unverbindlich und streifte diese kleine Abschied mit einem kühlen Blick. Für ihn war Helena nicht gerade ein Haupttreffer. Sie bereitete ihm zwar auch keine nennenswerten Schwierigkeiten, aber so toll, daß er sich im nächsten Schuljahr dafür einsetzen würde, sie weiterzubeschäftigen, war sie nun auch wieder nicht.

Was heißt eigentlich »Arschloch« auf griechisch. Hab ich vergessen. Aber warum stehst du nicht zu mir, statt diesem blöden Werkzeugschrank Honig ums Maul zu schmieren?

Weitere Kollegen drängten sich ins Lehrerzimmer. Mit hineingespült wurde auch die Gestalt von Hugo Tross, der prompt mit Helena zusammenprallte.

Helena versuchte es zunächst mit einem verbindlichen Lachen, obwohl es ihr schwerfiel. Die *Brigitte* hatte erst kürzlich eine Beilage zu ihrem Heft veröffentlicht, ein dreiteiliges Dossier mit dem Titel »Frau und Beruf«, in dem empfohlen wurde, nicht immer gleich hysterisch auf Konfrontationskurs zu gehen:

BEMÜHEN SIE SICH BEI BERUFLICHEN AUSEINANDERSETZUNGEN UNBEDINGT UM EINEN SACHLICHEN TON. NUR WER EINEN KÜHLEN KOPF BEWAHRT, BEHÄLT DIE OBERHAND, AUCH WENN'S BRENZLIG WIRD.

Also zog Helena ein sachliches Gesicht.

Dieser Differentialheini guckt immer wie ein preußischer Unteroffizier! Wieso lacht er eigentlich nie? Lernt man das im Mathestudium? Eines, meine Damen und Herren, müssen Sie sich unbedingt merken: Sie dürfen unter keinen Umständen lachen! Niemals. In Ihrem Schädel ist nur noch Platz für Wurzeln, Logarithmen und Kosinus.

»Ach, Herr Tross, gut, daß ich Sie sehe . . .«

Blödsinn! Genaugenommen würde mir nichts fehlen, wenn ich Sie nie *mehr sehen müßte.*

Tross war sich dessen offenbar bewußt, denn er musterte sie erstaunt. »Ja?«

»Ich habe die Stefanie Mechtel aus der Neunten nach Hause geschickt. Ihr war übel . . .«

Hugo Tross warf Helena einen verächtlichen Blick zu. »Na, das glaube ich gern, daß der schlecht ist. Die Wurzelberechnung verursacht so manchem Dämchen Übelkeit und der Mechtel besonders. Hat mindestens zwei Wochen lang keine Hausaufgaben gemacht und im letzten Test eine glatte Sechs gehabt. Die wollte sich doch nur vor der heutigen Klassenarbeit drücken, und Sie fallen natürlich drauf rein . . .«

Wieso natürlich. Der tut gerade so, als ob ich täglich vor einer leeren Klasse unterrichtete, weil ich sämtliche Schüler nach Hause gehen lasse!

»Nun, sie sah tatsächlich etwas blaß aus und . . .«

»Liebe Unschuld! Deshalb schickt man doch eine Schülerin nicht gleich nach Hause! Wenn sie blaß ist, soll sie sich im Krankenzimmer kurz hinlegen und kriegt ein paar Corodintropfen, dann wird's bestimmt gleich besser. Du meine Güte, es ist wirklich ein Kreuz mit diesen Laienkräften ...« Kopfschüttelnd entfernte sich Tross.

»Es tut mir leid, Herr Tross!« rief Helena ihm nach, doch ihre Worte prallten an seinem vierzig mal dreißig Zentimeter großen Rücken ab. *Macht 1200 Quadratzentimeter. Na also – zumindest rechnen kann ich noch!*

Tross hatte bei Gluck einen Stein im Brett, während sie selbst bei dem Direktor kein Bein auf die Erde bekam. Es konnte also nur von Vorteil sein, wenn sie sich mit Tross gut stellte.

Überheblicher Wichtigtuer. Geh doch dahin, wo deine Wurzeln wachsen.

Helena blieb zurück und spürte, wie sie mit den Tränen kämpfte. In einer Woche war Weihnachten, eigentlich sollte sie gut gelaunt und voller Vorfreude sein, doch sie war nur niedergeschlagen und kam sich vor wie ein kompletter Versager. Natürlich hätte sie dieses freche Ding nicht nach Hause schicken dürfen, blaß oder nicht blaß. Wahrscheinlich hatte die sich vorher noch eigens bleich geschminkt, die anderen hatten ihr vielleicht kichernd dabei geholfen. Irgendwo auf einem Damenklo oder vielleicht sogar in der Straßenbahn.

Helena versuchte erneut, sich an ihre eigene Pubertät zu erinnern, doch solcher oder ähnlicher Manöver konnte sie sich beim besten Willen nicht entsinnen. Sie war eben immer zu brav, zu bieder, vielleicht zu angepaßt gewesen. Und das, ohne daß man sie dazu direkt aufgefordert hätte! Sie hatte es immer allen recht machen wollen, weil sie glaubte, auf diese Weise bequemer durchs Leben zu kommen. Wozu streiten und anderen weh tun? Wozu seine Energie vergeuden? Nachteile riskieren? Reibungsverluste hinnehmen? Und auf gewisse

Weise hatte sich diese Methode ja durchaus bewährt! Zumindest *gab* es sie noch. Sie hatte in der Welt der Akademiker ihren Platz gefunden. Wenn auch nur am Rande.

Wo war denn zum Beispiel jene Klassenkameradin heute – den Namen hatte sie vergessen –, die damals vor den Augen des schockierten Geschichtslehrers ihr T-Shirt hochgezogen hatte, um einen runden, schneeweißen Busen zu präsentieren, dessen Anblick Helena bis heute nicht vergessen hatte. Noch heute hatte sie genau vor Augen, wie seine dunkelbraunen Brustwarzen aufrecht in Richtung Tafel zeigten. Das Mädchen war zur Direktorin, Frau Grande, zitiert worden, die Eltern hatten ebenfalls ratlos und zerknirscht vor der entrüsteten Schulleiterin erscheinen müssen, und der Barbusigen waren die kurzlebige Bewunderung der rebellerischeren Mitschülerinnen aller Stufen sowie ein paar ebenso pubertäre wie eindeutige Angebote von ein paar Jungen aus dem Nachbargymnasium zuteil geworden. Aber nach der mittleren Reife war das Mädchen verschwunden, und schon bald wurde gemunkelt, daß sie nun in der Drogenszene am Bahnhof verkehrte.

Helena sah sich dadurch bestätigt, daß solche Rebellionen und Extravaganzen nichts einbrachten, außer vielleicht einen kleinen Kick, der rasch vorüberging.

Lieber vernünftig bleiben und auf den Kick verzichten. Da gab's doch damals auch noch diese Moretti? Oder hieß sie Scarletti? – Nein: doch Moretti. Eine Mitschülerin aus dem Deutsch-Leistungskurs jedenfalls: eine schmale, dunkelblonde Person mit braunen Augen, spitzen Zügen und italienisch klingendem Nachnamen. In Deutsch und Sozialwissenschaften hatte sie immer eine Eins gehabt und war der übrigen Jahrgangsstufe stets als leuchtendes Beispiel vor Augen gehalten worden.

Das Mädchen hatte seinerzeit eine geradezu unverschämte Abiturrede gehalten, die den älteren Lehrern das Blut in den Adern hatte gefrieren lassen. Den Haaren der Grande hatten ihre Worte eine Art elektrischen Schock versetzt: Jedenfalls hatten sie sich aufgestellt wie die Stacheln eines Igels. – Das war allen aufgefallen. Sehr beeindruckt hingegen war der junge Sozialkundelehrer mit den hervorragenden Zeitungskontakten gewesen. Das war *auch* jedem aufgefallen. Die Rede war wie auf ihn zugeschnitten gewesen: Seine Einstellung zur Schule war hinlänglich bekannt, und außerdem hatte er die ganze Zeit über gelächelt . . . Moretti hatte von »Verbildungsanstalt« gesprochen, von »dünkelhaften Ersatzkassenpädagogen«, die es nur zum Schaukelstuhl und nicht zum Lehrstuhl gebracht hatten und für die Hitler drei Unterrichtsstunden und Friedrich der Große eine Klassenarbeit und ein Museumsbesuch wert gewesen seien. Jeder hatte nach dieser Sache erwartet, Maria-Catarina Moretti – ja, genau, so hieß sie! – als Volontärin beim Spiegel, Stern oder mindestens bei der TAZ wiederzufinden, doch man hörte nie wieder von ihr.

Allerdings erzählte man sich, daß sie es nach der Abiturfeier im Morgengrauen mit dem bewußten Sozialkundelehrer-mit-hervorragenden-Zeitungskontakten auf der Motorhaube seines Autos getrieben hatte, eine Vermutung, für die es allerdings keine Beweise gab, sondern angeblich nur den taufeuchten Abdruck ihres Pos auf dem Blech des Wagens.

Helena verscheuchte ihre ehemaligen Mitschülerinnen aus dem Bewußtsein und näherte sich dem kleinen Bankabschnitt, der ihren Platz im Lehrerzimmer darstellte. Er maß vielleicht einen halben Quadratmeter, doch sie hatte Monate gebraucht, um ihn überhaupt zu erobern, es war sozusagen eine mühsame Landgewinnungsmaßnahme gewesen, doch von der Rangordnung war er natürlich immer noch sehr unattraktiv. Neben ihr saß u. a. ein Religionslehrer, der entfernt an Heinz Rühmann erinnerte. Doch eigentlich saß er nicht, sondern stand meist, und zwar kerzengerade, weil er so klein war. Dadurch sah er aus wie ein wachsames Erdmännchen, wenn er mit seiner in die Luft gereckten Nase das Lehrerzimmer überblickte. Wiederum neben ihm saß ein zweiter Religionslehrer, ein wortkarger, langweiliger Mann um die Fünfzig mit einem Durchschnittsgesicht und einem Durchschnittsleben. Beide sprachen häufig miteinander, hatten stets einen kleinen Stapel Bibeln in verschiedensten modernen Fassungen vor sich und tauschten mit abgeklärten Gesichtern moralisch-philosophische Texte für ihren Unterricht aus, obwohl sie wahrscheinlich längst die Hoffnung aufgegeben hatten, daß die Schüler sie ernsthaft lasen. Und Helena zweifelte sogar daran, daß sie selbst sie lasen: Einst hatte sie dem Erdmännchen von einer Schülerin berichtet, bei der sie Alkoholkonsum vermutete, doch er hatte nur angestrengt zum Fenster hinausgesehen und gesagt: »Da mischen wir uns besser nicht ein. Schließlich wird viel geredet!« Das hatte Helena damals sehr schockiert.

Bezeichnenderweise saßen hauptsächlich Referendare Helena gegenüber, eine lästige Sache, denn sie verwickelten sie wochein, wochaus in die gleichen uninteressanten Gespräche, die sich um ihr eigenes kleines Schicksal rankten: »Hoffentlich schaff ich eine Zwei in der Lehrprobe, dann stünd ich 1,67, und bis 1,70 vergeben sie Nebenlehrerverträge . . . Also, meinst du, es ist besser, ich setze einen Overheadprojektor ein, aber wenn dann die Folien kaputtgehen oder ein Glühbirnchen versagt . . .«

»Nimm ein Ersatzbirnchen mit!« wiederholte Helena

halbjährlich. »Und *ein* Medium außer der Tafel solltest du schon einsetzen.«

»Ah, denkst du? Na gut, und wie war das damals bei dir . . . meinst du, der Direktor kommt mit . . .?«

Helena hatte das Gefühl, ständig zwischen den Fronten zu stehen. Sie war so etwas wie ein ewiger Referendar in fortgeschrittenem Stadium, den man wie selbstverständlich duzte und um Hilfe bat. Noch kein richtiger festangestellter, beamteter Lehrer und auch kein Anfänger mehr.

Und je länger sie in befristeten Anstellungsverhältnissen arbeitete, um so mehr gingen ihr die Referendare auf die Nerven, doch sie wollte als hilfsbereit gelten und zeigte es nicht.

Helena wäre gern wie die Frauen in ihren Heften gewesen: Die saßen lässig in elegante Hosenanzüge gewandet in wichtigen Konferenzen, sprachen, gestikulierten mit den Händen oder fuchtelten mit Handys herum, während andere Leute ihnen aufmerksam zuhörten. Zwischendurch tranken sie koffeinfreien Kaffee aus pastellfarbenen Tassen.

Kleiner Referendar, von mir aus kannst du in stockdunkler Nacht unterrichten, ist mir doch egal. Um mich hat sich auch keiner geschert!

SEIEN SIE HILFSBEREIT UND GROSSZÜGIG. ACHTEN SIE DARAUF, IHRE INTERESSEN NICHT UM JEDEN PREIS DURCHSETZEN ZU WOLLEN. WER KARRIERE MACHEN WILL, DARF WEDER VERKRAMPFT NOCH FRUSTRIERT WIRKEN. DAS GILT INSBESONDERE FÜR DEN UMGANG MIT DEM ANDEREN GESCHLECHT. BLEIBEN SIE LOCKER!
(*Brigitte*, Dossier ›Frau und Beruf‹)

»Hallo, guten Morgen allerseits«, sagte sie betont freundlich zu dem Erdmännchen, bevor sie sich setzte.

Frustriert war sie in der Tat! Aber wie sagte die *Brigitte*? Bloß nichts anmerken lassen! Das fromme Erdmännchen nickte nur, sah sie aber nicht an, sondern richtete den Blick ins Weite. Ihr gegenüber saß zur Zeit ein schmaler, blasser und haarloser Referendar im zweiten Jahr, der aussah wie eine Witzfigur aus den »Simpsons« und starrte sie leidenschaftslos an. Neben ihm packte gerade eine hübsche Blondine mit energisch wippendem Pferdeschwanz ihre Tasche. Sie hatte sich nicht vorgestellt, aber Helena wußte, daß sie Gabi hieß, denn peinlicherweise war sie bereits mit mehr Kollegen per du als sie selbst. Sie hatte irgendwie so eine Art . . .

Die hat was Keckes. Wie ein Brausebonbon. Geschmacksrichtung Zitrone. Die prickelt förmlich!

Schließlich gab das Erdmännchen doch eine knappe Antwort: »Morgen!«

»Na, dann wollen wir mal wieder!« sagte Helena und seufzte. Das Erdmännchen reagierte nicht.

Danke schön. Sehr freundlich. Werde mich erkenntlich zeigen, Gottesmann.

Helena lächelte trotzdem unverdrossen weiter. Kollegialität und Teamfähigkeit waren zwei besonders wichtige Kriterien, wenn es wieder mal um das Thema Festanstellung ging.

Der Religionslehrer hatte nun endgültig aufgehört zu reagieren. Er war nicht unfreundlich, einfach nur gleichgültig, denn er bezweifelte, daß Helena Abschied, diese nette, nicht mal unhübsche, aber irgendwie unscheinbare Person, den Rest seines Berufslebens sowie den Lehrertisch mit ihm teilen würde. Deshalb lohnte es sich nicht, überhaupt höflich zu ihr zu sein. Außerdem haßte er es, auf Probleme angesprochen zu werden, und genau das hatte sie getan. Sie schien von ihm einen Rat zu erwarten, den er nicht geben konnte.

Helena kramte ihre Unterlagen zusammen und blickte dabei so unauffällig wie möglich zu Max Hübner hinüber, der drei Plätze weiter saß. Der gefiel ihr! Nicht nur sein Aussehen – groß, jungenhaft schlaksig, Brille, intelligenter Blick und wuscheliger Lockenkopf, der von ersten grauen Strähnen durchzogen war –, sondern auch sein offenes und lustiges badisches Wesen. Als einziger im Lehrerzimmer versuchte er nicht, seinen Dialekt zu vertuschen, sondern lebte ihn breit und fröhlich aus. Außerdem war er bei den Schülern sehr beliebt. Überdies war er einer der wenigen im Kollegium, die freundlich zu ihr waren, aber er war trotzdem nicht an ihr interessiert. Das spürte Helena mit dem Instinkt einer Frau, die bei Männern nicht allzu erfolgreich ist.

»Na, Ärger gehabt?« fragte er jetzt ebenso lässig wie heiter. »Jaja, der Lernboss und seine Plastikbecher! Darüber könnte man ein provenzalisches Versepos schreiben. Gebt mir meine Becher, sonst erscheint euch der Rächer!«

»Und der Tross und seine Mathematikarbeit!« seufzte Helena, eifrig bemüht, ihre kleinen Sorgen loszuwerden. Doch da wurde das evangelische Erdmännchen nun doch lebendig: »Der Hugo hat nun mal Verantwortung für die Neunte. Mit *ihm* machen sie nächstes Jahr die mittlere Reife, nicht mit Ihnen! Und diese Drückebergerei in den naturwissenschaftlichen Fächern würde ich auch nicht unterstützen!«

Bigotter Heuchler.

Auf das Mitgefühl eines Theologen war heutzutage offenbar auch kein Verlaß mehr. Außerdem ärgerte Helena sich über sich selbst, hatte sie doch vergessen, daß das Erdmännchen und Tross mit ihren vielkindrigen Familien zu Ostern zusammen eine Radtour durch Burgund gemacht hatten.

Scheißtag.

Helena ignorierte den lauernden Blick des Referendars. Er studierte sie genau, ohne Zweifel, um zu ergründen, wie man es *nicht* machen durfte! Die Blondine war unheimlich eifrig mit ihren Unterlagen beschäftigt und kümmerte sich nicht um Helena.

»Ach, Frau Abschied . . .«, sagte Max Hübner beiläufig und blätterte in seinem Kalender. »Könnten Sie wohl morgen in der vierten Stunde in der Neunten Aufsicht führen? Ich muß mich mal wieder um Unterrichtsmaterial kümmern!« Und dabei lachte er jungenhaft. Helena lachte zurück. Komisch, dachte Max Hübner erstaunt, aber zufrieden. Als ich noch ein Junge war, mußte ich bei den Mädels immer so tun, als sei ich schon ein Mann. Aber wenn man dann endlich ein Mann ist, kriegt man sie nur ins Bett, wenn man sich so gibt, als sei man tief im Herzen ein kleiner Junge geblieben. – Nicht, daß ich dieses graue Mäuschen von Abschied etwa ins Bett locken wollte . . .

Helena tat, als müsse sie erst in ihrem eigenen Kalender nachsehen. Sie tat aber nicht lange so, nur eine Viertelsekunde. Nicht, daß Hübner es sich noch anders überlegte und die Vertretung diesem kahlen, namenlosen Referendar anbot.

»Natürlich, gern!« sagte Helena und lächelte weiter, als sei es selbstverständlich für sie, als festes Mitglied des Lehrerkollegiums auch mal jemanden zu vertreten.

WENN MAN SIE UM EINEN GEFALLEN BITTET, MACHEN SIE KEIN GROSSES AUFHEBENS DARUM UND ERWARTEN SIE KEINEN BLUMENSTRAUSS, DENN DAS WÄRE UNPROFESSIONELL. BETRACHTEN SIE SICH ALS BESTANDTEIL EINES TEAMS, DAS EIN GEMEINSAMES ZIEL VERFOLGT.
(Immer noch das *Brigitte*-Dossier ›Frau und Beruf‹)

»Ja wirklich, das mach ich gern!« bekräftigte Helena

noch einmal und hütete sich davor, einen Blumenstrauß zu erwarten.

Null Bock auf eine Stunde mehr in diesem Affenstall, aber . . .

»Kollegial und hilfsbereit« . . . sie sah die diesjährige Beurteilung schon vor sich. Obwohl ihr diese Vertretung eigentlich so gar nicht in den Kram paßte! *Eigentlich* hatte sie nämlich nach der zweiten Stunde frei und hätte nun endlich einmal Gelegenheit gehabt, ihre eigenen und Willems Winterklamotten zu waschen, zur Reinigung zu bringen oder aufzubügeln.

Willem war so schlampig, der hatte für so was einfach kein Auge. Ein Künstler eben! Ohne ihr Eingreifen stünde er wahrscheinlich im Sommer-T-Shirt unter dem Weihnachtsbaum! Wenn er in diesem Jahr überhaupt unter dem Weihnachtsbaum stand! Helena dachte besorgt an seine Ankündigung, Weihnachten in Aachen verbringen zu wollen, zusammen mit seiner Mutter und seiner schrecklichen jüngeren Schwester Antje.

»Gut, dann danke!« Max Hübner notierte sich die Vertretung. Unterrichtsmaterial – geile Ausrede! Wenn Gluck fragte, würde er angeben, in der Buchhandlung gewesen zu sein, um sich dort um die neueste Lektüre für den Unterricht zu kümmern. Hübner stellte sich schon vor, wie sich die Süße aus dem Kulturausschuß im Bett anstellen würde. Sie war vierundzwanzig, also gerade richtig, noch nicht durch gescheiterte Beziehungen verbittert oder zu lange allein, aber doch schon alt genug, um hoffentlich ein paar Schweinereien zu beherrschen. Ihren Blicken nach war da einiges zu erwarten . . . Und der Zeitpunkt für dieses kleine Intermezzo war gradezu genial gewählt, denn seine eigentliche Lebensgefährtin Dorette Säggebrecht war krankhaft eifersüchtig. Sie bestand doch tatsächlich darauf, daß er sämtliche Termine auf diesem riesigen, furchtbar lustigen Terminkalender eintrug, der in der Küche hing. Das Ding war mit einem Elefanten geschmückt, dessen Rüssel den aktuellen Tag anzeigte. Max Hübner war nur deshalb noch mit der eifersüchtigen Dorette zusammen, weil sie den perfektesten Hintern hatte, den er je gesehen hatte. Sie verdiente sogar Geld mit diesem Hintern, indem sie ihn für ein örtliches Bekleidungsgeschäft in Jeans preßte und sich damit in Werbebroschüren ablichten ließ.

Max stand unheimlich auf knackige Ärsche. Der Busen als Lustobjekt war ja gut und schön, aber der Hintern war für ihn die vollkommenste Form am weiblichen Körper. Er mußte sich immer zurückhalten, Dorette und anderen keinen Klaps auf denselben zu geben, aber das konnte man heutzutage nicht mehr machen. Die Weiber hielten einen dann gleich für pervers, dabei forderte ein solcher Hintern einen ja geradezu heraus!

Max Hübner seufzte. »Jaja, Dorettchen ist schon 'ne scharfe Nummer, aber selbst wenn man ein Restaurant in der Nähe hat, in dem es absolut perfekte Steaks gibt, geht man doch trotzdem ab und zu auch mal eine Pizza beim Italiener essen!« sagte er zu seinem Gewissen, als es sich – wenn auch sehr dezent – regte.

Also die kleine Helena (was für ein unpassender Name, darunter stellt man sich doch viel eher eine exotische Schönheit vor) würde ihm quasi zu einer erotischen Pizza verhelfen. Na ja, nettes Ding, aber langweilig. Diese Gabi hingegen würde er sich beizeiten mal näher ansehen. Pomäßig zumindest. Aber aufgepaßt: Die sah aus, als wüßte sie ganz genau, was sie wollte. Na, er würde sie bei Gelegenheit unverbindlich ins Café einladen und das Gelände sondieren . . .

***

Nervös näherte sich Helena ihrer Fünften, in der sie Klassenlehrerin war. Der Weg über die langen, nach Reinigungsmitteln aus dem Lernbossschen Vorrat riechenden Flure glich einer Reise in die Vergangenheit. Dieser Geruch war ihr aus der Kindheit ebenso vertraut wie die innere Anspannung, die sie jetzt empfand. Nur damals hatte sie sich auf die vor ihr liegenden Stunden gefreut: Helena erinnerte sich an ihre eigene Grundschullehrerin, eine Person namens Becker. Helena war aufrichtig in sie verliebt gewesen, und als Fräulein Becker geheiratet hatte und ihre Brautfotos im örtlichen Fotoladen aushingen, hatte sie ein Herz auf die Scheibe gemalt.

Schon zwei Ecken vor dem Klassenzimmer erwarteten sie die ersten Vorboten der Zwerge aufgeregt kichernd wie wachsame Eichelhäher. Als sie näher kam, rannten sie kreischend davon. An der nächsten Ecke warteten weitere, die ebenfalls kicherten und davonstoben.

Die Kinder waren größtenteils erst zehn Jahre alt, bunte, kleine, nette, saubere, wohlriechende Wesen, die wie heitere Smarties durcheinanderpurzelten.

Helena hatte oft darüber nachgedacht, wieso die meisten von ihnen blond waren, während man später – im Erwachsenenleben – kaum noch auf wirklich blonde Menschen traf. »Die Haare dunkeln meist nach! Spätestens in der Pubertät«, hatte ihr Willem voller Verachtung über ihre Wissenslücke erklärt. »Die Deutschen sehen nur als Kinder wie Germanen aus! Wenn sie dann nachdunkeln, kompensieren sie ihr Defizit, indem sie sich wie Germanen benehmen. Richtige Blonde gibt es nur bei uns in den Beneluxländern. Flachsblond, verstehst du!«

Willem hat wirklich einen Knall mit seiner Deutsch-Feindlichkeit. Dabei ist er selbst weder ein echter Holländer noch wirklich blond!

Auf der Bühne des Lebens gab sich Helenas Freund als Niederländer. Er nannte sich Willem statt seines Geburtsnamens Wilhelm. Er färbte sich das Haar blond. Er ließ sich einen Bart wachsen (der Gott sei Dank von Natur aus blond war), um trotz seiner blassen, schmalen Gestalt auszusehen wie ein verschmitzter Seemann. Wie oft hatte Helena schon die Bemerkung auf der Zunge gelegen, daß im heutigen Holland nur ganz wenige Leute wie Seemänner aussahen – eher wie Banker oder Juweliere –, aber sie wollte ihn nicht kränken.

In Wirklichkeit war Willem trotz seines Nachnamens Boems nur zu einem verschwindend kleinen Teil holländischen Ursprungs. Seine Großmutter mütterlicherseits war aus Maastricht, und sein Großvater väterlicherseits stammte aus einem kleinen Ort bei Amsterdam, hatte aber seinerseits wiederum eine deutsche Mutter gehabt. Trotzdem behauptet Willem ohne rot zu werden, sowohl mütter- als auch väterlicherseits niederländische Wurzeln zu haben!

Die Deutschen, die sich eines solch edlen Stammbaums nicht rühmen konnten, nickten dann lediglich glasigen Blickes: Schließlich hegten und pflegten sie den Holländern gegenüber ihre Vorurteile und hatten demzufolge ein schlechtes Gewissen. (»Die spielen leider *auch* Fußball und verstopfen in den Sommerferien unsere Autobahnen. Und dann diese Sprache! Ist das jetzt eigentlich Deutsch mit seltsamem Akzent, oder was Eigenes?«) Außerdem hatten sich die Deutschen im Krieg den Niederländern gegenüber scheußlich aufgeführt, weshalb viele Holländer sie nicht mochten, was man ihnen wiederum noch nicht mal übelnehmen konnte. – Verzwickte Sache, das!

»Die Abschied! Die Abschied!« kreischten jetzt die Kleinen, als Helena schwungvoll um die letzte Ecke bog.

Auch ein ewiges Mysterium. Warum kreischen sie meinen Namen, wenn ich komme? Wen haben sie denn sonst erwartet? Die Königin von England?

Als Helena das Klassenzimmer betrat, purzelten die Kleinen erst einmal wild durcheinander und waren nur mühsam zu bewegen, sich hinzusetzen. Einige plumpsten auf den gleichen Stuhl, so daß einer herunterfiel und folgerichtig nach dem Platzinhaber trat, der wiederum mit der Faust zurückschlug. Wenn sie dann endlich saßen, kippelten sie auf ihren Stühlen vor und zurück. Mäppchen und Bücher, Bleistifte und Radiergummis lagen überall verstreut oder fielen gerade herunter. Bunte Schultaschen stürzten um, und die Tornisterriemen schlängelten sich wie gefährliche Fußangeln über den Mittelgang. – *Können die Eltern ihren verwöhnten Blagen nicht mal die einfachsten Verhaltensregeln beibringen?*

»Good morning boys and girls, silence please, be nice kids, Ruhe, *silence,* please sit down!« rief Helena lächelnd und um Milde bemüht. »Ruhe. Setzt euch alle. Everybody sit down please!«

Es wurde etwas ruhiger, aber noch lange nicht richtig still. Helena drehte sich um und schrieb »Silence, please« an die Tafel. Der Geräuschpegel sank weiter, aber noch immer nur unwesentlich.

Helena lehnte es ab, die Kleinen anzuschreien. Deshalb ermunterte sie einzelne, sich doch hinzusetzen. Kaum hatten die ihre kleinen Beine unter dem Tisch ausgestreckt, wurden die anderen wieder unruhig. Helena hörte, wie sich draußen auf dem Gang Schritte näherten. Hoffentlich war das nicht Gluck! Sie sah ihre Beurteilung schon vor sich: »Hat Schwierigkeiten, die Disziplin aufrechtzuerhalten.«

Scheißblagen. Seid endlich ruhig, oder ich drehe euch die kleinen Hälschen um.

»Be nice kiddies. Also, der nächste, der laut ist, kriegt eine Strafarbeit!« schrie sie deshalb in die Runde, und ihre Stimme überschlug sich fast dabei.

Ein kleiner stämmiger Blonder in der ersten Reihe quietschte: »Geht gar nich, ist ja heute das letzte Mal Englisch vor Weihnachten!« Die anderen Kinder lachten. Helena schüttelte den Kopf. »Aber nein, Kinder, einmal haben wir noch, erinnert euch, übermorgen in der zweiten.«

»Haha, hihihi« tönte es aus der Klasse. »Da haben wir frei, weil Kinderkirche ist!«

»Der Gottesdienst ist erst in drei Tagen!« belehrte Helena die Zwerge. Aber die wußten es besser.

»Dieses Jahr . . .«, sagte der Stämmige triumphierend, ». . . haben die ersten drei Klassen ihre eigene Messe, und die ist früher . . .!«

Helena kam sich wie eine komplette Idiotin vor. Wieso hatte ihr das niemand gesagt?

GEFÜHLSAUSBRÜCHE HABEN IM JOB NICHTS ZU SUCHEN! ZEIGEN SIE BEHERRSCHUNG! DIE TAGE DER IN TRÄNEN AUFGELÖSTEN, ZITTERNDEN KLEINEN SEKRETÄRIN SIND GEZÄHLT. (Und schon wieder die *Brigitte* in ihrem unerschöpflichen Beruferatgeber.)

»Na, gut, ist auch egal. Also, wer jetzt noch schwätzt, der macht die Strafarbeit eben nach Weihnachten!«

»Ich dachte, wir reden nur *Englisch* im Unterricht!« meldete sich ein Mädchen mit dünnem karottenfarbenen Haar zu Wort. Sie war etwas älter als die anderen, weil sie die Fünfte wiederholen mußte.

»Normalerweise ja!« erwiderte Helena und registrierte, daß ihre Nerven langsam Striptease machten. Bald würden sie nackt und bloß daliegen. »Aber euer Betragen macht eben eine Ausnahme notwendig. So, und jetzt sprechen wir mal über Weihnachten in England.

Today we'll have our own little Xmas-party ...« Helena holte die Kerzen hervor ...

***

»... und dann habe ich mit ihnen englische Weihnachtswörter durchgenommen, so wie Mistletoe, und hab ihnen erklärt, daß sich die Leute in England darunter küssen und daß die Bescherung erst am 25. stattfindet und daß die Briten nicht ans Christkind sondern an den Weihnachtsmann glauben, der durch ...«

»Und?« fragte Willem. Bis dahin hatte er übellaunig vor sich hin grummelnd vor seiner Steuererklärung gesessen. *Nicht, daß er da viel zu studieren hätte, denn Willem verdient so wenig, daß man mit den Steuern, die er im Jahr bezahlt, nicht mal dem Finanzbeamten den Zeitaufwand für die Prüfung der Unterlagen vergüten könnte.*

»Na, besonders interessiert waren sie nicht, und das Weihnachtslied hat auch niemand mitgesungen. Ich weiß nicht, warum die Knirpse bei Jingle Bells immer so herumkichern. Gibt's in dem Lied irgendwas Unanständiges, das mir entgangen ist? Und das kleine englische Theaterstück, das ich mir eigens für sie ausgedacht habe, wollten sie auch nicht aufführen: Noch nicht mal ihre Texte hatten sie gelernt. Ach, irgendwie sind die Kleinen gar nicht mehr begeisterungsfähig. Und am Schluß hab ich die Nikoläuse verteilt, aber die meisten haben sie einfach liegenlassen, als sie raus sind. Einige hatten nur die Köpfe abgebissen. Mir haben sie gar nichts geschenkt!«

Helena unterdrückte die Verbitterung, die sie empfand, wenn sie daran dachte, daß die anderen Kollegen schon seit Tagen mit kleinen, in Weihnachtspapier eingewickelten Päckchen ins Lehrerzimmer zurückkehrten.

Nur die Referendare und sie bekamen nichts, denn da lohnte sich für die Eltern die Investition nicht.

Und diese Referendarin Gabi hatte, wie sich herausstellte, doch tatsächlich gewußt, daß der Gottesdienst für die ersten drei Stufen schon übermorgen stattfand. »Woher wissen Sie denn das?« hatte Helena gefragt. »Glucksi hat es mir gesagt, als ich gestern kurz bei ihm drin war!« hatte sie nur knapp geantwortet. Sie antwortete immer knapp, wenn Helena sie ansprach.

»Ach, Sie waren bei Direktor Gluck?«

»Ja!« hatte die Blonde gesagt und ihren Pferdeschwanz festgezurrt. »Ich habe mich mal deutlich über meinen Stundenplan beschwert. Sehe ich nicht ein, daß ich am Freitag die Erste hab, die Dritte und dann auch noch alle vierzehn Tage diese AG in der Sechsten. Da muß es eine andere Lösung geben. Und dann hab ich mit ihm noch über meine Idee geredet, eine Schülerrubrik in der Karlsruher Zeitung einzurichten. Viel versteht das alte Schlachtroß ja nicht von Pressearbeit, aber beeindruckt war er doch! Er ist auch nicht anders als andere: Etwas Neues findet er total beeindruckend, besonders wenn er keine Ahnung davon hat.«

Angeberin, blonde.

Helena hatte der Referendarin nur einen stummen Blick zugeworfen. Auf so etwas war ihr keine Antwort mehr eingefallen. Zumindest keine freundliche. Aber sie hatte sich das Gehirn auch gar nicht weiter zu zermartern brauchen, denn Gabi war bereits lachend und über »Glucksi« schwatzend mit Max Hübner aus dem Lehrerzimmer gegangen. Mit giftigem Blick hatte Helena den arschschwenkenden und pferdeschwanzwedelnden Abgang der Blondine verfolgt. Und da! Lugte da nicht zu allem Überfluß auch noch ein Geschenk aus ihrer Tasche hervor?

Doch für derlei Überlegungen hatte Willem heute nicht den Kopf frei. Er schüttelte den flachsfarbenen, mit Gel künstlich verwuschelten Kopf. Der Bart war ein wenig flaumig und seine Augen milchig blau. Schlank, fast schmächtig und eigentlich gar kein Seefahrertyp, war er dennoch nicht unattraktiv. Mit seiner blauen Seemannsmütze und der Pfeife, die er alle naselang aus dem mit Windmühlen bestickten blauen Säckchen herauszog, hätte man ihn mit etwas Phantasie durchaus für einen Holländer halten können. Zumindest für einen aus einer Operette entsprungenen. Helena hatte er vor zwei Jahren im Bus durch den Charme erobert, mit dem er dem Kontrolleur erzählt hatte, er habe seine Busfahrkarte aus Versehen aufgegessen. Sie habe sich irgendwie in sein mit Goudakäse belegtes Baguettebrötchen gestohlen. »Doch, so muß es gewesen sein«, hatte er gesagt. »Mir ist gleich aufgefallen, daß das Baguette etwas seltsam schmeckte!« Helena hatte die vierzig Mark Strafe bezahlt, und man hatte Adressen ausgetauscht.

»Was willst du auch mit so einem Geschenk?« sagte er nun. »Was kann das hierzulande schon groß sein ... irgendeine läppische Blumenvase oder eine Flasche Rheinwein«, kommentierte er nun ihre Klagen.

Willem ernährte sich ausschließlich von Beneluxware – keine einfache Aufgabe im Badischen. Mindestens einmal in der Woche war deshalb ein Besuch in einem großen, international ausgerichteten französischen Supermarkt jenseits der Grenze fällig. Obwohl Willem das Elsaß haßte, – wie bereits erwähnt, haßte er ganz Frankreich wegen irgend so einer Geschichte im Hundertjährigen Krieg – wagte er sich doch ins Feindesland, um dort jene Lebensmittel zu erstehen, die man auch in Belgien und Holland verzehrte.

Diese Ausflüge rissen jedesmal Krater in Helenas

Geldbeutel, denn Willem entdeckte immer etwas, das ihn an »zu Hause« erinnerte. (An Aachen? Aber nein – an Amsterdam!)

Bei ihrer letzten Fahrt ins Elsaß hatte sie seine Vorträge über den Qualitätsunterschied zwischen Butter aus Südholland und Butter von am Isselmeer weidenden Kühen (»Wiesen von unvergleichlicher Qualität«) nicht mehr ertragen können. Da der betreffende Supermarkt merkwürdigerweise keine Zeitschriftenabteilung hatte, in der sie sich stundenlang hätte aufhalten können, war sie in dem kleinen, überwiegend von Deutschen bewohnten, wildromantischen Dorf neben dem Laden spazierengegangen. Erstaunlich, wie billig die Häuser dort waren. Eines, in dessen Erdgeschoß sich sogar ein großer leerstehender Raum zur gewerblichen Nutzung befand, kostete nur 120 000 Mark – bei Selbstrenovierung.

»Bitte schweig!« hatte Willem gesagt, als sie ihm davon erzählt hatte, während er mühsam den Teig für eine holländische Käsewaffel ausrollte. »Das Elsaß ist indiskutabel. Es hat sich damals entschieden, zum Feind überzulaufen, ist ein Bastard geworden, eine Deutsche, die sich kleidet und schminkt wie eine Französin! Bitte sehr! Aber ohne mich! Ist dir denn nicht aufgefallen, wie sich die Franzosen in der Europäischen Union benehmen? Wie sie versuchen, Brüssel und Luxemburg zu umgehen. Die Regierenden dort kommen sich wahrscheinlich immer noch vor wie Napoleon und glauben nach Gutdünken über ihre Provinzen herrschen zu können. Nein, danke!« Helena war verstummt.

»Tu, was du willst!« hatte Willem warnend gesagt, als sie ihm später berichtete, ein weiteres Mal um das Häuschen – es hatte einen verwilderten Garten mit mannshohen Sonnenblumen und armdicken Lupinen – herumgestrichen zu sein. »Zieh ruhig hierher. Aber nimm dir gleich einen neuen Mann mit. Denn *ich* werde mich dann ganz bestimmt von dir zurückziehen müssen. Vielleicht wäre das sowieso für alle Beteiligten das beste ...«

»Nein, laß nur. Ist ja auch viel zu weit weg von der Schule, und was könnte man sonst hier arbeiten?« hatte Helena hastig geantwortet. Wenn sie daran dachte, daß Willem sich vielleicht von ihr »zurückzog«, befiel sie eine diffuse, unbeschreibliche Angst. Als Kind war sie einmal einen ganzen Sonntag lang allein gewesen, weil ihre Schwester sie in den schalldichten Vorratsschrank gesperrt hatte, um ohne sie mit den Eltern in den Zoo gehen zu können. Ihre Mutter hatte sie dreimal gerufen und dann gesagt: »Gut, dann kommt sie eben nicht mit ...«

Miststück. Dafür könnte ich ihr heute noch eine runterhauen, aber auch das ist im Erwachsenenleben nicht mehr üblich. Man ist höflich und freundlich und blickt diskret zur Seite. So wie Caroline von Monaco bei Stefanie.

Willems Ansicht nach hatten sie nun lang genug über Helenas Schule und die Geschenkfrage diskutiert. Emsig raffte er seine Unterlagen zusammen. »Ich gehe heute nachmittag ins Kino, Helena. In einen belgischen Film im Kulturzentrum!«

»Ja!« sagte Helena, »was für ein Film ist es denn, ich meine, außer daß er belgisch ist.«

»Hei ...«, sagte Willem plötzlich ganz aufgeräumt. »Ein Film von einem dieser Nachwuchstalente über ein Dorf an der Nordseeküste, unweit von Oostende, wo ein merkwürdig schweigsamer Fremdling aus Spanien ...«

»Okay!« seufzte Helena, »geh allein! Ich muß sowieso noch die Gans für Weihnachten abholen, Geschenke und Geschenkpapier kaufen und den Gänsebräter vom letzten Jahr vom Speicher holen, saubermachen und ...«

Und dann mach ich mir mit der Küchenarbeit einen

richtig tollen Nachmittag, während mein Typ im Kino sitzt.

»Armes Ding!« sagte Willem sanft und küßte Helena auf die Augenlider. »Min lütje!«

»Vielleicht könntest du mir helfen?«

»Aber, Helena, der Film fängt gleich an, ich muß mich beeilen!« Das letzte, was Helena von ihrem Freund sah, waren sein blauer Friesennerz und ein wehender Wollschal in den niederländischen Nationalfarben.

Helena kochte sich eine Tasse Kaffee und sah sich in ihrer Wohnung und in ihrem Leben um.

Die Wohnung umfaßte drei kleine Zimmer und eine Küche. Jede Wohnung in dem in den fünfziger Jahren erbauten Haus war gleich geschnitten. Vorne links wurde gekocht und hinten rechts geduscht und gepinkelt – wobei man letzteres Gott sei Dank nur nachts von seinen Nachbarn mitbekam.

Das Wohnzimmer war behaglich, wenn auch in Helenas etwas konservativem Stil eingerichtet: Polstergarnitur, Couchtisch, Kiefernregal mit Büchern, Schreibtischecke mit Computer, darüber noch ein paar Bretter mit Fachbüchern, Fernseher. Fotos vom Urlaub an der Wand, noch ein paar Familienfotos, ein Poster von Picasso, eins von Macke, eins von Klee, eins von Klimt, den sie besonders liebte.

Dann gab es das Schlafzimmer mit dem Spiegelschrank. Das Holzbett war einer Schiffskoje nachempfunden. Helena konnte das Bett nicht leiden, es war ihr zu eng und zu unbequem, doch Willem vermochte nur in einem solchen Bett zu nächtigen, also hatte sie nachgegeben.

Schließlich sollte er sich im Bett wenigstens wohl fühlen, wenn sie dort sonst schon nicht viel für ihn tun konnte. Irgendwie war immer einer von beiden müde, entweder sie oder er. Und wenn keiner müde war, dann hatte ganz bestimmt einer Kopfschmerzen.

VERMEIDEN SIE ES, IN IHRER PARTNERSCHAFT KLEINIGKEITEN ÜBERZUBEWERTEN. SPAREN SIE SICH IHRE ENERGIE FÜR DIE WIRKLICH WICHTIGEN DINGE AUF. So hatte es neulich in einem Artikel in der *Marie-Anne* gestanden, die versucht hatte, das Scheitern von Ehen von Prominenten zu analysieren und für Lieschen Müller eine Moral aus der Geschicht' zu ziehen. Hillary Clinton beispielsweise war eine Meisterin im Übersehen von Kleinigkeiten. Der Erfolg? Sie war immer noch verheiratet und forcierte ihre politische Karriere. Von good old Monica sprach schon lange keiner mehr . . .

Bei genauer Betrachtung war das Bett das teuerste Stück in ihrer Wohnung. Im Schlafzimmer lagen und hingen überall Willems Sachen herum. Seine schwarzen Seemannspullover, seine schwarzen Jeans, der Lederschlips, zwei Windbreakerjacken gegen steifen Seewind (eher selten in Karlsruhe), die drei Fischerhemden aus Rotterdam und seine Tennissachen. Helena hängte ihren eigenen kamelhaarfarbenen Pullover in den Schrank neben die braune und die schwarze Hose sowie die blaue Jeans. Außerdem hingen dort das kurze dunkelblaue Strickjäckchen mit den Goldknöpfen, das zu allem paßte, aber besonders zu den beiden Blusen, die sie oft trug: die weiße klassische Hemdbluse und die blaue Jeansbluse mit der Trachtenstickerei, die so herrlich lokker war und mit der sie gern in ihre Neunte ging, weil sie sich dann modern fühlte.

Dann sagte sie schon mal: »Wir, die jüngere Generation, können natürlich mit Shakespeare nicht mehr so viel anfangen, aber wir sollten ihn dennoch . . .« In Wahrheit liebte sie Shakespeare – *Ich verehre Shakespeare* –, aber sie wollte ihren Schülern klarmachen, daß sie ihre Abneigung verstand und darauf einging. Man mußte sie ja nicht provozieren. –

Helena betrachtete ein Foto aus dem letzten Urlaub im kühl-windigen, holländischen Seebad Nordwjk. Nicht Willem, sondern die Wirtin in der Pension hatte sie fotografiert und ganz gut getroffen.

»Ich mache keine Fotos von Menschen. Das sind doch nichts als Götzenbilder!« sagte Willem bei jeder passenden und unpassenden Gelegenheit. Einmal hatte Helena ausnahmsweise nachgehakt. Natürlich höflich.

»Warum hast du dann meine Vorgängerin so oft fotografiert. Du hast mindestens zwei Alben von Marlis in deinem Zimmer, und in dem Fotostudio in der Kaiserstraße bist du bekannt wie ein bunter Hund. Die Verkäuferin hat mir letztens sogar aufgetragen, dich zu grüßen, und gefragt, warum du nicht mehr kommst ... Ich möchte auch gern auf deinem Schreibtisch sein! Ich meine ...«, Erröten, »... als Bild!« Danach hatte Helena versucht, einen Schmollmund zu ziehen, was jedoch mißlang. –

Paßt auch nicht zu mir, denn eigentlich bin ich eher wütend. Aber das paßt erst recht nicht zu mir.

Willem hatte an seiner erkalteten Pfeife gezogen: »Das verstehst du nicht. Marlis war irgendwie ein anderer Typ!« Aha. *Na dann bin ich ja beruhigt! Muß sie auch gewesen sein, denn ich weiß sicher, daß er in* dieser *Beziehung wenigstens ab und zu den Müll entsorgt und die Getränkekästen geschleppt hat.*

Aber: Keine Kleinigkeiten überbewerten, danke, lieber Ratgeber – Helena konzentrierte sich weiter auf das Foto.

Sie hatte damals wie heute lockiges mittelbraunes Haar, das sie in einem schulterlangen Stufenschnitt trug und morgens glattfönte, da es sonst die Tendenz hatte, kraus nach allen Seiten vom Kopf abzustehen. Ihre Augen, die von langen, seidigen Wimpern beschattet wurden, waren, je nach der Farbe des Himmels mal mehr grau und mal eher blau. Sie schminkte sie mit einem feinen schiefergrauen Stift, wobei sie nur die leise Andeutung eines Lidstrichs auftrug. Auf Lippenstift verzichtete sie ganz, sie verwendete nur fettspendenden Labello. Schließlich war ein Teil ihrer Schüler mitten in der Pubertät, und die wollte sie auf keinen Fall provozieren. Ihre Haut war blaß, aber rein, ihre Augenbrauen ließ sie naturbelassen wie Brooke Shields, weil sie das irgendwie passender fand. Diese künstlich gezupften, geschwungenen Bögen gaben der Trägerin ein leicht arrogantes oder gar verruchtes Aussehen.

Helena stellte sich vor den Spiegel im Schlafzimmer.

Doch, eigentlich sah sie ganz nett aus. Die Ohrringe und die Kette waren zwar nur Modeschmuck, wirkten aber täuschend echt, und Helena fand sie angenehm dezent. Das war auch so geplant. Ihre Vorbilder waren schlichte angelsächsische Schönheiten wie Grace Kelly oder die verblichene Lady Diana in ihrer Post-Prinzessinnenphase.

TRAGEN SIE NICHT ZU DICK AUF. DURCH UNDERSTATEMENT UNTERSTREICHEN SIE IHREN TYP VIEL BESSER. DAS GILT VOR ALLEM DANN, WENN SIE NOCH AM ANFANG IHRES BERUFSLEBENS STEHEN. (*young-miss,* Dezember 97. Tips für Berufseinsteiger)

Ihre Figur hatte in letzter Zeit ein wenig nachgelassen. An Hüften und Bauch hatten sich ein paar verdächtige Miniröllchen gebildet, die drauf und dran waren, sich in ausgewachsene Speckrollen zu verwandeln. Da hieß es jetzt verstärkt aufpassen, denn sie neigte etwas zur molligen Statur. Helena zog den weiten dunkelbraunen Pullover an und schlüpfte in die schwarzen Wollhosen, die sie so gern trug, weil sie sie nirgends einengten und kniffen. Stiefel drüber – fertig. Vielleicht nicht sonderlich auffällig oder sexy, aber ordentlich und flott. Oder?

Wenn ihre Mutter sie in derlei lässigen Hosen sah, sagte sie immer: »Du bist doch hoffentlich nicht schwanger?« – »Warum, Mama?« – »Weil solche Hosen gemeinhin nur Schwangere oder Frischoperierte tragen!«

»Und warum sagst du *hoffentlich*? *Hoffentlich* nicht schwanger!« hatte Helena einmal gefragt.

»Weilllll . . .«, hatte ihre Mutter gedehnt geantwortet, ». . . du nicht der Typ für ein Kind bist. Diesem Streß wärest du nervlich nicht gewachsen!«

»Aber Petra hat doch auch zwei Kinder!«

»Petra ist eben anders!«

»Genausogut hättest du auch ›besser‹ sagen können, Mama!«

»Siehst du – das ist doch wieder mal typisch. Empfindlich. So ist Petra eben nicht und Dieter genausowenig. Die beiden sind immer guter Dinge!«

Kein Wunder. Sie wurden mir auch ewig vorgezogen. Der Älteste: nett, aber ein wilder Lausbub, der manchmal launisch und schweigsam in der Ecke hockte. Und die Kleinste: ach, wie süß, ein richtiger frecher, kleiner Trotzkopf. Sagt immer: Will aber nicht. Süß. Und dazwischen: Na ja, halt die Helena. Ein richtig nettes Kind.

Das dritte Zimmer war seit seinem Einzug vor zwei Jahren mehr und mehr zu Willems Arbeitszimmer geworden. In ihm herrschte – und darauf achtete er peinlich – eine kreative Atmosphäre, sprich: In jeder Ecke standen überquellende Aschenbecher herum. Dazu verkrustete Tassen mit Teeresten oder Milchkaffeerändern, ein paar Teller mit angeknabberten Gurken oder Tomaten, ab und zu der Rest eines Herings und ferner zerknülltes Papier, wohin das Auge fiel.

Sauerei.

Das kreative Chaos verdankte Willem seiner Arbeit als begnadeter Übersetzer. Dabei war er keineswegs diplomiert – beileibe nicht! Gelernt hatte er etwas anderes, etwas weniger Kreatives, nämlich Steuerfachgehilfe bei der Firma Klefisch und Söhne in Aachen. Willem war Übersetzer aus Leidenschaft. Und seit Helena ihn kannte, war er mit einem atemberaubenden Projekt beschäftigt. Das heißt, eigentlich fand Helena lediglich die Anzahl der Absagen atemberaubend, die von den Verlagen, denen Willem das Machwerk anbot, eintrudelten. Und ebenso atemberaubend war der Ton des Sachbearbeiters bei der Volksbank, wenn dieser auf die Überziehung von Willems Dispokredit hinwies.

Bei einem seiner ausgedehnten Streifzüge durch seine Wahlheimat hatte Willem vor einiger Zeit am Meer, irgendwo in einem gottverlassenen nordholländischen Dorf, einen Mann kennengelernt, den er seither als den niederländischen Hemingway pries. Der Mann, angeblich ein ehemaliger Fischer, war bärtig, schmutzig, alt und roch nach Wein und Makrelen. Angeblich besaß er nur noch seine Vorderzähne und lebte ausschließlich von Muscheln und Austern, um sich seine ans Legendäre grenzende Potenz zu erhalten. Und an einem wackligen Tisch in seiner Fischerhütte (so Willem, der sich standhaft weigerte, den Namen des Mannes preiszugeben – er nannte ihn nur Mijnheer F.) schrieb er die wunderbarsten literarischen Kriminalromane. Hocherotisch und von wilder Gewagtheit. Die Protagonisten waren grundsätzlich irgendwelche reichen Amsterdamer, manchmal auch fiese Pariser oder steingraue Londoner Bänker. Hintergrund war immer das Meer, die Häfen, die Badeorte, der Kanal, die Schiffe.

»Der Mann ist reinstes Dynamit«, pflegte Willem bei

jeder Gelegenheit zu sagen. »Man muß direkt aufpassen, daß er nicht auf den Index kommt. Ich werde fünf seiner Werke übersetzen, nur die harmloseren natürlich. Das, wo es die Frau mit dem Pferd unter den Apfelbäumen, vor dieser Apfelschnapsbrennerei . . . also, das lasse ich weg . . . Diese junge belgische Illustratorin aus Brügge wird die Bilder dazu malen. Du sollst mal sehen: Das werden Happenings, erotische Evenements. Maigret ist tot, es lebe Mijnheer F.«

Helena war beeindruckt. Oder zumindest bemühte sie sich, es zu sein, denn was wäre ein Künstler ohne eine Frau, die an ihn glaubte. *Er wäre arbeitslos. Und obdachlos. Oder er wäre Steuerfachgehilfe bei Klefisch und Söhne.*

Dieser Fischer aus Noordhuus-oder-so-ähnlich schrieb seine Romane mit steiler hoher Schrift auf gelbliches Papier, das ab und zu ein Teeklecks oder andere undefinierbare Flecken zierten. Bei manchen eher grünlichen konnte Helena nur hoffen, daß es Senf war. Willem hatte ihr einmal einen Auszug vorgelesen, erst in krachendem knarzendem Niederländisch, da hatte sie überhaupt nichts verstanden, dann aus seiner eigenen Übersetzung, da hatte sie auch fast nichts verstanden, denn Mijnheer F. liebte augenscheinlich die Halbsätze, die Andeutungen, das verbale Stakkato.

Jedenfalls ging es in Willems Worten um irgendeine Szene, wo ein unappetitlicher Toter unter lauter schockgekochten und schockgefrorenen Krabben auftaucht. Am Ende der Ermittlungen zwischen Hafenkneipen, Hafenbordellen und einsamen Felsen, wo es diverse Leute miteinander haben und sich »ihr Stöhnen mit dem Jaulen des Windes zu einer erotischen Sinfonie mischt« (Mijnheer F. Originalton), entpuppt sich irgendein leidenschaftliches Drama auf hoher See als Motiv für den Mord.

»Was meinst du, Schatz, wann du einen Verlag für dein Projekt findest?« fragte Helena nicht immer, aber immer öfter, dann nämlich, wenn wieder einmal Miete, Telefon, Gas, Strom, Kabelgebühren, Autoversicherung und all diese anderen unschönen Dinge von ihrem Konto abgebucht worden waren.

Soweit es in seinen Kräften lag, versuchte Willem durchaus, etwas zum Haushalt beizusteuern. Aber mit seinen Kräften war es nun mal nicht allzuweit her, denn er verdiente nichts. Na ja, so gut wie nichts! Er hatte nur diese eine Nachhilfeschülerin, die zweimal die Woche vormittags kam, um Holländisch zu lernen. Tanja hieß sie, war zweiundzwanzig und plante angeblich eine Karriere im Amsterdamer Showbusineß, wo ihr Bruder ebenfalls bereits tätig war. (Er war Führer im dortigen »ersten europäischen Sexmuseum«.) Von dem bißchen, was sie ihm für den Unterricht zahlte, ließ Willem doch tatsächlich einen Bruchteil in den Haushalt einfließen. Davon kaufte er dann diverse Köstlichkeiten ein wie Crème fraîche, Blinis und kleine Mengen Kaviar. Oder Austern. Zusammen mit einem Ei und ein paar Spritzern Zitronensaft ergab das ein absolut köstliches Abendessen. Für Willem. Helena mochte keinen Kaviar, und vor Austern ekelte sie sich. Außerdem wäre es wichtiger gewesen, Küchenrolle und Spülmittel einzukaufen, doch sie verzieh ihm. – Spätestens abends im Bett, wenn er sich ausnahmsweise mal wieder an sie herankuschelte und Dinge sagte wie: »Ich habe dich gar nicht verdient, Helena!« Helena antwortete dann: »Sei still, natürlich hast du das, du wirst eines Tages ganz, ganz ...« Und dann erstarben ihr meist die Worte.

***

Als sie die enge und nicht sehr saubere Treppe vom vierten Stock hinunterging, traf Helena natürlich prompt auf den Berliner. Er stand – groß, muskulös und mit breiten Schultern – vor dem Haus und sah versonnen auf Helenas kleines Auto hinunter.

Was gibt's da zu gucken? Hat er noch nie einen hellblauen Renault gesehen? Es gefällt mir gar nicht, daß er mein Auto mit diesem gierigen Blick ansieht. Reicht ihm mein Schirm nicht?

»Hallo!« sagte er lässig, als er Helena sah, und musterte sie von oben bis unten mit seinen grünen Augen. »Na, heut kein Regen, da ham Se wohl keen Bedarf für 'nen Schirm, wat?«

»Oh, ja hallo, na klar ...«

Helena lächelte unsicher und floh geradezu in ihr Auto. *Der macht sich doch tatsächlich über mich lustig. Na, warum auch nicht, er ist ja in bester Gesellschaft! Schließlich tut das die halbe Welt.*

Dabei hatte Helena neulich noch mit angesehen, wie er seiner rothaarigen Freundin kürzlich alle Einkäufe höchst fürsorglich nach Hause getragen hatte. Und die Tür hatte er ihr aufgehalten. Sie durfte nicht mal eine Stange Lauch und einen Salatkopf schleppen. Wahrscheinlich gehörte das zur Ganovenehre. Helena hatte irgendwo gelesen, vielleicht sogar bei irgendeinem Kollegen von Mijnheer F., daß bei Gangstern die Frau fast genauso sehr respektiert wird wie eine Madonna ...

Auch nicht schlecht. Eine Madonna wär ich auch mal gern. Aber ich bin nicht kriminell, sondern emanzipiert, weshalb ich meine Gans allein nach Hause schleppen darf.

»Ich hatte aber eine 5-Kilo-Gans bestellt«, sagte Helena vorsichtig, als sie das vergleichsweise magere Tier sah, das ihr die Metzgereiverkäuferin hinstreckte.

»Wie?«

»Na, das Tier kommt mir etwas schmächtig vor!«

Starren, Achselzucken, Rufen nach der Chefin, Wiegen der Gans (3,2 Kilo), Nachgucken in der Bestelliste, frostiger Blick von der Chefin.

»Ja, hier steht's: Abschied, 5 Kilo, und da haben Sie unterschrieben.« Die Chefin wies mit ihrem roten Zeigefinger, der wahrscheinlich eiskalt mit ihr aus der Kühlkammer gekommen war, auf Helenas Unterschrift unter dem Bestellschein. »Aber wir sagen doch ausdrücklich immer dazu, daß wir für das tatsächliche Gewicht der Lieferung keine Garantie übernehmen!«

»Was? Wo steht das?« Helena studierte den eher einfach gehaltenen Bestellzettel, auf dem alle möglichen Tiere und Tierteile aufgeführt waren. Die Gans war lediglich angekreuzt worden. Dahinter stand handschriftlich 5 kg.

»Na, auf der Rückseite Ihrer Kopie!«

Helena war fassungslos. *Muß man heutzutage sogar in der Metzgerei auf das Kleingedruckte achten?* Sie bemerkte, wie sich hinter ihr eine kleine murrende Schlange zu bilden begann, und kam sich vor wie einer jener allseits verhaßten Menschen, die bei einer grünen Ampel nicht sofort losfahren wie Michael Schumacher nach dem Boxenstopp. »Also, ich benötige aber mehr als so eine Drei-Kilo-Gans. Wir sind Weihnachten mehrere Personen ...«

»Wissen Sie was?« sagte die Metzgerin. »Kaufen Sie einfach noch ein paar Gänseteile dazu, hier haben wir noch eine Keule, ein Stück Brust und ein paar Flügel!«

Als Helena die Metzgerei verließ, war sie um mehr als hundert Mark ärmer. Sie ärgerte sich. Achtzig Mark hatte sie ursprünglich für die Gans angesetzt ... Weihnachten war inzwischen wirklich ein reines Verlustgeschäft.

LASSEN SIE SICH GANZ UND GAR FALLEN IN DIE WARME NOSTALGISCHE WEIHNACHTSATMOSPHÄRE: DAS SCHMEICHELT DER SEELE: REISEN SIE IN EIN IRREALES MÄRCHENLAND, EIN LAND DER PHANTASIE UND DER VERZAUBERUNG. LASSEN SIE LOS.

So hatte es die *Anna-bella* ihren Leserinnen empfohlen und gleich noch »Zwanzig ganz herrlich verrückte Weihnachtsbaumdekorationen« mitgeliefert.

Helena betrachtete ihre vielen Gänseteile und versuchte, sich so verzaubern zu lassen, wie es *Anna-bella*, die Zeitschrift für Frauen um die Vierzig, empfahl.

Wozu ist dieses blöde Weihnachten eigentlich gut? Man gibt nur wieder mal viel Geld aus und ärgert sich hinterher darüber. – Glaubst du nicht an Jesus? Und an seine Geburt? – Soll ich ehrlich sein? Lieber nicht!

Glücklicherweise fand sie diesmal einen Parkplatz, der nicht weit vom Haus entfernt war.

Helena erinnerte sich an das Haus im Elsaß. Da konnte man das Auto sogar bis in den Hof hineinfahren, man konnte es sogar dort waschen, wenn nicht grade die Kinder darin spielten. Und der Supermarkt lag ganz in der Nähe und war sowieso besser zu Fuß erreichbar.

Viele Deutsche kauften da ein, genaugenommen fast ausschließlich Deutsche. Sie würden am Haus vorbeikommen und über den Zaun hinweg ein Schwätzchen mit ihr halten . . .

Kinder? Ich hätte gern Kinder. Und Tiere!

»Aber, aber . . .«, sagte Willem, wenn sie vom Leben auf dem Land schwärmte, und schaute drein wie ein Beagle mit Zahnschmerzen. »Ich brauche die große Stadt wie andere Leute ihren Cocktail vor dem Essen . . . Auf dem Land würde ich komplett eingehen. Du könntest mir förmlich beim Schrumpeln zusehen! *Alles* würde schrumpeln, wenn du verstehst, was ich damit sagen will. Höchstens in einem kleinen Dorf irgendwo am Meer, da könnte ich *notfalls* existieren. *Notfalls!* Aber nur *wenn* auf dem Dorfplatz täglich frische Heringe verkauft werden, es kaum Touristen gibt und im örtlichen Café eine dralle Blondine namens Marijke bedient, die unter ihrer Schürze ein paar erotische Geheimnisse zu hüten verspricht. *Und* ein Häubchen trägt. Aber ansonsten kommt für mich nur das Leben in der Stadt in Frage!«

Ein solches Dorf konnte Helena ihm nicht bieten. Und ins Elsaß würde ihr Willem ja sowieso nicht folgen. Also blieb es erst mal bei dieser Dreizimmerwohnung im vierten Stock eines achtgeschossigen Wohnhauses mit sechzehn Parteien und den Geräuschen und Gerüchen von fünfzig Leuten.

Willem störten Lärm und Enge nicht.

»Erinnert mich entfernt an meine Zeit in Amsterdam!« pflegte er Besuchern gern zu erzählen und mit seinen blaßblauen Augen in die Ferne zu schweifen.

Seine Zeit in Amsterdam, das war eines seiner Lieblingsthemen. Als Helena kürzlich etwas früher als geplant von der Schule nach Hause kam, hatte sie Willem und Tanja dabei überrascht, wie sie sich über eines seiner Alben mit Erinnerungsfotos beugten. Willem hatte Tanja dabei den Arm um die Schultern gelegt, was Helena wiederum absolut nicht gefallen hatte. Diese Tanja war zwar nicht gleißend hübsch, verfügte aber über eine recht wohlgerundete Figur, so etwa über einen ausgesprochen provokanten runden Busen und einen ebensolchen Hintern. *Dieser Arsch sieht aus, als lache er. Als lache er mich aus. Ich würde ihr am liebsten in denselben hineintreten.*

»Willem, es gefällt mir nicht, daß du dich so häufig privat mit dieser Tanja unterhältst. Ich denke, sie lernt bei dir Niederländisch! Dann könntest du vielleicht etwas mehr Distanz zu ihr halten.«

»Also, das ist wieder typisch für die deutsche Mentalität.« Willem blies sich auf und schenkte sich augenrollend einen Rotwein ein. »Als ob beruflicher und privater Kontakt sich ausschlössen! Aber die Deutschen sind ja immer schnell damit bei der Hand, die verschiedenen Bereiche des Lebens in ordentliche, eigens dafür beschriftete Kästchen zu zwängen. Mein Gott, Helena, entspann dich! Wenn du Englisch oder Niederländisch lernst, brauchst du doch auch einen Einblick in die Kultur des Landes. Oder willst du etwa andeuten, Holland hätte keine Kultur?«

Bis jetzt ist mir noch keine ins Auge gesprungen. Bei Holland denke ich nur an Fußball und Käse. Und an Tomaten, ach ja, und natürlich an Tulpen. Aber ich mag keine Tulpen. Ich bevorzuge Rosen. Kletterrosen. Aber das hätte Helena natürlich niemals ausgesprochen. Schließlich wollte sie Willem nicht vergraulen.

»Trotzdem, Willem«, sagte Helena, immer noch um Freundlichkeit bemüht. Normalerweise bestand sie selten auf ihrem Recht, gab meist um des lieben Friedens willen nach, doch sein Arm hatte einfach zu fest auf der runden Schulter dieser Tanja gelegen! »Ich finde, daß du ihr ziemlich auf den Leib gerückt bist! Vielleicht ist es dir ja selbst gar nicht aufgefallen ...«

MACHEN SIE NICHT GLEICH EINE SZENE, WENN SIE IHREN PARTNER MIT EINER ANDEREN FRAU IN EINER VERFÄNGLICHEN SITUATION VORFINDEN. DENKEN SIE DARAN: IN DUBIO PRO REO. UND SIE WOLLEN DOCH IHRE BEZIEHUNG NICHT WEGEN EINES IRRTUMS AUFS SPIEL SETZEN.
(*Anna-bella.* »Der Sprung zur Seite. Wie Frauen mit Untreue umgehen lernen.«)

Etwas Ähnliches hatte in der *Marie-Anne* in jenem bewußten Artikel über die Überbewertung von Kleinigkeiten und die Clinton-Ehe gestanden.

»Dein Mißtrauen«, erklärte Willem und leerte die Weißweinflasche, »kränkt mich sehr, Helena, und offen gestanden weiß ich nicht, ob ich mich nicht besser für eine Weile zurückziehen ...«

Ich will nicht, daß er geht. Dann bin ich ja allein! Und allein stehe ich die Schule noch weniger durch.

»Schon gut«, versicherte Helena hastig. »Ich glaube dir. Wäre ja auch zu albern, wenn du mich betrügen würdest, denn ich meine ... ich bemühe mich ja wirklich ... dich glücklich ... ich meine ...«

»Ich verzeihe meiner kleinen Helena«, sagte Willem weich und geistig bereits wieder abwesend. »Ach, und wenn du das nächste Mal in der Stadt bist, könntest du dann noch mal ein, zwei Fläschchen von diesem luxemburgischen Weißweinchen hier mitbringen?« Willem schob seine Pulloverärmel hoch, was ihm einen enorm arbeitsamen Anstrich gab. – *Dieser Wein aus Luxemburg ist furchtbar teuer. Warum kann er nicht elsässischen Riesling trinken wie jeder hier?*

WENN IHR MANN AUSGEFALLENE KULINARISCHE WÜNSCHE HAT, DANN ERFÜLLEN SIE SIE IHM. LIEBE GEHT DURCH DEN MAGEN, UND WENN ES DA STIMMT, DANN HABEN SIE AUCH MIT DEM ETWA ZEHN ZENTIMETER TIEFER LIEGENDEN KÖRPERTEIL KEINE PROBLEME. ALSO RAN AN BANANENBUTTER, KREBSSCHWANZSOUFFLÉ UND SPINATPLÄTZCHEN MIT SESAMKÖRNERN.
(*Cosmopolitan*, April 1999. Großes Feature: »Wenn der Partner schlapp macht«)

»Ja, gern!« sagte Helena und kam sich nicht das erste Mal an diesem Tag vor wie eine dumme Kuh.

Ich bin *eine dumme Kuh!!!!*

Kapitel 2

Heimisches Idyll. Heimisches Idyll mit Heimchen. Letzteres am Herd.

Helena studierte und verglich mehrere Herstellungsanweisungen für Graved-Lachs-Sauce. Der Zeigefinger strich prüfend über die Mengenangaben, mit einer Drehung ihres Halses versuchte sie zwischendurch einen Blick auf ihren Terminkalender zu werfen, der aufgeschlagen auf dem Küchentisch lag. Die Spülmaschine tat lauthals stöhnend ihren Dienst, und Willem schmauchte gemütlich sein Pfeifchen, während er sich liebevoll den dünnen Bartflaum kraulte.

»Ich werde meine Massagestunde wohl besser nicht absagen. Ich finde, das kann man irgendwie nicht machen!« murmelte Helena unsicher und fragte sich, wo sie Dijonsenf für die Sauce herbekommen sollte. Na ja, vielleicht tat es ja auch normaler Senf.

Ich habe aber keine Zeit. Und meine Masseuse hat immer kalte Hände. Eigentlich sollte mich sowieso Willem massieren. Im Bett zum Beispiel. Ich kann mich gar nicht daran erinnern, wann wir das letzte Mal miteinander geschlafen haben. Ich habe auch eigentlich keine Lust dazu. Magenschmerzen habe ich letztes Mal als Begründung angegeben, und wie lange ist das jetzt her? Vielleicht glaubt er ja, daß ich immer noch Magen-

schmerzen habe? Aber warum erkundigt er sich dann nicht danach?

Für ein anderes Saucenrezept benötigte man Honig. Hoffentlich war davon noch genug da! Helena versuchte, das Honigglas aus dem Schrank zu holen. Es klebte am Boden des Regalbretts fest. Jemand (Willem!) hatte es nicht richtig zugeschraubt, Honig war seitlich heruntergelaufen, und nun war das Glas auf alle Zeiten mit dem Resopalschrankboden verwachsen.

Es war nicht zu übersehen – Willem hatte nicht viel Sinn für Haushaltsfragen. Nun ja, von James Joyce konnte man ja schließlich auch nicht erwarten, daß er den Hund Gassi führte oder Kirschen entkernte.

Sauerei! Also was ist jetzt mit der Massage?

Obwohl der Tag der kollektiven christlichen Freude bereits bedrohlich vor ihrer Tür lauerte, fühlte sich Helena ihrer Masseuse und ihrem Friseur gegenüber zu einer gewissen Treue verpflichtet.

Außerdem waren Wellnessaktivitäten wie Massage und Friseur ein unverzichtbarer Bestandteil im Leben der springlebendigen Frau an der Schwelle zum neuen Jahrtausend.

GÖNNEN SIE SICH ETWAS FÜR KÖRPER UND SEELE – AUCH UND GERADE VOR DEN STRESSIGEN FEIERTAGEN. KAVIARCREME, CHAMAPAGNER, SONNENSTUDIO UND KOSMETIKERIN. WENN SIE DAS VERSÄUMEN, SEHEN SIE NACHHER UNTERM TANNENBAUM ÄLTER AUS ALS IHRE TANTE FRIEDA.

So hatte die *Brigitte* gewarnt und als Vorbild strahlend schöne Frauen abgelichtet, die schlank, rank und elegant vor einem Christbaum standen und ihn mit modischem Schmuck in Mauve, der einzig zulässigen Christbaumkugelfarbe 99, behängten. Dabei lächelten sie unverdrossen vor sich hin.

Was werden sie denken, wenn ich jetzt absage! Sie werden denken, daß ich so kurz vor Weihnachten keine Lust mehr habe. Und es stimmt – ich habe keine Lust!

»So viel Zeit wie du möchte ich auch mal haben!« meinte Willem zu der Massagefrage mit jener Nonchalance, die er für künstlerisch hielt und die er sich in den Jahren nach Klefisch mühsam antrainiert hatte. Liebevoll legte er die mühselig zu stopfende kleine Pfeife aus der Hand und steckte sich eine typisch holländische Caballero an, die Gauloise der Niederländer. »*Dich* versetzt man doch auch ständig! Warum verhältst du dich nicht ebenso?«

Helena starrte ihn nur wortlos an. *Zeit? Was soll denn diese Bemerkung nun wieder? Willem hat mehr Zeit als ein Rentner.*

Rentner führten immerhin meist noch niedrige Dakkelchen Gassi oder kauften stundenlang ein. Nicht so Willem. Pro Tag hielt er es nach eigenen Angaben höchstens zwei Stunden mit Mijnheer F. aus, dann übermannten ihn dessen ungezügelte Erotik und die allgemeine literarische Erschöpfung. Den Rest der Zeit mußte Willem dann entweder im Bistro Amsterdam in der Südstadt oder in der Bibliothek oder im Kino verbringen.

»Das Dienstleistungsgewerbe hat es schwer. Deshalb mögen diese Leute es gar nicht, wenn man ihnen absagt. Schon gar nicht so kurz vor Weihnachten!«

Und trotzdem hab ich immer noch keine Lust. Meine Masseuse hat mich letztes Mal eiskalt – so kalt, wie ihre Hände – versetzt, nur weil sie sich mit ihrem neuen Freund treffen wollte.

PFLEGEN UND VERWÖHNEN SIE SICH. JETZT!

Das war jetzt kein Rat mehr von der *freundin*, sondern schon ein Befehl, und Helena hatte sich angewöhnt, auf Ratschläge zu hören und Befehle zu befolgen. Auf diese

Weise hoffte sie, weniger Ärger zu bekommen. Also würde sie unverzüglich zum Verwöhnen aufbrechen müssen. Und dabei hatte von den angeblich so inneren Frieden spendenden Vorbereitungen für die Weihnachtszeit bis jetzt noch gar nichts geklappt. Vergeblich hatte sie versucht, das Rezept zu finden, mit dem man diese leckere hellgrünliche Graved-Lachs-Sauce notfalls auch ohne Mayonnaise machen konnte. Ihr Vater vertrug keine fetten Speisen, also auch keine Mayonnaise, und Helena wollte es doch unbedingt allen recht machen.

Vielleicht war es ein Fehler gewesen, ihrer Mutter zu versprechen, dieses Jahr wieder für das weihnachtliche Essen zu sorgen, aber Helena wollte doch auch durch irgend etwas glänzen, und sei es nur durch Hilfsbereitschaft. Und schließlich litt ihre Mutter an Kniearthrose und hatte Schwierigkeiten beim Gehen, eine Tatsache, die ihre Geschwister noch nicht bemerkt zu haben schienen.

Die waren zu sehr mit ihrem eigenen Glanz beschäftigt: Ihre Schwester hatte zwei glänzende uneheliche Kinder, und ihr Bruder konnte eine glänzende Karriere als Jurist vorweisen. Zumindest sagte er das. Mal sehen, welches junge, langbeinige Etwas er diesmal mitschleppen würde. Natürlich in einem knapp geschnittenen Kostümchen und mit braungebrutzeltem Dekolleté. Dieters Freundinnen stammten meist aus der Reise- oder Werbebranche und waren gemeinhin in Officegirl-Zweiteiler gewandet. Neben ihnen kam Helena sich stets wie eine altjüngferliche Dorfschullehrerin vor.

»Na ja, wenn du meinst, daß du dann noch alles schaffst mit der Wohnung, der Gans und so weiter, dann geh nur, und wirf unser gutes Geld zum Fenster raus!« sagte Willem ebenso freundlich wie gleichmütig gegenüber den wahren Einkommensverhältnissen, bevor er sich mit Mijnheer F. und dessen plastischer Beschreibung einer Hafenbar im belgischen Oostende zurückzog.

In ebendieser Hafenbar machte sich gerade der Besitzer, ein älterer Mann mit Holzbein, über die stumme – oder war sie taub? – Bedienung her. Während die Geneverflaschen im Regal schepperten, liebte man sich, was das Zeug hielt.

»*Unser* Geld?« sagte Helena, die Willem ins Arbeitszimmer gefolgt war. Sie sagte es nicht einmal aggressiv. Helena war niemals aggressiv. *Es ist mein Geld, sauer verdient, und nicht unser Geld, Willem. Ich kann es mir nicht leisten, Bücher zu übersetzen, die offenbar nicht einmal im Original gelesen werden* . . . Sie war eben einfach zu gutmütig. Als Kind hatte sie sogar immer die Autos und Raketen repariert, die nach Petras Willen den Härtetest mit der Kinderzimmerwand zu bestehen hatten. Helenas Puppen mit den netten Dirndln und den blanken Augen hatten stets vorwurfsvoll vom Regal auf die Autohalden hinuntergeschaut, als wollten sie sagen: »Petra, du solltest auch mit uns spielen, uns pflegen, hegen und uns ein Süppchen kochen, statt mit Raketen auf den Mond fliegen zu wollen – das machen doch nur die wilden Jungen im Zimmer nebenan!«

Willem warf ihr vom Schreibtisch her einen Blick zu: »Also Helena, du weißt doch, einen Künstler soll man nicht mit profanem Kram wie dem schnöden Mammon behelligen. Für derlei Dinge hat unsereins nicht den Kopf frei. Das hemmt nur die Kreativität. Aber wo du schon mal hier bist, mußt du dir unbedingt folgende Stelle anhören: »Als die üppige Rotblonde sich langsam herumdrehte und bedächtig ihren Po entblößte – seine beiden Hälften glichen normannischen Äpfeln und schimmerten in perfekter Harmonie –, traten dem alten Hummerfischer, der nun hinter dem Tresen sein Dasein fristen mußte, die Tränen in die Augen, so sehr freute er sich auf das, was vor ihm lag ...«

Mir treten auch die Tränen in die Augen, wenn ich denke, was vor mir liegt: ein Heiliger Abend, an dem ich mal wieder mit meiner Familie allein bin.

»Wäre es nicht schöner, wenn wir Weihnachten zusammen feiern würden wie alle anderen Paare auch?« Helena stand noch immer an der Arbeitszimmertür, das Gesicht jetzt zu einem mürrischen Schmollen verzogen.

MACHEN SIE WEIHNACHTEN MIT IHREM GELIEBTEN ZU EINEM RAUSCH DER SINNE. Das hatte *Besser leben* empfohlen, eine eher hausbackene Zeitschrift, die sich vornehmlich mit Themen wie Kochen und Haushaltsführung beschäftigte und leider nur alle vierzehn Tage erschien.

Wütend schleuderte Willem den Striptease auf seinen Schreibtisch. »Mein Gott, Helena, ihr Deutschen mit euren starren Vorstellungen: Kaum ist man miteinander verbandelt, muß man unter allen Umständen dieses plüschige verlogene Fest miteinander feiern! Als ob Liebende mit Handschellen aneinander gekettet wären. Lebenslängliche Doppelhaft. Wir Holländer feiern Weihnachten sowieso nicht an Heiligabend. Für uns ist Nikolaus der Tag, an dem die Familie zusammenkommt. Dennoch haben wir uns in unserem deutschen Exil den hiesigen Gepflogenheiten natürlich angepaßt und setzen uns am 24. auch noch mal zusammen. Und du weißt schließlich ganz genau, daß meine Mutter mich braucht an diesem Tag. Sie kommt einfach nicht allein mit Antje zurecht!«

Das kann ich gut verstehen. Mit dieser Rotzgöre käme nicht mal der liebe Gott zurecht. »Du hast schon recht, Schatz. Man muß eben immer beide Seiten sehen!«

Willems sehr viel jüngere Schwester Antje alias Anita war ein muffiger Teenager, den Helena am liebsten schockgefroren hätte, um sie in frühestens zwei Jahren an ihrem achtzehnten Geburtstag wieder aufzutauen. Die meisten Fragen nach Schule oder persönlichem Befinden beantwortete sie mit »Wat willste, ey?« oder »Hey! Was liegt an? Ätz nicht 'rum!«

Willem würde also frühestens am ersten Feiertag zu ihr und ihrer Familie, den versammelten Abschieds, hinzustoßen. Das hieß für Helena, daß sie einmal mehr mit dem tantenhaften Lächeln einer sitzengelassenen alten Jungfer allein unter dem Weihnachtsbaum warten würde, bis die anderen einander geküßt, ihre ganz privaten Geschenke ausgepackt und vielsagende Liebesblicke ausgetauscht hatten und bis endlich sie an der Reihe war. Niemand würde fragen, wo Willem steckte und warum er nicht mitgekommen war, weil jeder ein unerfreuliches Geheimnis dahinter vermutete. Und wenn Helena ihnen erklärte, daß der gemeine Holländer um Weihnachten nicht viel Aufhebens machte, würden sie alle nur die Achseln zucken.

Kein Mensch interessierte sich wirklich für Holland und die Holländer. Warum konnte Willem sich nicht wenigstens einreden, Franzose zu sein. Oder vielleicht Ire. Kelten kamen ebenfalls gut an heutzutage. Man verband sie mit Freiheit und Rebellion. Aber ausgerechnet Holländer?

»Also, ich gehe dann mal zu meiner Massage! Wo ist meine Tasche?«

Irgendwie muß man sich mit diesem Weihnachten abfinden. So wie mit so vielem im Leben. Mit Grippe und Hornhaut an den Füßen. Und mit der Bundesligaübertragung am Samstag. Warum also nicht auch mit Weihnachten?

Willem nickte flüchtig und wandte sich wieder dem Apfelpo zu, in der wilden Hoffnung, daß Mijnheer F. dafür gesorgt hatte, daß dieses megageile Weibsstück sich jetzt nackt auf den Tresen legte . . .

Schon seit einiger Zeit ging Helena einmal die Woche zu einer Masseuse. Ihr Name war Häßler, »Ja-genauso-wie-dieser-Fußballspieler«. Sie war hager, blaß, und ihre Haut sah aus wie die Oberfläche des Mondes.

Helena bezahlte ihre Dienste aus eigener Tasche, denn sie fand es unmoralisch, die Krankenkassen zu betrügen, so wie die meisten ihrer Freundinnen es taten: Sie ließen sich langweilige Fangopackungen verordnen und bekamen dann herrliche Rückenmassagen von heilenden Männerhänden dafür verabreicht. Für solche Aktionen fehlte Helena die notwendige Dreistigkeit.

Zwanzig Minuten kosteten sie deshalb zwanzig Mark. Und jedesmal hatte Helena ein schlechtes Gewissen, wenn sie das Geld über die Theke schob. *So viel* Geld nur für sich allein auszugeben, um die Fleischeslust zu befriedigen, das widerstrebte ihr.

Allein der Gedanke, daß es ansonsten mit ihrer Fleischeslust nicht allzuweit her war, denn Willem schienen die literarischen Orgasmen des Mijnheer F. völlig auszureichen, trieb sie doch immer wieder in die Arme von Jessica Häßler.

Frau Häßler massierte Helenas Oberkörper – und nur den, eine Ganzkörpermassage hätte sie das Doppelte gekostet – nunmehr seit zwei Jahren, und man hatte sich von Frau zu Frau schon so einiges erzählt. Doch vor einigen Monaten hatte nach einem solchen vertraulichen Gespräch selbst die gutmütige Helena daran gedacht, die Masseuse zu wechseln . . .

»Wissen Sie, ich habe ja auch anfangs nicht daran geglaubt!« hatte Frau Häßler, die vielleicht um die Dreißig sein mochte, damals beiläufig erwähnt. »Bis ich es selbst gesehen und erlebt habe!«

»Was denn?« hatte Helena gekeucht. Frau Häßlers Hände rumorten in ihrem Nacken herum, kneteten, zerrten, zupften, klopften und rieben. »Die Wirkung. Und jetzt mach ich es jeden Morgen *und* bevor ich in die Disco gehe. Meine Haare glänzen wie nie zuvor!«

»Ach ja?« Etwas, das Haare zum Glänzen bringt, interessiert weltweit jede Frau. Außer vielleicht in Japan. Da glänzen sie automatisch. Helena war besonders neugierig auf dieses Wundermittel, denn ihre Haare, in einem biederen Stufenschnitt gehalten, weigerten sich, auch nur ein klitzekleines bißchen zu glänzen.

»Natürlich muß es der vom Morgen sein. Der erste, sozusagen frischgepreßte!« Frau Häßler-ja-wie-der-Fußballspieler lachte heiser.

»Was, wie?« Helena stöhnte.

»Der Urin!«

Helena erstarrte unter den knetenden Händen. Ihre Masseuse goß sich Urin auf die Haare? Roch es hier nicht seltsam? Immer schon. Jedesmal? *Widerlich. Igitt. Igitt.*

SEIEN SIE OFFEN FÜR DIE MÖGLICHKEITEN, DIE DIE NATUR IHNEN BIETET – STELLEN SIE SICH IHRE KOSMETIK MIT HILFE VON KRÄUTERN, PFLANZEN UND ESSENZEN SELBST HER.
(*Petra,* Serie »Körper und Seele« Teil 2)

Ist Urin eine Essenz im Petraschen Sinne?

»Ja, ich wasche mir jeden Morgen die Haare mit Urin! Den Tip hab ich von der Ex meines Cousins! Kann ich Ihnen nur empfehlen.«

Igitt.

Helena hob mühsam den Kopf und sah schräg nach oben. Es stimmte: Gegen ihre hageren, wettergegerbten Züge und ihre hektisch hin und her huschenden dunklen Augen hatte das Pipi nichts ausrichten können. Aber ihre Haare glänzten. Helena wandte sich schaudernd ab. Danach hatte sie mindestens zwanzig Massagetermine gebraucht, um darüber hinwegzukommen . . .

Heute traf sie verfrüht um Viertel vor zwei in der Praxis für Physikalische Therapie und Krankengymnastik ein. Helena hatte sich angewöhnt, etwas früher hinzugehen, um noch in den Zeitschriften blättern zu können: Eigentlich kannte sie alle Zeitschriften, die im Wartezimmer auslagen, denn die meisten davon hatte sie sich schon gekauft. Doch viele konnte man glatt zwei- bis dreimal durchgehen, und ab und zu war sogar eine *Elle* oder eine *Madame* dabei, die ihr zu teuer gewesen oder auf unerfindliche Weise durch die Lappen gegangen war. Heute griff sie nach dem Hochglanzmagazin *Gala*. Das Titelbild war wieder einmal fest in der Hand der Grimaldis respektive der guten Caroline. Die *Gala*, so sinnierte Helena, war ein Heft, das alle gern lasen, das sich aber kaum jemand selbst kaufte. Ohne Wartezimmer und Friseur-Salons gäbe es das Blatt wahrscheinlich gar nicht. Auch sie selbst gönnte sich das Blatt nur unregelmäßig, unter anderem auch deshalb, weil es keinen verläßlichen Ratgeberteil hatte.

Die aktuelle *Gala* war randvoll mit Hintergrundberichten über die Reichen und Schönen sowie über diejenigen, die die Schnittmenge aus beidem darstellten. Helena blätterte sich durch das englische und monegassische Königshaus, dann quer durch Hollywood und streifte anschließend ein paar deutsche Parties, auf denen Hannelore Elsner, Senta Berger und Iris Berben stets unverdrossen als »reife, schöne Sexsymbole« auftraten.

Helena sah genauer hin. Alle drei hatten sie faltige Hälse und die Berben'sche Hand, die bei irgendeiner Bussibussiparty in München das Champagnerglas umklammerte, war die einer älteren Dame. Die Dimension ihres Ausschnitts hätte allerdings selbst einer Zwanzigjährigen alle Ehre gemacht.

Helena blätterte sich durch die zerstrittenen Jaggers, passierte die Flicks sowie die notorisch multikulturellen Beckers und landete bei den Bundesschröders: »Gerhard und seine Doris ganz privat. Ihren Kennenlerntag feierten sie unter vier Augen in einem absolut geheimen Viersternerestaurant an der dänischen Grenze!« Das Bild hatte sie schon in verschiedenen anderen Blättern gesehen, aber jetzt betrachtete sie es genauer.

Nun, *ganz* unter vier Augen war das geheime Rendezvous anscheinend nicht gewesen, denn es mußten zumindest zwanzig Fotografen dabeigewesen sein.

Und dennoch ... Der Blick, mit dem Doris Gerhard anhimmelte, war zwar der eines Kätzchens, das man gerade aus dem Tierheim nach Hause geholt hatte, doch Gerhard schien mit echter Zuneigung zurückzublicken. Und nicht nur das! Als Erinnerung an diesen Tag steckte er seiner Doris einen Ring mit einem platingefaßten Aquamarin an den kindlich dürren Finger. »Weil«, so der Bundeskanzler, »Blau die Lieblingsfarbe meiner Doris ist!« Und dabei sah er seiner Doris mit intensivem Laserblick in die Augen. Helena betrachtete die Kanzlergattin und fühlte etwas recht Verwerfliches in sich aufkeimen: Neid! Gelben, kalten, fiesen Neid.

Warum hat mich *bis jetzt kein Mann so angesehen!* Es mußte ja nicht gleich der Bundeskanzler sein. Und warum schenkte ihr Willem keinen solchen Aquamarinring. Oder zumindest einen Jadering. Oder überhaupt einen Ring? Oder überhaupt *irgend etwas*?

Geizkragen, egoistischer!

Helena ließ ihre männermäßige Vergangenheit vor ihrem geistigen Auge Revue passieren. Da konnte sie sich ebenfalls an keine allzu großzügigen Geschenke erinnern, an keine verheißungsvollen Einladungen in ein Nobelrestaurant. Ihre männlichen Freunde waren meist viel zu sehr mit sich selbst beschäftigt gewesen. Sie trugen jede Menge eigener Probleme mit sich herum und hatten Helena geschätzt, weil sie so lieb, so vernünftig und so hilfsbereit war, immer da, wenn man sie brauchte, und überhaupt ...

Doch wenn sich Helena jetzt diese verliebt turtelnden Schröders ansah, dann war sie gar nicht so sicher, ob sie immer *da* sein wollte, wo ein Mann sie gerade brauchte. Eigentlich hätte sie statt dessen lieber auch mal so einen Ring geschenkt und so einen Blick zugeworfen bekommen.

Bevor Helena diesen Gedanken zu Ende denken konnte, schlug die Uhr zwei, und Frau Häßler kam mit gehetztem, mürrischem Gesicht an ihr vorbei: »Ach, Frau Abschied, Sie sind schon da! Gehen Sie schon mal in die 10, ich komme sofort!«

Helena kannte das. Sie sah demonstrativ auf die Uhr.

»Bin ich zu früh?« fragte sie liebenswürdig und lachte dazu, um der Frage die nicht vorhandene Schärfe zu nehmen.

Die Häßler warf ebenfalls einen Blick auf die Armbanduhr: »Nee, ich komm' gleich!«

Helena lag eine entsprechende Antwort auf der Zunge, doch die geballte Anwesenheit der weißgekleideten und (mit Ausnahme der Häßler) hygienisch-sauberen, adrett-fitten Krankengymnastinnen ließ Helena verstummen. Sie würde ja gleich kommen, die Frau Häßler, na klar doch, natürlich würde sie gleich kommen, warum denn auch nicht?

Dann aber mal hurtig!

Helena ging in Kabine 10, zog sich aus und wartete mit entblößtem Oberkörper auf die Ankunft der urinbegeisterten Masseuse. Doch mit Frau Häßler war es wie mit Godot. Man wartete, doch sie kam nicht. Zumindest nicht gleich. Fröstelnd und beunruhigt saß Helena in der Kabine. Ob man von den Häusern gegenüber in die einzelnen Massageräume schauen konnte? Vielleicht war das gegenüberliegende Gebäude bereits *der* Geheimtip unter Karlsruhes Spannern. Wenn sie sich wenigstens hätte hinlegen können, aber das war unmöglich, denn die Massagepritsche war nackt und bloß. Das Handtuch, auf dem sie sich bei der Massage ausstreckte, wurde von Frau Häßler aus irgendeiner der Öffentlichkeit nicht zugänglichen Kammer geholt und in einem Beutel herbeitransportiert.

Die Uhr tickte unermüdlich: Jetzt war es schon drei Minuten nach zwei, kurz darauf vier. Helena bemühte sich redlich, ihren steigenden Adrenalinspiegel in den Griff zu bekommen. Das alles wäre ja kein Problem gewesen, wenn Frau Häßler die vertrödelte Zeit hintendran hängen würde. Doch um zwanzig nach zwei wartete bereits der nächste Patient auf die heilenden Hände der Frau H. aus K.

Um fünf nach zwei erschien die Dame dann endlich. Sie roch nach Rauch. Hastig breitete sie das Handtuch aus und fing an, sich mit Helenas Rücken auseinanderzusetzen.

»Ganz schön verspannt!« sagte sie beiläufig und routiniert wie die Ansage auf einem Anrufbeantworter.

Helena verdrehte die Augen. *Alle Masseure dieser Welt behaupten, daß man verspannt ist. Genau wie alle Friseure behaupten, daß das Haar ihrer Kundinnen zu trocken sei, und alle Kosmetikerinnen einem das gleiche über die Haut erzählen, egal, wieviel Fett man schon seit Wochen draufschmiert, und gleichgültig, wie sehr die Nase glänzt. Das scheint eine Art professioneller Selbsterhaltungstrieb zu sein.*

Helena wollte sich gerade entspannen, als Frau Häßlers Handy klingelte. Sie trug es an einem Gürtel ihrer weißen Kleidung. Praktisch. Zumindest für Frau Häßler. Sie unterbrach die Massage. »Physikalische Therapie und Krankengymnastik, es spricht Jessica Häßler, was kann ich für Sie tun, bitte?«

Sie lauschte: »Hallo?«

Dann legte sie auf und hängte das Handy wieder an den Gürtel. »Scheint sich verwählt zu haben!« Helena freute sich darauf, jetzt den Nacken massiert zu bekommen. Das liebte sie besonders. Es war nunmehr elf Minuten nach zwei. Das Handy läutete wieder. »Physikalische Therapie und Krankengymnastik, es spricht Jessica Häßler, was kann ich für Sie tun, bitte?«

Diesmal war jemand dran. »Sie wollen einen Termin tauschen. Moment, ich verbinde Sie mit dem Servicedesk.« Sie tippte eine Nummer ein. Selbst Helena in ihrer unvorteilhaften Bauchlage hörte, daß die Leitung zum Servicedesk besetzt war. »Augenblickchen, ich probiere es gleich noch mal«, verkünderte Jessica Häßler ihrem Gesprächspartner und machte sich mit nur noch halber Kraft an Helenas Nacken zu schaffen. Nach wenigen Minuten – Helena mußte unwillkürlich daran denken, daß jede Minute sie eine Mark kostete – sagte sie: »Jetzt probier ich's noch mal!« Langes Tuten, dann hob jemand ab.

»Du, Henni, Frau Meister will ihren Termin morgen auf drei Uhr verschieben. Sie schlägt vor, mit Herrn Asmanoglu zu tauschen, der immer nach ihr kommt, der sei sowieso immer vorher da . . . ja . . . sie ist ziemlich schwierig, man muß vorsichtig mit ihr sein, ah ja, aha, gut, dann regelst du das alles, alles klar?«

Als Frau Häßler sich ihr wieder zuwandte, um die letzten Klopfarbeiten zu vollenden, war Helenas Rücken schon wieder verspannt. Und nicht nur der! Ihr Magen und ihre Seele waren ein einziger Knoten. Von ihren zwanzig Minuten war sie höchstens zehn massiert worden. *Und alles nur, weil ich offenbar nicht »schwierig« genug bin.* Helena räusperte sich, sah zur Uhr hinauf und dann zu Frau Häßler hin. Mit unsicherer Stimme krächzte sie: »Also, heute ist es aber schnell vorbeigegangen! Irgendwie ...«

»Ja, die Zeit vergeht!« sagte Frau Häßler leichthin. »Frohe Weihnachten, Frau Abschied. Ich muß mich sputen, der nächste Patient wartet schon!«

Und weg war sie. Ebenso wie Helenas Protest.

***

Helena knallte die Einkaufstaschen zu Hause auf den Tisch. »Uff, schwer!«

Willem kam aus dem Arbeitszimmer gestürmt, den Telefonhörer wie einen rauchenden Colt in der Hand.

»Also, ich wünschte, Weihnachten fiele dieses Jahr aus. Schließlich habt ihr Deutschen doch auch schon diesen grauen Buß- und Bettag gestrichen, warum eigentlich nicht auch Weihnachten? Mutter und meine Schwester haben schon wieder Krach! Und alles nur, weil Antje sich zu Weihnachten das Geld für eine Tätowierung rund um den Bauchnabel gewünscht hat. Sie hatte auch schon ganz genaue Vorstellungen: Auf dem Bauch sollte das Universum abgebildet sein, und der Bauchnabel sollte das schwarze Loch sein, in dem alles verschwindet. Sie ist eben meine Schwester. Sehr kreativ. Und Mutter kann manchmal so intolerant sein. Holländische Teenager sind nun mal besonders freizügig! Schließlich waren wir ja auch die einzigen, die im Mittelalter den Juden Asyl gewährt haben . . .«

Was haben die mittelalterlichen Juden mit Bauchnabeltatoos zu schaffen? Und wieso holländische Teenager? Antje heißt schließlich eigentlich Anita, wohnt in Aachen und ist ebenso deutsch wie Heino!

»Mich wunderts nicht«, sagte Helena und fing an, den Kühlschrank mit Lebensmitteln vollzustopfen. Vor Weihnachten mußte man immer einkaufen, als ob man einer Fußballmannschaft beim Überwintern helfen wollte. Wie sie das haßte! Weihnachten hatte seinen Zauber eindeutig verloren, seit man schenken mußte, anstatt nur beschenkt zu werden, und kein Mensch mehr vor Freude jauchzte, weil man lispelnd ein Gedichtchen aufgesagt hatte. »Es gibt sinnvollere Geschenke, die trotzdem modern sind. Ich habe mir für deine Schwester etwas richtig Tolles ausgedacht: Ich schenke ihr eine Karte für das Konzert der Popgruppe PUR . . . Mit original Backstagepaß! War ziemlich schwer zu beschaffen!«

»O Gott!« sagte Willem und schlug sich entnervt mit seiner Künstlerhand gegen die angestrengte Übersetzerstirn. »PUR. Da kannst du sie ja gleich zu Udo Jürgens schicken. Antje würde sie vermutlich als Schnarchsäcke bezeichnen. PUR, ich glaube es einfach nicht! Zur Zeit hört sie eine Gruppe namens »Tote Tanten« – eine rundum gepiercte Lesbengruppe . . .!«

»Scheußlich!«

»Du hast eben keine Ahnung! – Und unsere Mutter ist einfach zu alt, um das Mädchen zu verstehen . . . manchmal denke ich, ich könnte vielleicht besser mit ihr umgehen. Wenn sie hier wohnen würde, nur für eine kleine Weile . . . was meinst du? Was denkst du darüber, hm?«

STEHEN SIE DER FAMILIE IHRES LEBENSGEFÄHRTEN OFFEN UND TOLERANT GEGENÜBER. DAS WIRD SIE AUCH IHM SELBST NÄHERBRINGEN, DENN DIE FAMILIE GEHÖRT UNTRENNBAR ZUR IDENTITÄT EINES MENSCHEN.
(*Katholisches Leben der Frau*; im Ratgeberteil alles zum Thema: »So gelingt die Ehe.«)

Helena betrachtete den Lachs ungläubig, als ob der Fisch mit den Flossen geschlagen hätte. »Willst du mir etwa damit sagen, daß sie hierherkommen und bei uns wohnen soll?«

Ich ertrage dieses kleine Monster höchstens zwei Stunden pro Jahr.

Willem zuckte die Schultern und formulierte sorgfältig: »Mama will uns zu Weihnachten jedenfalls nicht sehen. Sie will das Fest mit ihrem Freund verbringen. Du weißt schon, dieser ominöse Schuhfabrikant aus Pirmasens, ein typisch deutscher, roher, ungehobelter Klotz! Sehr rücksichtslos von ihr!«

Helena hatte den betreffenden Mann einmal kennengelernt und fand ihn großzügig, tüchtig, bodenständig und sympathisch. Ein echter Pfälzer halt. *Jedenfalls ist er sehr viel netter als Antje.*

Natürlich war Helena immer freundlich zu der Rotznase gewesen, schließlich würde sie wahrscheinlich eines Tages ihre Schwägerin sein. Das heißt: Falls Willem sich irgendwann einmal überwinden konnte, sie zu heiraten.

»Ich dachte, du findest es schön, daß du Weihnachten nun nicht mehr allein mit deiner Familie verbringen mußt. Deine Mutter freut sich bestimmt riesig, wenn wir dazustoßen. Und deine Schwester unterhält sich immer gern mit Antje. Ich finde, die beiden passen irgendwie zusammen. Antje hat auch so etwas Ungestümes!«

Das kann man wohl sagen.

»Hast du denn schon mit ihr gesprochen?«

»Aber ja, gerade eben, aber mach jetzt bitte kein Theater. Die Kleine wird ja nur vorübergehend für ein paar kurze Wochen in meinem Arbeitszimmer wohnen, und du wirst keine Arbeit mit ihr haben.«

Wie bitte? Ich habe mich wohl verhört!

»Willem, sei mir bitte nicht böse, ich meine, versteh das jetzt nicht falsch, aber daß sie mich nicht stört und mir keine Arbeit machen soll, kann ich nicht so recht glauben!« *Die kleine Schlampe soll bleiben, wo der Pfeffer wächst, und* dort *keine Arbeit machen.*

»Also, eigentlich ist mir das nicht recht, na ja, wenn es dir nichts ausmacht, würde ich lieber drauf verzichten ...«

»Helena, deine Worte kränken mich tief. Anita ist nun mal meine kleine Schwester, die ich von Herzen liebe.« Willem war beleidigt, und Helena fühlte sich schuldig. Ein Mann mit einem so ausgeprägten Familiensinn war heutzutage schwer zu finden. Und nicht nur das! Es war *überhaupt* schwer, einen Mann zu finden. Wie viele ihrer Freundinnen zwischen Fünfunddreißig und Vierzig waren alleinstehend und vermutlich fürchterlich einsam. Auch wenn sie immer so fröhlich taten. Die Zeitschriften waren voll von Berichten über diese sogenannte Single-Lüge. Auf Dauer konnte es bestimmt niemandem Freude machen, in Fitneßstudios, Discotheken, Szenekneipen, auf Vernissagen und in Ferienclubs auf Männerjagd zu gehen.

Obwohl, wenn ich es mir recht überlege ...

Helena rief sich zur Ordnung. Willem war Künstler und infolgedessen per definitionem ein interessanter Mann. Er sah passabel aus und hielt sich regelmäßig zu Hause auf.

Außerdem will ich auf keinen Fall einsam sein. Ich

habe Angst davor, nach der Schule in eine leere Wohnung zu kommen, Angst, daß ich nie *wieder einen Mann finde. Und – hat nicht jeder Nachteile? Das schon, aber gleich so viele?*

»Gebacken kriegst du jedenfalls keinen!« hatte ihre eigene Mutter einmal wenig schmeichelhaft bemerkt. »Man muß sich schon ein wenig nach der Decke strekken!«

MACHEN SIE NICHT DEN FEHLER VIELER FRAUEN UND HÄNGEN IHREN TAGTRÄUMEN VON EINEM WUNSCHPARTNER NACH. RHETT BUTLER IST BEREITS AN SCARLETT VERGEBEN, TIL SCHWEIGER NOTORISCH UNTREU, UND DIE ZEITEN VON DORNRÖSCHENS PRINZ SIND EBENFALLS VORÜBER. DER REALISTIN GEHÖRT DAS EINUNDZWANZIGSTE JAHRHUNDERT. LERNEN SIE, SICH UND IHRE MÖGLICHKEITEN EINZUSCHÄTZEN UND DIE SIE UMGEBENDE MÄNNERWELT OHNE DIE ROSAROTE BRILLE ZU BETRACHTEN. So hatte sogar die eher selbstbewußte *Cosmopolitan* ihrer Leserin Helena noch im September letzten Jahres geraten. »Laß uns ein andermal über das Thema reden!« sagte Helena also jetzt versöhnlich, weil verwirrt.

»Gern, aber wenn möglich, nicht vor Antje!« verlangte Willem.

»Sie kommt nämlich gleich her. Ich hole das Kind am Zug ab und habe mir so überlegt, daß wir die Kleine dann heut abend auf einen Pfannkuchen einladen. Wär doch nett.«

Wo andere Leute Pizza essen gingen, besuchte Willem ein Restaurant, das sich auf die Herstellung der verschiedensten Pfannkuchenvariationen spezialisiert hatte. Und in Ermangelung eines echten holländischen Panekoekenhauses sah Willem sogar darüber hinweg, daß es sich bei besagtem Gasthaus um eine französische Crêperie handelte . . . Er selbst nannte die Dinger übrigens Poffertjes, und wenn er sie selbst herstellte, waren sie nur so klein wie Fünfmarkstücke. (Daß echte Poffertjes und Pfannkuchen in Holland nicht die Bohne miteinander zu tun hatten, interessierte ihn dabei nicht im geringsten.)

»Was – heute schon? Oh, Willem!«

Am besten steigt sie gleich am Bahnhof wieder in den Zug, der sie zurück nach Aachen führt! Wie kann er mich nur so überfahren?

»Ach, Schatje, mach doch bitte aus einer Mücke keinen Elefanten! So sagt man doch im Deutschen, oder nicht?«

Helena antwortete nicht. Sie hatte sowieso keine Zeit, denn sie hatte noch einen Termin: Und so verließ sie die Wohnung erneut, diesmal in der Hoffnung, daß ihre Frauenzeitschriften recht hatten, wenn sie behaupteten, daß ein Besuch beim Friseur »wahre Wunder wirken« und »das Selbstbewußtsein gehörig aufmöbeln« könne.

Herr Caspari, der Maître du Salon, hatte leider überhaupt keine Zeit für Helena. Er bedauerte wirklich. *Der hat mich garantiert total vergessen. Das ist letztes Mal genauso gewesen.*

»Glauben Sie ja nicht, ich hätte Sie vergessen, Frau Abseits, aber vor den Feiertagen ist immer so wahnsinnig viel los! Außerdem ist eine Kraft wegen Krankheit ausgefallen, und das, obwohl wir heute zwei Neukunden haben – eine Dame und einen Herrn. Bei neuen Gesichtern muß man erst mal eine Linie finden. Aber bei Ihnen ist das ja nicht notwendig! Sie sind ja eine so treue und altgediente Kundin! Und unsere Simone, die macht das wirklich auch ganz wunderbar . . .«

Und Herr Caspari entschwand in einer Wolke aus Düften.

Simone, ein dralles Lehrmädchen, drückte Helena auf

einen Stuhl und wusch ihr energisch den Kopf. »Ist das Wasser recht so, Frau Abseits?« fragte sie, während sie mit gleichmäßigen Handbewegungen wusch und wusch. Dabei kaute sie Kaugummi wie eine wiederkäuende Kuh.

»Abschied!«

»Sie wollen schon gehen?«

»Ich heiße Abschied. Und das Wasser ist vielleicht etwas warm!« sagte Helena zögernd. Das Mädchen wusch stoisch weiter, als hätte Helena nichts gesagt. *Warum fragt sie überhaupt?* Dann rubbelte sie ihr das Haar trocken, als wollte sie es auf diese Weise von der Kopfhaut lösen, und rollte Helena mit einem Fußkick vor einen Spiegel. »Was soll mit ihr passieren?« rief sie zu Herrn Caspari hinüber.

Herr Caspari, der mit einer arrogant aussehenden Blondine zwischen Fünfzig und Sechzig mehr als beschäftigt war, machte drei Schritte in Helenas Richtung. »Schneiden. Machen wir's wieder stufig, Frau Abseits, ja?«

Momentchen Mal, Caspari, werde ich hier vielleicht auch mal gefragt? »Ja ... aber ich hätte es diesmal lieber nicht so kurz bitte, etwas länger und vielleicht mal an den Seiten so zurück, damit ... also eben nicht ganz so stufig ...«

EIN STUFENSCHNITT GIBT IHREM GESICHT KONTUREN UND IHREM HAAR MEHR FÜLLE.

Caspari hörte nur noch halb hin.

»Herr Caspari!« sagte die arrogante Blondine kühl und schnippte mit den Fingern. »Wenn ich den ganzen Tag Zeit hätte, hätte ich Ihnen vorher Bescheid gesagt. Würden Sie jetzt also bitte bei mir weitermachen, ja?«

Herr Caspari, seines Zeichens gestandener Friseurmeister und Stadtrat, drehte sich sogleich auf dem Absatz herum und stand stramm: »Ich komme, Frau Hauser!«

»Danke!« tropfte es ironisch-kühl von den Lippen der Blondine. »Ich werde Sie wärmstens weiterempfehlen!«

»Also stufig ...«, wiederholte das Lehrmädchen Simone.

»Ja, aber vielleicht diesmal nicht ganz so kurz und ...«

»Klar!« sagte das Lehrmädchen, schob den Kaugummi von der einen auf die andere Seite und fing an ...

»... und dann hat sie *das* gemacht!« Helena nahm ihr Kopftuch ab und deutete anklagend auf ihren Kopf.

Willem riß sich von der Rothaarigen los, deren »Flechten von der Farbe reifer Calvadosäpfel sich wie kosende Männerhände schwer über ihre Brüste legten«.

»Oh, wie siehst du denn aus? Wenn du in Wein eingelegt wärest, würde ich sagen wie ein Coq au vin.«

Ich weiß selbst, daß ich wie ein gerupftes Huhn aussehe, Willem. So was Gemeines. Das kann man vielleicht denken, *aber sagen darf man es nicht.*

»Ich bin so traurig. Traurig und enttäuscht. Es ist stufig, obwohl ich die Stufen rauswachsen lassen wollte. Gott sei Dank mußte sie noch eine andere Kundin dazwischenschieben, und es ist nicht noch kürzer geworden ... *Es ist wirklich, als hätte diese Person das Bild einer frisch gerupften Weihnachtsgans vor sich gehabt, als sie mir die Haare geschnitten hat!*

»Aber ich habe Herrn Caspari angedeutet, daß es mir nicht gefällt, und er hat mir ein Styling Gel geschenkt!«

»Na toll!« sagte Willem und konzentrierte sich darauf, wie Mijnheer F. die Flechten lüftete.

Kapitel 3

VERNACHLÄSSIGEN SIE IHREN BEKANNTENKREIS NICHT, AUCH WENN SIE MOMENTAN IN EINER FESTEN PARTNERSCHAFT LEBEN. EIN DICHTES NETZWERK VON FREUNDEN KANN IHNEN EINES TAGES VIELLEICHT DIE FAMILIE ERSETZEN, WENN SIE KEINE EIGENE GRÜNDEN. ES KLINGT BANAL, LIEBE LESERIN, ABER EINES TAGES KOMMT FÜR UNS ALLE DER TAG, AN DEM WIR JEMANDEN BRAUCHEN, DER UNS IN DER NOT MIT RAT UND TAT ZUR SEITE STEHT.

Diese Weisheit stammte aus der *Femme 2000* bzw. aus deren gelbumrandetem Ratgeberteil mit dem Titel »Ohne Netz und doppelten Boden: Partnerlos ins neue Jahrtausend. Wie Singles leben und überleben«.

Sie pflegte den Kontakt zu Freunden und Verwandten, wie andere Leute ihre Blumen gießen. Sie rief sie regelmäßig an, kümmerte sich um sie, wenn sie krank darniederlagen, brachte ihnen Geschenke, wenn Festtage anstanden . . . und so weiter.

Während Willem grübelnd, schnaufend und murmelnd vor sich hin übersetzte, schrieb Helena deshalb die letzten Ausläufer ihrer Weihnachtspost an Freunde und Verwandte. Sie zwang sich dabei zu einem vorweihnachtlich milden Lächeln, doch innerlich knirschte sie wütend mit den Zähnen.

Eigentlich nervt mich diese ganze Schreiberei. Weihnachtskarten bestehen sowieso nur aus Lügen. Wer schreibt schon, daß es ihm glatt am Arsch vorbeigeht, wie du im alten Jahr drauf warst und ob das neue für dich genauso beschissen wird wie das alte. Und alle beteuern, daß man sich doch möglichst bald mal wieder treffen müsse. Dabei hat man null Bock, Tante X und Cousine Y dieses oder irgendein Jahr zu sehen.

Dabei hatte sich Helena dieses Jahr bereits stark eingeschränkt und richtete ihre zwanzig Karten vorwiegend an die erwähnten Tanten und Cousinen sowie an ihre besten Freundinnen.

Denn natürlich hatte Helena gute Freundinnen, wenn diese auch nicht grade besonders interessant waren. Aber immerhin stand unter fast jedem Buchstaben in ihrem praktischen Allzweckkalender aus Lederimitat ein Name. O wie Babsi Oberländer, B wie Gerlinde Bertzele und sogar X wie Marina Xylander.

Nichts Selbstverständliches angesichts der Tatsache, daß in den Adreßbüchern der meisten Männer lediglich die Telefonnummer des Scheidungsanwalts, des Steuerberaters und des Pannenservice verzeichnet sind.

»Hast du denn keine Freunde in deinem Adreßbuch stehen, Walter?« so fragt vielleicht die Frau oder Freundin, deren eigenes Buch voller Namen, Nummern und Anmerkungen ist. »Wieso?« fragt das fremdartige Männerwesen zurück. »Die Nummern von Uwe und Rudi hab ich im Kopf. Außerdem seh ich sie mittwochs doch sowieso beim Training. Warum sollte ich sie dann überhaupt anrufen wollen?«

Offenbar rechneten Männer um die Dreißig fest damit, auch im Alter noch jemanden zu haben, der ihnen ihr Süppchen schon kochen würde; wofür heiratete man schließlich!

In ihrem Freundeskreis erfreute sich Helena einer gewissen Beliebtheit, was weniger an ihrem quirligen Temperament als an ihrer enormen Hilfsbereitschaft lag. Als beispielsweise jetzt, kurz vor Weihnachten, das Telefon läutete, meldete sich die Vertreterin des Buchstabens E.: »Salut, Schätzchen!« flötete Chefsekretärin Bianca Erntetod – ein schrecklicher Name, der jedoch den Vorteil hatte, daß man seine Besitzerin nicht so schnell vergaß. Vor ihrem geistigen Auge sah Helena, wie Bianca mit ihren perfekt manikürten, weißlichgrau lackierten Fingernägeln graziös den Hörer umfaßte. »Wärst du mir böse, wenn ich zwischen den Jahren ein paar kurze Tage nach Zürich düse? Du weißt schon – dieser Schweizer mit dem Wuschelkopf und dem ... na ja, lassen wir das. Ich weiß, du sprichst nicht gern über diese Dinge ...«

Wieso erzählt sie mir das? Von mir aus kann sie mit Yassir Arafat nach Zürich fahren.

»Böse?« Helena war erstaunt. »Ist mir doch egal, mit wem du in Urlaub fährst! Ich bin dir doch nie böse!«

»Nicht? Ach schön! Bussi!«

»Langsam frage ich mich denn doch, was ich mit Zürich und deinem Wuschelkopf zu tun haben soll.«

Leider nichts. Mein hauseigener Wuschelkopf verbringt seine Zeit lieber mit den Phantasien eines zahnlosen Holländers.

»Ach Süße, tu doch nicht so! Du willst natürlich Prince Charles hüten! Hihi!«

»Oh, nein ... Bianca!« *Nicht diese miauende Neurose!*

Jetzt tat Bianca höchst beleidigt. »Nein? Jeder reißt sich um Prince Charles!«

Reißen! Jeder nimmt Reiß-aus!

»Hm, aber du mußt zugeben, daß er ein wenig ... sonderbar ist!«

Bianca war eine Gefangene dieses rothaarigen Monsters, das trotz aller Beschwörungsversuche ausschließlich zur Titelmusik des Heute-Journals nicht zum Fressen zu bewegen war. Und da er immer ganz frisches Fressi wollte, schränkten seine Eigenheiten das soziale Leben seiner Besitzerin ziemlich ein.

»Also, Helena, ich muß schon bitten, ja? Sonderbar! Er ist eigenwillig, mag sein. Aber das kommt nur, weil er so hochintelligent ist! Er ist anderen Katzen seines Alters eben weit überlegen!«

Neurotisch ist er. Wie das Frauchen, so die Katz. Die Katze fällt eben nicht weit vom Stamm. Doch wenn Helena solch ein scharfer Ton ins Gesicht blies, pflegte sie stets hurtig ihre Segel zu streichen und nach ihrem Motto Nur-kein-Ärger zu verfahren! Deshalb schwieg sie.

»Prince Charles ist seelisch vollkommen gesund. Und hat ein bei Tieren ungewöhnliches kreatives Potential. Das sagt jeder! Ich werde ihn eines Tages diesbezüglich testen lassen.«

Vielleicht hätte ich das nicht sagen sollen, sie hat doch niemanden außer diesem Viech. Testen lassen! Haha!

»Ist schon gut, aber wenn's geht, nicht gar so lange, ja?«

»Bitte sehr – ich kann auch eine andere Freundin fragen . . . vielleicht Ina . . . oder Doddo?«

Mach doch. Die sind bestimmt nicht so blöd wie ich.

Doch wie immer sprach Helena ihre Gedanken nicht aus. Sie sah sich bereits aus Biancas Bekanntenkreis gestrichen, und ihre Harmoniesucht verlangte nach sofortiger Befriedigung. »Nein, ist schon gut, ich mach's. Kein Problem, ich mach's ja eigentlich ganz gern, ich meine . . .«

Ein befriedigtes Lächeln umspielte die Lippen Bianca Erntetods. Helena legte den Hörer auf und seufzte.

Schon wieder verloren!

WENN EINE FREUNDIN FRISCH VERLIEBT IST, KANN ES MANCHMAL ZU KLEINEN ZERREISSPROBEN KOMMEN. BLEIBEN SIE GELASSEN UND GROSSZÜGIG, WENN SIE SIE MEHRFACH BITTET, FÜR SIE EINEN TELEFONANRUF ZU ERLEDIGEN ODER AM WOCHENENDE DIE BLUMEN ZU GIESSEN.
(Wieder aus der *Femme 2000* mit dem Rat für die neue Frau)

Femme 2000! Warum die Menschheit zwei Jahrtausende gebraucht hat, um derlei Weisheiten abzusondern, ist mir schleierhaft.

Aber Helena gab nicht nur auf, sondern auch nach – jetzt wie immer. Bei Eigenschaften, die man sich nicht erklären kann, pflegt der moderne Mensch post Freud stets in die Familiengeschichte abzutauchen. Dort fand sich in Helenas Fall jedoch nichts Analysetaugliches. Wie alle Väter mit dem Ziel, ihre Töchter heil und nicht schwanger oder heroinsüchtig durch die Siebziger zu bringen, hatte der ihre schon mal durchaus recht ungemütlich werden können. Doch zu ihr war er selbst in ihren Teenagerjahren niemals richtig streng gewesen. Helena hatte ihm allerdings auch keinen nennenswerten Widerstand entgegengesetzt. Ihr Bruder Dieter hingegen hatte durchaus einige schwierige Phasen durchlaufen. Eine Zeitlang hatte er beispielsweise nur deshalb französische Vokabeln gelernt, weil er zur Fremdenlegion wollte. Ein andermal hatte er tagelang stumm mit einer Angel am Fluß gesessen und sich ausschließlich von Gras ernährt. (Fische hatte er keine gefangen, deshalb das Gras. Wahrscheinlich standen die Tiere nicht auf die Musik von Led Zeppelin.) Man mußte sich eine Zeitlang um ihn sorgen, weil er dürr wie eine Stange Spargel der niederen Handelsklassen war, nichts aß und Schatten unter den Augen hatte.

Petra hingegen hatte keine Schatten unter den Augen gehabt, sondern Wut im Bauch und Temperament für zwei.

Im Gegensatz dazu waren jegliche harmlosen pubertären Widerstände Helenas schon dahingeschmolzen, sobald irgend jemand im Haus eine Tür knallte oder auch nur die Stimme erhob.

»Wir wollen doch lieber alle wieder gut sein!« hatte Klein Helena schon im Kindesalter gepiepst und Blümchen für jeden gepflückt. Mit mildtätig-freundlichen Figuren wie der Romanheldin Pucki, die zunächst ein liebes Kind und später eine treue Gattin und eine nimmermüde Mama war, fühlte sie sich seelenverwandt. »Deine Pucki ist eine komplette Idiotin!« sagte Petra, malte der züchtigen Blondine mit dem ondulierten blonden Haar Zigeunerohrringe und schminkte ihren ewig lächelnden Mund blutrot. »Ich will nicht wie die blöde Pucki sein, sondern ...« – »Wie Puckis Mann?« hatte Helena gespannt gefragt.

»Nein, wie der Chef von Puckis blödem Mann!« –

Als Helena älter wurde, identifizierte sie sich mit Edelgestalten wie Marie Curie, später – wenn auch etwas halbherziger – mit Mutter Teresa oder in ihren glamouröseren Stunden mit Königin Silvia von Schweden. Petra hingegen nahm sich Janis Joplin oder Alice Schwarzer zum Vorbild. Helena trug Röcke, als Hosen revolutionär waren, und Hosen, als man Miniröcke für sexy hielt. Petra hielt es natürlich genau umgekehrt.

Helena lernte lustlos, aber brav Flöte im Evangelischen Gemeindezentrum; Petra schmiß ihre Flöte zackig auf den Sperrmüll und lernte auf eigene Faust Schlagzeug mit ein paar Typen, die aussahen wie verurteilte Vatermörder.

Helena bestand ihr Abitur mit drei Komma vier – Petra bestand es überhaupt nicht, weil sie keine Lust zum

Lernen hatte. Helena schlief das erste Mal mit einem Mann, als sie einundzwanzig war, und ging mit Pille und Kondom auf Nummer Doppelsicher. Petra schlief im Alter von sechzehn Jahren mit dem Sohn des Kioskpächters an der Ecke und bekam mit fünfundzwanzig und siebenundzwanzig jeweils ein Kind von zwei verschiedenen Männern. Beide waren mehr oder weniger verschwunden. Die Männer, nicht die Kinder. Heute arbeitete Helena als Lehrerin, und Petra richtete zusammen mit einer Freundin Tankstellen ein, so daß sie bis aufs letzte Kondom designermäßig durchgestylt waren. Sie war sehr schlank, sah aus wie ein Stück Draht, der mit Fleisch verkleidet worden war, und schien immer tierisch gut drauf zu sein. Ihre Beine steckten meist in schwarz-violetten Ringelstrümpfen und ihre Brust in lila Satinshirts. Anstelle eines braven Stufenschnitts hatte sie die kurzen Haare schwarz gefärbt. Statt dezenten Schmucks trug sie lang herabbaumelnde Ohrringe, und überhaupt sah sie in ihrem Leder-Leoparden-Samt-Look aus wie eine modisch gestylte Sympathisantin der Hausbesetzerszene.

Dieter hatte irgendwann das Grübeln und das Angeln aufgegeben, aß fast normal und war ein gutaussehender Rechtsanwalt mit angeblichen Chancen auf irgendwelche ganz große Aussichten geworden. Oder waren es große Chancen auf angebliche Aussichten? Dennoch beobachtete Mama Abschied seine Entwicklung immer mit großer Besorgnis: »Er war ein so schwieriges Kind!« sagte sie immer wieder glücklich und strahlte ihn an, als sei dies eine besondere Auszeichnung. Willem und Petra verstanden sich wider Erwarten gut, obwohl Petra noch nie in Holland gewesen war und respektlos von Kaasköppen sprach. Nach eigenen Angaben zog sie London und Paris Amsterdam um Längen vor: »Paris ist eine vergrämte alte reiche Gräfin, und London ein frecher Teenager! – Das sind eben noch Städte mit Persönlichkeit . . .! In Amsterdam gibt's doch nur Tulpen und Schwule.«

So etwas würde mir nie über die Lippen kommen. Das ist wie Gotteslästerung. Bis jetzt habe ich ihn noch nicht mal darauf aufmerksam gemacht, daß die Gurken aus den Nederlands wie nasses Stroh schmecken. Bei mir wird er ja auch schon sauer, wenn ich französischen statt holländischen Gouda kaufe.

»Aber Willem, den besten Käse gibt es nun mal in dem kleinen französischen Laden an der Ecke. Zum Gratinieren!«

»Helena, wenn ich ein Gratin machen will, kann ich dazu genausogut grob geriebenen mittelalten Gouda nehmen. Der schmeckt sogar viel besser!«

Petra und Willem lachten viel, wenn sie zusammen waren, und Petra hatte eine Art, die Beine übereinanderzuschlagen und kokett durch ihr stoppelkurzes, rabenschwarz gefärbtes Haar zu fahren, damit ihr Busen besser zur Geltung kam, die Helena nicht gefiel . . . Wenn Helena also sagte: »Es ist nett, daß sich Willem mit meiner Familie so gut versteht, waren ihre Gedanken erheblich deutlicher: *Meine eigene Schwester macht einfach meinen Freund an!*

***

Außer Bianca Erntetod besaß Helena natürlich noch eine weitere Freundin. Keine Frau, es sei denn sie sitzt in Einzelhaft in San Quentin, hat nur eine einzige Freundin. Die andere hieß Annemie und war die personifizierte Katastrophe, der Super-GAU in Person!

Natürlich waren die von ihr durchlittenen Krisen zumeist männlichen Ursprungs: scheinbare Schwangerschaften (»Schon zwei Tage überfällig, das ist noch *nie* passiert!«), Streit (»Er hat ›blöde Schickse‹ zu mir gesagt, findest du das okay?«), Geldnot (»Angeblich haben noch diverse Leute Schulden bei ihm. Aber findest du es *wirklich* gut, daß ich ihm jetzt schon seit drei Monaten die Miete zahle?«). Außer vor Männern fürchtete sie sich vor Krankheiten, etwa vor Krebs (»Heute morgen war da was Rötliches in meinem Stuhl. Meinst du, es war Blut oder doch eher die Erdbeermarmelade von Tante Sanni?), vor AIDS (»Ich bin immer so müde, meine Beine sind wie Blei. Und wie fandest *du* eigentlich diesen Algerier, den ich im Rae-Monds kennengelernt habe?«). Sie fürchtete sich vor der Arbeitslosigkeit (»Meine Chefin hat gesagt, mein Büro wirke zu kompakt, und dabei hat sie meinen Stuhl so nachdenklich angeschaut, meinst du, das bedeutet irgendwas?«) oder durchlebte Krisen allgemeiner Art (Mann schleicht ums Haus, Vermieter guckt feindselig, Hund von Nachbarin wirkt blaß, Pizza Salami bei Aldi war letztes Mal kaum gewürzt, kurzum: »Kann man sich denn auf *gar nichts* mehr verlassen?«).

Dieses wandelnde Krisengebiet rief gern zu den unmöglichsten Zeiten an, um Helena die Birne vollzulabern: samstags abends *nach* elf oder sonntags morgens *vor* elf. Oder donnerstags um sechs, wenn Helena auf dem Weg zu ihrer Mutter war, um ihr Gesellschaft zu leisten, weil ihr Vater beim Kegeln weilte.

»Also, ich halt das nicht mehr aus. Ich halt das *einfach* nicht mehr aus!«

Diesmal rief sie am Zweiundzwanzigsten an – abends um Viertel nach acht. Im Fernsehen lief grade Helenas Lieblingssendung, eine in Florida spielende Familienserie mit vielen glücklichen braungebrannten Familienangehörigen, einem zotteligen Hund, einer originellen Katze, einem lustigen Campingmobil und jeder Menge weichgespülter Designerproblemchen.

Ich auch nicht. Warum ruft sie ausgerechnet jetzt an? Sie weiß, daß ich um diese Zeit immer vor dem Fernseher sitze. Zumindest sollte *sie es wissen. Denn ich habe es ihr schon tausendmal erzählt.*

»Hallo, Annemie, wie nett, daß du anrufst. *Was* hältst du nicht mehr aus?«

»Mein Pech! Es ist eine Gemeinheit, eine bodenlose Gemeinheit! Die wollen mir doch tatsächlich den Führerschein entziehen! Also, *ich* habe dieses Wort ja nie in den Mund genommen, aber jetzt sag ich es: Bullen, Bullen, Scheißbullen.«

Erschrocken hielt Helena den Hörer ein Stück weit vom Ohr weg.

»Aber wie denn das?«

»Kann ich dir sagen: *Einmal* trinke ich was, weil ich mich mit Paul über den nächsten Urlaub gestritten habe: Er will zum Fischen nach Norwegen, ich in einen Club nach Gran Canaria, wie soll das gehen, frage ich dich ... Und da trinke ich ausnahmsweise einen Riesling, oder waren es zwei? – Als ich dann im Auto sitze, sehe ich diese Bullen, Scheißbullen, schon an der Ecke lauern und biege in die Hofstraße ab. Aber da stehen sie *auch* schon – wir sind ein regelrechter Polizeistaat. Und dann diese Demütigung, ich mußte auf einem *Strich* laufen und in dieses fürchterlich peinliche Röhrchen blasen ...«

»Oje!«

Hihihi. Reingefallen!

»Und meinen Führerschein haben sie gleich einbehalten. Morgen haben sie mich vorgeladen! Du begleitest mich doch sicher und bittest sie, mir diesen blöden Wisch zurückzugeben, so kurz vor Weihnachten ... Ich meine, ich würde ja die Danni fragen, mit ihrem Charme kriegt die schließlich jeden rum, aber sie ist in Skiurlaub, und deshalb muß ich wohl oder übel dich bitten!«

Sehr schmeichelhaft.

Helena sträubte sich geschlagene fünf Minuten lang, doch nachdem Annemies Schluchzen immer grauenvoller wurde, gab sie nach.

NEHMEN SIE IHRER FREUNDIN DURCHAUS MAL EINEN SCHWEREN BEHÖRDENGANG AB, WENN SIE SICH SCHWER DAMIT TUT. SOLLTE SIE DERLEI PROBLEME JEDOCH HÄUFIGER HABEN, SPRECHEN SIE MIT IHR ÜBER DIE MÖGLICHKEIT THERAPEUTISCHER HILFE.
(*Cara, März 1996.* Im Ratgeberteil: »Die neue Menschlichkeit. Sind wir wirklich eine brutale Gesellschaft?«)

»Wir treffen uns morgen früh um elf vor dem Polizeipräsidium, aber sei bitte pünktlich!« sagte Annemie und legte dann ganz schnell auf, weil in Sat1 nun *ihre* Lieblingsserie kam. Diese wiederum spielte in einem Frauenknast, wo muskulöse Wärter und gleißend schöne Frauen, die aussahen, als könnten sie kein Wässerchen trüben und hätten in Harvard studiert, ständig miteinander in verfängliche Situationen gerieten.

»Du bist zu spät!« sagte die Delinquentin am anderen Morgen vorwurfsvoll und deutete auf ihre Armbanduhr.

»Entschuldige!« sagte Helena fröstelnd. Sie saß noch im Auto und suchte jetzt fieberhaft nach einer Münze für die Parkuhr. Wie hinterhältig, diese Dinger direkt vor dem Polizeipräsidium und dem Gerichtsgebäude aufzustellen und die Parkzeit auf eine Stunde zu begrenzen.

Annemie machte keinerlei Anstalten, ihr mit etwas Kleingeld auszuhelfen. Statt dessen drängelte sie: »Jetzt mach voran, Helena! Die warten bestimmt nicht ewig. Morgen ist schließlich Heiligabend!«

»Was du nicht sagst! Ich finde einfach kein Kleingeld. Na gut, riskieren wir's halt ohne!«

Und wer zahlt hinterher das Knöllchen? Irgendwann bekomm' ich bestimmt noch mal den Goldenen Blödmann verliehen. And the loser is . . . Helena Abschied . . .

Im Polizeipräsidium, einem modernen häßlichen Betonklotz, herrschte ein stummes Kommen und Gehen zahlloser grauer Gestalten. Polizisten mit und ohne Uniform verließen das Gebäude, Bürger drückten sich auf den Bänken des im gleichen Gebäude untergebrachten Einwohnermeldeamts herum. Die meisten waren Ausländer und hatten wahlweise besorgte oder mürrische Gesichter. Kinder wurden ermahnt, ruhig zu sein, ab und zu öffnete sich eine Tür, und eine Beamtin kam mit wichtiger Miene heraus und betrat das Nachbarzimmer.

Links war die Polizei untergebracht und dorthin lenkte Helena ihre Schritte, eine nervöse Annemie im Gefolge. An der Rezeption verkündete Helena selbstbewußt: »Meiner Freundin hier ist gestern abend der Führerschein entzogen worden, ich wollte . . .« Der Polizist drückte auf einen Schalter, die Glastür neben der Rezeption öffnete sich und gab den Weg frei in einen Flur, der auf eine weitere Glastür zuführte. Dort erschien in diesem Augenblick ein hochgewachsener, streng dreinblikkender Uniformierter und öffnete auch diese. Im Zuge der allgemeinen staatlichen Sparmaßnahmen verschwendete er nicht viele Worte, sondern deutete nur mit dem Kopf auf die kleine Glaszelle neben der zweiten Glastür. Sie traten ein, jetzt waren sie im Glaskäfig gefangen. In dem Raum befanden sich ein kleiner Tisch und drei Stühle. An der einzigen nicht gläsernen Wand hingen mahnende Poster, die vor Einbrechern und in dunklen Ecken lauernden Übeltätern warnten.

Helena und Annemie blieben stehen, der Polizist wandte sich dem Wandschrank neben dem Fenster zu, von dem aus man den Hinterhof überblicken konnte.

»Vorläufiger Führerscheinentzug? Name?« fragte er sachlich.

»Annemie Schultheiß!« sagte Annemie Schultheiß peinlich berührt.

»Ja . . .« Der Polizist blätterte kurz und hatte die Akte schnell gefunden. »Gestern. 1,3 Promille. 23 Uhr 16. Ecke Hofstraße! Bis zur Anhörung wird Ihnen der Führerschein entzogen! Bitten Sie jemanden, Ihren Wagen vom Polizeihof nach Hause zu fahren. Alles Weitere wird Ihnen schriftlich mitgeteilt!«

»Anhörung! Das klingt ja wie Gerichtsverhandlung!« schrie Annemie. »Ich habe doch niemanden umgebracht!«

»Nein?« fragte der Strenge und schlug den Wandschrank wieder zu. Er musterte Annemie kurz und zog dann die Augenbrauen nach oben. »Vielleicht *noch* nicht, aber mit *dem* Alkoholspiegel kann das nur allzu leicht geschehen! Ein Kind in dunkler Bekleidung huscht über die Straße, die Angetrunkene sieht das Auto nicht kommen und – schon ist es passiert!«

»Welches Kind . . .«, heulte Annemie auf, ». . . rennt denn nachts um elf in dunkler Kleidung über die Straße? Helena, sag doch auch mal was, bitte!«

Helena suchte nach Worten: »Herr Wachtmeister, meine Freundin fährt nun schon seit Jahren fast unfallfrei, und wenn doch mal was passiert ist, dann waren es nur Bagatellschäden, mehr winzige Unfällchen . . . also, ich meine, sie trinkt so gut wie nie etwas . . .«

Der Polizist faßte Helena scharf ins Auge. »Aha, Sie waren also schon häufiger Zeuge, daß Frau Schultheiß getrunken hat und sich anschließend ins Auto gesetzt hat?«

Klar, schon mehrmals. »Einen darf ich noch«, sagt sie immer. Einmal ist sie sogar losgefahren und hat ihre

Handtasche auf dem Dach liegengelassen. Stunden haben wir gebraucht, um die ganze Landstraße nach dem blöden Ding abzusuchen. Erst als das Handy darin geklingelt hat, haben wir sie unter einem Busch gefunden.

»Nein, wie gesagt, sie trinkt so gut wie nie, vielleicht mal ein, zwei Bier, das darf man doch ... oder mal ein Weinchen ... das macht doch jeder, und sie fährt immer so sicher, auch wenn sie was ... also, bitte, geben Sie ihr doch den Führerschein wieder!«

»Nein, das macht eben *nicht* jeder!« erwiderte der Polizist mit steinerner Miene. »Bei einer Frau kann sogar *ein* Bier schon zu viel sein. Frauen haben nur eine ganz mickrig kleine Leber. Zumindest im Vergleich zu Männern. Aber offenbar neigt Ihre Freundin dazu, hin und wieder mal einen zu zwitschern. Habe ich recht?«

»Nein, überhaupt nicht. Meine Leber ist groß, sehr groß, und ich trinke nie! Gar nie!« kreischte Annemie dazwischen. »Du trinkst viel mehr als ich!«

»Ich?« Helena deutete auf sich.

Spinnt die?

Des Polizisten Blick wanderte von der einen zur anderen. »Also, ich denke, wir warten in aller Ruhe den Gerichtsbeschluß ab. Nach dem, was ich hier gehört habe, kann von einer vorzeitigen vorübergehenden Rückgabe keine Rede sein! Und Ihnen beiden möchte ich dringend raten, Ihre Probleme in den Griff zu bekommen, und zwar, *ohne* sofort zur Flasche zu greifen. Auf dem Boden einer Flasche hat noch niemand die Lösung gefunden!«

Helena machte den Mund auf, doch es kam nichts heraus. Sie trank ganz selten, und wenn, dann nur ein altjüngferliches Likörchen.

Die Glastür zur Freiheit öffnete sich wieder.

Annemie wartete, bis sie außer Hörweite waren.

»Also, das ist infam. Total infam. Warum habe ich

dich überhaupt mitgenommen? Es ist ja gerade so, als *wolltest* du, daß ich nie mehr Auto fahren darf. Sie trinkt so gut wie nie ... was sollte denn das? Hast du was gegen mich? Was ist mit dir los? Bist du jetzt endgültig verrückt geworden?«

Wieso endgültig? Jetzt reicht's.

»Annemie, ich habe es doch nur gut gemeint.«

»Ja, das merke ich! Gnade Gott demjenigen, bei dem du es mal schlecht meinst ...«

»Soll ich dich noch nach Hause fahren? Ich meine, ich könnte dich ja überhaupt mal ab und zu fahren!«

»*Das* ...«, sagte Annemie würdevoll, »... muß ich mir erst noch mal überlegen!«

***

Männliche Freunde hatte Helena eigentlich keine. »Sobald man einen festen Partner hat, hat man keine Freunde mehr«, hatte einmal eine Kollegin festgestellt.

Obwohl: Eine Ausnahme gab es. Es fragte sich nur, ob man den Betreffenden wirklich guten Gewissens als Freund bezeichnen konnte! Er hieß Rüdiger und war Chefredakteur bei einer Eltern-Kind-Informationszeitschrift, die sich *Hand in Hand* nannte: eine bunte, putzige Mischung aus Tips und Tricks, wie man im Raum Karlsruhe als Familie überleben konnte. Mit Veranstaltungskalender und natürlich einem Ratgeberteil: Das knallrosafarbene Heftchen, das wegen seiner Farbe auf den ersten Blick wie ein Schwulenmagazin aussah und darunter ein wenig litt, lag an öffentlichen Orten und in einschlägigen Geschäften aus, durch deren Annoncen es sich finanzierte.

Helena hatte Rüdiger, der den Charme eines frühen Peter Alexander auszustrahlen versuchte, einst auf irgendeiner Fête kennengelernt. Man hatte ab und zu lustlos im wahrsten Sinne des Wortes miteinander telefoniert. Die Bekanntschaft war kurz vor dem seligen Entschlafen gewesen, als Rüdiger, der damals im richtigen Leben arbeitslos war und den ganzen Tag in Anzug und Fliege durch die Stadt streifte, um nach einer reichen Witwe Ausschau zu halten, nebenbei noch eben jene Zeitschrift *Hand in Hand* gründete. Ursprünglich hatte es eine »Dreigenerationenzeitung« werden sollen, doch die Titelfotos von alten Menschen und die Berichte über Seniorinnen und Senioren waren – egal, wie modern und gut drauf sie sein mochten – nicht verkaufsfördernd gewesen, auch nicht, nachdem man sie kräftig auf jung getrimmt und die Falten wegretuschiert hatte und sie zudem noch penetrant optimistisch grinsen ließ. Deshalb gaben sich jetzt eben nur noch Kinder und flotte Mütter ein Stelldichein in dem pinkfarbenen Blättchen.

Rüdiger hatte Helena charmant und wortreich um Unterstützung gebeten, und sie hatte sich mühelos überreden lassen, einmal monatlich eine Rubrik beizusteuern, die den Titel »Schule heute« trug. Redakteurin in einer Zeitschrift – und dann auch noch im Ratgeberteil! –, damit war ein Traum für sie wahr geworden. Von der Leserin zur Autorin. Auf absolut ehrenamtlicher Basis, versteht sich, denn die Zeitschrift *Hand in Hand* brachte kein Geld ein. Zumindest behauptete Rüdiger das. »Diese Zeitschrift bringt mich noch in den Schuldturm. Diese Druckerei! Dieser Versand! Diese Bürokosten!«

Obwohl Helena auffiel, daß er irgendwann seinen alten Golf gegen einen neuen austauschte und daß seine Pullover von zwanzig Prozent Wollanteil auf hundert hochschnellten, blieb es bei dem ehrenamtlichen: »Schreibst du mir noch so ein Artikelchen, Helena, meine Traumfrau?«

Helena grollte dann immer stumm wie ein Gewitter im Gebirge, das nicht so recht ausbrechen mag, doch irgendwann hatte es dann sowieso ein Ende. Rüdiger sprach ihr auf Band, daß er jemand anderen gefunden habe und Helena »mal für eine Weile entlasten wolle«.

Die andere Person, möglicherweise auch eine Lehrerin, die sich Rosa Rosenschön nannte, sprach die Mütter und die Kinder flott mit »Hallo, ihr Nervensägen!« und »Hallo, ihr Genervten!« an und nahm kein Blatt vor den Mund. »Schule ist megaätzend, und immer wenn sie besonders ätzt, sagen sie euch, daß ihr fürs Leben lernt. Aber, ätsch, das stimmt gar nicht, denn im Leben braucht man gar keine Sinuskurven, und zu wissen, welcher Fluß Kolumbiens auch nach Nicaragua fließt, braucht ihr erst recht nicht. Oder wollt ihr euren Lebensunterhalt etwa mit dem Lösen von Kreuzworträtseln bestreiten ... haha. Nee, ihr lernt, weil's ohne Lernen später mal nur Sozialhilfe und Prolo-Klamotten gibt, das ist das ganze Geheimnis!«

Helena gestand sich neidlos ein, daß R R anders war als sie.

So könnte ich nie schreiben: Nie! Das ist respektlos und gehört sich doch eigentlich nicht. Was würde Gluck von mir denken, wenn er das läse ...

Gnädigerweise hatte Annemie ihr doch noch erlaubt, sie nach Hause zu fahren – natürlich in Annemies Auto, das noch vom Polizeihof heruntergeholt werden mußte. Danach war Helena mit dem Bus zum Präsidium zurückgekehrt, um sich sodann in ihr eigenes Auto zu setzen. Ein Knöllchen hatte sie nicht bekommen, aber dem Goldenen Blödmann war sie wieder ein Stück nähergerückt ... Als sie endlich ihre Wohnungstür aufschloß, läutete das Telefon. Willem ging nicht dran; Helena hörte, wie er auf niederländisch mit seiner Nachhilfeschülerin herumgurrte.

Warum kichert die eigentlich ständig? Seit wann ist die Konjugation von Verben so witzig?

»Ich bin da ... ich geh schon dra-han!«

»Gut!« rief Willem.

»Hi, ich bin's, der Rüdiger!«

»Ach, hallo, Rüdiger. Na, von *dir* habe ich ja lange nichts mehr gehört!«

VERMEIDEN SIE VORWÜRFE IM UMGANG MIT FREUNDEN. IHR GEGENÜBER KÖNNTE SICH WOMÖGLICH AN DIE ZEIT ERINNERT FÜHLEN, ALS ER NOCH VON SEINEN ELTERN ZURECHTGEWIESEN WURDE. EINE SOLCHE ASSOZIATION WÄRE EINEM PARTNERSCHAFTLICHEN VERHÄLTNIS NICHT FÖRDERLICH. (*Femme 2000:* »Freunde und andere Verhältnisse«)

»Streß, Streß. Du, aber wir müssen unbedingt mal wieder einen Kaffee miteinander trinken gehen. *Unbedingt!* Und ich lasse keine Ausreden mehr gelten!«

»Gern!« sagte Helena erfreut und kam sich vor wie eine Frau zwischen zwei Männern. Willem begehrte sie wahrscheinlich ja sowieso nur noch dann, wenn er ausreichend Wein intus hatte und sie mit einem der geilen Frauenkörper aus Mijnheer F.s Feder verwechselte. »Wann?«

Könnte bestimmt nicht schaden, wenn Willem mal ein bißchen Konkurrenz bekäme. Vielleicht fiele ihm dann ja mal auf, daß ich mir ein neues Baumwollnachthemd gekauft habe, auf dem »Mach mich *an und das* Licht *aus!« steht.*

»Du, gleich nach den Feiertagen!« Im Hintergrund das Blättern eines Terminkalenders.

»Ach so!« sagte Helena enttäuscht.

Ich dachte, heute noch.

»Aber du, ich hab da heute einen kleinen Anschlag auf dich vor!«

»Ja?«

Eigentlich hätte ich es mir denken können.

»Du, ich brauche dringend bis morgen früh eine Glosse aus der Schule. Die Druckerei schließt vom 28. Dezember bis zum 11. Januar, und am 7. Januar muß das neue Heft schon dasein, das schaffen wir kaum noch. Komm, Helena, du weißt schon, so wie deine Artikel von früher . . . na sagen wir, *ungefähr* so. Irgendwas übers neue Jahr und gute Vorsätze und so weiter.«

»Aber Rüdiger, morgen ist doch Weihnachten! Das schaffe ich nicht!«

»Aber sicher schaffst du das! *Wenn* es eine schafft, dann du. Die RR ist krank oder zickt rum, was weiß ich, jedenfalls macht sie's nicht, und ich *brauche* dich!«

»Gibt's wenigstens etwas dafür?« seufzte Helena. »Wenigstens ein bißchen!«

Ich will Geld. Knete. Schotter. Kies.

»Du . . . leider . . .« Rüdiger räusperte sich. »Die Zeitung trägt sich ja überhaupt nicht. *Überhaupt* nicht. Wenn du's noch einmal umsonst machen könntest, nur ein paar Zeilen, bis morgen früh . . . Bussi, Bussi!«

***

Und als ob das alles nicht schon genug gewesen wäre für einen ganz normalen dreiundzwanzigsten Dezember, begegnete Helena beim Abfall-Herunterbringen auf der Treppe auch noch dem tätowierten Berliner. Das heißt, eigentlich begegnete ihr zunächst nur seine äußerst kleinwüchsige Freundin. Die kam nämlich durch die geöffnete Wohnungstür des Tätowierten geflogen, in der einen Hand einen notdürftig verschlossenen Koffer, aus dem malerisch ein BH-Zipfel hing, in der anderen eine große Tasche, aus der der Rest einer Ministereoanlage, diverse Papiere, Kosmetika, mehrere Besteckteile und ein Buch hervorquollen.

»Mach, daß du hier wegkommst! Und ohne Leibwächter brauchste dich hier gar nicht mehr blicken zu lassen!« brüllte der Berliner und machte eine Beinbewegung wie ein Fußballer kurz vor dem Schuß.

»Mistkerl. Perverser. Per ...«! heulte die Kleine. Dann geriet sie durcheinander. »Per ... Perser!«

»Perser?« fragte Helena hilflos.

Sie hatte den Mülleimer abgestellt und warf grade noch einen Blick in ihren Briefkasten. Doch nur der Maler Weiß und die Weinhandlung Biaget et Fils hatten eine Weihnachtskarte geschickt. Worfür hatte sie, Helena, sich eigentlich so angestrengt?

»Halten Sie sich da raus!« kreischte der Winzling schrill. »Oder treiben Sie es etwa auch mit ihm?«

»Ich?« sagte Helena empört und warf einen Blick auf den Tätowierten. »Niemals!«

Nienieniemals!

»Sag niemals nie!« grinste der Berliner. »War det nich der Titel von einem von euren imperialistischen Filmen?«

Die Frau kreischte und drückte ihre Koffer enger an sich.

»Ich weiß nicht, wovon Sie reden!« sagte Helena, ein Satz, der ihr seltsam leicht über die Lippen kam.

Ist der etwa Kommunist?

»Det gloob ick!« sagte der Tätowierte und lachte spöttisch.

»War er etwa brutal zu Ihnen? Er hat Sie doch sicher geschlagen!« Helena versuchte, weibliche Solidarität mit dem Miniaturwesen zu zeigen.

»Vielleicht könnte ich Ihnen helfen ...«

»Ha!« schrie die Frau spitz zurück, und selbst Helena fiel auf, daß das keine konkrete Antwort war. »Kümmer dich um deinen eigenen Kram, Tussi! Helfen nennt man das also jetzt, wa?«

Dann schlugen mehrere Türen auf einmal zu: die Haustür hinter der wutentbrannten Zwergin, die Wohnungstür hinter dem Tätowierten und wegen des allseits entstehenden Luftzugs das Briefkastentürchen vor Helenas Nase.

»Oh!« rief der Nachbar verdutzt. »Und jetzt? Jetzt werde ich wohl den Schlüsseldienst anrufen müssen. Gewähren Sie mir vielleicht solange Asyl?« – Seltsam: Plötzlich sprach der Kerl das reinste Hochdeutsch ...

»Warum sollte ich das tun?«

Der große Mann grinste, was ihm erneut das Aussehen eines modernen Seeräubers gab.

»Weil wir im gleichen Haus wohnen! Und das verbindet. Zumindest da, wo ich herkomme, hat das Wort Nachbarschaft noch eine Bedeutung.«

»Und wo kommen Sie her?« versuchte Helena verlegen vom Thema abzulenken.

»Aus einem Dorf in Brandenburg. Sie werden es nicht glauben, aber wir haben genau 1111 Einwohner. Wir müssen immer zusehen, daß ein Todesfall flugs durch eine Geburt ausgeglichen wird. Deshalb stehen wir auch oft in der Zeitung – als Kuriosum!«

»Da haben Sie sich sicher rege beteiligt?«

»Woran!«

»Daß es bei den 1111 Einwohnern blieb!«

»Klar doch. Hab immer aufgepaßt bei der Liebe!«

Sie fragte sich, was ihre Ratgeber ihr wohl an Verhaltensmaßregeln diesem unverschämten Kerl gegenüber mit auf den Weg gegeben hätten. Aber aus irgendeinem

Grunde fiel ihr nichts ein. Nur der Werbespot für Spülmittel kam ihr in den Sinn, in dem die blitzblanken Gläser die nachbarliche Beziehungskiste ankurbelten.

»Trotzdem. Nur weil wir im selben Haus wohnen, muß ich Sie nicht sympathisch finden!« Eine solche klare Abwehrhaltung war für Helena irgendwie untypisch. Sie wunderte sich über sich selbst.

»Da haben Sie recht!« sagte der Mann.

»Das ist heutzutage eben anders als früher!«

»Stimmt. Meine Mutter –« Der große Kerl lachte und fuhr sich mit den großen kräftigen Händen über den Kopf. »Die hat sich auch mal ausgeschlossen, und der Schlüssel steckte von innen. »Da hat der Dorfglaser ein Loch ins Fenster geschnitten, so daß man von außen den Griff herunterdrücken konnte.«

»Na und?« sagte Helena.

»Na, das Loch hatte die Form von einem Herz, und sechs Wochen später haben sie geheiratet!«

»Ach!« Helena starrte ihn an. Jetzt funkelten seine grünen Augen nicht mehr, sondern sahen aus wie ein vermooster Teich.

»Also, ich bringe Ihnen gern eine Tasse Kaffee und rufe auch den Schlüsseldienst für Sie an.«

»Nee, das ist nicht nötig, ich habe mein Handy dabei!«

»Sie haben ein Handy? Wo . . .?«

Jetzt hätte ich beinahe gefragt, wo er das denn geklaut hat. Auch nicht nett von mir . . .

»Das brauch ich beruflich. Manchmal muß ich erreichbar sein . . .«

Das wette ich. Für Hehler, Nepper und Schlepper.

»Nun, dann wünsche ich Ihnen viel Erfolg. Auf Wiedersehen!«

Hoffentlich nie. Nie? Na, sagen wir möglichst selten!

Kapitel 4

»Ist die Gans nicht ein bißchen braun? Da oben, guck mal, Helena. Das Verbrannte soll ganz und gar nicht gesund sein!« Helenas Mutter warf einen durchdringenden, aus fünfzigjähriger Gänseerfahrung resultierenden Blick auf das im Bräter zur Ruhe gebettete Tier. »Na ja, ist auch egal. Petra ißt heuer sowieso keine Gans, und Männer merken diese Dinge glücklicherweise sowieso nicht!«

Helena biß sich auf die Unterlippe.

Das hört sich an, als hätte ich etwas absolut Ungenießbares gekocht. Oder etwas Unbemerkbares, Unschmeckbares.

»Nein, ich finde, sie sieht eigentlich nur durch und durch knusprig aus! Aber wenn du meinst, kann ich ein bißchen von dem Braun abkratzen!«

Helena zückte ein kleines Messerchen. Es hatte einen fliederfarbenen Griff, und sie kannte es seit ihrer Kindheit. Sie und Petra hatten es damals Kneipchen genannt. Mehrfach hatte Petra mit diesem Kneipchen Helenas Puppen den Blinddarm herausgenommen. Helena hatte sie dann immer aufopferungsvoll gesund gepflegt und ihnen die klaffenden Plastiknarben verbunden.

»Ja, versuch mal zu retten, was zu retten ist!«

Undankbarkeit, dein Name ist Mutter und Vater.

»Petra ißt also keine Gans!« Helena würfelte Käse für

den Chicoréesalat. Zu Weihnachten war Chicoréesalat bei der Familie Abschied ein absolutes Muß. Irgendwann in den siebziger Jahren hatte Mutter Abschied dieses Gemüse entdeckt, als modern empfunden und als Tribut an die neue Zeit immer wieder zubereitet.

»Nein!«

»Und warum nicht?« fragte Helena. »Letztes Jahr mochte sie keinen Lachs! Ißt sie *den* wenigstens jetzt wieder?«

Nicht nur ihr Bruder war in Essensfragen etwas heikel. Seit ihrer Kindheit war Helena Zeugin der ständig wechselnden hochkomplizierten Eßgewohnheiten ihrer Schwester gewesen. Mal aß Madame nur Obst, mal nur Käse, eine Zeitlang hatte sie sich ausschließlich von der Pizza eines bestimmten Pizzarestaurants und von Jägerschnitzeln aus einer bestimmten Kneipe ernährt. Bekam sie nicht, was sie wollte, dann aß sie eben gar nichts. Basta. Und Helenas Mutter, deren familiäre Wurzeln irgendwo in Bayern lagen, und die sich noch gut genug an die Nachkriegsjahre erinnerte, um die Pfunde auf den Hüften ihrer Tochter als Ausdruck mütterlicher Liebe zu betrachten, hatte jedesmal flugs nachgegeben. Wer wollte schon mit folgender Schreckensmeldung in der Bildzeitung stehen: »Deutschlands grausamste Mutter: Sie ließ ihr Kind sterben, weil es keine Zwetschgenknödel mochte! Nachbarn: ›Wir hörten das Wimmern, wußten aber nicht, ob es die Katze oder das Kind war.‹«

»Weil sie einfach nicht will, du kennst doch deine Schwester!« Mit ergebenem Blick streifte Marianne Abschied das Foto ihrer jüngeren Tochter, auf dem sie als kleines Skelett auf einem Schulfest abgebildet war. »Was das Mädel sich vornimmt, das macht sie! Oder sie macht es nicht. So war sie immer schon!«

Leider. Sie hat den Kopf einer Dampfwalze. Und die Sensibilität eines Erdrutsches!

»Das stimmt!« erwiderte Helena nicht ohne Bitterkeit. »Genau wie an jenem Weihnachten vor 22 Jahren, als sie sich vorgenommen hatte, meinen Kaufladen von einer Gruppe bewaffneter Palästinenser überfallen zu lassen. Damals hat sie all meine kleinen Schächtelchen und Päckchen entführt und leergefressen. Sogar das Prilschächtelchen mit den weißen Liebesperlchen!«

Kleines verfressenes Miststück. Damals war sie beim Essen nicht so wählerisch. Hauptsache es gehörte mir!

»Deine Schwester hat eben immer schon politisch gedacht. Bemerkenswert für so ein kleines Mädchen! Sagt dein Vater auch!« Frau Abschied humpelte zum Kühlschrank. »Meinst du, der Lachs reicht, Helena? Hättest du nicht noch eine Saite mehr kaufen sollen?«

»Trotzdem – es war *mein* Kaufladen!«

»Ach, Helena, daß du auch immer so ein Theater machen mußt! Andere Leute hätten diese Geschichte schon längst vergessen!«

SPÄTESTENS MIT DREISSIG SOLLTEN SIE ALTEN GROLL AUS DER FAMILIE HINTER SICH GELASSEN UND IHREN FRIEDEN MIT ELTERN UND GESCHWISTERN GESCHLOSSEN HABEN.
(*freundin:* »20, 30, 40, und . . . Die Phasen im Leben einer Frau«)

Vergessen? Wenn ich ihre *Liebesperlchen gegessen hätte, würde sie sie mir heute noch in Rechnung stellen!*

»Warum bist du nur so empfindlich? Manchmal denke ich, wir haben bei dir etwas falsch gemacht. Schau mal, Petra hat diese netten Mistelzweige mitgebracht . . . Und du hättest wirklich mehr Lachs kaufen sollen; an so etwas sollte man gerade zu Weihnachten nicht sparen.«

Mistelzweige? Wo hat sie denn die geklaut? Und

warum ist mir das nicht eingefallen. Dabei stand es doch neulich noch in der Carina: *MANCHMAL SIND ES GERADE DIE KLEINEN GESCHENKE, DIE IHREN MITMENSCHEN FREUDE MACHEN: SEHEN SIE SICH IN DER NATUR UM, DORT FINDEN SIE UNGEAHNTES POTENTIAL FÜR SELBSTGEBASTELTE GESCHENKE.*

Gelächter drang aus dem Wohnzimmer in die Küche. Helena hörte dabei insbesondere die Stimmen von Willem und Petra heraus. Sie lief ins Wohnzimmer, ein kariertes Küchenhandtuch über der Schulter.

»Du hast ein Stück Chicorée am Kinn!« sagte Petra und prustete sektlaunig. »Niedlich!«

In Helenas Augen war sie ein rücksichtsloses und egoistisches Geschöpf – dazu noch auf eine eitle Weise oberflächlich. Doch wie sie da heute auf dem Sofa saß, war sie eindeutig das heimliche Zentrum der Familie. Einer ihrer beiden Söhne verbrachte Weihnachten bei einem Freund. Der andere, ein stiller dunkelhaariger Junge, dem der Musiklehrer angeblich eine große Zukunft als klassischer Pianist vorhergesagt hatte, kauerte dicht neben ihr.

»Aber unser Adrian will nur Rockmusik machen, ist das nicht witzig bei so einem kleinen Kerlchen, und ratet mal, auf wen er steht: auf den guten alten Frank Zappa!«

»Korrekt. Den find ich auch geil!« sagte Antje, die die lackschwarz-kurzhaarige und schlank-energische Petra offenbar ebenfalls geil fand, und fuhr sich durch das eigene strähnige rotgelbe Haar. »Tot, aber geil!«

»Frank Zappa?« sagte Helena locker und schnippte das Chicoréestückchen weg. Es landete irgendwo auf Willems Kragen, der es angewidert entfernte: »Zappa? War das nicht der mit dem kleinen schwarzen Schnurrbärtchen? Doch, also, den find ich auch ...«

Wie find ich denn den? Kenn ich den überhaupt? Und warum soll ich ihn überhaupt irgendwie finden? Ich bin mir nicht mal sicher, wer das ist.

Aber es beachtete sie sowieso niemand. Helena wischte sich vorsichtshalber noch einmal übers Kinn und kehrte dann zu ihrer Mutter in die Küche zurück.

»Nächstes Jahr ...«, sagte sie dort mit einer Aufwallung unchristlichen Egoismus, »... könnten ja Petra oder Dieter mal Weihnachten ausrichten. Oder wenigstens das Essen fix und fertig mitbringen, so wie *ich* dieses Jahr!«

»Na ja, vielleicht kann ich es nächstes Jahr ja sogar wieder selbst machen. Wenn mein Knie besser ist. Petra kann ich das nicht zumuten, sie hat genug um die Ohren als alleinerziehende und voll berufstätige Mutter, und Dieter mit seiner internationalen Karriere ... also, *du* hast Ideen, das geht nun wirklich nicht!«

Nein, natürlich nicht. Unmöglich! Dieter würde vom Anblick eines noch nicht zubereiteten Essens wahrscheinlich eine schwere Infektion bekommen.

Dieter, der glanzvolle Jurist mit der Aussicht auf eine Aussicht, saß ebenfalls im Wohnzimmer und unterhielt sich ernsthaft mit seinem Vater: »Also ich hab – genau wie du – diese neue Telekom-Aktie für achtzehn Mark das Stück gekauft, und jetzt stehen die bei achtzig, aber ich warte noch mit dem Verkaufen. Die Ginny meint, daß der Aufwärtstrend bei den privaten Telefonanbietern irgendwann aufhört, dann gewinnt die Telekomaktie noch mehr an Wert. Und die Ginny kennt sich da ganz gut aus!«

»Ach ja, Frau Ginny!« sagte Helenas Vater, beeindruckt von den Kenntnissen der neuen Freundin seines Sohnes.

»Gegen meinen Bruder ist Mick Jagger ein Mönch!«

sagte Helena in der Küche zu ihrer Mutter und begann, die Klöße zu formen. Halb und halb natürlich, andere mochte Papa nicht. »Jedes Weihnachtsfest eine neue Frau!«

»Laß ihn doch. Er ist ein attraktiver Mann, der seine Chancen nutzen will. Wie steht's denn so bei euch beiden? Hat Wilhelm eigentlich schon mal von Ehe gesprochen? Ich meine, du solltest nicht mehr allzulange warten. Was Besseres kommt selten nach!«

Mit anderen Worten – Dieter, der Attraktive, kann es sich durchaus leisten, zu warten und rumzuprobieren, und ich – die graue Maus – sollte mich ranhalten. Mein Gott, bin ich eigentlich im falschen Film? Und wenn ja, wie lange schon?

»Er nennt sich Willem!«

»Ach ja!« sagte Frau Abschied verwirrt.

»Da hast du sicher recht, Mama. Und Willem ist wirklich ...«

»Siehst du!«

Das halte ich nicht aus. Ich brauche unbedingt mal ein Minütchen Pause von dieser ganzen Bande! Sonst krieg ich einen an der Waffel, wie Antje sagen würde.

Helena ging hinaus in den winzigen Flur des Reihenhauses ihrer Eltern. Auf dem Bauplan hatte sich das Verlies, in dem sie jetzt stand, großspurig *Windfang ›Scandinavia‹* genannt. Der Architekt hatte hinterher nichts mehr davon wissen wollen. Mehr als einen ganz normalen Flur könne man für das Geld wohl kaum verlangen. Also ging Helena in den *Flur ›Scandinavia‹*.

Dort hingen die gesammelten Mäntel ihrer Familie. Der Pelzmantel von Mutti – natürlich ein Geschenk von Vati. Petra schützte sich gegen die Kälte mit einem kurzen, weinroten Wildledermantel, der mit Webpelz gefüttert war. Sehr auffallend und nicht billig. Gewiß nichts, was eine alleinerziehende Mutter sich so ohne weiteres leisten konnte, also vermutlich ebenfalls eine Stiftung aus Männerhand. Helena schnupperte. Ein interessanter Duft haftete ihm an. Die kurze, mit unheilverkündenden Symbolen bemalte Lederjacke gehörte Antje. Auch sie verströmte einen intensiven Geruch, aber hier wollte Helena gar nicht so genau wissen, wo der herkam. Dieter hatte ebenfalls einen Mantel aufgehängt: in Juristengrau, aus reiner Wolle. Ginnys Mantel war beigefarben, Typ: smart working girl, ein elegantes Stück aus Kaschmir, das nach Chanel Nr. 5 duftete. Am Kragen haftete ein feines grauschwarzes Haar. Daneben Willems zerknitterter Trenchcoat der Marke »Ich-bin-Künstler-und-friere-aus-Prinzip«. Auf der Hutablage lag sein Holländermützchen, das Helena ihm in den Beneluxwochen bei Hertie besorgt hatte.

Und mein edles Wams?

Ein kognakbrauner, biederer Popelinemantel in modischem Sackschnitt mit Wollkragen und Reißverschluß vorn. Vielseitig einsetzbar, warm, praktisch. Und er roch nach nichts. Außer vielleicht ganz schwach nach Gänseschmalz. Langsam kehrte Helena wieder in den Wohnbereich zurück.

»Die Ginny habe ich im Urlaub in den Dolomiten kennengelernt, aber ebensogut hätten wir uns in Berlin zum ersten Mal begegnen können. Da ist sie mal mit dem gleichen Zug gefahren wie ich. Hat sich aber erst hinterher rausgestellt. Also, die Ginny arbeitet bei SAP in Walldorf, Deutschlands größtem Softwarehaus, wie ihr sicher wißt!« verkündete Dieter dort gerade.

Ginny, schlank, groß, in grauem Kostüm und mit schwarzem Haar, das trotz ihrer Jugend von ganz feinen hellgrauen Fädchen durchzogen war, lächelte selbstbewußt.

»Knattergeil!« sagte Antje-Anita. »Software hat was! Das ist affentittenturbogeil! Was machen denn Sie da so . . .?«

»Ich arbeite im Officebereich!« sagte Ginny.

»Das würd' mich ja auch noch anturnen!« rief der Teenager.

»Dafür mußt du aber die Schule mal zu Ende machen, Antje«, sagte Helena.

»Ja, Frau Lehrerin!« giftete Antje und wechselte einen vielsagenden Blick mit ihrem Bruder.

»Helena, wirklich, nicht am Heiligen Abend schon wieder mit der Schule anfangen!« sagte Petra und lachte glockenhell. Dazu strich sie sich mit ihren Fingern wie mit einem Rechen durch das kurzgeschnittene rabenschwarz gefärbte Haar. »Adrian, nicht wahr, Lehrer können einem richtig den Spaß verderben? Es gibt nun mal kein sichereres Mittel, sich bei Kindern unbeliebt zu machen, als in den Ferien von der Schule anzufangen!«

»Bin kein Kind mehr!« maulte Antje.

»Natürlich nicht!« versicherte Helena, die ihren Fehler wieder gutmachen wollte.

»Klar bist du eins. Ein echtes Elefantenbaby!« lachte Petra und kniff Antje in die Seite.

Und siehe da, die Wasser teilen sich. Die Erde bebt. Antje lacht. Das kleine Monster kann tatsächlich lachen!

Sohn Adrian sagte nichts.

»Adrian, ich hab dir extra Apfelmus hingestellt!« sagte Helena versöhnlich und zwinkerte ihrem Neffen zu. »Ich dachte, dann rutscht die Gans besser!« Adrian kicherte musisch verklemmt.

»Ich hab ihr gesagt, sie soll das Fett nicht abgießen!« bemerkte Willem zu Petra, die ihm bestätigend zunickte. »Damit sie nicht so trocken wird, die Gans! Bei uns läßt man immer ein bißchen Fett dran. Als Geschmacksverstärker! Warum ißt du eigentlich nichts davon mit? Bei deiner Figur dürfte das doch eigentlich kein Problem sein. Du könntest fast . . . ja . . . habt ihr eigentlich euren Stammbaum mal genauer unter die Lupe genommen? Hier in der Gegend gab es mal jede Menge Niederländer, so um 1730 herum . . .«

»Nee, kein Stammbaum!« sagte Herr Abschied, der vom Sekt etwas benebelt war.

»Nein, weißt du . . .«, sagte Petra kokett. »Diese Fettverdauung raubt meinem Körper einfach unglaublich viel Energie, und als alleinerziehende, berufstätige Frau kann ich mir das absolut nicht leisten. Für mich geht's morgen früh schon wieder weiter!«

Und dann räkelte sie sich, so daß das Leoparden-Shirt sich dekorativ über ihrem Busen spannte. Willem musterte sie neugierig.

»Ach ja?« sagte Ginny, die der Bienenfleiß ihres Gegenübers zu faszinieren schien. »Ich esse auch keine Gans. Wir verkehren viel mit US-Firmen oder Asiaten, und die achten unheimlich auf die Figur. Die meisten dieser Firmen haben sogar ein Fitneßstudio für ihre Angestellten im Haus.«

»Ach ja?« sagte Helenas Vater, der offenbar ebenfalls sehr auf Ginnys Figur achtete.

»Ich bewundere sowieso, wie Ginny den Jetlag wegsteckt!« erklärte Dieter mit großer Geste. »Ich muß wahrscheinlich im März nach New York, ein Klient, versteht ihr, und da seh ich schon schwarz für meinen Kreislauf. Aber na ja, ich werd's überleben.«

»Man soll Kaugummi kauen und keinen Alkohol trinken!« sagte Helena. »Ich hab da einen Artikel gelesen. Wenn du willst, schicke ich ihn dir gern zu!«

Diese New York Geschichte hat er schon letztes Mal gebracht. Fährt er nun, oder fährt er nicht? Eigentlich fliegt er nie irgendwohin. Die einzige Dienstreise, die er je gemacht hat, führte ihn nach Warschau, und dorthin ist er mit dem Zug gefahren . . .

»Ich ess' auch keine toten Vögel!« verkündete jetzt Kuckucksei Antje.

Wer hat die eigentlich gefragt? Von mir aus kann sie von Tomatenketchup auf Nachos leben. Tut sie ja sowieso.

»Hast du auch Spaghetti gemacht, Helle?«

»Nein, ich kann nicht gut für jeden extra kochen. Gans war doch vereinbart!« verteidigte sich Helena.

»Aber ich ess' keine toten Vögel, das ist bekannt! Tote Vögel sind antikult!«

»Aber es war nicht bekannt, daß du Heiligabend hier bist!« Helena zupfte unruhig an ihrer Bluse herum. *Wenn ich doch auch so knapp sitzende Lurexteile tragen könnte wie Petra.*

»Laß sie doch!« sagte Petra. »Na ja, wenn man keine Kinder hat, kann man das nicht nachvollziehen. Ein Kind läßt sich eben nicht programmieren.«

Jetzt fühlte auch Willem sich angesprochen, und offenbar lag ihm viel daran, bei Petra als potent oder zumindest nicht als Ursache für Helenas Kinderlosigkeit zu erscheinen. Er warf Petra einen süffisanten Männerblick zu.

»An mir soll's nicht liegen! Ich möchte ja nicht ins Detail gehen . . . aber die Helle hat schon genug mit den Kindern in der Schule zu tun. Sie wird ja kaum mit *denen* fertig. Also, wenn sie heimkommt, könnte sie, glaube ich, alle Kinder erst mal gesetzlich verbieten lassen!«

Na prima, wer so einen Lover hat, braucht keinen Feind mehr!

Petra blickte schockiert, Antje vielsagend und Ginny nachdenklich drein. »Also, *ich* wünsche mir Kinder!«

sagte sie. »Alle sprechen immer davon, wie schwer es ist, mit Kindern Karriere zu machen, aber eine Karriere ohne Kinder, das ist doch viel schlimmer!«

»Gute Bemerkung!« sagte Helenas Vater zu seinem Sohn. »Das Mädchen gefällt mir!«

Mir nicht.

»Mir auch!« lachte Dieter und hauchte Ginny einen Kuß auf die gerade Nase. »Deshalb gibt's nachher auch was Feines für meinen Schatz!«

Helena saß da, mit nach Gänsefett duftenden Fingern und nach Gänsefett riechenden Haaren. Ihr Make-up war durch den Dampf, der aus dem Kloßtopf drang, völlig zerlaufen. Ihr Portemonnaie war leer.

Sie hatte Willems Tasche mit Geschenken gesehen, als er sie aus dem Auto hereintrug. Für Antje hatte es – laut Aufschrift auf dem mit blau-weißen Windmühlen dekorierten Papier – drei Päckchen gegeben und für sie zwei. Eins davon hatte die Form einer Flasche – vermutlich würde Willem ihr wieder Genever schenken, den er dann selbst austrank. Das andere sah aus wie ein Buch. Wahrscheinlich ein Reiseführer über irgendeine abgelegene Gegend Hollands, der sich gewiß gut vertragen würde mit den anderen Reiseführern über andere holländische Regionen, die sich bereits im Bücherregal tummelten.

Helena wußte: Sie würde wieder keinen Ring bekommen. Und kein Parfum. Und keine Spitzenunterwäsche.

Und keinen Champagner!

Dafür würde die freche Schwester ihres Freundes bei ihnen einziehen!

Und für ihr Essen würde sie wieder kein Lob ernten. Und nach den Ferien würde sie wieder den miesesten Stundenplan mit allen Randstunden und Eckstunden und den unattraktiven Klassen bekommen. Auch nach

Silvester würde ihr Leben wohl kaum zum wahren Feuerwerk mutieren.

Sie würde auch weiterhin von kahlköpfigen Ex-DDRlern bestohlen werden, von Rentnerinnen aus der Warteschlange verdrängt und von Friseuren verunstaltet werden.

Helena ging aufs Gästeklo und betrachtete sich im Spiegel.

Helena Abschied, du bist eine komplette Idiotin. Soll das eigentlich lebenslänglich so bleiben?

Und ohne daß sie es geplant hatte, schüttelte ihr mausgraues Gegenüber den Kopf!

Nein, das soll nicht so bleiben. Nicht, wenn ich es irgendwie verhindern kann.

DER JAHRESWECHSEL IST EINE ZEIT, UM BILANZ ZU ZIEHEN, UM IN DIE ZUKUNFT ZU BLICKEN UND SICH ZU FRAGEN: WER BIN ICH? WO WILL ICH HIN?
(Brigitte Dossier: »Wendepunkte – Wenn wir unser Leben umkrempeln«!)

Kapitel 5

»Tut mir leid, aber Ihren Text versteh' ich nicht!« sagte die Dame an der Anzeigenannahmestelle ohne Umschweife.

Sie arbeitete seit dreizehn Jahren in ihrem Job und kannte alles, von »Ich-verwöhn-dich-bis-du-kommst« über »Das vollkommen neue 18jährige Thai-Mädchen« bis hin zu der »Gepflegten, gebildeten Dame, die ihresgleichen für eine zärtliche Freundschaft sucht«. Latex, Lurex und Bizarrsex, überhaupt alles mit einem x am Ende war ihr bestens vertraut. Aber das, was dieses unscheinbare Geschöpf hinter dem Tresen da aufgeben wollte, war wirres Zeug, keine anständige Sex-Anzeige!

»Wieso? Ist er denn nicht aussagekräftig?« fragte Helena und las sich die Zeilen nochmals durch.

»Notorische Jasagerin sucht jemanden, der oder die ihr zeigt, wie man nein sagt!«

Die stattliche Anzeigenberaterin schüttelte den Kopf. Kein Haar ihres zum Helm frisierten rostbraun gefärbten Haars bewegte sich dabei. »Da springt bestimmt keiner drauf an! ›Notorisch‹ ist ein Fremdwort, das viele Leute hier im Badischen gar nicht erst kennen. Außerdem ist diese Formulierung mit der Jasagerin leicht mißverständlich – oder wollen Sie damit in die Sado-Maso-Szene? Also lassen Sie sich etwas anderes einfallen!«

»Natürlich. Ich nehme immer gern Ratschläge an. Wo es nur geht. Und ... ja, doch, das sehe ich ein!« erwiderte Helena scheu, als wollte sie der Gutfrisierten demonstrieren, daß sie tatsächlich gern JA sagte ... »Hätten Sie denn einen Vorschlag, wie ich das besser ... es gibt doch auch Vordrucke ...«

»Nur für Todesanzeigen, Hochzeiten und Geburten!« sagte die Dame hinter dem Tresen und klopfte auf ein schwarzes Ringbuch. »Aber nicht für Schmuddelkram!«

Soweit ich weiß, bin ich Philologin. Ich habe studiert. Hätte sogar promovieren können. Unterrichte Englisch und Deutsch. Da sollte ich doch wohl in der Lage sein, einen Anzeigentext zu formulieren. Aber offenbar bin ich das nicht.

»Meine Anzeige ist kein Schmuddelkram!«

Hinter Helena hatte sich ein schlechtgelaunt aussehender Herr angestellt. Er hielt einen Zettel in der Hand, den er immer wieder durchzulesen schien. Ein sehr dikkes junges Mädchen mit frechem Gesicht vollendete die Warteschlange. Jetzt setzte die Toupierte ein professionelles Gesicht auf: »Vielleicht setzen Sie sich da hinten an den kleinen Tisch und schreiben einen neuen Text. Hier, ich gebe Ihnen Konzeptpapier!«

Helena tat, wie ihr geheißen.

Klar doch. Mach ich. Wie immer. Die Jasagerin vom Dienst – oder sollte ich sagen: die Jamacherin?

»Ich suche einen Mieter!« verkündete unterdessen der nachrückende ältere Mann. »Aber nicht irgendeinen. Nichtraucher muß er sein und alleinstehend, natürlich männlich, keine Tiere, in einem Festanstellungsverhältnis.«

»Und was bieten Sie?«

Die Dame an der Anzeigenaufnahme legte die Finger auf die Tasten ihres Computers. »Eine Einzimmerwohnung in der Stadtmitte, Nachtspeicherofen, vierter Stock, Kochnische, Duschbad!« sagte der Herr knarzend.

»Balkon?« erkundigte sich die Dame mit dem Haarhelm routiniert.

»Nein!« antwortete der Mann geradezu empört und rückte die silberne Brille zurecht. »Ich vermiete ja keinen Palast, sondern eine praktische Innenstadtwohnung. Ach, und ehe ich es vergesse: Der Mann sollte Deutscher und über Dreißig sein! Aber ein richtiger Deutscher, keiner mit irgendeinem dubiosen Zweitpaß aus dem Orient!«

Das dicke Mädchen lachte schrill und schob ihr Bonbon mit laut klackendem Geräusch von der linken Wange in die rechte.

»Schreiben Sie doch: ›Traummieter für Alptraumbude gesucht!‹«

»Also wirklich ...!« Der ältere Mann blies sich auf wie ein Breitmaulfrosch. »So eine wie Sie, die käm mir nicht mal die Treppe hoch, geschweige denn in die engere Wahl!«

»Na, Gott sei Dank!« versetzte die Dicke ungerührt.

»Entschuldigung ...« Helena stand auf und näherte sich dem Mädchen.

»Ja, was liegt an?«

»Das ist keine schlechte Idee mit dem Alptraum ... Vielleicht hätten Sie ja auch in meinem Fall eine Idee!«

So weit ist es also mit dir gekommen, Helena Abschied, Englisch- und Deutschlehrerin. Jetzt läßt du dir von so einer dicken Göre schon die Texte schreiben.

»Na, klar doch. Was ist Sache?«

Helena zögerte nur kurz. Sollte sie sich wirklich ausgerechnet diesem fremden fetten Mädchen anvertrauen? Aber dann fiel ihr jener andere Teenager ein, der grade bei ihr zu Hause eingezogen war und ihr das irdische Dasein wahrscheinlich blitzschnell zur Hölle machen würde. »Ich suche jemanden, der mir beibringt, etwas ... nun ... energischer zu werden. Ich meine, ich sage immer so schnell ja und amen zu allem, lasse mich leicht unterbuttern und habe das Gefühl, ja, daß das Leben an mir vorbeizieht, und daß die anderen immer alles kriegen und ich nichts!«

Genau! Das war's!

Helena war über sich selbst erstaunt. Hier saß sie nun, eine fünfunddreißigjährige Gymnasiallehrerin, und plapperte fast unter Tränen auf ein molliges Mädchen ein, das beinahe ihre Schülerin hätte sein können. Doch die Kleine besaß etwas, das sie nicht hatte: ein freches Mundwerk. Ihr war vollkommen gleichgültig gewesen, was der ältere Mann von ihr dachte. Das hatte sie Helena ganz einfach voraus.

Mir ist nie egal, wie die Leute von mir denken. Das ist für mich das Wichtigste im Leben. Ein schiefer Blick von Hausmeister Lernboss, und ich sehe meine Karriere als Pädagogin schon den Bach runtergehen.

»Aha!« sagte das Mädchen. »Sie sind also so was wie ein Engel, ja? Ein bißchen doof und mit kleinen Flügelchen dran. Und jetzt suchen Sie jemanden, der ... na, wie sag ich's ... der eher wie ein fetziger Teufel ist, einer mit coolen Hörnern. Is ja kraß.«

»Ja?« sagte Helena atemlos. Die Lösung war nahe, das spürte sie.

»Na, dann fügen Sie Ihrer Anzeige doch 'ne Überschrift hinzu: »BIETE FLÜGEL, SUCHE HÖRNER! Ja, das kommt fett: BIETE FLÜGEL, SUCHE HÖRNER.«

***

HÖREN SIE BEI DER AUSWAHL IHRER GARDEROBE RUHIG MANCHMAL AUF DEN RAT ANDERER MENSCHEN: EIN NEUTRALES AUGE SIEHT OFTMALS BESSER, WAS IHNEN STEHT. VIELLEICHT HABEN SIE SICH JAHRELANG IN GRÜNE SAMTPULLOVER GEHÜLLT, UND EINES TAGES SAGT IHNEN EINE GUTE FREUNDIN, DAß SIE DARIN AUSSEHEN WIE EIN WANDELNDER HEUHAUFEN.
(*freundin,* August 97. Im Ratgeberteil: »Kleider und Klamotten. So findet Frau ihren Typ.«)

»Was soll ich heute abend nur anziehen?« fragte Helena in ihren Kleiderschrank hinein. Willems Schwester Antje saß hinter ihr auf einem Sessel und zuckte die Achseln. Dann rümpfte sie die Nase, so daß der kleine Ring darin funkelte: »Keine Ahnung, mußt du doch selbst wissen!«

Danke sehr. Vielleicht sollte ich das demnächst auch mal sagen, wenn du mich fragst, woher du das Geld fürs Kino nehmen sollst. Helena holte ein Kleidungsstück nach dem anderen aus dem Schrank.

Ordentlich baumelten dort zahlreiche frauliche Blusen auf den Bügeln ebenso wie Pullover und Jäckchen, und im Hintergrund mahnte der klassische Blazer. Doch nichts schrie: »Nimm mich mit zum Elternabend, zieh mich an, *sofort*!«

»Gar nicht so einfach!« sagte Helena und hielt den blauen Klassiker mit den Marineknöpfen in die Höhe. – WAS DER NADELSTREIFENANZUG FÜR DEN MANN, IST FÜR DIE FRAU DER MARINEBLAUE BLAZER. DAMIT IST SIE IMMER RICHTIG ANGEZOGEN. (ebd.) Doch das gute Stück sah irgendwie fadenscheinig aus: Der Kragen glänzte, ein Knopf fehlte – also kein blauer Blazer.

»Es ist wirklich nicht einfach, weißt du, Antje ...« Obwohl sie eigentlich keine große Lust dazu hatte, dachte sie daran, das Mädchen stärker an ihrem Leben teilhaben zu lassen. Vielleicht würde das Gör dadurch ja etwas zugänglicher.

ACHTEN SIE DARAUF, DEN DIALOG MIT DEN JÜNGEREN MENSCHEN IN IHRER UMGEBUNG AUFRECHTZUERHALTEN, AUCH WENN SIE ZUNÄCHST SCHROFF ABGEWIESEN WERDEN. ABGRENZUNG IST FÜR JUGENDLICHE EINE WICHTIGE VORAUSSETZUNG ZUR IDENTITÄTSFINDUNG.
(*Deine Familie,* Heft 47, Thema: »Mit Kindern leben.«)

»Wenn du dich allzu schick kleidest, mutmaßen sie, daß ihre Steuergelder zum Fenster hinausgeworfen werden, damit sich die Beamten in edle Designerklamotten hüllen können. Trägst du Jeans, bist du in ihren Augen kein Vorbild für ihre Kinder. Ich denke, ich ziehe diese braune Hose und den hellbraunen Pulli an. Darunter vielleicht eine weiße Bluse. Das wirkt frisch und gepflegt!«

Ich könnte ihr eine mütterliche Freundin werden. Vielleicht ist sie mir dafür später mal dankbar.

»Mann, *du* hast ja vielleicht Sorgen!« maulte Antje wenig dankbar und bohrte sich in der Nase. »Du mußt einfach nur locker drauf sein! Ein paar fetzige Sprüche und fertig. Das kommt fett!«

Kommt fett? Helena seufzte. Schon wieder!

Antje lebte jetzt seit ein paar Wochen bei ihnen, und eigentlich hatte sie damit gerechnet, daß irgendwann Antjes Mutter anrufen würde, um ihre Tochter zur Heimkehr zu bewegen. Schließlich war es *ihre* Tochter. Die zu allem Überfluß auch noch beschlossen hatte, ein ganzes Schuljahr mit der Schule auszusetzen. Aber weit gefehlt! Das Telefon war stumm geblieben, lediglich ein Paket mit Antjes grellen, nach Himbeeren riechenden Schminksachen war aus dem grenznahen Aachen eingetroffen. Augenscheinlich war Muttern froh über die sturmfreie Bude und glaubte, daß sich das mit der Schule irgendwann von selbst regeln würde.

»Und was hast *du* für Sorgen?« erkundigte sich Helena. Antje verzog schlechtgelaunt den Mund und zuckte die Achseln. Helena lächelte ihr freundschaftlich zu. Sie hatte sich vorgenommen, das Beste aus Antjes Besuch zu machen. Eigentlich konnte sie sich freuen, war es doch eine Art Vorbereitung auf ihre zukünftige Rolle als Mutter. Wenn sie allein waren, betonte Willem zwar immer wieder aufs neue, daß er keine Kinder wollte, doch Helena gab die Hoffnung nicht auf: Vielleicht überlegte er es sich ja doch noch. Wo er so gut mit jungen Leuten und Kindern umgehen konnte ... zum Beispiel mit dieser Tanja, die auch jetzt wieder da war und die sie im Arbeitszimmer lauthals kichern hörte. Helena konnte nur hoffen, daß die Kleine wenigstens auf holländisch kicherte.

Diese Tanja ist mir ein Dorn im Auge. Warum nutzt nicht auch sie die Segnungen der Zivilisation und trägt beispielsweise einen BH.

»Ich hab kaum noch Kohle!« sagte Antje. »Echt! Ich brauch' dringend ein paar Sachen, Crème und Tampons, und ich hab keinen Schotter mehr!«

»Eigentlich könntest du ebenfalls Nachhilfe geben! Du sprichst doch auch ganz gut Holländisch, oder?«

»Korrekt, aber dazu hab ich echt keinen Bock. Holländisch ist 'ne Scheißsprache, klingt wie halskrank! Außerdem, ob ich mit den wenigen Schülern, die man für diese Sprache bekommt, so viel Spaß hätte wie mein Bruder mit diesem kleinen Flittchen, wage ich zu bezweifeln!« Antje grinste unangenehm, als einmal mehr Gelächter aus dem Arbeitszimmer drang.

»Hör auf, so etwas sagt man nicht! Aber es gibt sicher noch andere Möglichkeiten, sich ein paar Mark dazuzuverdienen. Hier im Haus wohnen beispielsweise zwei alte Frauen, vielleicht fragst du sie, ob du ihre Einkäufe erledigen oder ihnen vorlesen kannst, hm?« erwiderte Helena und fragte sich, ob sie braune oder schwarze Schuhe dazu anziehen sollte. Schwarz war für den Anlaß sicher zu feierlich. Da dachten die Eltern gleich an schlechte Noten. Andererseits konnte die Farbe ihr möglicherweise mehr Autorität verleihen ... Nein, doch lieber Braun. Schlicht und unauffällig.

»Alte Frauen im Haus? Nee, danke. Dazu hab ich noch weniger Bock. Nur dieser Glatzkopf im Erdgeschoß, der ist cool, sonst ist hier alles schon Torf. Nee, laß man. Irgendwie komm ich schon an die Kohle. Jetzt wart ich noch auf den Will, und dann gehen wir schwimmen«, verkündete Antje und schob sich ein Pfefferminzbonbon in den Mund.

Torf?

»Wärst du so lieb und würdest vorher das Bad saubermachen. Dieses Haarfärbemittel hat nicht nur dein Haar, sondern auch die Fliesen im Bad rot gefärbt!« sagte Helena und lachte dazu fröhlich. Schließlich wollte sie das Mädchen dazu ermutigen, ihre kleinen Pflichten zu erfüllen. Wenn sie damit erst einmal angefangen hatte, würde sie sicher bald merken, wie befriedigend das war.

Das Bad sieht aus, als hätte sie da drin ein Schwein geschlachtet. Ich will, daß sie es saubermacht! Sofort!

»Meine Güte, sei doch nicht so penetrant!« versetzte Antje unzufrieden.

In diesem Augenblick öffnete sich Willems Bürotür. Heraus trat ein gutgelaunter, charmanter Willem, auf dessen Brust die Aufschrift »Nederlands und seine Grachtenlandschaft« prangte. Mit jovialer Geste steckte er die dreißig Mark ein, die er von Tanja erhalten hatte, und begleitete seine Schülerin zur Tür.

»Dach!« rief er ihr etwas zu laut nach. »Dach und bis morgen!«

»Mit der machst du aber mittlerweile ganz schön Kohle!« sagte Antje, die immer noch auf einen Zuschuß spekulierte. »Hoffentlich gibt die ihre Sex-Pläne in Amsterdam nicht auf, sonst schaust du nachher in die Röhre, weil sie dir untreu geworden ist.«

»Schandmaul!« sagte Willem liebevoll. »Dir gebe ich nichts von Mijnheer F. zu lesen, das würde dich nur noch mehr verderben. Heute morgen hat er eine Sechzehnjährige im französischen Rouen auf den Babystrich geschickt. Ihre erste Amtshandlung war ein flotter Dreier mit zwei Marokkanern, denen sie hinterher die Pässe geklaut hat, nachdem sie entkräftet eingeschlafen waren. Diese verkauft sie jetzt zu horrenden Preisen auf dem Schwarzmarkt! Bin gespannt, wo die noch endet! Aber so geht das halt in Frankreich! Das reinste Lasterpflaster!«

»Aber die Fotos auf den Pässen?« wandte Helena ein.

»Mijnheer F. behauptet, daß Araber sowieso alle gleich aussehen: schwarze Locken, Feuerräder statt Augen und schlechte Zähne!« Antje kicherte.

Helena mußte jetzt ebenfalls an die dreißig Mark denken. Schließlich lebten sie nunmehr zu dritt in dieser Wohnung, und Antje verzehrte jeden Tag u. a. eine Literflasche Cola. Sie mußte dringend mit Willem reden. So ging das auf Dauer nicht weiter!

»Gehst du mit schwimmen?« fragte Willem und strich Helena leicht über den Rücken. Kurz vor dem Po hielt er inne. *Dort ist seine Hand früher nicht stehengeblieben. Damals ist sie weitergewandert und weiter . . . ich muß mit ihm irgendwann darüber reden. Nicht, daß ich sexbesessen wäre, nein, eigentlich käme ich auch ganz gut ohne aus . . . aber Männer können nicht ohne. Das kann man in jeder Frauenzeitschrift nachlesen! Was stand doch letztens in der Carina? Man darf nicht gleich beim ersten Mal mit ihnen schlafen, danach nicht zu oft und auch nicht immer, wenn sie wollen.*

DIE SPANNUNG IST EINE GRUNDVORAUSSETZUNG ZUR AUFRECHTERHALTUNG DER ANZIEHUNGSKRAFT. SAGT DER PARTNER NIEMALS NEIN, DANN WIRD DAS SEXUELLE INTERESSE BALD ERLAHMEN.
(*Carina,* Ratgeber Sex: »Wenn er keine Eintagsfliege bleiben soll.«)

Helena drückte Willem einen Kuß auf die Lippen. »Nein, ich kann nicht«, hauchte sie. Er hatte weiche, warme Lippen, fast ein wenig wie die einer Frau. Auch seine Gesichtszüge waren eher weich, und seine Schultern nicht holländisch-seemännisch, sondern eher schmächtig. Eben typisch sensibler Künstler. Helena seufzte.

VERMEIDEN SIE ÜBERREAKTIONEN, WENN IM BETT EINE KLEINE FLAUTE HERRSCHT. HÄUFIG IST STRESS BEIM PARTNER DIE URSACHE DAFÜR.
(*freundin:* Ratgeber Sex 2000, Folge 13: »Wenn die Hose tot ist!«)

Streß? Bei Willem?

»Oh, Mann . . .«, maulte Antje, die Helenas Antwort nicht gehört hatte. »Ich will aber mit dir allein gehen!«

»Antje!« mahnte Willem liebevoll.

»Kannst du ihr bitte mal sagen, daß sie das Bad saubermachen soll!« Helena suchte nach ihren Notenaufzeichnungen. »Wo ist nur dieses Heft mit den mündlichen Noten. So langsam finde ich hier rein gar nichts mehr . . . Hast du das Heft gesehen, Antje? Blau mit weißem Rand.«

»Oh, Mann!« wiederholte Antje und fügte zu ihrem Bruder gewandt hinzu: »Sie soll direkt mit mir reden.

Wenn sie will, daß ich das Bad saubermache, warum spricht sie dann nicht direkt mit mir?«

»Ich habe es dir bereits direkt gesagt!« erinnerte Helena und wühlte in einem Stapel Zeitungen – immer noch auf der Suche nach ihren Aufzeichnungen.

»Dauernd wiederholt sie sich, als ob ich keine Ohren hätte!« klagte Antje. Helena starrte sie sprachlos an.

Wer hat die eigentlich erzogen? Frankenstein?

»Willem, ich glaube, wir sollten heute abend mal miteinander reden!«

»Und jetzt schließt sie mich auch noch aus. Wie kann sie behaupten, dich zu lieben, wo sie doch zu deiner Schwester so gemein ist!«

»Ich muß gehen!« sagte Helena hastig und verzichtete auf ihre Aufzeichnungen. »Bis später, drück mir die Daumen, ja?«

»Jajaja . . .«, erwiderte Willem. »Mach ich. Aber . . . wofür eigentlich?«

»Für den Elternabend, das hab ich dir doch schon zweimal erzählt!«

»Alles sagt sie zweimal. Als ob wir doof wären!« sagte Antje und betrachtete eingehend eine Strähne ihres rotgelb gefärbten Haares.

Helena floh aus ihrer eigenen Wohnung.

Und als ob das alles nicht schon ausgereicht hätte, stieß sie unten mal wieder auf den tätowierten Riesen.

Der im Moment auch handelte wie ein waschechter Riese, er schleppte nämlich eine Art Baumstamm in die Wohnung. Helena unterdrückte die Frage, ob er ihn im Stadtwald geklaut hatte, weil ansonsten um diese Jahreszeit so wenig Fahrräder herumstanden, die man hätte mitgehen lassen können. Vielleicht hatte er nach einem harten Gaunertag nicht mit leeren Händen heimkommen wollen. – Ganovenehre!

»Hallo? Na, wie geht's der werten Frau Nachbarin? Auf dem Weg ins Zentrum für geprügelte Frauen? Hilfe leisten? Oder selbst oof der Flucht? Lassen Se mal sehen . . .«

Helena wich zurück.

»Über so etwas sollte man sich nicht lustig machen! Es sind nicht *alle* Männer so wie Sie. Nein, ich gehe in die Schule! Und bevor Sie etwas Anzügliches sagen – ich bin Lehrerin! Und zwar im Gymnasium!«

Warum erzählst du ihm das, Helena? Bildest du dir ein, er erstarrt jetzt in wilhelminischem Respekt und hält dir die Tür auf?

»Hey!« Der Berliner lachte breit. »Lehrerin? Is ja doll! Und heute ham Se Elternabend, wa?«

»Wie kommen Sie denn auf *so* was?«

»Weil Sie so angezogen sind. So sind unsere Lehrerinnen damals an Elternabenden auch immer rumgelaufen. Wollten wahrscheinlich seriös, aber nicht gleich depressiv wirken. Na, denn toi, toi, toi!«

»Danke!« sagte Helena erstaunt und wunderte sich. *Bin ich wirklich richtig angezogen, wenn ich aussehe wie eine Lehrerin aus der DDR der sechziger Jahre?*

***

BEI BERUFLICHEN AUSEINANDERSETZUNGEN SOLLTEN SIE SPORTGEIST BEWAHREN. ERÖFFNEN SIE EINE SCHWIERIGE SITZUNG MIT LÄSSIGEM HUMOR, UND SCHON WIRD IHR GEGENÜBER IHNEN MIT SYMPATHIE BEGEGNEN.
(*Petra*, März 97. Im Ratgeberteil: »Fit im Job«)

Ein Elternabend im Gymnasium gleicht einer Aufführung im römischen Gladiatorentheater. Ein mehr oder weniger chancenloser Löwe wird einer Reihe kampfbereiter, relativ gebildeter Gladiatoren vorgeworfen. Sein Todeskampf dauert etwa zwei Stunden.

Als Helena das Klassenzimmer betrat, hörte sie schon das angriffslustige Gemurmel der Meute und versuchte, tapfer zu lächeln.

»Guten Abend allerseits!« sagte sie deutlich und lachte – ganz gemäß Jobratgeber aus der *Petra* – ebenso humorvoll wie lässig: »Mein Name ist Abschied, aber soweit ist es noch nicht. Zunächst möchte ich Sie zu unserem ersten Elternabend in diesem Halbjahr begrüßen. Wie Sie sehen, steht auf jedem Pult das Namensschildchen des Schülers, der normalerweise dort sitzt. Wenn Sie also möchten, können Sie sich auf den Platz Ihrer Kinder setzen, dann kann ich Sie gleich zuordnen . . . Aber wirklich nur, wenn Sie wollen, eigentlich ist es eher als Scherz gedacht . . .«

»Zum Scherzen ist mir aber gar nicht zumute!« sagte ein streng aussehender, schlanker Vater um die Fünfzig mit blitzenden Brillengläsern. Die attraktive Dunkelhaarige mit der perfekt gestylten Frisur, die neben ihm saß, nickte.

»Ich mache das nur, damit Sie sich die Situation im Klassenraum besser vorstellen können!« verteidigte sich Helena.

Sie wußte es, und allen anderen war es ebenso klar: Sie hatte die Schlacht bereits verloren, bevor sie richtig begonnen hatte.

»Jetzt hören Sie mal«, rief eine häßliche Dunkelblonde mit einem Kinn wie ein Preisboxer. »Ich bin selbst Lehrerin . . .« Zustimmendes Gemurmel der zahlreichen anderen Eltern, die ebenfalls über eine pädagogische Ausbildung verfügten. »Ich brauche also keine erziehungswissenschaftliche Belehrung von Ihnen, und wo mein Nils sitzt, ist wohl kaum das Wichtigste, was wir hier zu besprechen haben. Vielleicht können wir also endlich anfangen! Ich habe nämlich nicht ewig Zeit!«

»Selbstverständlich!« versicherte Helena eilig, »also die Klasse macht ...«

»... überhaupt keine Fortschritte!« ergänzte der schmale Brillenträger. »Ich war mit meinem Sohn in den Weihnachtsferien in London, und er konnte nicht mal ein Glas Apfelsaft bestellen. Warum bringen Sie den Kindern eigentlich nicht bei, wie sie sich im täglichen Leben verständigen können?«

»Sie sind Herr ...?«

»Magnus!«

»Aha, ja, sehr erfreut. Ja ... also ...«

Magnus! Max Magnus. Klein, dürr, blond und picklig. Zudem ebenso faul wie frech. Er weigerte sich standhaft, im Unterricht auch nur ein einziges englisches Wort hervorzubringen, das nicht im Lehrbuch stand. Außerdem hatte er zu allem Überfluß in der neunten noch einen flegelhaften Bruder namens Till.

»Nun, der Max ...«

»Mich würde ja überhaupt mal interessieren, wie Max' Zeugnisnote zustande gekommen ist. Ihre Vorgängerin hat jede Woche einen angekündigten Vokabeltest geschrieben, den Max immer mit Eins oder Zwei absolviert hat. Das hat den Jungen motiviert! Bei Ihnen scheitert die gute Note angeblich an den mündlichen Leistungen, und er bekommt ...«

»Eine Vier!« seufzte Helena.

Verdient hätte er eine Sechs.

Der Brillenmensch gab nur noch ein unheilverkündendes »Aha« von sich.

***

»Soso, und dann waren Sie nicht in der Lage, genauer zu spezifizieren, in welcher Hinsicht der Schüler mündlich nicht vernünftig mitarbeitet?« bemerkte am Morgen nach dem Elternabend Direktor Gluck. Er stand am Fenster des Lehrerzimmers, die Hände über der Brust verschränkt, eine Pose, die er aus alten Offiziersfilmen abgeguckt hatte.

»Ja, aber ich weiß trotzdem sehr genau, was der einzelne Schüler ...«

»Wissen ist eine Sache, aber Sie müssen es auch detailliert darstellen können, Frau Abschied. Diese Leute wollen, daß ihre Kinder einmal das Abitur bestehen, und um dieses Ziel zu erreichen, legen sie sich mit allem und jedem an. Und das mit Recht! Also, in Zukunft führen Sie über die mündlichen Leistungen eines jeden Schülers bitte täglich Buch, und vielleicht sollten Sie ähnlich wie Ihre Vorgängerin verfahren und häufiger Vokabeltests ansetzen, selbstverständlich nicht, ohne sie vorher anzukündigen, so daß auch schwache Schüler Leistung zeigen können.«

Im Schulreport habe ich letztens gelesen, daß die Gymnasialdirektoren um ihre Schülerzahlen fürchten. Und auch wenn Gluck kurz vor der Pensionierung steht, so wäre das doch ein Schatten, der auf sein Direktoren-Dasein fällt. Ob die plötzliche Sympathie für Max Magnus darin ihren Ursprung hat? Oder ist sie vielleicht eher in der Tatsache begründet, daß er Angst hat, von den Eltern verklagt zu werden?

»Ja, Herr Gluck!« sagte Helena. »Wir müssen uns auch um die etwas schwächeren Schüler bemühen, das sehe ich natürlich ein.«

Vor allem, wenn sie Väter haben, die Rechtsanwälte sind.

»Na, Elternabend gut gelaufen?« fragte Französischlehrer Hübner wenig später fröhlich und tauschte mit »Gabi« irgendein Buch aus. »Mit Dank zurück, Gabi, hat mir gut gefallen, obwohl es stellenweise ganz schön schlüpfrig war!«

»Hahaha!« lachte Gabi. »Wenn man's richtig macht, dann ist Sex eben was Schmutziges . . .!«

»Nein, gar nicht gut«, klagte Helena an dem Erdmännchen vorbei, das teilnahmslos und aufrecht stehend wie immer ins Leere starrte. *Verlogene Sippschaft. Sollten Religionslehrer nicht mit gutem Beispiel vorangehen und in Krisensituationen ein paar tröstende Worte finden?* Sein katholischer Amtskollege äußerte sich auch nicht weiter. Er war schwer damit beschäftigt, sein Pausenbrot aus der Tupperdose zu holen und sich davon zu überzeugen, daß Muttchen ihm auch das Richtige draufgelegt hatte . . .

»Na ja, daran gewöhnt man sich! Übrigens, Frau Abschied, übernächsten Montag stünde bei mir mal wieder eine Materialbeschaffungsmaßnahme an. Wären Sie so lieb und würden meine Neunte noch mal übernehmen?« sagte Max Hübner und trug sie bereits als Vertretung in seinen roten Kalender ein. Helena suchte nach einer passenden Antwort. Doch ihr wollte nichts Rechtes einfallen, zumal sie in diesem Augenblick anderweitig abgelenkt wurde.

»Frau Abschied, haben Sie eigentlich noch Ihre Unterlagen zu der Unterrichtsreihe über den Minnesang, die Sie letztens in der Achten abgehalten haben?« fragte Kollegin Boos, eine große, stattliche Frau, die als dreifache Mutter immer einen gestreßten Eindruck machte. »Könnten Sie die mir mal zum Kopieren geben? Ich will das Thema in meiner Siebten behandeln. Danke!«

Helena nickte und notierte es sich in ihrem Kalender. Während sie schrieb, erinnerte sie sich, wieviel Arbeit der Minnesang ihr gemacht hatte. Der normale Dreizehn- bis Vierzehnjährige kämpft nämlich mit akutem Brechreiz, wenn er ein Gedicht von Walther von der Vogelweide übersetzen soll. Deshalb hatte Helena sehr viel Mühe darauf verwendet, den Minnesang möglichst modern zu präsentieren. Sie hatte sogar eine CD mit Minneliedern gekauft, die von einer Techno-Gruppe neu interpretiert worden waren.

Und jetzt soll ich dieser Schnepfe einfach all meine Unterlagen überlassen? Wenn ich mich recht erinnere, war sie doch diejenige, die dafür gesorgt hat, daß ich nicht am Jour Fixe der Deutschlehrer teilnehmen darf, der einmal im Monat im Württemberger Hof stattfindet. Und zwar mit der Begründung, daß Nebenlehrer noch nie daran teilgenommen hätten.

»Frau Abschied, ich will Ihnen ja nicht zu nahe treten, aber Ihre Bücher liegen ständig auf meinem Platz!« Kollegin Trabitsch, hager, häßlich, ein Gang wie eine Ente, schob Helenas Stapel mit Aufsatzheften zur Seite. »Ein bißchen Platz brauch ich nämlich auch, wenn's gestattet ist!«

»Nun, ich dachte, weil Sie Sport und Musik unterrichten, und ich diese beiden Lesefächer habe . . .«

»Ach, weil ich *nur* Sport unterrichte, können Sie sich einfach meinen Platz nehmen! Donnerwetter, ganz schön dreist für eine Aushilfe!« triumphierte die Häßliche. Gluck, der irgendwo am Vertretungsplan stand, drehte sich um und musterte Helena aufmerksam.

Das Erdmännchen nickte und schob Helenas Bücher von der anderen Seite aus ebenfalls beiseite. Dann nahm er wieder seine stehende Position ein. Jetzt hatte Helena für ihre hundertfünfzig Schulhefte oder Bücher noch ganze zehn Zentimeter Platz.

»Lieber Gott! Gib, daß jemand auf meine Annonce geantwortet hat. Bitte!«

Kapitel 6

Die Dame von der Anzeigen-Annahmestelle erkannte Helena sofort wieder: »Sind Sie nicht die mit dieser komischen Anzeige? Die sich nie durchsetzen kann?« freute sie sich.

Helena lächelte säuerlich.

Na, wundervoll. Endlich habe ich mal irgendwo einen bleibenden Eindruck hinterlassen.

Ein weiterer Anzeigensachbearbeiter, der mit gelangweilter Miene vor dem Faxgerät stand und dort Papiere ordnete, warf Helena einen interessierten Blick zu. Frauen, die sich nicht durchsetzen können, erfreuen sich bei einer bestimmten Art von Mann einer gewissen Beliebtheit. Eine solche Frau ist vielleicht nicht unbedingt eine braungebrannte südländische Schönheit mit Stundenglasfigur, doch kann man sich an ihrer Sanftheit und Unsicherheit ergötzen, die dem Mann ein herrliches, schon fast verloren geglaubtes Gefühl der Überlegenheit vermittelt.

Warum denn bis nach Thailand schweifen, sieh doch: Die Gute liegt so nah!

Die Toupierte von der Anzeigenannahme, der Datenschutz offenbar ein Fremdwort war, buchstabierte inzwischen gutgelaunt und für jedermann hörbar: »Da haben wir's – Chiffre ›X343b‹!« Dann händigte sie Helena drei Briefe aus. »Drei Stück, das ist immerhin besser als nichts, aber im Laufe der Woche kann durchaus noch was kommen, schauen Sie also ruhig wieder rein! Wird schon werden mit der Selbstsicherheit! Sie sind doch ein ganz hübsches Ding, hm?«

Helena preßte die Lippen aufeinander.

Dies ist das erste Mal, daß ich verstehen kann, warum jemand die Anonymität des Internet der realen Welt vorzieht. Man sitzt vor dem Computer und chattet mit einem schwarzhaarigen, gutaussehenden Gigolo, der zu allem Überfluß auch noch gebildet und ledig ist, und daß er in Wirklichkeit einen roten Bürstenhaarschnitt trägt, dreihundert Pfund wiegt und sieben Kinder hat, spielt absolut keine Rolle, denn man wird es sowieso nie erfahren. Genauso wie ihm immer verborgen bleiben wird, daß die Frau am anderen Ende nur Körbchengröße 70a hat.

Helena nahm die drei Briefe mit jungfräulichem Herzklopfen entgegen. Sie fühlte sich, als seien es Antworten auf eine Heiratsannonce.

Früher hab ich Frauen verachtet, die ihren Ehemann auf diese Weise suchen, doch mittlerweile finde ich den Gedanken gradezu verlockend. Dein Lebensglück in einem kleinen weißen Briefumschlag. Es könnte alles drin sein: einer mit Yacht, einer mit Doktortitel, einer mit blauen Augen wie die von Alain Delon. Vielleicht auch ein Übersetzer, der tatsächlich Geld damit verdient. Oder der Ripper von Karlsruhe.

Seit sie die *Carina* von dieser Woche gelesen hatte, hatte sie auch kein schlechtes Gewissen mehr wegen ihrer Anzeige und machte sich auch keine Gedanken mehr darum, daß sie »so etwas überhaupt nötig hatte«: NUR KEINE SCHEU VOR DEN NEUEN MEDIEN. SCHLÜRFEN SIE IHR TÄSSCHEN KAFFEE DOCH MAL IM INTERNETCAFÉ, UND SURFEN SIE EIN BISSCHEN VON CHATROOM ZU

CHATROOM. NATÜRLICH KÖNNEN SIE SICH AUCH PER E-MAIL ODER ÜBER DIE GUTE ALTE ANZEIGE AN EINEN NEUEN TYPEN RANSCHMEISSEN ODER LEUTE FÜR JEDE MENGE FUN KENNENLERNEN.

Dann fiel Helena der Häuslebesitzer ein.

»Wieviel Antworten hat eigentlich der Herr mit der Wohnung bekommen?«

»Oh, der ... jede Menge, aber ...« Die Dame hinter dem Tresen beugte sich vor und kicherte. »Aber den Namen auf den Umschlägen nach zu urteilen, waren dann doch einige Ausländer dabei. Lauter Helims, Hakims und Antonios ...«

»Dabei hat er doch eigens nach einem reinrassigen Deutschen gesucht!«

»Durch so etwas lassen Ausländer sich meist gar nicht beeindrucken. Sonst kämen die armen Kerle ja auch auf keinen grünen Zweig, weder zu einem Job noch zu einer Frau! Nicht mal einen Gebrauchtwagen bekämen sie. Immer schön am Ball bleiben, das rate ich denen immer, wenn sie zu mir kommen. Ausländer und ehemalige Strafgefangene müssen halt hartnäckig sein!«

»In diesem Sinne!« sagte Helena und wandte sich zum Gehen, bevor sie noch mit einer der geschilderten Minderheiten in einem Topf landete – respektive in einer Chiffrekategorie.

Wer sich auf ihre Anzeige hin wohl gemeldet haben mochte? Jetzt erst fiel ihr diese Studienkollegin ein, die seinerzeit per Annonce ihre Dienste als Französischlehrerin angeboten hatte. Elf Leute hatten sich gemeldet. Drei davon wollten tatsächlich die bewußte Sprache lernen, die restlichen verlangten eine Kostprobe ihrer Fähigkeiten auf anderem Gebiet ... Wie hatte diese Studienkollegin nur geheißen, sie hatte danach niemals mehr etwas von ihr gehört ...

Was würde sie mir wohl erzählen, wenn wir uns heute begegneten? He, Helena-Schätzchen, ich arbeite jetzt als Gesellschafterin. Mehrsprachig, du verstehst, was ich damit meine? Man verdient nicht schlecht dabei, gar nicht mal schlecht! Für dich wäre das natürlich nichts. Man muß schon aufs Ganze gehen können.

Draußen war es kalt, ein feiner Nieselregen hatte eingesetzt. Ein schneidiger Wind fuhrwerkte in den Bäumen herum, als ob er wütend darüber wäre, daß er keine Blätter mehr abreißen konnte.

Helena steuerte ihr Stammcafé an. Voller Vorfreude betrachtete sie ihre Ausbeute. Der erste Brief steckte in einem billigen weißen, durchscheinenden Umschlag, der zweite Brief war gelb, der dritte blau. Letzterer war natürlich von einem Mann. Hansrolf Göricke stand in kantigen steilen Lettern zackig auf der Rückseite. Die Postleitzahl war noch vierstellig wie vor der Postleitzahlenreform. Wahrscheinlich wählte der auch noch die alte Nummer der Auskunft, egal wie oft Verona Feldbusch mit falschem Dativ die neue verkündet hatte. Auf der Rückseite des mickrigen weißen Umschlags stand der Name Erna Odenthal. Sie stammte aus Durlach bei Karlsruhe. Der gelbe roch nach Parfum und war von einer Person abgeschickt worden, die sich Lila S. nannte.

Mit wem sollte sie anfangen? Lila S. interessierte sie am meisten, aber ein Mann hatte in puncto Selbstsicherheit vielleicht mehr zu bieten. Und überhaupt! Ein Mann . . .! Seit Helena Willem kannte, hatte sie ihre ohnehin nicht allzu feingestimmten Sensoren in Sachen Männer eingefahren und sich ausschließlich auf ihn konzentriert. Sie konnte nur hoffen, daß ihr holländischer Deichgraf ebenso treu war wie sie selbst, doch angesichts des lasziven Gekichers von Tanja hegte sie da mittlerweile so ihre Zweifel.

Ist Willem treu? Steht er drüber, über der hemmungslosen Anmache einer BHlosen? Oder hat sein nachlassendes Liebesbedürfnis im heimischen Bett damit zu tun, daß diese Nachhilfestunden ihm jegliche Kraft rauben?

Die sonst eher prüde Helena erschrak angesichts ihrer eigenen plastischen Vorstellungskraft.

»Einen Kakao, aber bitte mit nur wenig Sahne!« sagte Helena freundlich zu der Kellnerin, die nun vor ihrem Tisch stehen geblieben war.

Was wird sie jetzt wohl für eine Bestellung aufgeben? Jedesmal, wenn ich hier bin, bitte ich sie, mir nicht zu viel Sahne zu geben, und jedesmal kommt sie mit einem Sahneberg so hoch wie das Matterhorn wieder.

Die Bedienung segelte davon wie ein schwarz-weißes Schiff und brachte bald darauf einen Kakao mit einem stattlichen Sahneberg an den Tisch.

»Und das soll *wenig* Sahne sein?« fragte Helena ratlos, aber wie immer höflich. (Schon als Kind hatte man sie niemals ermahnen müssen, das »gute Händchen« zu geben. Sie hatte es immer eifrig von selbst ausgestreckt, und ihre Fingernägelchen waren immer sauber und geschnitten gewesen. Anders als die von Petra, die den Dreck schon in zartester Jugend mit blutroter Farbe übertüncht hatte und von den Segnungen des Nagellackentferners bis zum Ende der Schulzeit unberührt geblieben war.)

Ich hab's geahnt. Es ist jedesmal das gleiche!

»Ist es Ihnen zu wenig? Ich kann noch was drauftun lassen!« sagte die Bedienung nicht mal unfreundlich.

»Nein!« seufzte Helena. »Wissen Sie, ich fühle mich wie der Mann, der zum Psychiater geht und sich beschwert, daß ihn keiner beachtet, und das einzige, was der Psychiater darauf sagt, ist: ›Der nächste bitte!‹«

Die Serviererin starrte Helena mit ausdrucksloser Miene an. Um sie herum klapperten die Kuchengabeln.

»Psychiater?« fragte sie schließlich verwirrt. »Also *wollen* Sie jetzt noch mehr Sahne oder nicht?«

»Schon gut!« erwiderte Helena weise wie ein uralter Philosoph. Und zum Beweis dafür, daß es wirklich gut war, versenkte sie die Nase demonstrativ im Kakao. Lächelnd wischte sie sich anschließend den kleinen weißen Schaumfleck auf der Nase ab und nickte der Serviererin zu. Die entfernte sich kopfschüttelnd. Ihre Gedanken standen ihr deutlich im Gesicht geschrieben: »Dieser Job wird auch immer schwerer bei so viel Verrückten, die heutzutage in Cafés herumsitzen und so tun, als seien sie ganz normale Leute.«

Helena beschloß, als erstes den Brief von Hansrolf Göricke zu öffnen.

Oben die schmucklose Adresse: ein Dorf in der Pfalz, vielleicht 25 Kilometer entfernt. Nur Telefon, kein Fax, keine E-Mail-Adresse.

»Betrifft: Anfrage – Hörner« stand unter der Adresse.

Sehr verehrte Inserentin,
der Text Ihrer Anzeige hat mich sogleich angesprochen. Möchte Sie gerne treffen, um Ihnen mehr Durchsetzungsvermögen zu vermitteln. Verfüge über reichhaltigen Erfahrungsschatz. Will nicht lange herumfackeln. Schlage deshalb vor: Karlsruhe, Café am Markt, 15 Uhr, Freitag. Erkennungszeichen: Krawatte in Schwarz-Rot-Gold mit Adlermuster. Werde Mineralwasser Marke Fachinger trinken (altes Magenleiden). Mitzubringen sind die vollständigen Unterlagen.

Freue mich
Hansrolf Göricke

Unterlagen? – Helena drehte den Brief um. Ansonsten war jedoch kein weiteres Indiz zu finden, das ihr den Charakter des Absenders hätte näherbringen können.

Hansrolf Göricke! Mein heimliches Rendezvous. Und das schon morgen. Zackig, zackig!

***

SINGLE SEIN IST SCHÖN. SCHMUSEN UND LANGE SONNTAGMORGEN ZU ZWEIT IM BETT – OHNE ANHANG – SIND ES AUCH. DOCH SOLLTE FRAU AUCH IMMER OFFENBLEIBEN FÜR DIE MÖGLICHKEITEN, DIE EINE FAMILIE BIETET, AUCH WENN ES EINE SOGENANNTE PATCHWORKFAMILIE IST. THERAPEUTEN BESTÄTIGTEN, DASS FRAUEN, DIE IN FESTEN FAMILIENVERBÄNDEN LEBEN, EINE UM ZEHN PROZENT HÖHERE LEBENSERWARTUNG BESITZEN. GENIESSEN SIE ALSO DAS ZUSAMMENSEIN MIT IHRER FAMILIE, UND LASSEN SIE SICH GANZ DARAUF EIN.

Dieser gute Rat war schon etwas älter. Er stammte aus einer *Maxi* von vor vier Jahren.

Der Ratgeberteil dieses Blattes war nicht so schön übersichtlich, wie Helena es liebte – im Grunde gab es gar keinen Ratgeberteil im klassischen Sinne: Die betreffenden Artikel waren über das ganze Heft verstreut, und man mußte die jeweiligen Passagen regelrecht ausschneiden, aufkleben und abheften. Ein mühsames Geschäft, das sich nur bei zeitlosen Themen und Ratschlägen lohnte.

Helena war zwar durchaus willens, das Zusammensein mit »ihrer Familie« zu genießen, aber trotz aller Mühe, die sie sich gab, wurde sie den Verdacht nicht los, daß diese sie eher zehn Prozent ihrer Lebenserwartung kostete, statt welche hinzuzufügen.

Trotz eines gewissen Altersunterschieds hatten Tanja und Antje sich nämlich angefreundet, und zwar auf einer für Helena höchst unerfreulichen Basis: Diese bestand aus Kartoffelchips, Cola und Videos mit zweifelhaftem Inhalt. Als Helena jetzt die Wohnung betrat, warf Antje ihr einen Blick zu, als handele es sich um einen ungebetenen Störenfried, etwa um einen Zeugen Jehovas oder einen Vertreter, der versuchte, einem die Enzyklopädie Britannica anzudrehen, und dabei immer wieder betonte, daß diese ja gar nicht teuer sei und man außerdem einen Gegenwert habe, dem auch der Zahn der Zeit nichts anhaben könne, denn notfalls könne man schließlich den Goldschnitt von den Seiten abkratzen und sich damit über die Landesgrenze absetzen.

»Ja, schon gut, immer cool bleiben, Hella. Wir räumen's gleich weg! Sofort!« sagte Antje-Anita und verlagerte sich ächzend von einer Pobacke auf die andere. *Sofort ist bei dieser kleinen Schlampe ein beliebiger Zeitraum zwischen drei Stunden und drei Wochen!*

Auf dem Bildschirm rannten gerade ein paar halbnackte blonde Mädchen kreischend am Strand entlang. Verfolgt wurden sie von einem merkwürdigen Wesen mit Schwanzflossen.

»Die Hella will nämlich immer alles total clean haben!« erklärte Anita der glasig dreinblickenden Tanja.

»Was ist denn das da?« fragte die, die alles immer clean haben wollte, und deutete auf den Fernseher.

»Das?« Tanja nahm die Videokassette zur Hand und las den Klappentext vor: »Fishface – Der Brutalmörder aus dem Meer.«

»Brutalmörder? Ich dachte, Mord ist *immer* brutal!«

»Nein, ey, es gibt eben Morde und *Brutal*morde!« wußte Antje, der ansonsten, beispielsweise in ihren Deutscharbeiten, derlei linguistische Feinheiten vollkommen abgingen. »Brutalmorde sind ...« Jetzt suchte sie nach Worten. »... besonders brutal!« ergänzte Tanja und kicherte. Dabei wippten ihre runden Brüste ungehemmt auf und nieder. *Wenn ich daran denke, daß die Schulter an Schulter mit Willem Holländisch lernt ...* –

Helena schüttelte den Kopf und ging noch rechtzeitig hinaus, bevor Fishface eines der blonden Girls mit einer Harpune erlegte. Sie steckte den Kopf bei Willem rein: »Willem, hältst du es für richtig, daß deine Schwester sich zusammen mit dieser primitiven Tanja Horrorfilme ansieht?«

»Tanja ist nicht primitiv!« sagte Willem mit erstaunlich fester Stimme. »Sie ist eben noch sehr jung. Und sehr originell!«

Willem sah aus dem Fenster und dachte mit gemischten Gefühlen an eine Gelegenheit, bei der ihm Tanjas Originalität ganz besonders aufgefallen war: Er hatte nur ein einziges Mal mit ihr geschlafen, aber dabei war er um Jahre gealtert. Die Kleine war wie Flubber aus dem Film mit Robin Williams: Sie verwandelte sich in Sekunden, sprang hierhin und dorthin, lag niemals still und kicherte unaufhörlich. Willem hatte beschlossen, diese Aktion nach Möglichkeit nicht zu wiederholen.

Dann wandte er sich wieder seinem Buch zu: »Helena, bitte stör mich doch nicht dauernd. Glaubst du, es ist ein Kinderspiel, zehn verschiedene Apfelsorten zu beschreiben – den jeweiligen Geruch, die Farbe, den Geschmack? Das ist selbst bei der Übertragung in ein andere Sprache ein Kraftakt. Zumal ich Äpfel nicht mal mag – ich bekomme diese pelzige Zunge davon ... Aber Mijnheer F. ist verrückt nach Äpfeln! Da gibt es säuerliche, kleine, die wie verschrumpelte Brustwarzen aussehen, ein andermal wiederum reife, rote, pralle, die wie ...«

»Ja, schon gut!« unterbrach ihn Helena hastig.

Willem runzelte die Stirn.

»Wenn du nur nicht immer so verdammt prüde wärst! Für mich als Niederländer ist das schwer zu ertragen. Gegen dich ist ein Puritaner ein Sittenstrolch. Darüber steht wohl nichts in diesen Frauenheften, die du ständig liest, oder?«

Wahrscheinlich sollte ich seiner Ansicht nach lieber den *Playboy* lesen und mir dort Anregungen für unser daniederliegendes Sexualleben holen.

WENN SIE IHREN MANN ODER PARTNER EIN PORNOGRAPHISCHES HEFT LESEN SEHEN, FLIPPEN SIE NICHT GLEICH AUS ODER BRECHEN EINEN STREIT VOM ZAUN. DENKEN SIE DARAN, DASS DIE MÄNNLICHE SEXUALITÄT VOLLKOMMEN ANDERS FUNKTIONIERT ALS DIE WEIBLICHE. DEN MANN ERREGEN SCHON EIN PAAR GRUNDLEGENDE SEXUELLE SCHLÜSSELREIZE WIE DEUTLICHE BILDER ODER DIRTY TALK, WÄHREND DIE FRAU EHER AUF SENSIBLE GESPRÄCHE UND SANFTE BERÜHRUNGEN REAGIERT.
(*Femme 2000:* »Sex und andere Schweinereien«)

»Na ja, ich lese sie nun mal gern! Sag mal, hast du deine Übersetzung eigentlich mal wieder irgendeinem Verlag angeboten?«

Willem stöhnte: »Lievertje, ich stehe in ernsthaften Verhandlungen mit diesem Münsteraner Verlag für deutsch-niederländische Beziehungen, das weißt du doch. Bitte nerv mich doch nicht ständig!«

WENN SIE EINEM MANN VORWÜRFE MACHEN, REAGIERT ER WIE EIN VAMPIR AUF KNOBLAUCH. ER WIRD BÖSE, ZISCHT, SPUCKT UND ZERFÄLLT ANSCHLIESSEND ZU STAUB.
(*Maxi,* Mai 1999: »Männer lieben anders«)

»Tut mir leid, Schatz, aber weißt du: Der Filialleiter

unserer Stadtsparkasse sieht mich immer so seltsam an, wenn er mich zum Geldautomaten gehen sieht.«

Willem zuckte die in Delfter Blau gewandeten Schultern. *Es ist ein Wunder, daß er noch keine Windmühle auf dem Kopf trägt.*

»Dann sieh halt seltsam zurück!«

Solchermaßen aufs neue motiviert, ging Helena in die Küche und öffnete den zweiten Brief.

Erna Odenthal
Weingarten
Vogelweg 3a
76229 Karlsruhe-Durlach
Tel. 07241/537760

Meine Liebe,
wenn ich mich im Leben nicht durchgesetzt hätte, säße ich jetzt im Altersheim und tränke Pfefferminztee aus Schnabeltassen. Sie verstehen sicher, was ich meine. Rufen Sie mich an, und besuchen Sie mich.

Herzliche Grüße,
Erna Odenthal

Helena lächelte. Obwohl es in ihrer Küche nicht viel zu lächeln gab. Willem hatte sich Pfannkuchen gemacht: Einer davon war angebrannt, und der schwarze Fladen lag dekorativ neben der Spüle. Er sah aus wie ein Unbekanntes Flugobjekt aus einem futuristischen Film. Auch vom Spülen hatte Willem nicht viel gehalten.

Ich hätte mich doch besser mit einem Engländer zusammengetan. Der hätte sich nur kalte Platten und Sandwiches zubereitet. Die sind leichter zu entsorgen.

Das Telefon klingelte.

»Abschied–Boems!«

»Frau Abschied?«

Helena nahm Haltung an. »Frau Kahlenreutter, wie nett, daß Sie anrufen!«

Was will die denn von mir? Das bedeutet nichts Gutes. Soll mich doch in Ruhe lassen. Warum wartet sie nicht, bis sie mich morgen in der Schule sieht?

Hilda Kahlenreutter war die Schulsekretärin und neben Herrn Lernboss die zweite nicht akademische Graue Eminenz der Schule. Und grau war im wahrsten Sinne des Wortes alles an ihr: das Haar, die Augen, die Kleidung, meist auch die Laune.

»Warum haben Sie nicht zurückgerufen? Wir haben es bereits zweimal versucht. Herr Direktor Gluck ist ungehalten. Wir haben Besseres zu tun, als Aushilfen hinterherzutelefonieren!«

»Ach Sie haben schon mal angerufen?«

»Allerdings. Beim ersten Mal war der Mann dran, mit dem Sie wohl zusammenleben, und ein anderes Mal eine junge Dame!«

Frau Kahlenreutters Stimme ließ keinen Zweifel daran, welch wildes Treiben sie im Abschiedschen Haushalt vermutete. Wahrscheinlich dachte sie mindestens an Gesellschaftsroman à la Balzac oder Flaubert, bei denen es unter den Krinolinen drunter und drüber ging.

»Warum habt ihr mir nicht ausgerichtet, daß die Schule angerufen hat?« rief Helena. Antje schlurfte grade an ihr vorbei in die Küche, um eine weitere Flasche Cola aus dem Kühlschrank zu holen. Ihre Colaflaschen lagen dort wie schußbereite Gewehre eine neben der anderen und versperrten jeglichen Platz für nahrhafte und gesunde Lebensmittel. Als Helena versucht hatte, ihr Salat nahezubringen, hatte Antje lediglich gefragt: »Wieso, seh ich vielleicht aus wie 'ne blöde Schnecke?« und einen Kaugummi von einer Ecke des

Mundes in die andere geschoben. Helena hatte nur noch geseufzt.

»Hab ich echt vergessen! Kahlenirgendwas, genau.«

»Könnten Sie die Diskussionen mit Ihren Mitbewohnern vielleicht später führen!« sagte Hilda Kahlenreutter am anderen Ende der Leitung kalt.

»Ja, natürlich!«

»Fein!« kam es frostig von den Kahlenreutterschen Lippen. »Herr Direktor Gluck hätte es Ihnen gern selbst gesagt, aber Sie waren ja nicht da. Ab morgen absolvieren Sie zwei Gaststunden am Schillergymnasium. Die brauchen dringend einen Kollegen, der in der 10. Klasse Deutsch unterrichtet. Freitags in der fünften und sechsten Stunde.«

»Was?« Helena schnappte nach Luft. Es kam durchaus ab und zu vor, daß Lehrer an anderen Schulen aushalfen, wenn gerade ein Engpaß herrschte, aber dazu wurden überwiegend altgediente Kollegen eingeteilt, die dafür Deputatserleichterungen in der eigentlichen Schule erhielten, und meist handelte es sich sowieso nur um Fächer wie Religion oder Sport. Aber Deutsch in einem Gymnasium, das am anderen Ende der Stadt lag, und zwar nicht gerade im besten Viertel! Und dann auch noch eine Zehnte *und* eine Doppelstunde am Freitag mittag . . . schlimmer konnte es nicht kommen. So was dachte sich das Oberschulamt nur in seinen schwärzesten Stunden aus.

»Herr Direktor Gluck meinte, daß Sie diese Gelegenheit, sich zu bewähren, sicher gern wahrnehmen werden!«

»Das ist bestenfalls eine Gelegenheit, sich das Nervenkostüm zu ruinieren!« sagte Helena schwach.

Ich dachte eigentlich, ich hätte mich in dem vergangenen Jahr mit zwei schwierigen großen Klassen genug bewährt.

»Bitte sehr! In diesem Fall wird Herr Direktor Gluck beim Oberschulamt Meldung machen. Dann fällt morgen dort der Unterricht aus, und man muß jemand anders mit dieser Aufgabe betrauen.«

Vor ihrem geistigen Auge sah Helena schon vor sich, wie Gluck beim Oberschulamt anrief: *Hier Direktor Gluck vom Herdergymnasium. Ja, genau, hahaha. Ach übrigens, diese Nebenlehrerin Frau Helena Abschied wird ihrem Nachnamen bald alle Ehre machen, denn wir beabsichtigen, ihren Vertrag nicht zu verlängern. Ja, genau. Kein Einsatz, wissen Sie?! Sie war nicht einmal bereit, am Schillergymnasium zwei popelige kleine Stunden Deutsch zu geben. Genau! Gestrichen, sagen Sie? Gut, danke, Herr Kollege!«*

»Ich kann es mir ja mal ansehen!« seufzte Helena.

»Ansehen wird wohl kaum reichen, Frau Abschied. Sie werden auch ein bißchen arbeiten müssen. Auf Wiedersehen!«

»Auf Wiedersehen!«

Helena sank auf einen Küchenstuhl. Er knarzte leicht unter ihrem Gewicht. Sie untersuchte die Beine. Sie waren irgendwie locker, wie überbeansprucht. Seit wann denn das? Dieser Stuhl war immer stabil gewesen.

Helena hatte plötzlich die Vision, wie Willem und Tanja es hier auf diesem Stuhl miteinander trieben, wobei er in der einen Hand ein Manuskript von Mijneer F. hielt und daraus vorlas. Hatte er ihr nicht vor Urzeiten einmal vorgeschlagen, die eine oder andere Variante aus der Feder seines Lieblings-Schmuddelpoeten nachzustellen? Doch sie hatte sich geweigert. *Vielleicht sollte ich beim Sex experimentierfreudiger sein?*

Nur widerwillig hatte sie gelesen, was ihre geliebten Frauenzeitschriften zu diesem Thema zu sagen hatten. In der *Amica* hatte sie vor etwa einem halben Jahr ein fest verschlossenes Dossier vom Format eines Vokabelheftchens gefunden.

DIE LEIDENSCHAFTLICHE FRAU VON HEUTE GIBT ALLES UND ERWARTET VIEL. SIE GEHT NEUE WEGE UND ERLAUBT ES IHREM LIEBHABER EBENFALLS, NEUE WEGE ZU GEHEN. SIE STREIFT KONVENTIONEN UND HEMMUNGEN AB WIE DAS SEIDENNACHTHEMD ODER DIE SPORTUNTERWÄSCHE VON CALVIN KLEIN. ALLES IST MÖGLICH, UND NICHTS IST VERBOTEN.

Dieser letzte Satz hatte Helena lange ins Grübeln gebracht. Aber sie konnte nicht! Sie konnte einfach nicht raus aus ihrer Haut, genausowenig wie aus ihren konservativen braunen Jeans und den beigefarbenen Strickjäckchen. Und jetzt wackelte der Stuhl . . .! Helena öffnete den dritten Brief.

Das Papier war ebenfalls gelb wie der Umschlag – und roch intensiv nach Moschus.

Oben standen nur *Lila S., Entspannungsstudio für Sie und Ihn* und eine umständlich lange Telefonnummer.

Hallo, Hörnersuchende,

ich habe mich über Ihre Anzeige richtig kaputtgelacht! Das mit dem Durchsetzen fand ich lange Zeit auch gar nicht so einfach. Aber jetzt hab ich's geschafft. Jetzt nehm ich mir, was mir zusteht, und geb's nicht mehr her. Wahrscheinlich sind Sie ja ein ganz nettes Mädchen. Vielleicht treffen wir uns mal.

O revoar

»Oh!« sagte Helena. »O revoar!«

***

Da steht der Typ ja schon wieder? Schleicht der mir etwa nach? Meinen Schirm hat er sich ja schon unter den Nagel gerissen. Worauf er es wohl jetzt abgesehen hat?

»Sagen Sie, ist etwas mit meinem Auto?« fragte Helena vorsichtig.

Der hochgewachsene Berliner fuhr herum und betrachtete sie von oben bis unten. Seine Augen funkelten. Helena blieb das Spiel seiner Muskeln unter dem T-Shirt nicht verborgen. »Ich finde es irgendwie nicht . . . nicht angenehm, wenn Sie es dauernd anstarren!« stammelte Helena.

»Gehört der Kubikmeter Luft, der Ihr Auto umgibt, etwa auch Ihnen? Oder der Baum, der neben Ihrem Auto steht? Zahlen Sie dafür Steuer und Versicherung?«

»Nein, aber ich bleibe dabei: Sie stehen an *meinem* Auto und starren es an . . .« *Puh, gar nicht so einfach!*

»Sind Sie etwa eifersüchtig, weil ich *Sie* nicht anstarre?«

Helena fehlten die Worte. »Sie? Mich? Ich? Eifersüchtig? Um Gottes willen!«

Was bildet der Kerl sich ein! Allein bei dem Gedanken bekäm ich ja Alpträume. Obwohl ich zugeben muß, daß er etwas männlicher ist als mein Willem. Manchmal denke ich ja, daß es nicht nur an mir liegt, daß bei uns im Bett nicht die Englein singen . . . was denke ich denn da? Willem ist schließlich Ausländer oder zumindest so etwas Ähnliches, und Ausländer verstehen doch meist mehr vom Sex als der gemeine Feld-Wald-und-Wiesen-Deutsche. Oder?

»Gott? Der hat nix damit zu tun!« – Jetzt berlinerte er wieder. Diesen ständigen Wechsel zwischen Akzent und Hochdeutsch fand Helena reichlich verwirrend. Konnte dieser Mensch sich nicht mal entscheiden? »Hatte nur Jugendweihe, keene Konfirmation, und det, wofür wir geweiht sind, det gibt et nich mehr! Also schweben wir jetzt sozusagen ohne höhere Bestimmung durch Zeit und Raum.«

»Aha!«

»Und ich habe nicht Ihr Auto angestarrt, sondern diesen Baum hier. Der sieht nämlich überhaupt nicht gesund aus, und ich kann Pflanzen nicht leiden sehen.«

Helena war verwirrt. Ein Dieb mit philosophischen Ansichten? Jetzt streckte der kraftvolle Hüne die Hand aus.

»Ich heiße übrigens Gerhard Schröder! Freut mich!«

»Was?« Helena schüttelte den Kopf wie ein Hund, der schlecht hört. »Wie wollen Sie heißen?«

»Gerhard Schröder! Und von wollen kann absolut keine Rede sein!«

»So heißt aber doch unser Bundeskanzler!« Der Hausgenosse rieb sich die kräftige Nase. Der winzige Ohrring zitterte. Jetzt sah er wieder aus wie ein Seeräuber – gar nicht wie ein Politiker. Oder *gerade* wie einer ...?

»Wat Se nich sagen! Also, ich dachte, wir leben jetzt hier in einer Demokratie. Kann da nur *einer* Gerhard Schröder heißen? Det hat meene Mutter nich jewußt, sonst hätt se mich wahrscheinlich Napoleon jenannt. Der is schon tot, dann darf man wieder ... wie?«

»Ich glaube Ihnen nicht. Ich glaube höchstens, daß Sie Schröder heißen!« sagte Helena würdevoll. »Den Gerhard haben Sie dazugeschummelt.«

»Kommen Sie mit in meine Wohnung, ich zeige Ihnen meinen Ausweis! Vielleicht wollen Sie sich ja auch mal meine Arbeit ansehen!«

»Danke, nein.« erwiderte Helena fast erschrocken. »Ich habe keine Zeit!« *Und werde mich doch in eine Wohnung hineinwagen, aus der ich schon eine geprügelte Frau habe herausstürzen sehen ...*

»Wegen des weiblichen Chihuahua von neulich brauchen Sie sich keine Sorgen zu machen. Die war nur hysterisch, und geschlagen hab ich sie auch nicht. Ich schlage prinzipiell keine Frauen. Ich hab ihr die Hölle heiß gemacht, damit sie endlich mal die Blumen auf dem Balkon gießt und das Aquarium saubermacht. Ich säe Kräuter, Petersilie und Schnittlauch und so weiter, und sie läßt alles gnadenlos vertrocknen. Normalerweise behandle ich Frauen nicht so. Im Gegenteil: Ich mag sie sogar! Auch starke Frauen, aber die gibt es nicht allzu häufig! Ich glaube, Sie gehören auch nicht dazu, stimmt's?«

»Na entschuldigen Sie mal! Ich habe einen schweren und verantwortungsvollen Beruf. Ich erziehe Kinder . . .«

»Wissen Sie, was *wirklich* schwer ist? *Eigene* Kinder zu haben und *die* vernünftig zu erziehen. Aber dazu wird's bei Ihnen wohl kaum kommen bei dem, was sich in Ihrer Wohnung so alles abspielt . . .! Aber davon wissen Sie ja wahrscheinlich nichts!«

Was meint er damit? Ich werde einfach nicht mehr hinhören. Und wer weiß: Wenn ich ihm widerspreche, wird er vielleicht sowieso gewalttätig . . .? In der nächsten Brigitte *kommt eine Reportage über Aggressivität: »Streithähne und Friedenstauben«, heißt er. »Über den Kampf zwischen den Geschlechtern«.*

»Wissen Sie was? Ich bin froh, daß ich nicht weiß, was sich in *Ihrer* Wohnung abspielt.«

»Kommen Sie rein, und trinken Sie 'ne Tasse Tee mit mir. Ich zeig' es Ihnen.«

»Nochmals nein, danke!«

Wenn sie mit diesem Mann in die Wohnung ging, konnte sie genausogut durch den Südjemen trampen. Er war primitiv und gefährlich. Und vor allem Gefährlichen hatte Helena immer schon einen Heidenrespekt gehabt.

Doch beleidigen wollte sie ihn auch nicht. Schließlich traf sie ihn mittlerweile ständig, und wer konnte schon vorausahnen, wie er sich an ihr rächen würde.

»Außerdem habe ich jetzt wirklich eine Verabredung.«

»Mit wem? Einem Verehrer. Ja, zahlen Sie's Ihrem Scheinholländer mal so richtig heim!«

»Scheinholländer? Also bitte ...«

Scheinholländer! Wie lustig! Eigentlich ist Willem wie der Riese Turtur in »Lukas der Lokomotivführer«. Der wurde immer kleiner, je näher man ihm kam. Und Willem wird immer deutscher, je näher man ihm kommt ...

»Na, ich find den ein bißchen lächerlich mit seinem Wollmützchen und seinen Holzschuhen. Aber na ja, jedem det seene. Wenn er seinen Lebensunterhalt damit verdient, warum nicht!«

Ja, wenn! Wenn!

Doch als sie im Auto saß, auf dem Weg zum vereinbarten Treffpunkt mit Herrn Hansrolf Göricke, wollten ihr die Bemerkungen des Berliners einfach nicht aus dem Sinn gehen – wie Spinnweben, die man sich vergeblich aus dem Haar zu streichen versucht: »Zahlen Sie's ihm heim ...« – »Was sich in Ihrer Wohnung so alles abspielt ...«

Helena versuchte, sich auf den Verkehr zu konzentrieren. Und auf das Treffen mit Herrn Göricke ...

***

Sie erkannte ihn sofort. Er *war* sein Brief. Sprichwörtlich. Mittelgroß, graues Haar zur Bürste gestutzt. Er saß gerade wie ein Zollstock. Sein Blick, blau und stählern, durchschweifte unermüdlich das Café – wie ein Suchscheinwerfer. Deshalb erkannte er auch Helena sofort. Zögerlich stand sie auf der Türschwelle: Das mußte sie sein! Doch er winkte ihr nicht etwa zu, sondern schnippte sie zu sich an den Tisch.

Verwirrt und eingeschüchtert von so viel Führungspersönlichkeit setzte sich Helena zu ihm. Der Bürstenkopf musterte sie.

»Schlappe Haltung. Gerade müssen Sie sitzen, damit fängt's schon mal an!«

Helena gehorchte konsterniert.

»So, kleines Dämchen, Sie sind also nicht in der Lage, sich in der Welt durchzusetzen. Zu meiner Zeit wäre das kein Problem gewesen. Wozu soll sich so ein kleines Frauchen überhaupt durchsetzen können? Männer sind wie Bambus, unbeugsam und hart, Frauen hingegen sollten eher wie Schilf sein und sich leise im Wind wiegen. Um das zu wissen, braucht man auch keine Bücher über Führungsstil zu lesen. So einfach ist das!«

Erstaunt, daß Bürste so viel Poetisches absonderte, bestellte sich Helena hastig eine Cola.

»Aber die Zeiten haben sich geändert!« sagte sie dann scheu. Ihr Gegenüber nahm das nicht zur Kenntnis.

»Cola ist nichts für eine Frau«, stellte er statt dessen fest. »Eine Frau sollte kein Getränk zu sich nehmen, das die Burschen auf den Viehkoppeln in Arizona saufen!«

»Was für ein Getränk würden Sie mir dann empfehlen?« fragte Helena höflich. So höflich, wie sie schon zu Kinderzeiten zu älteren, wenn auch leicht verrückten Verwandten gewesen war.

»Nun, Tee natürlich!« erwiderte der Zollstock. »Tee und Likörchen. Nach dem Tee. Die Likörchen. Verstanden?«

»Jawoll!« sagte Helena und unterdrückte den Impuls, zu salutieren.

»Also, dann will ich Ihnen mal erklären, wie die Welt funktioniert . . .«

»Waren Sie eigentlich Soldat?« unterbrach Helena ihn zaghaft. »Im Krieg?«

Der Herr lachte donnernd. »Nein, nicht im Krieg. Für den großen Krieg war ich viel zu jung, für diese kleinen Natoscharmützel zu alt. Leider ...«

Hilfe, ein Nazi! Ein Kriegstreiber. Und ich will mich irgendwann zur Beamtin aufschwingen! Wahrscheinlich sind bereits die Kameras des Verfassungsschutzes auf mich gerichtet. Meine Karriere ist ruiniert!

»Scharmützel? Sprechen Sie von der humanitären Katastrophe auf dem Balkan ...?« machte Helena den Versuch einer empörten Entgegnung.

Borstenkopf hob die Hand: »Spreche von soldatisch anständig ausgetragenen Kriegen, nicht von den letzten beiden. Bin ein aufrechter Republikaner! Möchte nicht mißverstanden werden!«

»Gut!« seufzte Helena. »Das ist was anderes!«

Hoffentlich kann ich bald abhauen.

»Also, das Leben funktioniert wie folgt: Die Welt besteht aus Befehl und Gehorsam. Und man muß sich entscheiden, welches von beidem einem mehr liegt. Habe mich fürs Befehlen entschieden. Bin dann bald eingezogen worden. Als einer der ersten, sobald wir wieder ein Heer haben durften. Mußte beim Militär zunächst auch gehorchen, doch das diente mir nur als Ansporn, weiter nach oben zu kommen. Und heute? Heute ist mir das Befehlen zur Natur geworden. Befehlen können ist die wichtigste Eigenschaft für den Menschen. Gehorchen ist leicht! Befehlen aber erfordert Charakter. Die Bedienung hier? Mehr oder weniger eine Untergebene. Fliegt raus, wenn sie nicht pariert. Meine Frau? Ähnlich. Mein Friseur? Soll wagen, die Haare nicht auf den Millimeter genau so zu schneiden, wie ich es will! Sonst Anschiß! Die Leute parieren, weil ...« – Wieder beugte sich Bürste vertraulich vor – »... der Deutsche zu Befehl und Gehorsam geboren ist. Die meisten zum Gehorsam. Nur die, die mehr im Oberstübchen haben, die befehlen.«

»Ja, ich weiß nicht ...« Helena hatte ihren Nietzsche schon wieder vergessen, vielleicht hatte sie ihn auch nie gelesen. »Und was machen Sie heute so? Ich meine, Sie sind doch sicher nicht mehr aktiv als Soldat!«

»Für Männer mit meinen Fähigkeiten gibt es immer Verwendung. Diene meinem Land heute als Berater! Zeige Führungskräften, wie man Leute an die Kandare nimmt. Alles natürlich strikt demokratisch, versteht sich!«

»Versteht sich. Sie sind also in der freien Wirtschaft tätig?«

»Auch, ja. Arbeite aber zur Zeit für die Gewerkschaften! Habe da einen fetten Auftrag«, vermeldete Hansrolf Göricke zackig.

»Bei den Gewerkschaften? Unglaublich! Geht's denn da nicht ... ich meine, haben die nicht einen eher lockeren Führungsstil?«

Göricke lachte wie ein alter Offizier. »Ha! Ha! Dann könnten die sich wohl kaum so schöne große Hochhäuser leisten. Nein, nein, für mich gibt's da keine Grenzen. Warte momentan noch auf die endgültige Entscheidung des Grünen-Vorstandes. Soll da ebenfalls beraterisch tätig sein. Jawoll!«

»Bei den Grünen? Aber die habe ich doch gewählt und jetzt ...« ... *nehmen sie so einen wie dich!*

»Tja, Politiker bleibt eben Politiker, egal welcher Couleur. Der Wille zur Macht ist nicht vom Parteibuch abhängig. Denke, manchmal ist's nur Zufall, wo sich einer einschreibt, um nach oben zu kommen.«

Göricke musterte sein Gegenüber.

»Jetzt schauen Sie nicht wie ein Sack Mehl in der Kasernenkantine! Bißchen Zack, bißchen Pfeffer, liebes Dämchen!«

Helena fühlte den Boden unter sich schwanken und vermochte sich beim besten Willen nicht als Schülerin von Hansrolf Göricke zu sehen. Er würde ihr vielleicht beibringen, wie sie bei ihren Schülern einen militärischen Zählappell durchführte und wie sie ihrem Friseur einen Anschiß verpaßte.

»Was sind Sie denn von Beruf, junges Dämchen?« erkundigte sich Bürste fast mitleidig.

»Lehrerin!«

Dämchen! Kann er das bitte mal lassen?

»Da haben Sie's doch. Befehl und Gehorsam. Klappt doch. Morgens einmal um den Platz, und wer nicht spurt, muß gleich noch mal. Sinnbildlich gesehen natürlich. Welches Fach?«

»Wie? Englisch und Deutsch!«

»Na, also«, röhrte Göricke zufrieden. »Die deutschen Dichter einmal rauf und runter aufsagen: von Walther von der Vogelweide bis Fontane. Obwohl Fontane ... bedenkliche Gesinnung, ein paar gute Ansätze, aber insgesamt ein Schwächling.«

»Und was ist mit Thomas Mann?« fragte Helena.

»Diesen Mann kenne ich nicht!« antwortete Göricke nicht unwitzig.

Helena seufzte. Soldatenbürste war wohl nicht die Lösung ihres Problems ...

***

Trotzdem versuchte sie am darauffolgenden Tag, ein paar seiner »Ratschläge« zu beherzigen. Die ihr verordnete Zehnte des Schillergymnasiums, ein röhrender und aufsässiger Haufen von Jugendlichen zwischen Punkerhaarschnitt und lila Löckchen, ignorierte ihr Kommen, als sei sie eine astrale Erscheinung, die nur von wenigen gesehen werden konnte. Diese wenigen waren die ein oder zwei Streber in der Klasse.

»Bonzo, komm nach vorn und erzähl mir was über Walther von der Vogelweide!« kommandierte Helena in den brummenden Lärm hinein. Verblüffte Stille war die Folge. Einige setzten sich sogar.

Ja, jetzt staunt ihr, was?

»Walther, wer?« erkundigte sich Bonzo, ein hübscher Junge mit verwegener Tolle, die ihm lässig in die leicht unreine Stirn fiel. Helena war fast sicher, daß seine Überraschung echt war. »Walther von der Vogelweide. Ihr habt bestimmt schon von ihm gehört! Den kennt man schließlich schon in der Achten!«

»Nie gehört! Echt, Frau Unterschied!« beteuerte ein Mädchen mit gelben Haaren, die ihr bis zur Hüfte reichten. Ihr Namensschild auf dem Pult besagte, daß sie Franziska Wütscherbach hieß. Sie war die Tochter des bekannten Architekten Alexander Wütscherbach. Das Talent zum Zeichnen hatte sie durchaus von ihm geerbt, doch fertigte sie im Unterricht am liebsten Aktzeichnungen von ihrem jeweiligen Freund in bunten Farben und ausgefallenen Formen an.

Franziska sah sie herausfordernd an, als wollte sie sagen: »Schauen wir doch mal, ob ich auch mit dieser Frechheit durchkomme.«

Ekelhaftes kleines Gör! Doch darauf werd ich mich gar nicht erst einlassen.

»Natürlich habt ihr von ihm gehört! Tut bitte nicht so, als könntet ihr kein Wässerchen trüben. Damit kommt ihr bei mir nicht durch!« hörte sich Helena haltlos zetern und fragte sich, ob es das war, was Hansrolf Göricke gemeint hatte.

Nach der Stunde versuchte sie, im Lehrerzimmer ein paar Kontakte zu knüpfen.

»Stellen Sie sich mal vor ...«, wandte sie sich an eine elegante, etwa fünfzigjährige Deutschlehrerin mit Namen Mai, deren Haar immer saß, als würde es jeden Morgen von einem Profi frisch gelegt, und die es irgendwie schaffte, stets die Atmosphäre einer Granddame auszustrahlen. »In dieser *un*möglichen Zehnten behaupten die doch tatsächlich, noch nie etwas von Walther von der Vogelweide gehört zu haben! Dreist, nicht wahr?«

Bedächtig schürzte die Kollegin die sorgfältig und altersgemäß geschminkten Lippen. Sie trug ein Kostüm von Escada und hatte ein Guccihandtäschchen unter den gewiß makellos rasierten Achseln. Helena hatte läuten hören, daß sie mit einem bekannten Lokalpolitiker verheiratet war. »Das wundert mich nicht«, sagte die Mai kühl. »Walther von der Vogelweide steht nicht im Curriculum. Deshalb kommt er an diesem Gymnasium erst in der Elften dran. Darauf haben wir uns in der Deutschlehrerkonferenz geeinigt. Denn wir wollen die Leute, die schon mit der Mittleren Reife von der Schule gehen, ja nicht mit Dingen belasten, die sie nie wieder brauchen werden!«

Aha. Die Sprechstundenhilfe, die Anwaltsgehilfin oder die Speditionskauffrau brauchen natürlich keine Bildung, die über Goethe, Schiller, Büchner oder Erich Kästner hinausgeht. Aber die zukünftige Arztfrau, die Gattin eines Richters oder vielleicht auch die Vermessungsingenieurin (wenn sie den Beruf je selbst ausübt und keinen Vermessungstechniker zum Heiraten findet ...), die bedürfen selbstredend ganz dringend der Verse eines mittelalterlichen Barden. Ganz anders als die Speditionskauffrau, die sowieso nie Gelegenheit haben wird, sich mit anderen über derlei Themen zu unterhalten. In ihren

Kreisen drehen sich die Gespräche sowieso nur um Fitneßstudios, Autos oder die neuesten Kinofilme.

»Es wäre aber schön, wenn ...«, murrte Helena leise grollend und fühlte sich einmal mehr von aller Welt im Stich gelassen. »... Also, sie könnten den Namen ja wenigstens schon mal gehört haben!«

»Kennen Sie Gay Nr. X?«

»Gay Nr. X? Nein – wer soll denn das sein?«

»Ein Funk-Rapper, dessen CDs und vor allem Videos insgeheim unter der Ladentheke gehandelt werden, weil er in Deutschland noch kein Label und keine Verkaufsgenehmigung hat. *Den* kennen Ihre Schüler fast alle, nur *Sie* haben seinen Namen noch nie gehört!«

Mehrere Kollegen aus dem ihr unbekannten Kollegium grinsten.

Jetzt hat sie mir's gegeben. Wie soll man auf so etwas reagieren? Am liebsten würde ich heulen.

»Nun, ich kann ja nicht jeden Musiker kennen, und diesen Gay Nr. X kann man auch nicht unbedingt mit Walther von der Vogelweide vergleichen ...!«

»Nein!« sagte die Frau Mai fein. »Weil ihm heute weitaus mehr Leute zuhören! Wissen Sie, Frau ...? Wie war noch der Name?«

»Abschied«, sagte Helena.

Man sollte ihn sich eigentlich merken können, liebe Frau ... – wie war noch der Name? Juli?

»Abschied? Aha, Abschied! Also, Frau Abschied, nur weil *wir* eine Sache nicht kennen oder verstehen, heißt das nicht, daß die Sache nicht existiert. Und also kann man wohl kaum verlangen, daß eine Person – sei es nun ein Schüler oder ein Lehrer – alle Dinge dieser Welt kennt! Haben Sie Kinder?«

»Nein!« sagte Helena schuldbewußt.

»Na ja!«

Die Feine drehte sich um.

KINDERLOSIGKEIT KANN FÜR FRAUEN AB 30 EIN ERNSTES PROBLEM DARSTELLEN. VOR DEM GEFÜHL, DASS MAN ALS FRAU IN EINEM BESTIMMTEN BEREICH VERSAGT HAT, SOLLTE MAN NICHT DAVONLAUFEN. STELLEN SIE SICH IHREN ÄNGSTEN, DANN WERDEN SIE DIE MUTTERSCHAFT ANDERER FRAUEN MIT DER ZEIT NEIDLOS AKZEPTIEREN KÖNNEN. (*Brigitte:* »30 und jetzt?«)

»Haben Sie Kinder, Frau Mai?«

»Drei Söhne!«

»Das freut mich für Sie!«

Hoffentlich hören die zu Hause bei dir Gay Nr. X in vollster Lautstärke, du eingebildete Politikerzicke!

***

Noch war Helena nicht ganz reif für Erna Odenthal. Doch es sollte nicht mehr allzu lang dauern, denn der alltägliche Ärger riß natürlich nicht ab. Es gehört zu den weniger schönen Naturgesetzen, daß miese Laune und ein verdrießliches Gesicht unweigerlich weitere Widrigkeiten nach sich ziehen.

Im Flur ihres Wohnhauses hielt Helena nach der wandelnden Widrigkeit namens Gerhard Schröder oder wie immer er in Wirklichkeit heißen mochte, Ausschau, doch konnte sie ihn nirgends entdecken. Auch im Hof war er nicht zu sehen, wo er sonst häufig hockte und an einem dieser Fahrräder herumschraubte, die ihm offenbar wie durch Zauberhand zuflogen. *Normale Menschen besitzen nicht mehr als ein einziges Fahrrad. Das reparieren sie, wenn es defekt ist, und dann ist die Sache wieder für einige Zeit erledigt.* Schröder jedoch schien unaufhörlich neue Fahrräder zu bearbeiten. Helena ging davon aus, daß sie gestohlen waren und daß er irgendwelche verräterischen Nummern herausfeilte.

Für die anderen Hausbewohner sah möglicherweise ein Fahrrad aus wie das andere: blau oder rot, Lenkrad, Sattel, Räder, Lampen. Aber Helena war sicher, daß es sich um unterschiedliche Drahtesel handelte.

Oben in der Wohnung waren ausnahmsweise weder Tanja noch Antje anzutreffen.

Gott sei Dank! Eigentlich käme ich gern häufiger in eine leere, ruhige und saubere Wohnung heim. Doch halt! So etwas denken nur alte Jungfern, die sogar schon erschrecken, wenn das Telefon mal läutet. Auf dem Küchentisch lag ein Zettel. Das heißt, eigentlich war es kein Zettel, sondern die Rückseite eines Briefumschlags, der noch unbenutzt war. Was für eine zum Himmel schreiende Verschwendung! Willem brauchte seine Briefumschläge doch eigentlich für die literarische Korrespondenz mit Gott, der Welt und den Verlagen.

»Willem hat uns Geld gegeben. Bin mit Tanja und Bibbo im Kino. Bis dann!« Wer war Bibbo? Und wo war Willem? Er konnte noch nicht lange weg sein, denn die Birne der Schreibtischlampe in seinem Arbeitszimmer war noch heiß. Wieso hatte er Antje ins Kino geschickt? Und dann auch noch auf eigene Kosten! War er krank?

Helena ging ins Schlafzimmer und zog ihre Schulkleider aus. Sie hängte den Blazer in den Schrank, zog dann die weiße Bluse aus und untersuchte sie auf schwarze Spuren am Kragen. Vielleicht konnte man sie ja noch mal anziehen. Eventuell mit einem farbenfrohen Schal. Helena verfügte über eine Reihe von Schals, die sie zu netten Schleifen band oder ordentlich um ihre Schultern drapierte. In jenen Zeitschriften, die sich an die etwas älteren Damen richteten, fand sie immer wieder neue Anregungen für diese etwas biederen Kreationen.

Nette Schleifchen charakterisierten Helenas Kleidungsstil schon seit langem. Wozu andere Kinder gezwungen werden mußten, das hatte Helena immer schon freiwillig getan: Sie hatte stets ihre Kleider ordentlich weggehängt, Schals, Käppchen und Hüte getragen und ihre Schuhe geputzt. *Nimm dir mal ein Beispiel an deiner Schwester. So sieht der Kleiderschrank eines kleinen Mädchens aus. Bei dir hat man ja fast den Eindruck, daß die Hottentotten in deinen Schubladen wohnen!*

»Kein Problem, solange sie gut aussehen und klasse Musik machen!« hatte Petra damals geantwortet. Helena hatte seinerzeit gespannt auf die Ohrfeige gewartet, die Petra nach dieser Antwort zweifelsohne zuteil werden würde, doch es kam keine. Das hatte ihren Glauben an die gesamte Weltordnung erschüttert. –

Jetzt betrachtete Helena das Bett. Es war ganz ordentlich gemacht. Helena lächelte erfreut. Natürlich stand Willem immer nach ihr auf, und meist hinterließ er das Bett so, wie er es verlassen hatte. Manchmal zog er zumindest hastig die Tagesdecke darüber, doch durch die darunterliegenden Bettdecken sah das Ganze dann mehr aus wie die Alpen. Heute glich das Bett der Wüste Gobi, so flach und gerade lag es da. Helena lächelte. Endlich wurde Willem ordentlich. Hatten ihre mühevollen Appelle doch etwas bewirkt?

Helena wanderte um das Bett herum, um auch Willems Bettseite zu inspizieren. Ebenfalls recht ordentlich!

Jetzt stutzte sie.

Da stimmt was nicht, Sherlock Abschied!

Irgend etwas an diesem Bett kam ihr seltsam vertraut vor. Was war es nur?

Die vier Ecken der Überdecke waren eingeschlagen . . . wie zu Hause, als sie – Helena – noch ein Kind gewesen war. Ihre Mutter hatte die Bettdecke immer so eingeschlagen. Sie, Helena, hatte nie recht Gefallen daran gefunden, aber seltsamerweise hatte ausgerechnet Helenas wilde Schwester, Petra, genau diese Technik übernommen. Der Himmel mochte wissen, warum. Ihre Slips und Söckchen lagen im ganzen Haus verstreut, aber die Bettdecke schlug sie ein wie die pingeligste Hausfrau.

Da beschlich Helena ein furchtbarer Verdacht: Petra war hier gewesen, sie war diejenige, die das Bett gemacht hatte. Warum? Weil sie vorher höchstpersönlich drin gelegen hatte. Und warum hatte sie im Bett gelegen? Bestimmt nicht, um Schäfchen zu zählen ...

Diese Schlampe weiß nicht einmal, wie ein Schaf aussieht. Die ist doch nur scharf auf Böcke!

Und warum Willem Tanja und Antje Geld fürs Kino gegeben hatte, war auch nicht schwer zu erraten: um mit Petra allein zu sein.

Er hatte ein Verhältnis mit ihrer eigenen Schwester!

Helena sank auf das ordentlich gemachte Bett und begann heftig zu weinen.

Scheißkerl.

ES IST PASSIERT! SIE HABEN EINEN EINDEUTIGEN BEWEIS FÜR DIE UNTREUE IHRES PARTNERS GEFUNDEN. WIE VERHALTEN SIE SICH? ZUNÄCHST EINMAL GILT ES, RUHE ZU BEWAHREN. SUCHEN SIE DIE SCHULD NICHT BEI IHM ALLEIN. HATTE ER GRUND, MIT IHRER PARTNERSCHAFT UNZUFRIEDEN ZU SEIN? HATTEN SIE VIELLEICHT SEXUELLE PROBLEME? – ANSONSTEN SOLLTEN SIE ES VERMEIDEN, IHN SOFORT MIT IHRER ERKENNTNIS ZU KONFRONTIEREN. BEMÜHEN SIE SICH DARUM, ABSTAND ZU GEWINNEN. SPRECHEN SIE MIT EINER FREUNDIN ODER SUCHEN SIE EINEN THERAPEUTEN AUF. AUF JEDEN FALL SOLLTEN SIE SICH ZUNÄCHST KLAR WERDEN, WAS SIE IN ZUKUNFT VON IHRER BEZIEHUNG VERLANGEN. DAS GEHT NATÜRLICH AUCH, WENN SIE FÜR EINIGE ZEIT WEGFAHREN. GÖN-

NEN SIE SICH EIN PAAR TAGE AM MEER ODER EIN WELLNESSWOCHENENDE IN DEN BERGEN.
(Anna-belle: »In flagranti erwischt: Wie geht's weiter?«)

***

»Wie siehst du denn aus?« fragte Willem, als er ein paar Stunden später in der Küche auftauchte. Helena war gerade dabei, mit gemessenem Zorn auf die Petersilie einzuhacken.

»Du hast ja ganz rote Augen! Dagegen solltest du etwas unternehmen – das ist alles andere als attraktiv. Und hör auf mit dieser Hackerei, das macht einen ja ganz nervös!«

Dazu hast du auch allen Grund! Frage: Was hat sie, das ich nicht habe? Antwort: Einfach alles, du dumme Kuh!

»Willem, ich habe den Verdacht, daß du ein Verhältnis mit meiner Schwester hast. Ich habe es an der Art erkannt, wie das Bett gemacht ist.«

Helenas Stimme klang wie eine rostige Tür. Doch leider konnte sie gegen den jammernden Unterton nicht viel tun.

»Was?« Willem betrachtete Helena stirnrunzelnd, als wisse er gar nicht, was ein Verhältnis sei. Dabei saß er doch tagein, tagaus an seinen Übersetzungen, in denen es schließlich um nichts anderes ging. »Verhältnis? Mit *deiner* Schwester? Aber Helena? Was sind denn das für Hirngespinste?«

»Das sind keine Hirngespinste! Das ist die nackte Wahrheit. Sieh dir die Tagesdecke doch an. *Du* bist bestimmt nicht auf die Idee gekommen, sie einzuschlagen wie meine Mutter!«

»Helena, gleich werde ich böse. Denkst du wirklich,

ein Mann wie ich, ein Mann, der täglich gemeinsam mit Mijnheer F. um jedes einzelne Wort ringt, ein Künstler, der ums Überleben und um seine Zukunft kämpft, ein Mann, der komplett ausgelaugt ist – hätte nichts anderes zu tun, als sich mit seiner ... zukünftigen Schwägerin ...« An dieser Stelle wurde seine Stimme etwas weicher, und Helenas Augen füllten sich sogleich mit romantischen Tränen – *Will er mich etwa doch heiraten?* – »... im Bett zu vergnügen. Bevor du solche Anschuldigungen vorbringst, solche infamen Behauptungen, solltest du gründlich nachdenken. Sehr gründlich! Wenn ich genauer darüber nachdenke, dann finde ich es eigentlich sogar ... Ich sollte mich möglicherweise eine Weile zurückziehen oder wir ...«

Eins mußte man ihm lassen. Willem war ein Meister der Halbsätze und Andeutungen.

Was solltest du. Was?

»Aber du gibst zu, daß sie da war?«

»Ja, sie war da, deine Schwester. Sie wollte dich besuchen und fragen, ob du am Samstag abend kurz auf die Kinder aufpassen könntest. Sie muß zur Eröffnung einer Araltankstelle. Oder war es Esso?«

Auf jeden Fall war der Tiger im Tank.

»Und dann hat sie einfach mal eben unser Bett gemacht?«

Willem warf die Arme mit übertriebener Geste in die Höhe. »Sie hat sich eben darüber amüsiert, wie das Bett aussah! Als sie geklingelt hat, hab ich halt die Decke drüber geworfen, so wie ich's immer mache, na du weißt ja ... und da hat sie mir gezeigt, wie ihr das als Kinder gelernt habt. Wenn das ein Verbrechen sein soll, bitte! So langsam solltest du diesen Neid auf deine Schwester aber wirklich überwunden haben.«

Glaubt er wirklich, daß ich ihm das abnehme? Wahr-

scheinlich ist er sowieso der Meinung, daß ich selbst schuld bin. Hat er mich nicht vor Monaten noch gebeten, mit ihm diese Szene aus Mijnheer F.s Opus nachzustellen, in der ein Matrose in seiner Kajüte mit dieser kleinen Krabbenverkäuferin all das ausprobiert, was man mit zwei Leuten auf zwei Quadratmetern ausprobieren kann?

Aber Helena gab wieder einmal nach.

Wahrscheinlich war alles so, wie Willem sagte. Sämtliche anderen Möglichkeiten hätten unweigerlich zur Folge gehabt, daß Helena allein zurückblieb, und vor dem Alleinsein hatte sie mehr Angst als vor allem anderen. Wer allein war, der kämpfte auch allein, und eigentlich war es schon schlimm genug, mit Partner im Rücken die Kämpfe des Leben auszufechten.

Und trotzdem: Jetzt war sie definitiv reif für Frau Odenthal.

***

»Bei Odenthal!« meldete sich ein dünnes Stimmchen, nachdem Helena die angegebene Nummer gewählt hatte.

»Könnte ich bitte Frau Erna Odenthal sprechen!«

»Ja . . .«, kam es zögernd. »Ich weiß nicht . . . wer sind Sie denn?«

»Mein Name ist Helena Abschied. In gewissem Sinne korrespondiere ich mit Frau Odenthal!«

»Ja, ich weiß nicht!« sagte die Stimme am anderen Ende wieder, und auf einmal hatte Helena das ungute Gefühl, mit sich selbst zu telefonieren. »Auf jeden Fall muß ich erst fragen!«

Sanft legte ihre Gesprächspartnerin den Hörer beiseite. Leichte Schritte trippelten eilig davon, verschwanden irgendwo, dann hörte man leise Stimmen im Hintergrund. Schließlich erklang ein festerer Schritt, untermalt von einer Art rhythmischem Klopfen.

Wie in einem Film von Edgar Wallace.

»Ja?« bellte es in den Hörer. »Wer spricht, bitte?«

»Mein Name ist Helena Abschied. Spreche ich mit Erna Odenthal? Haben Sie mir auf meine Anzeige geantwortet?« fragte Helena verwirrt.

»Wird wohl so sein, wenn ich Erna Odenthal heiße!«

»Verzeihen Sie, ich wußte ja nicht, mit wem ich spreche!«

Die Person kicherte wohlgefällig.

»Also am Telefon unterhalte ich mich nicht gern. Was halten Sie davon, mich kommendes Wochenende zu besuchen und eine Tasse Tee mit mir zu trinken? Halten Sie irgendwelche Diätvorschriften ein?«

»Nun, nicht direkt!«

Eigentlich trinke ich ja lieber Kaffee, aber seit neuestem kriege ich von meiner Umgebung offenbar nur noch Tee eingeflößt. So langsam fühle ich mich, als könnte ich gleich ins Altersheim Waldfriede einziehen . . . nein, nicht alt: zeitlos. Mental gehe ich schon am Stock, dabei hätte ich durchaus Lust, mal mit dem Motorrad über die Autobahn in Richtung Meer zu sausen. – Du spinnst, Miss Abschied! Du kannst froh sein, wenn dieser Möchtegernbundeskanzler nicht auch noch dein Fahrrad geklaut hat.

»Gut, wie Sie nach Durlach kommen, wissen Sie ja sicher. Dort fahren Sie Richtung Turmberg, von da aus gleich die erste links und steil die Straße hoch. Hinter der Telefonzelle biegen Sie noch einmal links ab, und schon sind Sie da. Ich wohne im dritten Haus auf der linken Seite. Eine Villa mit Garten!«

Ihre Worte klangen energisch wie Gewehrschüsse.

»Sie werden es finden!«

Und das kam fast schon einem Befehl gleich.

***

Helena hatte noch nie Orientierungsschwierigkeiten gehabt, da sie Wegbeschreibungen akribisch zu folgen pflegte. Da wo andere keck in eine Seitenstraße abbogen, um vielleicht etwas Zeit zu gewinnen, klebte Helena sich einen Zettel neben das Lenkrad, dessen Anweisungen sie sklavisch folgte. Wie in allen anderen Bereichen des Lebens, so war sie auch hier der Meinung, daß es sich nicht lohnte, Regeln zu durchbrechen.

Auch die Villa von Frau Erna Odenthal fand sie problemlos. Und daß es wirklich eine Villa war, machte ihr die Suche um so leichter. Wie Frau Odenthal bereits angekündigt hatte, lag vor dem Haus ein ausgedehnter Garten; in England hätte man ihn wahrscheinlich als Park bezeichnet. Nur anhand der an der Mauer angebrachten gußeisernen »3a« konnte man erkennen, daß es sich um die richtige Adresse handelte. Dies war eindeutig das Grundstück derer von Odenthal. Hohe Tannen und schwere deutsche Eichen verdunkelten den Gehweg, der aufs Haus zuführte. Er wand sich vorbei an Blumenbeeten, Rhododendronbüschen und kleinen Statuen, aus deren zahlreichen Körperöffnungen Wasser floß.

Ängstlich und unsicher ging Helena den Weg entlang. Auf solchen Anwesen pflegten große Hunde für Sicherheit zu sorgen, und vor großen Hunden, die ihr hinter Mauern, Büschen und Hecken auflauerten und sie sodann anbellten, fürchtete sie sich.

Doch offenbar war das hier nicht der Fall. Jedenfalls war weit und breit keiner zu sehen. Als Helena das große, gelbliche Haus erreichte, wurde ihr klar, daß

Hunde zum Erhalt der Sicherheit gar nicht notwendig waren: Die unteren Fenster waren vergittert, Kameras, Lichtschranken und anderes technisches Gerät kündeten von stets eingeschalteten, teuren Alarmanlagen. Hier wohnte entweder jemand mit sehr viel Geld oder mit sehr viel Angst. Vermutlich mit beidem. Der Kies knirschte unter Helenas Füßen, als sie sich den Stufen näherte, die zu der ebenfalls gesicherten Eingangstür führten.

Eigentlich eine gefährliche Situation, Helena. Hinter dieser scheinbar so harmlosen Frau Odenthal kann sich mühelos eine Verbrecherclique verstecken, die sich darauf spezialisiert hat, auf Annoncen zu antworten. Die Opfer werden dann hierher gelockt und von hier aus nach Übersee verschleppt, um dort in Bordellen zu arbeiten. Man hört nie wieder etwas von ihnen.

Obwohl: Wenn sich Helena einigermaßen selbstkritisch betrachtete, konnte sie sich eigentlich nicht vorstellen, daß sich ein Bordell in Übersee um sie reißen würde.

Sie würden mich wahrscheinlich im Bordellbüro einsetzen. Für den Schreibkram. – Außerdem steht schräg rechts neben der Tür eine Art Dreirad. Dreiräder lassen auf Kinder schließen, und wer Kinder hat, ist kein Verbrecher.

Ein klassischer Fehlschluß, denn wahrscheinlich quellen die Gefängnisse von Vätern und Müttern über, aber trotzdem beruhigte Helena dieser Gedanke, als sie an der Tür klingelte. Auch jetzt schlug kein Hund an. Statt dessen öffnete eine große, schlanke, blasse und blonde Person und spähte lächelnd und diensteifrig zu ihr hinaus.

Aha, das Mädchen! Das hat man eben in diesen Kreisen. Bei diesem Haus würde es mich auch nicht wundern, wenn gleich Butler Hudson um die Ecke böge.

Als Kind hatte Helena die Fernsehserie »Das Haus am

Eaton Place« immer geliebt. Doch hatte sie sich schon damals nicht mit der vornehmen Lady Bellamy identifizieren können, sondern ihre Sympathie hatte der kläglichen Ruby, einem kleinen Stubenmädchen, gegolten. Natürlich hatte sie das niemandem erzählt, sonst hätten sie alle nur ausgelacht.

»Ich möchte zu Frau Odenthal. Mein Name ist Helena Abschied!«

»Oh, Frau Abschied!« hauchte die Blondine lächelnd. »Meine Großmutter erwartet Sie schon!«

Großmutter!

Helena betrat das Haus. Viel gab es dazu nicht zu sagen, denn es sah genauso aus wie jene Häuser, in denen Derrick früher immer seine Fälle zu lösen pflegte. Herrschaftliches Ambiente, Antiquitäten bis unter die Decke, Ölbilder, silbernes Teeservice, Orientteppiche, Schalen, Vasen, Bücher, ein Kamin, ein Wintergarten, ein Piano – kurz gesagt alles, was dazu gehört, um aus einem Haus eine Villa zu machen.

Am Kamin saß eine weitere weibliche Person, die wie eine ältere Ausgabe der Jüngeren wirkte. Sie nickte in Helenas Richtung, widmete sich dann aber irgendeiner Handarbeit. Von weitem sah es aus, als ob sie Strümpfe stopfte.

Stopft man in solch vornehmen Häusern denn wirklich noch Strümpfe? Oder wirft man sie weg, wenn sie ein Loch haben, und bestellt sich hundert neue?

»Meine Großmutter ist nebenan im Morgenzimmer!«

Morgenzimmer? Das kenne ich nur von Daphne du Maurier und ihrer Rebecca. Auch so ein typisches Requisit des englischen Landadels. Da sitzen die Männer im Rauchzimmer oder in der Bibliothek, und die Frauen gehen geisttötenden Beschäftigungen wie Briefeschreiben und Briefelesen im Morgenzimmer nach.

Das »Morgenzimmer« war wider Erwarten eher modern eingerichtet. Luftig, mit teuren weißen Möbeln, die nur an den Rändern einen zarten Goldrand aufwiesen. An den Wänden hingen impressionistische Blumengemälde und lichte Landschaftsporträts. Und in einem kleinen hellgelben Sessel saß eine winzige Frau. Sie war nicht viel größer als ein großgewachsenes Kind. Aber dabei war sie keineswegs zart, sondern durchaus von fast draller Statur. – Sie sah aus wie ein kleines Püppchen. Aus dem rundlichen Kopf blickten leicht vorstehende, blaßblaue Augen angriffslustig in die Welt.

Du meine Güte, was für eine unsympathische Person! Wie die schon die Mundwinkel herunterzieht! Wie ein verwöhntes, verzogenes Gör!

»Großmutter, das ist Frau Abschied!«

Die Alte musterte sie nicht gerade begeistert. Dann wanderte ihr Habichtsblick hinüber zu ihrer Enkeltochter-Sklavin.

»Was du nicht sagst!« schnappte das Persönchen. »Ich habe dir gesagt, daß um drei eine Dame namens Abschied zu Besuch kommt. Jetzt ist es drei Uhr, es klingelt, und du bringst eine uns bis dato unbekannte Dame herein. Was glaubst du wohl, für wen ich diese Dame halte? Für die Queen?«

Witzig!

»Nein, natürlich nicht!« versicherte die Farblose. »Natürlich nicht!«

»Was?«

»Wie bitte?«

»Nun, das habe ich natürlich nicht geglaubt.«

»Was hast du nicht geglaubt, Amelia?« Das Mädchen verwandelte sich von einer blassen Kaulquappe in eine Albino-Indianerin, sprich: Das farblose Etwas wurde rot wie eine Tomate.

»Ich bin nicht davon ausgegangen, daß du diese Dame hier für die Königin von England hältst.«

»Aha ...«

Helena folgte dem Gespräch mit etwa der gleichen Faszination, die der moderne Mensch des 20. bzw. 21. Jahrhunderts empfinden mag, wenn er Gelegenheit hat, einer Hinrichtung beizuwohnen.

»Nun gut, bring uns Früchtetee und ein paar Kekse!«

»Ja, Großmama!« sagte das Geschöpf. Ihr winziges Gegenüber lächelte. *Die Oma sieht aus wie ein grinsender Piranha.*

»Aber nein, ich habe noch eine viel bessere Idee, deine Mutter soll uns den Tee servieren.«

Das dürre Blondchen zögerte, sein Blick flackerte.

»Oder meinst du, daß sie vielleicht keine Lust dazu hat? Das braucht sie ihrer alten Mutter, auf deren Tod deine liebe Mama so sehnsüchtig wartet, doch nur zu sagen. Also frag sie, ob sie mir einen Tee serviert, und meinem Gast natürlich!«

Auf dessen Tod die liebe Mama hoffentlich nicht ebenfalls *sehnsüchtig wartet!*

»Ja natürlich, sie wird bestimmt sofort kommen!«

Das alte Püppchen musterte die Enkelin, wie eine ebenso betagte wie gefräßige Katze ein junges Mäuschen betrachten würde. »Gut, dann laß uns jetzt allein!«

Die Enkelin verschwand ohne Bedauern, und Helena machte sich darauf gefaßt, diesem alten, angriffslustigen Tiger nun allein ausgesetzt zu sein.

»Sehen Sie, meine Liebe!« schnurrte die Alte jetzt liebenswürdig und in freundschaftlichem Ton. »So macht man das. Ich habe meine gesamte Familie unter meiner Fuchtel!«

»Aber wie machen Sie das?«

Meine Mutter hält mich für ein Aschenputtel, mein

Vater nimmt mich nicht ernst, mein Bruder übersieht mich, und meine Schwester macht in meiner Abwesenheit mein Bett unsicher. Wie schafft es diese alte Vettel, ihre Verwandtschaft so zu terrorisieren?

»Natürlich indem ich ihre Angst vor der grauen Armut schüre, was denken denn Sie? Menschen dienen anderen Menschen nur aus Geldgier!«

In diesem Augenblick klopfte es, und die ältere Ausgabe der blonden Sklavin schlich herein, in den zittrigen Händen eines der Teetabletts. »Stell es auf den Tisch, Cordelia!« kommandierte der Zerberus.

»Aber natürlich, Mutter!«

»Wann kommt dein Mann nach Hause?«

»Um sieben, Mutter! Er hat zur Zeit so viel zu tun! Alles für die Firma, du weißt ja!«

Das ältere Wesen lachte trocken.

»Papperlapapp. Er arbeitet einfach nur viel zu langsam, sonst wäre er längst fertig. Und außerdem, warum sollte er auch *nicht* viel zu tun haben bei all dem schönen Taschengeld, was ich ihm zahle. Ruf in der Firma an, ich wünsche ihn um sechs zu sehen.«

»Ja, Mutter!«

»Und wenn ich sechs sage, dann meine ich sechs und nicht halb sieben wie beim letzten Mal, als er mit mir Tennis spielen sollte!«

Tennis? Diese Kräuterhexe spielt noch Tennis? Na, das wird ein reines Vergnügen für den Herrn Schwiegersohn sein! Wahrscheinlich hofft er jedesmal, daß sie übers Netz fällt und sich das Hälschen bricht.

»Ja, Mutter, ich will es versuchen.«

»Versuchen reicht nicht, mein Kind. Das predige ich dir schon seit deiner Kindheit! Wenn Boris Becker nur *versucht* hätte, in Wimbledon zu gewinnen, wäre er jetzt wohl kaum die Nummer eins der Weltrangliste.«

Gewesen! Gewesen! Ob sie das schon mitgekriegt hat?

»Ja! Das heißt: Nein!«

»Und jetzt laß uns allein!«

Die Tochter verschwand. Es war ein Wunder, daß sie sich nicht mit Knicks und im Rückwärtsgang entfernte.

Die energische alte Dame wandte sich wieder der staunenden Helena zu: »Ja, meine Liebe, schaun Sie nicht drein wie ein Auto. Diese feige Bande denkt jetzt natürlich, Sie wollen meine neue Gesellschafterin werden und haben Angst um ihr Erbe. Netter Nebeneffekt. Sie sehen also, es ist überhaupt kein Problem, sich im Leben durchzusetzen. Ich habe eine Tochter und einen Sohn. Beide sind verheiratet und haben jeweils ein Kind. Und sie betreuen mich hier in diesem Haus mit liebevollster Fürsorge. Jeder meiner Wünsche wird mir von den Augen abgelesen!«

»Aber wie machen Sie das nun genau?«

»Das ist schnell erzählt. Trinken Sie noch ein Täßchen Tee. Hier probieren Sie von den Keksen, meine Nichte bäckt sie mir, weil ich sie so gern mag. Die Kekse, nicht die Nichte. Wir besitzen eine Fabrik: Phytologische Heilmittel. Pflanzliche Medikamente, verstehen Sie. Schon seit Generationen ist diese Fabrik im Besitz unserer Familie, aber in den letzten Jahrzehnten ist sie nicht mehr allzu erfolgreich gewesen. Ursprünglich hat sie meinem Ururgroßvater gehört, der in Zürich lebte. Er hat damals die Firma in zwei Teile geteilt, weil der Schweizer Zweig der Familie sich mit dem deutschen Zweig zerstritten hatte – irgendwer hatte irgendwen auf einem Geburtstag tödlich beleidigt, eine blöde Geschichte, glauben Sie mir. Ab diesem Zeitpunkt war die Schweizer Firma für die Herstellung von Medikamenten und die deutsche Dependance für die Kosmetik-

und Pflegeprodukte zuständig. Wie gesagt, für die Deutschen lief es nicht sehr gut. Die Schweizer Firma dagegen, die mittlerweile in den Besitz einer Großcousine von mir übergegangen war, florierte hervorragend, denn pflanzliche Heilmittel sind unaufhaltsam auf dem Vormarsch.« Das alte Mädchen kicherte. »Wenngleich ich ja nach wie vor auf die gute alte Chemie schwöre! Nun ja. Nachdem ich Witwe geworden war, wurde mir sehr schnell klar, daß meine Kinder mich gern aus dem Haus geworfen und ins Altersheim gesteckt hätten. Also beschloß ich zu handeln. Ich reiste nach Zürich, traf mich mit meiner Großcousine, die eine alleinstehende Dame ist, versöhnte mich mit ihr, indem ich ihr schriftlich bestätigte, daß die Schuld für das Zerwürfnis allein bei meinem Familienzweig lag, und mich für alles mögliche entschuldigte.«

»Wie bitte?«

»Ja!« Wieder kicherte die ältere Dame. »Danach kaufte ich ihr die Schweizer Firma ab. Lieber krieche ich vor einer alten alleinstehenden Frau, die sowieso bald stirbt und mir viele Millionen einbringen kann, im Staub, als selbst aufs Abstellgleis geschoben zu werden und im Altersheim darauf zu warten, daß mich einmal im Monat diese undankbare Bagage von Kindern eine halbe Stunde lang besucht!«

Da hat sie recht. Das würde ihr blühen.

»Das Ganze war ein Glücksfall, denn die Schweizer hatten erst vor kurzem alles Geld in ein pflanzliches Migränemittel gesteckt, das tatsächlich zu wirken schien. So wurde ich mit einem Schlag reich und konnte sogar noch unsere Karlsruher Firma ausbauen!«

»Sehr schön!« Helena stellte das feine Teetäßchen wieder hin.

»Gell?« Das geschäftstüchige alte Frauchen strahlte.

Ihre wasserblauen Augen bekamen einen Moment lang einen freudig-warmen Schimmer. »Und seither spuren sie. Schließlich arbeiten sowohl mein Sohn als auch mein Schwiegersohn in meiner Firma. Wenn sie also nicht strammstehen, fliegen sie raus und dürfen bei irgendeiner anderen Klitsche für anderer Leute Wohlstand schuften. Ihr Erbe geht dann an irgendeinen jungen Chemiker, der freundlich zu mir ist und dessen nette junge Frau mir Plätzchen backt und Romane vorliest.«

»Aber warten die nicht darauf, daß Sie ...« Helena hüstelte. Wie alle ängstlichen und lebensscheuen Menschen hatte sie fürchterliche Angst vor dem Tod und vermied es, darüber zu reden.

»... daß ich sterbe? Aber natürlich warten sie darauf! Sehnsüchtig sogar! Aber das würden sie auch tun, wenn ich ihnen nichts zu vererben hätte. Dann würden sie mich aber zusätzlich noch verachten. Und so hassen sie mich nur. Odeunt demetuant!«

»Was heißt das?«

»Sollen sie mich hassen, solange sie mich nur fürchten!«

Kein schlechtes Motto!

***

Das Lebenskonzept der Erna Odenthal, soviel stand für Helena fest, war nicht ohne weiteres auf sie übertragbar. Sie, Helena, hatte keine Fabrik zu vererben und keinerlei Druckmittel gegen ihre Umwelt in der Hand.

Ja, das Gegenteil war der Fall: Ihre Umgebung hielt eine Menge Unerfreuliches für sie bereit ...

»... Na, wie kommen Sie so zurecht mit Ihrer Zehnten am Schillergymnasium?« erkundigte sich Gabi an einem der nächsten Tage mitfühlend bei Helena. Dazu lächelte sie warmherzig und neigte ermunternd den Kopf zur Seite.

Der andere Referendar war gerade damit beschäftigt, eine Reihe von Ersatzglühbirnchen für seine Lehrproben zu sichten. Er blickte auf und streifte Helena mit mitleidigem Blick.

Erdmännchen schniefte kurz und sah Helena ebenfalls an. Die fühlte sich seit langem das erste Mal ernst genommen und im Zentrum des Kollegeninteresses. An eine andere Schule geschickt zu werden und vorübergehend eine fremde Klasse übernehmen zu müssen, war wahrhaftig kein Vergnügen. Für niemanden, egal wie lange er es im Schuldienst ausgehalten hatte. Max Hübner blickte ebenfalls von seinen Unterlagen hoch. »Mensch, Gabi, das kannst du dir doch denken!«

Gabi lachte. Ihre Jugend und ihr frisches Äußeres umgaben sie wie eine Rüstung. Ihr schien nichts so leicht etwas auszumachen. »Na ja, ich finde, so ein Einblick in ein anderes Kollegium und eine andere Schule kann auch ganz interessant sein«, antwortete sie.

»Also, es ist total furchtbar dort!« sagte Helena aus tiefstem Herzen. Sie war froh, daß ihr endlich mal jemand zuhörte. Willem interessierte sich nicht sonderlich für ihre Schulerlebnisse, und ihre Freundinnen hatten ihre eigenen Sorgen und Probleme.

SCHEUEN SIE SICH NICHT, MIT IHREN KOLLEGEN AUCH EINMAL ÜBER IHRE SORGEN UND PROBLEME ZU SPRECHEN. SOLANGE SIE IHNEN NICHT STÄNDIG ETWAS VORJAMMERN, WIRD MAN IHRE OFFENHEIT ALS STÄRKE WERTEN!

So hatte es die *Freundin* in ihrer Beilage »Job 1999 – Frauen auf dem Vormarsch« geschrieben. – *Also, nur keine falsche Scheu!*

»Das Kollegium ist absolut unsolidarisch, und die Schüler sind noch schlimmer als hier. Wahrscheinlich weil sie größtenteils aus den großen Wohnblocks in der Umgebung kommen, in denen offenbar auch zahlreiche Alleinerziehende wohnen. Viele der Kinder stammen aus zerrütteten Familien. Sie sitzen den lieben langen Tag vor der Glotze und haben natürlich null Bock auf Literatur. Also – es macht wirklich keinen Spaß dort!«

»Hört sich schrecklich an!«

»Ist es auch!« sagte Helena mit leiser, weinerlicher Stimme: »Ich finde es ziemlich ungerecht, daß ausgerechnet ich dorthin abkommandiert wurde. Schließlich könnte doch auch ein Referendar . . .«

Sie brach ab.

Mist, das hätte ich jetzt nicht sagen sollen. Diese Gabi . . . warum sage ich immer Dinge, die ich sofort wieder bereue?

»Tut mir leid, so habe ich das nicht gemeint . . .«

Mit unverbindlichen Najas, Ahas und Tjas löste sich die kleine Gruppe auf. Jeder ging zum Unterricht, und Helena nahm einmal mehr den Kampf gegen ihre Schüler auf – diesmal gegen Till Magnus.

Der hatte nämlich heute ein Wörterbuch dabei, das sein Vater ihm von einer Dienstreise aus den USA mitgebracht hatte. Mit wichtigtuerischer Miene blätterte er darin herum. »Frau Abschied, hatten Sie nicht letztes Mal gesagt, ›Bach‹ hieße ›stream‹? Hier steht aber etwas von ›creek‹, und in unserem Lehrbuch ging es doch um einen amerikanischen kleinen Jungen, der an einem Bach sitzt, und in Ami-Land heißen Bäche ›creek‹. Ist ganz deutlich hier zu lesen!«

Helena starrte ihn einen Moment lang an. Was hatte man ihnen im Referendariat beigebracht? *Wenn Ihnen mal ein Wortfehler unterläuft – so etwas kann ja mal vorkommen –, dann geben Sie es ganz offen zu. Alles andere hat wenig Sinn. Die Schüler werden Ihnen Ihre Offenheit zu danken wissen.*

»Ja, Till, da hast du offenbar recht. Schön, daß du aufgepaßt hast. Ich muß mich wohl getäuscht haben«, sagte Helena vorschriftsmäßig.

Na, wie war das?

Und dann wartete sie darauf, daß die Schüler ihr dankten. Doch statt dessen stießen sie sich nur gegenseitig an, lachten höhnisch, und aus den hinteren Reihen rief jemand: »Da hilft nur üben, üben üben!«

Helena lächelte verkrampft, sah auf die Uhr und hoffte, daß die Stunde irgendwie vorbeigehen würde. Irgendwie!

Das tat sie natürlich, aber hinterher wartete im Lehrerzimmer die Schulsekretärin auf sie: »Herr Direktor Gluck möchte Sie sprechen! Sofort!«

»Viel Glück!« sagte Gabi und strahlte.

Vor kurzem hatte Helena dieses Strahlen noch für Gutes gehalten, aber jetzt beschlich sie die böse Vorahnung, daß diesmal ein Unheil dahintersteckte. Atomreaktoren *strahlten* schließlich auch, und waren die etwa etwas Gutes?

»Mir ist zu Ohren gekommen«, dröhnte Gluck, »daß Sie sich in abfälliger Weise über das Schillergymnasium geäußert haben und dabei auch noch sozial schwächere Schichten sowie Alleinerziehende diskriminiert haben, Frau Abschied. Darüber hinaus haben Sie Kritik an Ihrer momentanen, kurzfristigen und nur stundenweisen Abordnung an obengenannte Schule geäußert, eine Kritik, die Sie durch Ihr mißmutiges Verhalten schon vorher nonverbal geäußert und damit das Betriebsklima gestört haben. Auch diesbzüglich sind wir mit einigen Klagen konfrontiert worden. Wenn Sie so weitermachen, kann ich dem Oberschulamt Ihre Weiterbeschäftigung keineswegs nahelegen!«

Was? Ich und mißmutig? Ich bemühe mich doch, mit jedem ins Gespräch zu kommen! Sogar mit Erdmännchen, der mich nie beachtet. Das ist so ungerecht!

Helena machte den Mund auf, doch es kam nichts heraus.

»Sagen Sie jetzt bitte nichts. Lassen Sie uns erst über die Angelegenheit nachdenken! Danach können Sie sich immer noch entschuldigen.«

Er hat recht. Es ist besser, ich sage jetzt nichts. Außer einer Entschuldigung fällt mir sowieso wieder nichts ein, obwohl doch heftiger Protest angebracht wäre. Mein Gott, manchmal freue ich mich direkt auf meine Entlassung. Aber was dann? Beamte sind abgesichert. Ein sicheres Leben! Habe ich mir das nicht immer gewünscht?

Auf jeden Fall war Helena jetzt definitiv reif für Lila S.

***

Die Telefonnummer der Lila S. war Helena allein deshalb schon unsympathisch, weil sie mit einer 0180 begann, und vor solchen Nummern wurde doch immer wieder gewarnt. Anrufer landeten zunächst einmal in einer Warteschleife und mußten anschließend eine Riesensumme dafür berappen. Hinterher waren sie dann noch irgendwo registriert, wo sie gar nicht registriert sein wollen.

Trotzdem wählte Helena die Nummer von zu Hause aus. Antje war nicht da, Willem auch nicht. (»Bin kurz im Bistro, könntest du an Wein denken?«) Die Gelegenheit war also günstig.

Zunächst ging nur ein Anrufbeantworter ran, auf dem in schlechter Qualität »Je t'aime« zu hören war. Dann knackste es, und irgend jemand stöhnte mehr oder weniger lustvoll vor sich hin, wobei es sich jedoch nicht um die Sängerin handelte. Auch nicht um Lila S., denn der Stöhner war eindeutig ein Mann. Danach erklang folgende Botschaft: »Hallo, liebe Entspannungssuchende. Bei Lila seid ihr gut aufgehoben. Ich bin euch gleich zu Diensten, und das – wenn ihr wollt – nicht nur rein platelefonisch.«

Wieder erklang »Je t'aime«.

Schließlich eine Frauenstimme: »Ja, bei Lila. Was kann ich für dich tun, Schätzchen?«

Helena räusperte sich: »Sie hatten auf meine Annonce geantwortet?«

»Ich? He, Schätzchen, was für 'ne Nummer soll denn das sein? Die Leute antworten auf *meine* Anzeigen und nicht . . . ach, Momentchen mal, bist du das mit den Flügeln? Die, die Hörner sucht.« Jetzt kicherte sie rauh. »Normalerweise kriegen ja nur die Kerle Hörner aufgesetzt! Wieso willst du denn welche haben? Ach so, du kannst dich nicht durchsetzen, haste ja geschrieben!«

»In gewissem Sinne, aber Frau Lila, äh, Frau S., vielleicht telefonieren wir später irgendwann . . .«

»Ach, von mir willste keinen Rat, weil ich 'ne Nutte bin?«

»Nun, so würde ich es nicht ausdrücken. Für mich sind Prostituierte Menschen wie alle anderen auch, und ich bin weit davon entfernt, jegliche Diskriminierung . . .«

»Ach, Unsinn. Sind Sie Soziologin oder so was? Bei uns erscheinen ab und zu Soziologen und wollen wissen, warum wir anschaffen gehen und wie es in unserer Kindheit zuging. Ich hatte eigentlich eine schöne Kindheit, nichts dran auszusetzen. Na ja, in deinen Augen bin ich jedenfalls 'ne Nutte, mit der du nichts zu schaffen haben willst. Und warum sagst du's dann nicht? Das wäre dann schon mal die erste Lektion.«

»Na ja . . .«

So etwas brächte ich nie über die Lippen. Allein schon dieses Wort!

»Für ›Na ja‹ kriegst du aber keinen Schotter vom Freier. Ich schlage vor, du besuchst mich mal. Querstraße 1, Seitenstraße von der Kaiserstraße. Zweiter Stock, paß auf, daß du nicht die untere Klingel erwischst, da wohnen zwei Lederschwule, die können ganz schön pampig werden.«

»Ich weiß nicht . . .«

Ich kann doch nicht zu einer Prostituierten gehen? Ich! – Eine Lehrerin?

»Morgen vierzehn Uhr. Aber ich hab nur eine Stunde Zeit. Tschüs!«

***

»Und wo gehen Sie heute hin? Wieder in die Schule? Schrecklich, ein Leben lang in die Schule gehen zu müssen. Langweilt Sie das nicht manchmal?«

Doch.

»Keineswegs. Ich genieße den Umgang mit jungen Menschen!«

Von wegen.

Gerhard Schröder war mit einem Messer in der Hand aus seiner Wohnung gekommen und strebte nun in Richtung Keller. Wäre es nicht so absurd gewesen, Helena hätte ihn für eine moderne proletarische Version von Blaubart gehalten, der dort unten ahnungslose Karlsruherinnen abschlachtete, die sich zuvor in die Wohnung des Mannes mit dem verläßlichen Kanzlernamen getraut hatten.

Warum muß ich jedesmal ausgerechnet ihm begegnen? In diesem Haus wohnen 16 Parteien und ungefähr fünfzig Leute, warum treffe ich immer nur diesen blöden Berliner?

»Heute sehen Sie allerdings aus wie ein Panzerschrank, der auf die Panzerknackerbande wartet!«

»Wie meinen Sie das? Was geht Sie das überhaupt an?«

»Zweeteres weeß ick nich, aber ersteres bezieht sich oof Ihre hochgeschlossene Kleidung, Jnädigste! Zeigen Sie doch mal Figur. Sie haben doch eene, oder täusche ick mir?«

Also, der knipst sein Berlinerisch an und aus, wie es ihm grad gefällt.

»Man paßt halt seine Kleidung dem Ort an, den man aufsucht!« entgegnete Helena würdevoll und stieg in ihren Kleinwagen, um die stadtbekannte Puffstraße aufzusuchen.

***

Die Querstraße lag, wie der Name schon sagt, quer, und das nicht nur zur Kaiserstraße, sondern auch den meisten Bürgern der Stadt. Allzu dicht bei den seriösen Geschäften florierte ein Unternehmen, das alles andere als seriös war.

Doch diese Nähe zu Banken, Boutiquen und Restaurants garantierte gleichzeitig auch die stabile Konjunktur der Beschäftigten in der Querstraße. In der einstündigen Mittagspause konnte man eine Kleinigkeit essen, die Familie anrufen und sich schnell einen blasen lassen. Oder auf den Anruf bei der Familie verzichten, einen Hamburger essen und eine normale Kurznummer schieben.

Als Kind war Helena oft mit großen Augen etwa fünf Meter weit in die Querstraße eingedrungen und dann kichernd und prustend wieder weggelaufen, sobald ihr jemand entgegengekommen war, egal, wie harmlos der Betreffende sein mochte. Helena wäre sogar vor einer Politesse geflüchtet.

Die Querstraße 1 war ein häßlicher, grauweißer Waschbetonbau aus den sechziger Jahren mit zahlreichen Apartments, winzigen Balkonen und der anheimelnden Optik mehrerer aufeinandergestapelter Schuhkartons.

Studio Lila S. stand in geschwungenen Lettern auf dem Schild über einer der Klingeln.

Soll ich da wirklich reingehen? In einen Puff? Wenn mich ein Schüler sieht? Oder ein Kollege?

»Wollen Sie rein oder raus?« Eine ziemlich alte Frau mit rot gefärbten Haaren, die ein bißchen wie Brigitte Mira aussah, deutete mit ihrem Schlüssel auf das Haus. Unter dem Arm hielt sie einen winzigen Hund, der nicht viel größer als ein Meerschweinchen war. Der Kleine röchelte hysterisch.

»Ich weiß nicht!«

»Bitte!« Sie hielt die Tür auf. »Ich will ja nichts Schlechtes über 'ne Kollegin sagen, denn wir müssen ja heutzutage zusammenhalten, aber bei mir kriegen Sie's nicht nur billiger, sondern auch . . .« Sie beugte sich vor und winkte mit einem runzligen Zeigefinger mit langem orangefarbenem Nagel vor Helenas Gesicht hin und her, ». . . auch professioneller, verstehen Sie? Bei der Ilona, da ist nicht viel dahinter. Hinter dem hier, verstehen Sie?«

Wieder der unsägliche Nagel.

Vielleicht hätte ich doch genauer hinhören sollen, wenn mir Willem aus Mijnheer F.s Erzählungen vorliest.

»Ich möchte nicht zu Ilona!«

»Gestatten?« Ein Herr in elegantem, weitem blauen Mantel schob sich zur Tür hinaus und an ihnen vorbei. Nachdenklich sah Helena ihm nach.

Warum geht so einer hierhin? Man sollte doch meinen, daß er sich durchaus eine nette, freundliche Dame zum Heiraten suchen könnte.

»Nicht? Aber die ist die einzige außer mir, die's auch Frauen besorgt.«

»Ich möchte ...«

Der Minihund hüstelte fiepsig.

»Ich möchte zu Lila S.«

»Ach, zur Sado-Lila. Wußte gar nicht, daß die's auch Frauen macht. Na ja, dann viel Spaß. Und wenn Sie mal Bedarf haben.« Der Zeigefinger. »Madame Schonette.«

»Wie?«

»Schonette!«

»Wie schreibt sich das?«

»J-e-a-n-e-t-t-e!«

»Das heißt Jeanette! Französisch!«

Kichern.

»Französisch? Hihihi. Na, in meinem Alter ändert man den Namen nicht mehr, da bleibt man bei seinem Leisten! Alles Gute, Kindchen!«

Eigentlich ganz nett, die Alte. Warum habe ich nicht solche Kolleginnen?

Man trennte sich im zweiten Stock.

»Und wenn Sie mal Arbeit suchen. Ich meine ... nur falls ... man müßte Sie natürlich etwas herrichten, aber dann melden Sie sich bei der alten Schonette!«

Danke. Ich werde Herrn Direktor Gluck sagen, daß ich hinfort auf seine Schule sch ... – sch ... – scheiße, da ich ein weitaus besseres Angebot habe. Helena, was geschieht mit dir?

Die Türglocke bei Lila S. klingelte nicht einfach nur so. Es erklangen drei melodische Töne.

Lila öffnete sofort. Helena hatte eine Frau in Strapsen und violetter Unterwäsche erwartet, doch ihre hollywoodgeprägten Erwartungen trafen wieder einmal nicht zu. Lila S. trug Jeans und ein blaues Sweatshirt.

»Hi, sind Sie der Engel?«

»Ja!« seufzte Helena.

»Kommen Sie rein. Möchten Sie einen Tee?«

Drei Briefe, drei Begegnungen, und alle servieren Tee. Muß man Teetrinker sein, um sich im Leben durchsetzen zu können? Bringen es nur die Teetrinker zu etwas, und die Kaffeekonsumenten versinken in der Bedeutungslosigkeit so wie früher die Ginabhängigen in den Kolonien?

»Danke!«

»Kamille oder Pfefferminz?«

»Letzteres.«

»Wie?«

»Pfefferminz!«

»Gut«, lobte Lila. »Mag ich auch lieber, aber ich hab immer Kamille da, zum Lindern, verstehen Sie?«

»Nicht ganz, fürchte ich!«

Jetzt sollte ich wahrscheinlich aufpassen.

»Nun, ich mache Kamillenkompressen, um die Schmerzen zu lindern. Der Wunden!«

»Wunden?«

Mißtrauisch kniff Lila S. die Augen zusammen.

»Nun, ich peitsche Männer aus, Engelchen.«

»Was?«

Herrlicher Gedanke!

Helena starrte Lila an. Sie war mittelgroß, schlank, hatte eine gute Figur, ein breitflächiges Gesicht mit hohen Wangenknochen, schwarzes lockiges Haar und muntere dunkle Augen. Ihre Lippen kräuselten sich ironisch. Vielleicht war das ja gar nicht beabsichtigt, aber sie sah aus, als ob sie sich insgeheim ständig über irgend etwas lustig machte.

»Ja, wollen Sie mal sehen?«

Sie öffnete die Tür zum Nebenraum, einem Zimmer mit deutlich sichtbarer Schallisolierung, dafür aber ohne Fenster. Hier standen allerlei Gerätschaften herum, die Helena bislang nur aus dem Fernsehen kannte. Eine Bank – ob Streckbank oder Operationstisch, konnte Helena nicht sagen –, Haken, Winden, Seile, an den Wänden aufgehängte Ruten, Stöcke, Peitschen und eine Kugel mit Zacken – wie eine Art Morgenstern. In einer Glasvitrine wiederum lagen jede Menge Spritzen, Kanülen, Schläuche und Gerätschaften, die aussahen, als könne man mit ihnen einen wunderbaren Einlauf machen.

»Toll, was?« strahlte Lila. »In Karlsruhe kann man lange nach so was suchen! Nur in der Pfalz drüben, an der Grenze zum Elsaß, kannste dieses Zeug kriegen. Als ich letztens dort auf Dienstreise war, um mich 'n bißchen fortzubilden, hab ich mir die Konkurrenz dort mal näher angesehen. Ein Puff hatte ein Studio, das voll wie eine Zahnarztpraxis aussah: mit Bohrer und Munddusche und allem, was zum Zahnarzt gehört. Haben die alles aus zweiter Hand gekriegt. Hätte mich nicht gewundert, wenn die meine Krankenversicherungskarte hätten haben wollen.«

»Ich weiß nicht, was ich dazu sagen soll!« sagte Helena, und ausnahmsweise deckten sich ihre Gefühle wirklich mit dem, was sie sagte.

Ich weiß nicht, was ich sagen soll.

Lila goß den Tee ein. Sie roch ein bißchen merkwürdig. Nach einer Weile kam Helena drauf, wonach: nach Krankenhaus.

Desinfektionsmittel oder Äther oder so was. Trotzdem besaß Miss L. mintfarbene Henkeltassen von Eduscho. Alles war so normal, daß es fast schon irreal wirkte.

Mein Gott, sie hat die gleichen Tassen wie ich. 2 Stück 5,99 bei Eduscho. Der Konsum macht uns alle gleich, Akademikerin und Nutte.

Helena nippte. Von den drei Tees, die sie bis jetzt bekommen hatte, war dies der schlechteste. Für Lila S. konnte man nur hoffen, daß sie besser peitschte als Tee kochte.

»Also, es ist eigentlich ganz einfach: Männer lieben es, wenn Frauen ihnen gehorchen. Sie sind mit dem Gedanken aufgewachsen, daß ihnen jemand gehorchen muß. Und sie versuchen mit allen Mitteln, möglichst viele zum Gehorchen zu bringen. Und wenn sie das dann erreicht haben, dann beneiden sie die, die ihnen gehorchen. Weil die nämlich keine Verantwortung haben, weil sie einfach nur machen müssen, was man ihnen sagt und . . .« Jetzt hob auch Lila den Zeigefinger, Helena musterte ihn interessiert. »Das ist eben viel einfacher, als selbst immer sagen zu müssen, wo's langgeht. Je weiter sie aufgestiegen sind, um so mehr wünschen sich diese Männer, auch mal zu erfahren, wie das ist, wenn man gehorcht und tut, was einem gesagt wird – oder wie es ist, wenn man *nicht* tut, was einem gesagt wird. Und wenn sie an diesem Punkt angelangt sind, dann kommen sie zu mir!«

»Toll, wie Sie die Zusammenhänge erkannt haben!«

Lila zuckte die schmalen Schultern.

»Na ja, mein Bruder hat Psychologie studiert. Er hat mir das alles erklärt!«

»Wo praktiziert denn Ihr Herr Bruder?«

»Mein Herr Bruder betreibt jetzt das ›Step in‹ draußen in Durlach. Läuft tierisch gut! Brummt Abend für Abend.«

Helena schwieg.

»Kommen auch Frauen zu Ihnen?«

»Nee, weil Frauen rechnen ja sowieso damit, gehorsam sein zu müssen. Zumindest mußten sie es immer, und die meisten sind froh, wenn sie diesem Zwang mal entkommen sind. Warum sollten wir uns das freiwillig antun? Sind doch nicht plemplem!«

»Männer sind also plemplem?«

Sag's mir!

Lila S. kicherte und beugte sich vor, winkte Helena zu sich heran und flüsterte ihr ins Ohr: »Klar doch, aber machen Sie nie den Fehler, es ihnen zu sagen!«

Im Verlauf der nächsten halben Stunde erläuterte sie Helena dann peinlich genau ihr Geschäftsgebaren. Vorkasse. Gesundheitsinspektion (leider konnte man nicht von jedem Kunden einen Aidstest verlangen, also wurden die Freier nur von ihr in Augenschein genommen).

Danach Beschimpfungen. Anschreien, Demütigungen, gelegentlich – aber nur auf besonderen Wunsch – Anspucken, auf jeden Fall aber Fesseln und als Krönung Auspeitschen. »Das ist das Normalprogramm, kostet 400 Mark! Rollenspiele kosten extra und müssen vorher angekündigt werden! Zum Beispiel dieser Steuerberater. Der will immer, daß ich einen Steuerbeamten aus dem Paris des 17. Jahrhunderts darstelle, der einen säumigen Zahler einkerkert und foltert. Da muß ich mich schon ein bißchen einlesen. Aber die meisten wollen sowieso nur Doktorspiele. Nur die Ärzte selbst nicht, die suchen sich dann was anderes. Wichtig ist, daß man nach Beendigung des Rollenspiels immer noch Herrscherin bleibt. Ich verlange von ihnen immer, daß sie mir noch mal danken, bevor sie das Haus verlassen, und wenn sie kommen, müssen sie »Ich grüße dich, Herrin« sagen, sonst kommen sie mir gar nicht über die Schwelle. Wenn man das nämlich nicht macht, dann behandeln die einen, sobald sie bei dem ganzen Klimbim ihren Orgasmus gekriegt haben, wie den letzten Dreck. Das läuft bei mir nicht!«

»Ach«, sagte Helena sehnsüchtig, bevor sie sich zum Gehen anschickte. »Sie glauben gar nicht, wie gern ich Ihnen ein paar Kandidaten zum Auspeitschen vorbeischicken würde!«

»Kollegen, was? Was sind Sie? Lehrerin?«

»Sieht man das so deutlich?«

»Ja!«

»Ja?«

»Wir hatten mal einen regelmäßigen Freier, der war auch Lehrer. Ist immer zu 'ner ehemaligen Kollegin von mir gegangen: Madeleine, die Sanfte, die war total maso. Naturmaso. Der Typ unterrichtete Französisch am Herdergymnasium, glaub ich, kann mich aber nicht mehr an den Namen erinnern, hübscher großer Kerl mit Löckchen. Der war total pofixiert und wollte sie immer versohlen . . . na ja, nach einer Weile ist er weggeblieben!«

»Max Hübner?« fragte Helena atemlos.

»Ja, so kann er geheißen haben, aber sagen Sie niemandem etwas. Eigentlich dürfte ich keine Namen nennen. Diskretion ist das oberste Gebot in unserem Gewerbe.«

»Okay!« sagte Helena. Lila S. zwinkerte.

»Na dann, machen Sie's gut!«

Und das faßte Helena durchaus doppeldeutig auf.

***

Helena besuchte ihre Eltern häufig. Mindestens einmal die Woche ging sie zum Abendessen in ihr ehemaliges Zuhause. Meist, wie gesagt, am Donnerstag, wenn ihr Vater beim Kegeln war.

Ihre Eltern gehorchten bestimmten gesetzmäßigen Tagesabläufen, in die Helena sich mit zunehmendem Alter immer unwilliger einordnete, so wie sie auch das dunkle Brot und die fette Salamiwurst ablehnte. Und es verbitterte sie, daß ihre Eltern keine Anstalten machten, ihre tägliche Routine auch nur im mindesten zu verändern, nur weil sie kam. Wenn Petra sie besuchte, war das natürlich ganz etwas anderes. »Kinder bringen eben alles durcheinander!« sagte Helenas Mutter dann strahlend. »Helena, würdest du bitte nicht immer den Pfeffer hinter den Honig stellen!«

Soviel zu Helenas Stellung in der Familie. Bruder Dieter erschien nur ganz selten im elterlichen Haus. »Er hat so viel zu tun! Helena, würdest du uns bitte am Freitag mal frisches Mineralwasser holen. Dein Vater hat's mit dem Rücken!«

Helena hatte durchaus schon mal versucht, derlei Bitten an Willem weiterzugeben: »Willem, meine Eltern brauchen neues Mineralwasser. Könntest du welches für sie besorgen?«

Willem hatte nur sanft gelächelt. »Schatz, ich habe keine Zeit. Ich muß unbedingt noch diese Szene hier zu Ende übersetzen, in der Mijnheer F. der Serviererin in dem kleinen Bistro den Hals durchschneidet!«

»Wie bitte?«

»Auf literarischer Ebene natürlich. Außerdem bin ich ein glühender Anhänger von Simone de Beauvoir. ›Das andere Geschlecht‹ kann doch auch einmal Mineralwasser tragen, findest du nicht? Nimm die kleinen Kästen, die Single-Kästen!«

Manchmal würde ich auch für mich gern die Singlekästen nehmen, lieber Willem. Aber wie sagte doch meine Mutter? Es kommt nichts Besseres nach.

Dann hatte Willem sich wieder seiner Arbeit zugewandt. Zur Zeit kam er gar nicht gut voran. Diese Bistroszene mußte man einfach vor Ort übersetzen. Außerdem wollte er sich heute auch unbedingt noch mit Petra treffen. Nächste Woche mußte sie früh aufstehen, da lief nichts, das wußte er schon. Außerdem hatte sie dann nur Augen für diesen Kollegen, diesen Aral-Fuzzi mit dem BMW Cabrio. Petra war wahrhaftig eine Belle Dame sans Merci, eine mitleidlose, schonungslose . . .

»Ja, Helena . . . ich muß los! Dach!«

Als Helena an diesem Donnerstag bei ihren Eltern eintraf, saßen beide vor dem Fernseher. Der Kegelabend ihres Vaters war offenbar ausgefallen. Sie sahen sich eines dieser Magazine im Privatfernsehen an, in denen die Welt nur aus Filmstars, Ermordeten, Mördern, Helden oder Sexbesessenen bestand. »Hallo, Helena, wir essen gleich, auch wenn Papa und ich heute kaum Hunger haben. – Also, unglaublich, was manche Frauen leisten!« Helenas Mutter deutete auf den Bildschirm. »Da lebt hier bei uns in Karlsruhe eine Frau, die allein sieben Kinder großzieht. Nebenher arbeitet sie als Fahrerin beim Arbeiter-Samariter-Bund, und dann bereitet sie sich noch aufs Abitur vor. Das will sie nämlich nachmachen!«

»Solche Frauen kann man nur bewundern!« stellte Helenas Vater fest. »Und dabei ist sie erst 37 Jahre alt.«

»Ich würde gern mal wissen, was ihr gesagt hättet, wenn ich das Abitur geschmissen hätte, um sieben Kinder zu kriegen!« schnappte Helena.

Herr Abschied warf seiner Frau einen vielsagenden Blick zu. Sie nimmt immer alles persönlich, sagte dieser Blick. Sie ist so empfindlich! Wahrscheinlich ist sie mit ihrem Leben unzufrieden.

Jetzt denken sie bestimmt, daß man nicht nur gelungene Kinder haben kann . . .

Frau Abschied schaltete den Fernseher aus.

»Gut, dann laß uns essen. Vielleicht kriegst du dann bessere Laune. An sich glaube ich ja, daß du der Mutterrolle nicht gewachsen bist, andererseits wärest du mit Kindern vielleicht auch ausgeglichener. Aber offensichtlich willst du ja keine. Ich hoffe nur, daß Willem dir das nicht eines Tages übelnimmt . . .«

Willem und Kinder? Er müßte mit Mijnheer F. aus dem Arbeitszimmer ausziehen. Und wohin dann mit all dem Schmuddelkram?

»Was gibt's denn zu essen, Mama?«

»Na, was soll's schon geben, Kind? Was es bei uns immer gibt! Brot und Wurst, sonst nichts. Ein Menü wirst du ja wohl nicht erwartet haben!«

Nein, wie konnte ich nur. Warum geben sie sich keine Mühe, wenn ich komme? Warum machen sie keinen Salat? Oder bieten mir eine warme Suppe an?

Helena seufzte.

»Okay, danke, kann ich von der Fleischwurst haben?«

Sie wissen, daß ich gern Käse essen. Warum kaufen sie nie Käse?!

»Und wie läuft es in der Schule, Helena?«

»Schlecht.«

Helena aß ein Butterbrot und berichtete von den großen und kleinen Demütigungen.

»Ja, Helena, du mußt dich natürlich auch ein bißchen nach der Decke strecken! Ich meine, du weißt selbst, dein Examen war nicht das beste . . .«

»Nein!« sagte Helena mit erstickter Stimme. Beinahe hätte sie geheult. »Aber es war immerhin ein Staatsexamen. Petra hat gar nichts!«

»Aber, Helena, liebes Kind, wann wirst du endlich aufhören, dich mit Petra zu vergleichen. Das ist wie Äpfel und . . .«

»Birnen!« seufzte Helena.

»Nun, nicht direkt, vielleicht wie Äpfel und diese . . . wie heißen die . . . Mangos!«

»Ich muß wohl nicht fragen, was ich bin!« versetzte Helena. »Aber vielen Dank, liebe Mutter, daß du mich nicht mit einer Kartoffel oder einer Steckrübe verglichen hast!«

»Werd bitte nicht frech!« sagte Helenas Vater streng.

»Wann war Petra eigentlich das letztemal bei euch?« fragte Helena giftig.

»Das Mädchen hat überhaupt keine Zeit. In zwei Wochen, bevor sie für ein paar Tage wegfährt – die Kinder kommen dann zu uns –, muß sie eine dieser unabhängigen Tankstellen dekoriert haben. Motto: »Wir sind jung, gut drauf, mobil und fahren gern Auto. Fort mit den Bedenken!«

Fort mit Petra!

***

»Warum bist du denn so schlecht gelaunt? Eigentlich wollte ich, daß du Robin kennenlernst, und dich gleichzeitig fragen, ob du am Wochenende mal einen megakurzen Blick auf Prince Charles und Biene Maja werfen könntest«, fragte Bianca Erntetod.

Sie saß mit ihrem neuesten Freund, einem schlaksigen riesengroßen Etwas aus Haut und Knochen, auf Helenas heimischem Sofa.

Neben ihr wiederum saß Antje und starrte sie unentwegt an. Vor der ganzen Gruppe standen Flaschen, Gläser und Erdnüsse. Letztere waren jedoch nicht brav in ihren Schüsselchen geblieben, sondern übermütig überallhin gekullert, eines davon zerbröselte gerade unter Helenas Füßen zu Staub.

»Ich bin nicht schlecht gelaunt, aber ... na ja, lassen wir das. Wer bitte ist Biene Maja? Hast du jetzt auch noch eine Biene?«

»Nun, nicht direkt ...«

Das dürre Klappergerüst lachte.

»Helena, es ist Robins Dogge! Dänisch!«

Helena erschrak bereits bei dem Wort.

»Was! Eine Dogge? Ich kann keine Dogge hüten, Bianca, beim besten Willen nicht. Ich habe Angst vor Doggen!«

Antje kicherte haltlos.

»Du glaubst auch alles!«

Das unbekannte und unsympathische Gestell namens Robin krümmte sich jetzt vor Lachen.

Helena fand, daß Bianca schon nettere Freunde gehabt hatte. *Was der wohl von Beruf ist? So wie der aussieht, tippe ich auf Totengräber.*

»Biene Maja ist ein Fisch. Ein Drückerfisch. Robin ist Lebensmittelchemiker, und er sagt, an diesem Drückerfisch und seinem Gesichtsausdruck kann er die Wasserqualität besser ablesen als mit Hilfe seines teuren Kaltlichtmikroskops.«

»Was macht man denn mit einem Drückerfisch?«

»Ach, auch nicht mehr als mit einer Katze. Ein bißchen damit sprechen oder spielen, mal an die Scheibe klopfen.«

»Geil, so'n Fisch. Wo fahrt ihr denn hin?« Antje versuchte, sich eine Erdnuß in den Mund zu schießen. Es mißlang. Sie hob sie nicht auf.

Und ich darf morgen wieder saugen. Dieses Ferkel.

»Wir wollen nach Amsterdam, um uns besser kennenzulernen!« gurrte Bianca und legte dem Gestell die Hand auf den Oberschenkel. Helena erwartete jeden Augenblick, daß seine Knochen splitterten.

»Amsterdam. Korrekt. Mein Bruder fährt vielleicht in zwei Wochen auch nach Holland, ans Meer, zu diesem affentittenturbogeilen Fischer.«

»Was? Wieso fährt Willem weg?«

Und vor allem: Wieso sagt er mir nichts davon?

»Hat er dir nichts davon erzählt? Das find ich aber komisch!«

»Unsere Beziehung geht dich nichts an!« schrie Helena plötzlich. Es brach plötzlich aus ihr heraus. »Warum ziehst du nicht endlich zu deiner Mutter zurück und läßt uns alle hier in Ruhe? Und Bianca, ich kann mich nicht erinnern, daß du mich in den letzten zehn Jahren einmal besucht hättest, ohne daß du irgend etwas von mir wolltest. Warum hütest du diesen blöden Fisch und diese pathologische Katze nicht selbst? Haut alle ab, alle!«

Der Blick, den Antje an die Zimmerdecke warf, sprach Bände – ein mehrteiliges Psychologielexikon sozusagen. Das Skelett betrachtete Helena, als handele es sich um eine ganz besonders verseuchte Wasserprobe, und Bianca sah drein wie die Wärterin einer Irrenanstalt, deren Patientin behauptete, den Kaiser von China erst gestern gesehen zu haben. »Ganz bestimmt, er war's, Schwester. Ich habe ihn genau gesehen, so wie ich Sie jetzt vor mir sehe!«

»Ich gehe. Ich brauche frische Luft. Ich hatte dich tausendmal gebeten, hier nicht zu rauchen, Bianca, aber es ist dir ja egal, worum ich dich bitte, nicht wahr?«

Unaufhaltsam stiegen die Tränen in Helenas Kehle hoch, bis sie die Augen erreicht hatten und dort ins Freie quollen. Das machte die Wirkung ihres Wutausbruchs größtenteils zunichte. Leider.

Helena verließ die Wohnung und widerstand einmal mehr dem Impuls, die Wohnungstür zu knallen. Sie dachte an die alte Dame in der Wohnung nebenan und an die Oma unter ihnen. Den beiden konnte man einen solchen Knall unmöglich zumuten. Vielleicht würden sie ihn für einen Schuß halten, sich möglicherweise an den Krieg erinnert fühlen. Dann bekämen sie Angst, würden anfangen zu zittern oder gar einen Herzanfall erleiden, und der Notarzt müßte kommen ... Leise machte Helena sich davon.

Unten kein tätowierter Berliner. Aber seine Wohnungstür stand offen, und ein undefinierbarer Geruch nach exotischen Hölzern drang nach außen. Was der wohl da drinnen trieb? Er sah nicht aus wie ein Rauschgiftabhängiger, dazu war er zu wohlgenährt und gesund, aber vielleicht stellte er welches her! Vom Fahrraddiebstahl allein konnte ein Mensch heutzutage nicht mehr leben ...

Helena stieg in ihr Auto und strebte Richtung Innenstadt. Ihre Gedanken bewegten sich im Kreis – wie in einem holländischen Kreisverkehr ... Holland! Willem wollte nach Holland! In zwei Wochen! Und auch Petra wollte in Urlaub fahren, ebenfalls in zwei Wochen. *Ich will keine betrogene Frau sein! Ich will nicht! Ich will keinen Drückerfisch hüten! Ich werde mich betrinken. Sonst fällt mir nichts ein. Ich bin sowieso ein Versager. Überall und immer.*

Um sich dem Suff zu ergeben, fiel Helena kein anderer Ort ein als das Kaufhausrestaurant. Im Parkhaus wurde sie angesprochen: »Sind Sie nicht die mit der Teufelsannonce?« Die dickliche rothaarige Frau blieb stehen und deutete mit einem Strauß aus blassen Tulpen auf Helena. Die Frau neben ihr war ihre jüngere Ausgabe. Eine schwangere jüngere Ausgabe. »Teufelsannonce, Mama? Also, es wird wirklich Zeit, daß du da wegkommst. Du mußt auch mal an dein Enkelkind denken!«

»Ja, das bin ich! Aber Teufelsannonce, ich meine ...«

»Es ist noch ein Brief für Sie gekommen. Gehen Sie zur Anzeigenannahme, und holen Sie ihn ab. Jetzt ist er grad noch da, morgen hätten wir Ihnen Ihre Post zugestellt. Ist doch besser, Sie haben ihn gleich, was?«

Die werdende Oma zwinkerte. »Tschüs, wir müssen weiter. Viel Glück!«

»Ja – ein Brief!« sagte der schlaksige junge Mann hinter dem Tresen. »Gab wohl nicht viel Resonanz auf diese Teufelsgeschichte. Na, probieren Sie es halt noch mal, vielleicht im ...«

»Ich weiß, im Frühjahr! Und ich wäre Ihnen allen dankbar, wenn Sie mich nicht überall auf meine Teufelsgeschichte ansprechen würden!«

»Seien Sie doch nicht so empfindlich!«

Der junge Mann fand, daß man es den meisten Frauen heutzutage einfach nicht recht machen konnte. War man freundlich, waren sie zickig. War man unfreundlich, waren sie beleidigt.

Der Brief, den Helena jetzt in der Hand hielt, war rot und der Umschlag schwer und von guter Qualität. Die Chiffrenummer war mit der Schreibmaschine daraufgeschrieben worden. Sehr professionell – und geheimnisvoll sah der Brief aus.

Helena hielt ihn an die Nase und schnupperte. Er roch ganz schwach nach einem frischen, sportlichen Parfum.

»Na, ein Verehrer?« sagte eine kleine alte Frau zu Helena und zwinkerte ihr zu. »Gar nicht einfach für euch junge Leute heutzutage, jemanden zu finden, was?«

»Was? Wie meinen Sie? Also bitte, ja ...«

»Na, ist doch keine Schande. Aber lassen Sie sich's gesagt sein: Man kann auch alleine leben. Ich tu's schon seit vierzig Jahren, und seither geht es mir gut. Außerdem mit diesem Aida oder wie das heißt ...?«

Mein Gott. Seit Wochen begegnen mir nur noch komische Leute. Seit mein Schirm gestohlen wurde ... da fing es an. Vorher war noch alles in Ordnung. Und meine Hefte, meine Zeitschriften. Ich hab kaum mehr Zeit dafür ... alles ist so anders ...

Helena drückte sich in eine Ecke und öffnete den roten Brief, wie ein Rauschgifthändler, der heimlich seine Ware sichtet.

Hallo, Inserentin,

Ihre Annonce hat mich interessiert. Bitte setzen Sie sich mit mir in Verbindung. Dienstags und freitags von 14 bis 16 Uhr unter der Rufnummer 0721/777177

Maria Gnädig

Kapitel 7

Helena saß im Café, vor sich den obligatorischen Sahneturm. Sie hatte ihren Widerstand endgültig aufgegeben, wußte jetzt, daß sie bis an ihr Lebensende zu einem unüberwindlichen Sahneberg verurteilt sein würde.

Vor ihr lag der rote Brief.

Welche Art von Menschen benutzten signalrotes Briefpapier? Helena hatte irgendwo gelesen, vermutlich in einem Ratgeber, daß Männer, die rote Autos fuhren, grundsätzlich aggressiv waren. Waren Frauen, die rotes Briefpapier benutzen, ebenfalls aggressiv? Oder vielleicht hoffnungslos romantisch? Gab es rotes Briefpapier im Schreibwarengeschäft günstiger, weil die Farbe sowieso nicht gut lief? Oder wollte frau damit einen politischen Standort andeuten?

Helena starrte das flammenfarbene Papier an.

Unter den Briefen, die sie bis jetzt auf ihre Annonce bekommen hatte, war keiner gewesen, bei dem es ihr peinlich gewesen war, den Absender anzurufen. Alle Schreiberinnen und Schreiber hatten irgend etwas von sich preisgegeben, über das man insgeheim lächeln konnte. Hier war das anders.

Dieser Brief schüchtert mich irgendwie ein. Warum nur? Vielleicht ist es nur der Mut, knallrotes Papier zu benutzen. Als ich noch Kind war, durfte man keine roten Schuhe tragen. Und keine roten Kniestrümpfe. Überhaupt keine Kniestrümpfe vor Ostern. Egal, wie warm es war. Regeln haben mein Leben bestimmt!

Warum ihr das kühle Schreiben von Maria Gnädig auf dem signalroten Karton einen solchen Respekt einjagte, konnte sich Helena nicht erklären.

Irgendwie schien ihr auch die Telefonnummer mit den vielen Siebenen – die Sieben war eine so strenge Zahl – abweisend und kalt zu sein.

Sie hätte den Brief beinahe weggeworfen.

Ihr Leben schien sich sowieso immer mehr zu dem einer klassischen Verliererin zu entwickeln.

In früheren Jahrhunderten wäre ich bestenfalls als Unternonne ohne Führungsaufgaben im Kloster gelandet. Oder man hätte mich als liebe Tante im Haus wohnen lassen. Oder ich wäre als Gouvernante in einem Mädchenpensionat gelandet. Nachmittags hätte meine vornehmste Aufgabe darin bestanden, in die Hände zu klatschen und die Kinder zum Tee zu rufen: »Enfants, au table, s-il-vouz-plaît.«

Der Soldat, die alte Hexe und die Nutte hatten ihr nicht helfen können, und es sprach herzlich wenig dafür, daß Maria Gnädig aus ihr eine erfolgreiche Teufelin machen würde. Helena inspizierte den Brief ein weiteres Mal.

Er war ebenfalls mit Maschine oder Computer geschrieben, so daß sie auch über die Handschrift keine Rückschlüsse auf die Wesensart oder das Alter der Absenderin ziehen konnte.

Helena schob den Brief zur Seite und blätterte in der Zeitschrift, die auf dem Nachbarstuhl lag. Natürlich kannte sie sie schon. Sie hatte das Heft sogar bereits zu Hause, aber Helenas Leidenschaft für die Welt der bunten Bilder und der Einsichten anderer Leute war so groß, daß sie sich ein und dasselbe Heft getrost auch zwei- oder dreimal ansehen konnte.

Warum liegen Zeitschriften eigentlich nur in Cafés und niemals in Restaurants aus? Willem sagt immer, er geht lieber mit mir ins Café, weil er dort lesen kann. Ist das jetzt ein gutes oder ein schlechtes Zeichen?

Bei dem duftenden Heft (Parfumprobe auf Seite 18) handelte es sich um die *Ellessa*, eine relativ neue, im Ton kecke Frauenzeitschrift, deren Erscheinen auf dem Markt Helena freudig begrüßt hatte. Sie war schon ziemlich abgegriffen und zerlesen, und der Psychotest war natürlich auch schon ausgefüllt worden: »Sind Sie stark genug für einen schwachen Mann?« Wenn man genug Cs hatte, dann war man eine starke Frau.

Helena las den Test mit Kennermiene. Bei den Psychotests hatte sie meist viele As, so auch hier.

»Sie gehen auf eine Party und kennen außer den Gastgebern niemanden. Wie verhalten Sie sich? a) Sie gehen nie auf Partys. b) Sie bitten die Gastgeberin, Ihnen jemanden vorzustellen. c) Sie gehen auf eine ebenfalls alleinstehende Person zu und stellen sich vor. d) Sie bleiben abseits stehen und beobachten die anderen. Auch ansonsten war in der *Ellessa* alles genau wie in anderen Frauenzeitschriften auch: die dreißig Winterfrisuren für müdes Haar, die zwanzig lässigen Frühjahrspullover in den vier neuen frischen Farben, jene Frau, die sich von der grauen Maus in eine feurige Zigeunerin verwandelt hat, die obligatorische Frühjahrsdiät, der Tip, wie man auch das klitzekleinste Zimmer so herrichten kann, daß es nicht mehr klitzeklein, sondern nur noch klein aussieht (Spiegel!). Der Ratgeber Sex: »Ich schlafe immer beim Vorspiel ein. Sollen wir besser darauf verzichten und gleich zur Sache kommen?« Und der unvermeidliche Ratgeber Gesundheit: »Was tun bei ziehenden, pochenden und klopfenden

Schmerzen im linken Unterbauch?« (=Reizdarm. Rat: Yoga, Johanniskraut) Und natürlich verdiente sich auch eine Psychologin bei der Frauenzeitschrift ein paar Mark dazu: »Woran erkennen Sie, daß Ihr Partner fremdgeht? Zehn Punkte für aufmerksame Frauen.«

Helena seufzte. Sie brauchte die Punkte nicht zu lesen: Sie hatte zu Hause ein lebendiges Exemplar herumlaufen.

»Darf ich abkassieren?« fragte die Serviererin.

»Ja, natürlich«, stotterte Helena, aus ihrer Hochglanzwelt in die richtige versetzt.

Wahrscheinlich ist ihr Dienst zu Ende.

Helena zahlte ihre 3,80 und rundete auf 4 Mark auf, obwohl sie eigentlich keine Veranlassung dazu sah. Die Serviererin wandte sich zum Gehen.

Warum kassiert sie eigentlich die Nachbartische jetzt nicht auch ab? Warum nur bei mir? Warum? Diesmal frage ich.

»Entschuldigen Sie, darf ich Sie mal was fragen?«

»Ja?«

»Warum haben Sie nur bei mir abkassiert?«

»Wie?«

»Warum haben Sie nur bei mir und nicht bei den anderen abkassiert?«

»Haben Sie eine Beschwerde?«

Die Serviererin seufzte. War das nicht wieder die mit der Sahne? Warum habe ich eigentlich immer *solche* Kunden?

»Ich wollte lediglich wissen, warum Sie jetzt bei mir abkassieren und bei den anderen nicht!«

Die Serviererin zuppelte an ihren Schürzenbändern herum: »Ich weiß nicht. Ich habe angenommen, daß Sie gehen wollten! Sie sahen irgendwie so aus, als käme da nichts mehr . . .«

Helena ließ es dabei bewenden.

Ich sehe aus, als käme da nichts mehr. Dieser Satz

könnte glatt von Samuel Beckett stammen! Dann hätte er wenigstens Theatergeschichte geschrieben ...

Sie stand auf und verließ das Café.

Heute war wirklich ein schöner Tag. Der Himmel wölbte sich wie eine Kirchenkuppel in lichtem Hellgrau und gewährte an manchen Stellen sogar einen Blick in blaue Tiefen. Die Luft war nicht mehr so schneidend. Es wurde milder. Der Frühling meldete seine Ansprüche an, der Winter verzog sich, wenn auch widerstrebend.

Helena strebte auf eine Telefonzelle zu. Jetzt oder nie! Die Erinnerung an die Serviererin und den Sahneturm gab ihr die Kraft, die Nummer mit den vielen Siebenen zu wählen.

Es läutete nur einmal, dann nahm jemand den Hörer ab. Ein Name fiel. Schwer zu verstehen.

Helena fühlte sich unsicher und verhaspelte sich: »Hallo? Ja, hallo, ich bin Helena Abschied, und Sie hatten mir geschrieben. Vielleicht treffen wir uns mal? Ich meine, vielleicht ... hätten Sie mal Zeit, daß ich ...?«

»Sie sprechen mit der Zugehfrau von Frau Gnädig!« unterbrach die Stimme am anderen Ende. »Frau Gnädig sitzt in ihrem Arbeitszimmer und will nicht gestört werden!«

»Ach!« sagte Helena nur.

»Hinterlassen Sie Ihre Telefonnummer und Ihren Namen. Frau Gnädig wird Sie zurückrufen! Gegebenenfalls.«

Helena nannte ihre Telefonnummer.

»Und die Handynummer?« wollte die Zugehfrau wissen. »Ich muß auch nach der Handynummer fragen!«

»Ich hab' kein Handy!«

»Ach so. Kein Handy!«

»Nein.«

Helena sah vor ihrem geistigen Auge, wie die Zugehfrau die Augenbrauen in die Höhe zog und sorgfältig notierte: k-e-i-n Handy!

Kein Handy? Was ist denn das für eine? Ohne Handy ist man heute doch ebenso altmodisch wie eine Oma mit Sparstrumpf. Ich glaube, sogar Gabi hat ein Handy. Letzthin hat es im Lehrerzimmer geläutet, aber keiner hat sich beschwert.

»Ja, und übrigens, also, wenn sie mich dann anruft, und es meldet sich ein junges Mädchen, soll sie vielleicht noch mal anrufen, denn dann wird es mir möglicherweise nicht ausgerichtet ...«

»Ich denke, Frau Gnädig wird Sie erreichen!« sagte die Zugehfrau selbstbewußt. »Machen Sie sich keine Sorgen!«

»Gut, danke, ich lege dann auf!« sagte Helena. »Wiedersehen und danke noch mal!«

Doch ihre Worte verklangen ungehört, denn die Zugehfrau mit den Qualitäten einer guten Chefsekretärin hatte das Gespräch ihrerseits bereits beendet.

***

Zu Hause erwartete sie niemand. Eigentlich gut, andererseits aber auch ein schlechtes Zeichen. Wie auch immer: Die Wohnung war leer. In der Luft lag der Geruch von Caballeros und der Duft von Antjes billigem Kaufhausparfum.

»Annemie hat angerufen!« hatte Willem auf einen kleinen Zettel geschrieben. »Du sollst unverzuglich zuruckrufen!«

Warum schreibt er immer ü wie u. Er ist Deutscher und in Deutschland aufgewachsen. Was soll das? Und wenn die Holländer tausendmal keine Umlaute haben, das ist doch kein Grund, sie auch im Deutschen wegzu-

lassen. Helena pflegte immer sofort zu reagieren, wenn jemand um Rückruf bat. Das hatte mehrere Gründe: Erstens erhielt sie sowieso nicht allzu viele Anrufe und freute sich deshalb jedesmal, wenn sie einen Grund zum Telefonieren bekam. Zweitens war sie höflich und erfüllte die Wünsche anderer immer so prompt wie möglich. Und drittens hoffte sie immer auf ein einschneidendes Ereignis, wenn das Telefon klingelte. Auf eine Einladung, auf ein Geschenk, eine wunderbare Nachricht. Irgend etwas jedenfalls, wie es den Frauen in ihren Magazinen manchmal passierte. »Ja und dann kam dieser Anruf von dem Agenten in New York und ...« – Sie hoffte, obwohl bei ihrem Leben derlei Ereignisse etwa so unwahrscheinlich waren wie ein Lottogewinn für einen Lottomuffel. »Annemie, ich bin's, die Helena! Wie geht es dir?«

»Ach, Helena, du bist es! Mir geht's schrecklich. Du, ich wollte dich fragen, ob du mich morgen früh ganz schnell zum Käsekaufen fahren kannst. Ich mach da so 'ne kleine Fete, nichts Besonderes, und brauch noch Käse fürs Käsebüffet!«

»Wann machst du denn diese Fete?«

»Morgen abend. Nur für Kollegen und so'n paar Leute!«

»Hm!«

Warum ist sie nicht auf die Idee gekommen, mich ebenfalls einzuladen?

»Also, fährst du mich jetzt? Ich kann den Käse wirklich nicht allein schleppen! Und jetzt, wo ich wegen dir keinen Führerschein mehr habe ...«

Sollen dich deine Kollegen doch fahren! Warum hast du mich nicht eingeladen? Und was soll das heißen, daß du meinetwegen keinen Führerschein mehr hast!?! Du alte Schnapsdrossel!

»Wegen mir? Das stimmt zwar nicht ganz, aber gut, wann?«

»In deinem Alter sollte man eigentlich langsam mal gelernt haben, seine Schuld zuzugeben, Helena. Und wenn dir die Fahrerei gar zu viel Mühe macht, dann frag' ich eben jemand anders. Vielleicht die . . . Doddo.«

»Nein, es geht schon!«

Die Doddo nutzt das bestimmt gleich aus und verdrängt mich ganz aus Annemies Freundeskreis. Aber ich brauche eine Freundin! Jede Frau braucht eine. Ich besonders. Mit wem sollte ich sonst reden?

Helena hatte sowieso am Samstag morgen nichts vor – abgesehen von ihren eigenen Einkäufen natürlich. »Um wieviel Uhr sollen wir fahren?«

»Nicht vor zehn. Die machen, glaube ich, später auf als bei uns!«

»*Wer* macht später auf als bei uns?«

»Na, die Frogger!«

»Moment mal, du willst deinen Käse in *Frankreich* kaufen?«

»Na ja. Da gibt's nun mal den besten Käse. Ich dachte, das wüßtest du, wo du doch mit einem Ausländer liiert bist.«

Helena öffnete den Mund, um zu antworten, daß sie nur mit einem Aachener liiert war, der auf seinem Nachnamen sein Lebenskonzept aufgebaut hatte, aber sie bremste sich. Vielleicht durfte sie nicht so hart mit Willem ins Gericht gehen. »Aber Annemie, nach Frankreich brauchen wir fast eine Stunde!«

»Ach was. Bis Weissenburg sind es grade mal dreißig Minuten. Und am Wein spar ich das wieder ein.«

Was Annemie wieder einsparte, blieb unklar. Erfahrungsgemäß würde sie sich sowieso nicht am Benzin beteiligen.

»Also gut, Annemie!« Helena knirschte mit den Zähnen. Sie wünschte, ihre Mutter hätte ihr als Kind das Wörtchen »Nein« ebenso nachhaltig eingebleut wie »Danke«, »Bitte« und »Guten Tag«.

REAGIEREN SIE NIEMALS KLEINLICH, WENN EINE FREUNDIN EINEN GEFALLEN VON IHNEN ERWARTET. NATÜRLICH KÖNNEN SIE AUCH MAL NEIN SAGEN ODER EINE GEGENLEISTUNG VON IHR ERWARTEN, ACHTEN SIE DABEI ABER IMMER AUF DEN RICHTIGEN ZEITPUNKT. BEDENKEN SIE: DIE TRADITIONELLEN FAMILIENSTRUKTUREN SIND IM VERFALL BEGRIFFEN, UND HÄUFIG SIND ES NICHT UNSERE VERWANDTEN, SONDERN UNSERE FREUNDE, DIE UNS UNTERSTÜTZEN, UND UNS HELFEN, WENN ES UNS SCHLECHT GEHT.
(*Anna-bella*: »Freunde und wie man sie behält!«)

Helena erinnerte sich, daß von Annemie weit und breit nichts zu sehen gewesen war, als sie im letzten Frühjahr die Grippe bekommen hatte und Willem ohne Kontakt zur Außenwelt auf irgendeiner holländischen Nordseeinsel mit unaussprechlichem Namen geweilt hatte.

Nachdem sie aufgelegt hatte, starrte sie den Apparat sehnsüchtig an: »Bitte läute!« sagte sie und kam sich dabei total albern vor. Aber die Gelegenheit war grade günstig: Die Wohnung war leer, weder Willem noch Antje waren da und konnten zuhören oder dümmliche Kommentare abgeben.

Und wenn die Haushälter-Sekretärin die Nummer nicht richtig oder gar nicht aufgeschrieben hatte? Wenn sie sich nur als intelligentes Wesen ausgegeben hatte, in Wirklichkeit aber eine raffiniert getarnte Analphabetin war? Oder wenn sie gar nicht befugt war, Nummern aufzunehmen, und sich nur zufällig im Gnädigschen Haus aufgehalten hatte? Vielleicht war Frau Gnädig die Gattin eines Tierarztes, und die Frau, die sich gemeldet hatte, hatte sich nur deshalb im Haus aufgehalten, um ihrem Goldfisch das Fischherzchen untersuchen zu lassen.

Bei einer Frau mit knallrotem Briefpapier war alles möglich. Auf jeden Fall empfahl es sich, noch mal anzurufen, und das gleich. Widerstrebend wählte Helena die Nummer mit den vielen Siebenen. Diesmal wurde erst nach fünfmaligem Läuten abgehoben, und eine ausdruckslose Stimme meldete sich: »Gnädig?«

»Frau Gnädig. Helena Abschied hier. Ich hatte heute mittag schon mal angerufen und um Rückruf gebeten, und ich dachte, daß Ihnen die Nummer möglicherweise nicht ausgerichtet wurde. Oder daß die Frau am Telefon sie falsch aufgeschrieben hat . . .« Helena machte eine kleine Pause, am anderen Ende nur Atmen. »Natürlich nicht absichtlich, vielleicht habe ich auch nur undeutlich ausgesprochen . . .«

»O nein!« sagte Person Gnädig am anderen Ende. »Sie hat sie genau richtig aufgeschrieben!«

»Ach ja? Warum haben Sie dann nicht zurückgerufen? Ich meine, Sie hatten wahrscheinlich noch keine Zeit . . .«

»Ja!« erklang es ebenso kühl wie befriedigt am anderen Ende der Leitung. »Ich sehe, daß Sie mich sehr, sehr nötig haben! Und Ihre erste Lektion kann ich Ihnen gleich vermitteln: Rufen Sie nie *zweimal* bei jemandem an. Das macht Sie automatisch zum Bittsteller. Wenn jemand zurückrufen will, wird er Sie finden, auch wenn Sie ihm Ihre Telefonnummer als codiertes Kreuzworträtsel zuschicken. Denn Faktum ist nun mal, daß er alles hat, was er braucht, um Sie zurückzurufen, nämlich: Ihr Rückrufbegehren, Ihre Nummer und ein Telefon!«

»Sie haben mich also absichtlich warten lassen?« erkundigte sich Helena atemlos.

Ich kann sie zwar nicht sehen, aber ich wette, jetzt grinst sie.

»Natürlich! Ich wußte, daß Sie noch einmal anrufen würden. Wahrscheinlich hätten Sie sogar noch *zweimal* angerufen, nicht wahr?«

Ja, vielleicht. Nein, sogar sicher. Sie hat recht.

»Nein, keinesfalls. Natürlich nicht!«

Die Stimme am anderen Ende lachte.

»Sie hätten! Schwindeln Sie nicht. Bleiben Sie immer bei der Wahrheit. Das macht sicherer. Wissen Sie, zu einem Leben in Selbstbestimmung gehört vor allem *ein* Talent, und das haben die meisten Leute eben nicht: Man muß warten können! Was glauben Sie, warum die Japaner unter allen asiatischen Völkern auf einmal dasjenige mit dem geringsten Wachstum und den meisten Bankencrashs geworden sind? – Weil sie die alte asiatische Tugend des Wartens nicht mehr beherrschen. Sie überstürzen alles: Sie bringen zahllose technische Neuerungen auf den Markt, die nicht erprobt und nicht ausgereift sind. Die Bibel aber sagt: Ein Geduldiger ist besser als ein Starker!«

»Die Bibel? Und von Japanern weiß ich nichts! In Asien kenne ich mich nicht aus!«

Wieder dieses stumme Lächeln.

»Schon wieder ein Fehler. Sie kennen mich doch gar nicht! Warum also gleich mit dem herausrücken, was Sie *nicht* können und wissen. Das werde ich schon noch früh genug herausfinden, keine Sorge!«

»Ich bin für Ehrlichkeit!« sagte Helena trotzig und warf dem Telefon einen wütenden Blick zu. »Und für Offenheit. Ja, und für das Zeigen von Gefühlen . . .«

Am anderen Ende herrschte Stille. Man hörte nur leises Atmen.

»Damit bin ich immer gut gefahren. Man . . .« Wieder diese irritierende Stille am anderen Ende. »Wenn man offen ist und seine authentischen Gefühle lebt, kommt man hervorragend klar. Na ja, zumindest einigermaßen.«

Es lebt sich total beschissen mit dieser Offenheit.

»Es lebt sich total beschissen mit dieser Offenheit!« sagte die Person Gnädig jetzt deutlich.

Helena holte tief Luft. Auf der Treppe hörte sie Willems Schritte. Er war der einzige im ganzen Mietshaus, der Holzclogs trug, deshalb war er an seinem Stapfen leicht zu erkennen.

»Also, wann treffen wir uns? Wann hätten Sie Zeit?«

»Ich hätte nicht, ich *habe*! Montag achtzehn Uhr!« sagte Gnädig. Helena zögerte.

»Montags gehe ich eigentlich in meinen Englischkonversationskurs! Damit ich fit ...«

»Dann lassen Sie ihn eigentlich ausfallen. Montag achzehn Uhr, das ist mein Angebot!«

Der Schlüssel rasselte.

»Okay«, sagte Helena rasch. »Wo?«

»Machen Sie bitte einen Vorschlag!«

»Ich würde das Café Knie vorschlagen, aber vielleicht gehen Sie dort ja nicht gern hin, wir könnten auch woanders ...!«

»Café Knie! Gut! Wir werden uns schon erkennen! Bis dann. Tschüs!«

»Tschüs!«

In diesem Moment kam Willem herein, der Mantel wehend, das blondgetönte Haar zerzaust, die Backen gerötet.

»Hallo, Hella, hast du etwa einen Liebhaber? Verabredest dich mit ihm und legst dann auf, wenn ich reinkomme! Nanana!«

Er schien gutgelaunt zu sein, küßte sie auf den Mund, länger als sonst. *Hey, er ist ja eifersüchtig, schön!*

Helena fühlte sich plötzlich wieder geliebt und wunderbar warm. Sie erwiderte seinen Kuß und umarmte ihn fest. Vielleicht bildete sie sich das alles ja nur ein. Mit Petra und mit dem Urlaub in zwei Wochen.

»Unsinn. Ich liebe nur einen, und das bist du allein! Ich habe doch nur dich . . . nimm mich noch mal in den Arm . . .«

Willem tat, wie ihm geheißen, doch er fühlte sich nicht wohl dabei, denn er hatte vor einer Stunde mit ihrer Schwester Petra geschlafen. Wenn sie nur mich hat, hat sie nicht viel, dachte er mitleidig.

»Du Dummerle.« Helena lachte in dem Versuch, kokett zu sein. »Ich treffe mich nur mit einer flüchtigen Bekannten!«

Willem tat erleichtert.

»Na gut! Schön, schön!«

Er seufzte und raufte sich das Haar. Unter dem Blond lugte ein wenig Braun hervor. *Er muß dringend nachfärben, wenn er Holländer bleiben will.*

»Wenn ich nur mehr Zeit hätte, könnte ich auch Bekanntschaften pflegen, aber Mijnheer F. raubt mir die letzte Kraft für solche Dinge!«

Gott sei Dank hat er noch die Kraft, ab und zu ins Bistro zu gehen. Leider hat er nicht die Kraft, die Mineralwasserflaschen hochzutragen. Na ja, der ideale Mann muß wohl noch geboren werden. Aber wo sind sie, all diese netten gutaussehenden Männer, Architekten, Rechtsanwälte, Ärzte oder Hochschulassistenten, mit denen unsere Leserin seit 17 Jahren glücklich verheiratet ist und zwei Kinder im Alter von 16 und 14 hat . . .

Eines stand fest: Gerhard Schröder war es jedenfalls bestimmt auch nicht, der nette Idealmann mit dem finanziellen und kulturellen Hintergrund. Das mußte Helena am Samstag morgen ein weiteres Mal feststellen, und aus irgendeinem Grund war sie enttäuscht. Als sie das Haus verließ, um Annemie zu ihrem Käse zu verhelfen, betrat im gleichen Moment eine parfümierte Person das Haus, die ebensogut aus Madame Schonettes Etablissement hätte stammen können.

Kurvenreich war sie wie eine Landstraße und lasziv wie eine Frau aus einem Gemälde von Degas. Hohe rote Stöckelschuhe ergänzten die Erscheinung wie ein Ausrufezeichen.

Wieder die Farbe Rot. Früher ist mir nicht so viel Rotes begegnet wie zur Zeit. Ob mein Leben sich momentan von Grund auf verändert? Frei nach dem Motto: Raus mit dem Grau, rein mit dem Rot?

Gerhard Schröder streckte den übernächtigt aussehenden Glatzkopf aus der Tür und rieb sich den Schleier aus den grünen Augen. Helena sah zu ihrem Erstaunen, daß er gar nicht von Natur aus kahlköpfig war. Nicht nur im Gesicht, auch auf seinem braungebrannten Piratenschädel sprossen dunkle Stoppeln. Sie überlegte kurz, wie er wohl *mit* Haaren aussah. Wahrscheinlich nicht mal schlecht. So ein jüngerer Manfred-Krug-Verschnitt.

»Ich hab's gleich gefunden, Herr Schröder!« strahlte die Kurvige. Ihr dünner Plastikmantel mit Leopardenmuster wurde von einem Windstoß kurz auseinandergewirbelt, und Helena sah, daß sie darunter fast nichts anhatte. Nur eine Art Body!

Mein Gott, er läßt sich Nutten kommen. Am hellichten Tag!

»Aha, schon in Arbeitskleidung!« sagte Gerhard Schröder fröhlich. »Hallo, Frau Abschied. Schönes Wochenende wünsch ich Ihnen!«

»Danke!« sagte Helena. »Ihnen auch viel Vergnügen!«

* * *

Als die Serviererin am Montag Helena auf sich zukommen sah, sank ihre Laune auf den Nullpunkt. Die schon wieder! Und sie setzte sich natürlich mal wieder ausgerechnet an einen der Tische, an denen sie bediente ...

Auch Helena war beim Anblick der Serviererin unbehaglich zumute.

O Gott, die schon wieder. Ich muß mich demnächst woanders hinsetzen.

»Was darf ich bringen?«

»Ich warte noch auf jemanden!«

»Gut, ich komme dann später wieder!«

»Ja, wenn es Ihnen nichts ausmacht, ich meine, ich könnte natürlich auch jetzt bestellen!«

Doch die Serviererin hatte sich bereits zum Gehen gewandt, ihre Schürzenzipfel zitterten leicht.

Helena hatte erwartet, daß die Gnädig sie zappeln lassen würde. Doch die Dame schien immer für eine Überraschung gut zu sein und kam superpünktlich.

Als sie das Café betrat, wußte Helena sofort, daß sie es war. Nicht nur, weil sie eine auffallende Erscheinung war, sondern weil sie sie von früher kannte.

Maria Gnädig war niemand anders als Maria-Catarina Moretti, ihre ehemalige Mitschülerin. Zögernd winkte Helena ihr zu, und forsch kam Maria zu ihr herüber.

»Wir kennen uns doch!« sagte Helena.

»Ach ja?« Gnädig-Moretti zog die braunen, in kräftigem Schwung gezupften Augenbrauen hoch und musterte Helena mit aufrichtigem Befremden.

»Wir haben zur gleichen Zeit Abitur gemacht. Sie, vielmehr *du*, warst in meinem Deutsch-Leistungskurs. Du hast den Scheffelpreis gewonnen!«

»Den Scheffelpreis?« Maria lachte, und ihre weißen Zähne blitzten. »Du meine Güte, den hatte ich fast vergessen.«

Helena starrte sie an.

Wie kann man so etwas vergessen! Selbst ich habe es nicht vergessen, und ich hatte nun wirklich nichts davon.

»Und eine Rede habe ich damals auch gehalten, nicht wahr?«

»Und was für eine!« bestätigte Helena.

Maria nickte und betrachtete Helena aufmerksam.

»Diese Rede war eine Dummheit, nichts weiter. Verschwendete Emotionen. Und wofür? Nach dem Abitur gehörte diese Schule doch schon längst zur Vergangenheit. Aber an dich kann ich mich beim besten Willen nicht erinnern.«

»Das wundert mich nicht!« seufzte Helena.

Die Serviererin segelte heran.

»Sie wünschen?«

»Einen Cappuccino mit aufgeschäumter Milch!« verlangte Maria.

»Für mich das Übliche.«

»Kakao?«

»Ja!«

»Danke.«

Maria lehnte sich zurück und zündete eine schlanke, lange Zigarette an. Durch den Rauch hindurch versuchte Helena, sie genauer zu betrachten und mit jenem Gesicht zu vergleichen, das sie in Erinnerung hatte.

Als Schülerin hatte Maria eher an eine Spitzmaus erinnert: dunkelblondes Haar, braune Augen, spitzes Gesicht, weiche Lippen.

Doch mit den Jahren waren ihre Züge runder geworden. Geblieben war ein schmales Gesicht mit vollen klaren Konturen und einem vollen Mund, der stets ironisch und ein wenig überlegen zu lächeln schien.

Ihre langen, glatten Haare schimmerten golden wie flüssiger Honig. Die Augen waren eine Schattierung dunkler. Die Haut war leicht gebräunt, makellos. Ebenso wie die Brauen, die Lippen und die kleinen Ohren, an denen winzige goldene Ringe blitzten. Gepflegte Hände, gute Figur, ein beigefarbenes Kostüm mit knapper Jacke, hellbraune Schuhe, eine ebensolche Tasche. Alles war aus einem Guß und schien auf den ersten Blick die gleiche Farbe zu haben wie ihr Haar, ihre Haut und ihre Augen.

Sie sieht toll aus! Irgendwie unwirklich. Perfekt. In unserer Jahrgangsstufe damals gab es wahrhaftig einige, die besser aussahen. Sie war eigentlich nichts Besonderes, aber jetzt sieht sie phantastisch aus. Ich glaube, ich habe meine Lehrerin gefunden.

»Macht es dir etwas aus, wenn ich rauche?«

»Aber nein!« sagte Helena verlegen.

Willem rauchte sogar im Schlafzimmer, obwohl sie ihn oft gebeten hatte, es nicht zu tun.

Maria musterte sie gründlich.

»Warst du nicht auch in der Handball-AG? Jetzt erinnere ich mich! Aus der bist du ausgestiegen, nicht wahr?«

»Ja. Es wurde mir zu hart!«

Marias Lippen kräuselten sich spöttisch.

»Zu hart? Aber wir waren gut!«

Die Serviererin näherte sich dem Tisch.

»Bitte sehr!« sagte sie und stellte die Getränke auf den Tisch.

Maria warf einen flüchtigen Blick auf das kleine Tablett mit der weißen Plastikspitze.

»Danke! Aber den Cappuccino nehmen Sie gleich wieder mit zurück in die Küche, nicht wahr?«

»Wieso? Sie hatten doch Cappuccino bestellt!« Die Serviererin lief rot an. »Mein Gott«, dachte sie, »noch so eine!«

»Ja, meine Liebe, und zwar mit aufgeschäumter Milch. Das da ist Sahne, habe ich recht?«

»Aber ...«

»Ja? Gibt es zum Thema Sahne noch etwas zu sagen?« fragte Maria zurück.

»Nein!« Die Serviererin nahm die Kaffeetasse und wandte sich um. Selbst ihr Hintern sah respektvoll aus. »Die hat aber einen rasanten Ton drauf«, dachte sie. »Aber sie weiß, was sie will.«

»Ach, Fräulein ...«, rief Helena ihr nach. »Hallo! Könnten Sie den Kakao ebenfalls mitnehmen? Sie wissen ja, ich nehme *wenig* Sahne!«

Endlich! Endlich hab ich es ihr gesagt! Endlich hab ich einmal protestiert! Welt merke auf: Jetzt kommt Helena Abschied!

***

»Wie ist es dir denn so ergangen, nach der Schule?« fragte Helena. Maria schlug ein Bein über das andere und musterte sie kühl, aber nicht unfreundlich.

»Sei mir nicht böse, Helena, aber es geht eigentlich jetzt weniger um mich als um deine Person. Was du von mir wissen mußt, wirst du erfahren, wenn wir uns handelseinig sind!«

»Handelseinig?«

»Ja!« sagte Maria immer noch frostig und noch immer nicht direkt unfreundlich. »Du möchtest doch, daß dir jemand beibringt, etwas durchsetzungsfreudiger zu werden, dich mal richtig zur Wehr setzen – und besser verkaufen zu können?«

»Ja!« antwortete Helena kleinlaut.

Meine Güte, ist mir das alles peinlich. Wenn sie doch nur keine Schulkameradin wäre! Eine Gleichaltrige! Hätte ich doch nie auf diesen roten Brief geantwortet!

»Ja, so ungefähr. Aber, na ja, ich meine, so richtige, so echte Probleme habe ich ja eigentlich nicht, das Ganze war mehr so eine Laune . . .«

»Willst du nun, oder willst du nicht?!«

Helena sah Maria in die Augen, doch es gelang ihr nicht, die spiegelglatte Oberfläche der honigfarbenen Tümpel zu durchdringen.

»Ich will!«

»Gut. Du willst etwas von mir, und da ich nicht vom Roten Kreuz oder einer anderen Hilfsorganisation und auch nicht Rentnerin oder Millionärin bin, gibt es meine Leistung nicht umsonst. Sie kostet Geld, verstehst du! Die Bibel sagt: Wehe dem, der seinen Nächsten umsonst arbeiten läßt!«

»Die Bibel?«

»Ja.«

Das kann doch nicht wahr sein.

»Du willst – Geld?«

»Ja, ich will Geld. Münzen, Geldscheine, Schecks, was auch immer. Nicht so viel, daß es dich ruiniert, aber genau so viel, daß es dir ein bißchen weh tut.«

»Ja, eigentlich dachte ich nicht . . . ich meine . . .«

»Du *meinst* immer eine ganze Menge, Helena, aber was willst du nun *wirklich*? Wenn du eine Anzeige aufgibst, über die du einen Japanischlehrer suchst, erwartest du dann, daß der Betreffende, der sich darauf meldet, es umsonst tut?«

»Nein!« antwortete Helena. »Aber ich dachte mehr an einen freundschaftlichen Austausch! Von Lebensgewohnheiten und Ideen, von Vorstellungen und Erfahrungen! Ich meine, ich lese viele Zeitschriften, und ich weiß auch eine Menge über Psychologie. Über Frauenpsychologie. *Und* ich lese die Ratgeber. Ich dachte an, ja, an . . . einen freundschaftlichen Austausch!«

»Ach, du liest Zeitschriften ... und Ratgeber. Und weißt viel über Frauenpsychologie! Ich bin beeindruckt. Nein, Helena! Wenn ich eine Freundin brauche, suche ich sie mir auf anderem Wege. Bleibt also der Austausch zwischen uns. Das hört sich immer gut an. Aber was hast du *mir* zu bieten? Nein, ich denke, ich muß von dir nicht lernen, wie es sich anfühlt, als graue Maus durchs Leben zu gehen. Wenn du von mir etwas lernen willst, dann muß es dir etwas wert sein. Dann mußt du zahlen!«

Geldgierig war sie immer schon. Für einige aus unserem Deutsch-Leistungskurs soll sie angeblich die Aufsätze geschrieben und für jeden Aufsatz gleich 100 Mark verlangt haben. Hab ich von Ingrid Bühler, die auch in unserem Kurs war, die Tochter von Bühler–Holzfachhandel. – Die konnte sich solche Preise leisten ...!

»Das würde ich aber eigentlich lieber nicht ... Versteh doch, Maria, ich habe kein Geld! Ich verdiene nicht viel!«

»Dein Pech. Dann bedauere ich. Um so schlimmer.« Maria stand auf.

»Ich zahle vorn an der Kasse für uns beide. Hat mich gefreut, dich wiederzusehen!«

Die kann lange warten, bis ich sie noch mal anrufe.

***

»Es hat sich Besuch angekündigt!« sagte die Kahlenreutter am nächsten Tag zu Gabi. »Vom Oberschulamt! Übrigens auch für Sie, Frau Abschied!«

Oberschulamt! Mein Gott, und ich muß sowieso noch so viel vorbereiten! Oberschulamt!

»Für wann?«

»Donnerstag morgen. In der dritten Stunde bei Frau Abschied, in der vierten bei Ihnen, Gabi.« Eine Frau Unser und ein Herr Todt! Frau Unser kenne ich ganz gut, aber dieser Todt muß neu sein!«

Helena bebte. Ein Unterrichtsbesuch! Das bedeutete gleichzeitig Chance und Gefahr: die Chance, daß sie eine gute Beurteilung bekam, und die Gefahr, daß sie *keine* gute Beurteilung bekam. Die dritte Stunde. Vor der Pause. Da unterrichtete sie in der Neunten. Nicht gerade die besten Karten. Die Kleinen wären trotz allem noch die verläßlicheren Mitspieler gewesen.

Eine solche Lehrprobe mußte mit der Klasse, die es traf, gut vorbereitet werden.

Helena beschloß, diesmal nichts dem Zufall zu überlassen. Sie würde die Neunte in den nächsten beiden Tagen so vorbereiten, daß sie mit ihr gemeinsam ein Team bildeten – ein Team, das zur Festanstellung von Frau Helena Abschied beitrug.

Helena federte in ihre Klasse. Dort erwartete sie das allgemein übliche Bild: Die Schüler feierten eine Party. Einige spielten Karten, einige lasen Comics, andere saßen am Fenster und lachten kehlig über irgendwelche Witze. An der Art des Lachens erkannte Helena unzweifelhaft, daß es sich um unanständige Witze handelte.

Sie gab sich einen Ruck und bemühte sich, zwanzig Jahre jünger zu wirken.

»Hallo, Leute, setzt euch. Am Donnerstag kommt so ein Typ vom Oberschulamt. Bringt 'ne Kollegin mit! Wenn ihr ein bißchen nett seid, dann gibt's 'ne Kiste Frei-Cola. Alles klar? Wir werden einen Text über New York lesen, fremde Vokabeln erklären und einige Dias zeigen!«

Ein Junge rülpste, ein Mädchen kicherte und flüsterte etwas. Helena sah in die Runde. Kein Widerspruch. Innerlich lächelte sie. Den Trick mit der Cola hatte sie von einem ihrer Mentoren während der Referendarszeit gelernt. Und er funktionierte.

Nein, Maria, ich bekomme schon allein heraus, wie man sich durchsetzt. Ich habe es nicht nötig, einer geldgierigen Schlange wie dir mein sauer verdientes Geld in den Rachen zu werfen.

AM MORGEN VOR EINER PRÜFUNG SOLLTEN SIE FRÜH AUFSTEHEN UND IHRE YOGA-ÜBUNGEN MACHEN . . .

Das war einer der wenigen Tips, den Helena auf die Schnelle in ihren Ratgebern zum Thema Prüfung für Erwachsene hatte finden können. Aber sie hatte noch nie Yoga gemacht. Es lohnte sich also kaum, jetzt noch damit anzufangen.

»Na, aufgeregt, Frau Abschied?« fragte Max Hübner am Donnerstag nach der zweiten Stunde augenzwinkernd. »Und du, Gabi?«

Gabi antwortete nicht.

Sie war wie immer dabei, ihre Sachen superordentlich zu sortieren. Sie war so proper, daß sie problemlos Werbung für Waschmittel oder Spülmaschinenpulver hätte machen können: *Wascht mit Gabi, dann klappt's auch mit dem Oberschulamt!*

»Na ja, wird schon schiefgehen!« sagte Helena, gerührt über das Interesse aus dem Kollegenkreis. Der Referendar machte Gabi und ihr eine Art lässiges Durchhaltezeichen, bevor er sich für heute entfernte. Selbst das Erdmännchen ließ seinen Blick langsam zu Helena hinüberschweifen und sagte: »Gott sei Dank haben wir das hinter uns!«

In diesem Augenblick näherte sich Dr. Gluck mit zwei weiteren Personen, die Anlaß zu den schönsten Hoffnungen gaben – oder auch nicht . . .

Frau Unser war etwa Mitte Vierzig, schlank, unauffällig gekleidet – das klassische britische Understatement –

und auf blasse, akademische Weise attraktiv. Herr Todt war ein übriggebliebener 68er mit langem Haar, das ihm progressiv über den Rand seines T-Shirts fiel. Als Zugeständnis an seine Oberschulamtswürde hatte er ein Jakkett über das T-Shirt geworfen. Er begrüßte Max Hübner mit freundschaftlichem Handschlag, bevor sie dazu übergingen, noch ein paar private Informationen auszutauschen.

Helena mußte beim Anblick von Max Hübner immer unwillkürlich daran denken, daß er Kunde in der Querstraße gewesen war. Sie wandte den Blick ab, als die beiden Männer Gabi ansahen und angeregt aufeinander einredeten.

»Sind Sie Frau Abschied?« fragte Martin Todt wenig später nur mäßig freundlich. Er wunderte sich, warum diese Frau Abschied dauernd nach unten sah. Ein Lehrer, der den Augenkontakt mit seiner Umwelt mied, war wie ein Löwenbändiger, der unter einer Tierhaarallergie litt.

»Mit Ihnen wollen wir heute anfangen. Na dann lassen Sie uns mal sehen, was Sie mit der Neunten so alles machen!«

»Gern!« sagte Helena und ging zwischen der eher schweigsamen Frau Unser, Dr. Gluck und diesem Todt hindurch und in Richtung Klassenzimmer voran.

KEINE PANIK VOR PRÜFUNGEN. DENKEN SIE DARAN, DASS SIE ALLES KÖNNEN UND DASS MAN IHNEN ERST DAS GEGENTEIL BEWEISEN MUSS. DURCHFALLEN IST WIE DURCHFALL. BEIDES IST MEISTENS PSYCHISCH.
(*Brigitte,* Juni 1995. Dossier »Beruf und Karriere«)

Die Neunte war glücklicherweise fast vollzählig anwesend. Und die Kinder saßen sogar einigermaßen manierlich auf ihren Plätzen. Helena hatte Stefanie Mechtel heute morgen auf dem Hof bereits angedeutet, daß die Cola bereits in ihrem Kofferraum wartete.

»Hello again!« sagte Helena munter und flott. Wenn sich schon keiner von diesen jugendlichen Monstern an Howard Carpendales Erfolgssong erinnerte - sie hatten den Namen Howard Carpendale wahrscheinlich sowieso noch nie gehört –, dann vielleicht Frau Unser und Herr Todt. Das würde sie bei den beiden beliebt machen.

»Hello, hallo«, kam es mehrstimmig und keineswegs unfreundlich zurück.

Na also.

»Reden wir heute endlich mal Englisch?« fragte Till Magnus aus der ersten Reihe laut und tat, als sei er um das Niveau der Klasse besorgt. *Dabei weiß dieser kleine Unhold wahrscheinlich nicht mal, wie sich das Wort Niveau überhaupt schreibt.*

»But yes, of course!« strahlte Helena. »What else should we speak! We're going to talk about New York, the famous melting-pot! And by the way: Today we're having some guests. Mrs. Unser and Mr. Tod. No, sorry, Mr. Todt!«

Herr Todt lächelte säuerlich.

Kam vielleicht nicht so gut. Den Gag mit seinem Namen kannte er wohl schon . . .

»Und seine Wenigkeit, der Schuldirektor!« ergänzte Dr. Gluck muffig, weil vergessen.

»Ach ja!« Helena kicherte ein wenig, um ihren Fehler wieder gutzumachen. »Unser Chef!«

»Was für'n pot?« fragte Tobias Gutmond aus der dritten Reihe. Helena wurde nervös. Sie würde Tobias von ihrer Colaliste streichen – ebenso wie Till. Böse funkelte sie ihn an. Er lachte nur frech.

»Wir werden heute einen Text über den Schmelztiegel

New York lesen und uns am Ende sogar ein paar Dias ansehen.«

»Wow!« rief Stefanie Mechtel ironisch. »Echte Dias! Und dazu Freicola für alle! Wenn das keine Party ist!«

Ich höre weg. Ich höre einfach nicht hin.

»Ihr wißt ja, daß New York ursprünglich mal New Amsterdam hieß und den Indianern nur für wenige Dollars abgekauft wurde ...«

»Darf ich mal was fragen?« erkundigte sich Till Magnus.

»Ja, natürlich. Besser wäre es allerdings, wenn du deine Frage auf englisch stellen würdest!«

»Das kann ich nicht so gut. Das üben wir ja nie!«

Helena sah, wie sich Frau Unser eine Notiz machte.

Ich sehe es förmlich vor mir. Die Unterrichtssprache sollte Englisch sein ...

»Waren Sie eigentlich schon mal in New York, Frau Abschied?«

Warum fragt er das jetzt? Soll ich lügen?

Helena wurde noch nervöser.

»No ... I haven't been to New York yet. And now let's read the first paragraph.«

»Warum nicht? Sie als Englischlehrerin!«

»Wieso? Das tut hier und heute wirklich nichts zur Sache.«

»So ein Flug nach New York ist gar nicht so teuer! Ich war zweimal mit meinen Eltern da! Ach, aber ich vergaß: Sie haben ja Angst vorm Fliegen. Das haben Sie uns mal erzählt!«

Stimmt. Das hätte ich wohl nicht tun sollen. Damals glaubte ich noch, daß mich das in den Augen der Kinder menschlicher macht.

»Was heißt Flugangst auf englisch?« fragte Monika, eigentlich eine brave Streberin. »Oder gibt es das Wort im Englischen nicht, wie Sie immer behaupten, wenn Sie eine Vokabel nicht kennen?«

Will sie mich reinlegen, oder will sie es wirklich wissen? Hätte ich ihnen statt der Cola vielleicht besser eine Kiste Champagner spendieren sollen?

»Nun, Till!« Helena versuchte, freundlich zu lachen. Aber sie konnte nicht verhindern, daß die Bemerkung einen sarkastischen Unterton bekam: »Dann wirst du uns nachher sicher einiges erzählen können, wenn wir uns die Dias ansehen! Ich freue mich schon drauf! Und natürlich berichtest du uns auf Englisch von deinen Erfahrungen!«

Verdammter Satansbraten.

Herr Todt warf einen Blick auf die Uhr. Schon elf Minuten vorbei, und die Klasse hatte noch so gut wie nichts gelernt.

»Nee, ich hätte aber lieber, daß *Sie* uns was erzählen! *Ich* weiß ja, wie der Big Apple aussieht!«

»Now we won't be talking about *your* New York experience any longer. Let's read our text!« befahl Helena verkrampft.

Der ausgesuchte Text erwies sich als trocken und nicht gerade leicht. Die Klasse fragte nach jedem zweiten Wort. Helena erklärte und erläuterte, demonstrierte, gestikulierte und versuchte sich in pantomimischer Darstellung, doch es ging ihr wie manchen Regierungen nach den ersten hundert Tagen: Fehlstart blieb Fehlstart.

Es klingelte, und die Schüler drängelten in die Pause. Der Weg ins Lehrerzimmer kam Helena vor wie der Gang zur Guillotine.

»Schade, daß wir uns die Dias nicht mehr ansehen konnten!« wandte sie sich an Frau Unser. Vielleicht konnte ein Gespräch von Frau zu Frau ja noch etwas retten. Doch die Dame kannte keinerlei Frauensolidarität, obwohl der Ratgeberteil in der *Sonja* ganz anders gesprochen hatte: DIE ZEITEN, IN DENEN SICH DIE FRAUEN BEDINGUNGSLOS AUF DIE SEITE DER MÄCHTIGEN – SPRICH: DER MÄNNER – GESCHLAGEN HABEN, SIND GLÜCKLICHERWEISE VORBEI. GERADE IN KRISENZEITEN HALTEN WIR FRAUEN HEUTE WIEDER ZUSAMMEN WIE PECH UND SCHWEFEL.

»Gott sei Dank haben Sie Ihr zweites Staatsexamen bereits in der Tasche, Frau Abschied, deshalb wollen wir Ihnen keine Vorschriften mehr machen. Aber es bringt nichts, stundenlang mit den Schülern darüber zu debattieren, ob man nun selbst einmal in New York war oder nicht. Na ja, aber wir wollten uns ja sowieso nur mal einen allgemeinen Eindruck verschaffen!«

Was würde wohl ein Schauspieler sagen, wenn ein Zuschauer nach der Premiere zu ihm sagen würde, er habe sich ja nur mal einen allgemeinen Eindruck verschaffen wollen. Er würde sich wahrscheinlich umbringen.

Wie Gabis Lehrprobe verlaufen war, erfuhr Helena an diesem Tag nicht mehr. Doch es mußte gutgegangen sein, denn Max Hübner gratulierte ihr am anderen Morgen mit den Worten: »Selten habe ich die alte Unser so strahlen sehen! Gratuliere.«

Na danke schön.

Helena war gleich nach der dritten Stunde nach Hause gefahren, in ihrem Kofferraum die Kiste Cola. Sie würde sie peu à peu an Antje und Tanja ausgeben. Willem trank ebenfalls gern Cola, und zwar deshalb, weil er glaubte, daß die Franzosen sie *nicht* gern zu sich nahmen. Ansonsten spülte er seine Nieren mit holländischem, manchmal auch mit belgischem Bier.

»Ein Herr Magnus hat angerufen!« verkündete Willem zu Hause. Er saß auf seinem Drehstuhl, drehte sich langsam zu ihr um und betrachtete nachdenklich die Spitzen seiner Schuhe. »Findest du, ich sollte beschreiben, wie sich die Frau des Leuchtturmwärters selbst befriedigt, oder ist das für deutsche Leser zu gewagt?«

»Warum nicht? So was kommt doch heutzutage in Romanen immer wieder vor. Es steht sogar in allen Einzelheiten in der *Bravo*, wie ich bei deiner Schwester gesehen habe!«

»Aber sie tut es mit einem Aal. Einem toten Aal! Bei dem schon die Totenstarre eingesetzt hat!«

Helena seufzte.

»Das finde ich allerdings unappetitlich!«

»Tust du das auch?«

»Was? Mit einem toten Aal ...?«

»Nein, dich selbst befriedigen. Ich meine, wir beide treiben es kaum noch miteinander. Es gibt so wenig Erotik in unserer Beziehung, vergleichsweise zu ... hm ... anderen ... anderen Beziehungen, meine ich!«

O Gott, er hat Minderwertigkeitskomplexe, er fühlt sich als Mann nicht vollwertig. Er ist geistig ausgelaugt, überarbeitet. Ich muß ihm helfen, muß ihn aufrichten. Nein, Hilfe, ich meine, natürlich nicht so aufrichten. Seelisch aufrichten, moralisch.

»Das macht doch nichts, Willem. Mir fehlt der Sex nicht so sehr. Ich kann auch ohne leben! Zärtlichkeit und Gespräche sind mir viel wichtiger.«

Willem schien zusammenzuzucken.

Was habe ich denn jetzt wieder Falsches gesagt?

»Und nun rufe ich wohl besser mal diesen Herrn Magnus zurück!« Herr Magnus war Rechtsanwalt und Steuerberater. Da seine Zeit in Markstücken statt in den sonst üblichen Minuten verrann, kam er sofort zur Sache.

»Ich werde mich über Sie beschweren, Frau Abschied. Bei Herrn Dr. Gluck!«

»Aber warum, ich meine, gibt es irgendwas . . .?«

»Ich dulde es nicht, daß Sie meinen Sohn vor der Klasse diskriminieren, nur weil *er* nicht unter Flugangst leidet und die Stadt New York bereits kennt. Das wird disziplinarische Folgen für Sie haben! Ganz einfach!«

Helena starrte das Telefon ungläubig an. »Diskriminiert? Ich?« sagte sie schriller, als gut war. »Ihr Sohn hat *mich* diskriminiert . . .«

»Jetzt fangen Sie auch noch an, mein Kind zu beschuldigen«, seufzte Herr Magnus fast traurig, als sehe er jetzt endgültig seine schrecklichsten Befürchtungen über Helenas moralische Unzulänglichkeiten bestätigt. »Ich werde mit Herrn Gluck darüber sprechen. Zwischen uns ist die Sache damit erledigt.«

»Wie Sie meinen!«

Herr Magnus war sehr befriedigt, als er auflegte. Ein Lehrerwechsel würde seinem Sohn bestimmt gut bekommen, und er sah, was dieses Fräulein Abschied betraf, keine nennenswerten Probleme auf sich zukommen.

Helena legte auf, nachdem am anderen Ende nichts mehr kam.

Sie blieb eine ganze Weile regungslos stehen, dann nahm sie den Hörer wieder auf.

Bedächtig und plötzlich seltsam ruhig wählte sie die Nummer mit den vielen Siebenen.

»Gnädig?«

»Ich bin bereit! Ich zahle auch«, sagte Helena. »Hilf mir, Maria!«

Maria wartete eine Minute. Helena hörte ihr eigenes Herz pochen wie ein aufdringliches Metronom.

Dann endlich antwortete Maria sachlich.

»Gut! Wo wohnst du? Ich komme morgen nachmittag um drei zu dir!«

Kapitel 8

Gerhard Schröder wußte nur zu genau, daß sein Vermieter ein kleiner, schiefzahniger Mann mit Schiebermütze und der Ausstrahlung eines Babyhaifisches war. Und *keine* mittelgroße schlanke Person mit langem goldbraunem Haar, deren souveräne Gelassenheit und kühle Grandesse für mindestens drei Mietskasernen ausgereicht hätten. Selbstsicher trat sie ein, schloß die Haustür hinter sich und musterte die Briefkästen. Nichts entging ihr, da war Gerhard Schröder sicher.

Sie fiel ihm auf, und sie gefiel ihm.

Schon deshalb, weil es nicht jede Frau fertigbrachte, todschick angezogen zu sein und die Männer trotzdem dazu zu bringen, sich unaufhörlich zu fragen, wie sie wohl *ohne* diese Klamotten aussehen mochte.

»Einen wunderschönen guten Tag!« sagte er und näherte sich ihr mit federnden Schritten, deren gebannte Kraft an einen Leoparden erinnerte. »Kann ick Ihnen irjendwie behilflich sein? Ick kenne hier alle und allet!«

Die Frau wandte sich um und musterte ihn – kühl und ruhig, so wie man sich ein Bild ansieht.

Ihr Blick bereitete ihm leichtes Unbehagen, ein Gefühl, das ihn sonst nur sehr selten in Gegenwart von Frauen befiel. Er wünschte sich, das Hemd mit den Farbspuren heute morgen doch noch gewechselt zu haben.

Und warum mußte er immer in diesem Berliner Dialekt sprechen? Bei den meisten Karlsruherinnen kam das gut an. Da wehte etwas Berliner Luft in ihre brave badische Welt, aber angesichts dieses Blicks kam er sich urplötzlich vor wie eine Figur aus einem ostdeutschen Bauerntheater.

So wie die aussah, mußte er jetzt mit einer ironischen Bemerkung rechnen. Gerhard Schröder wappnete sich und zückte die rhetorische Klinge. Doch es kam anders.

»Vielleicht!« sagte die Frau und lächelte, ohne das fleckige Hemd zu kommentieren, was ihn ebenso erstaunte wie erfreute. »Sind Sie Künstler? Malen Sie?«

Gerhard Schröder stellte fest, daß sie nicht nur gute, sondern auch schöne Augen hatte. Sie erinnerten ihn an etwas, das er als Kind gern gegessen hatte, etwas, das es in der damaligen DDR nicht allzu häufig gegeben hatte: Karamel? Honig? Vielleicht beides.

»Gut geraten. Ich bin Bildhauer. Moderner Bildhauer. Am liebsten würde ich Ihnen gleich ein paar Arbeiten von mir zeigen. Solange ich keine Ausstellungsräume habe, muß ich die Leute eben in meine Wohnung locken.«

»Ich *rate* nie!« erwiderte die Frau gelassen. »Ich schaue lediglich genau hin und ziehe daraus meine Schlüsse.«

Dann sah sie auf ihre kleine goldene Armbanduhr, und die Andeutung eines Lächelns huschte über ihr Gesicht. »Also gut. Ich gebe Ihnen fünf Minuten, um mich zu beeindrucken!«

Normalerweise kein schüchternes Reh im Umgang mit Frauen, sondern derb, zupackend, erfahren und so frech, wie sie es liebten, strengte sich Schröder nun an, die fünf Minuten zu nutzen. Denn er ahnte, daß fünf Minuten hier genau fünf Minuten bedeuteten und keine fünfzig.

Seine Dreizimmerwohnung war gepflegt. Überall blühten Pflanzen und Kräuter. Sie standen entweder in Regalen, die er offenbar aus Holz und Backsteinen selbst gestaltet hatte, oder ihre Blüten ergossen sich in farbenfrohen Kaskaden von modernen Stahlkonstruktionen, zu denen sie einen natürlichen Gegensatz bildeten. Ein uralter Bauernküchenschrank mit handbeschriebenen Gewürzdosen sorgte für innenarchitektonische Spannung. Sogar das »Atelier«, licht, hell und freundlich, war aufgeräumt. In der Mitte stand ein großer Mann aus Gips. Bis auf einen blau-weißen Damenregenschirm, den er unter dem Arm trug, war er völlig nackt.

Im Hintergrund wartete eine pummelige Frauengestalt darauf, weiterbearbeitet zu werden. Sie sah der Halbnackten im Regenmantel auf unbestimmte Weise ähnlich. Schröders Arbeitsutensilien – Pinsel, Schaber, Kratzer, Spachtel, Hammer, Meißel und Nägel – lagen ordentlich auf den Regalbrettern. Die Frau nickte langsam und anerkennend, und dieses ruhige Nicken war ihm mehr wert als jeder laute Ausruf des Entzückens.

»Ich kombiniere antike Formen und Gestalten mit modernen Konsumgütern, um die Spannung zwischen dem Gestern und Heute zum Ausdruck zu bringen! Das hier ist Herkules mit ... nun ... mit einem Schirm! In der anderen Hand sollte er ein Handy halten, aber vielleicht ist der antike Hermes als Handyman viel geeigneter. Er ist schließlich der ...«

»Götterbote, danke sehr«, sagte die Frau freundlich, aber Gerhard Schröder fühlte sich zurechtgewiesen. »Das ist übrigens ein Damenschirm! *Kaufen* Sie Ihr Zubehör, oder pflegen Sie es sich zusammenzustehlen?«

Gerhard Schröder lachte und zeigte dabei sein Raubtiergebiß. Bei dieser Frau kam er mit Offenheit am weitesten, das erkannte er sofort.

»Sieht man ihm das an? Normalerweise pflege ich derlei Utensilien zu kaufen, aber den Schirm hier habe ich tatsächlich geklaut. Er paßte hundertprozentig zu dem blauen Arm von Herkules. Aber ich habe fest vor, der Besitzerin bei Gelegenheit den Kaufpreis zu erstatten.«

»Wer war denn die Glückliche, die, ohne es zu wollen, zur Entstehung moderner Kunst beitragen durfte?«

Gerhard Schröder grinste. »Eine Nachbarin aus dem vierten Stock. Ein nettes Mädchen, aber ... na ja, ein bißchen grau. Und ziemlich zurückhaltend, fast mißtrauisch!«

»Hm! Verheiratet? Vielleicht ein schlimmer Ehemann?«

Maria wanderte um die Herkulesstatue herum und betrachtete ausgiebig den blauen Penis.

Er beobachtete sie voller Unbehagen. Normalerweise bewunderten die Frauen sein Werk, gingen aber dem Penis aus dem Weg. Er hatte schon überlegt, ihn beim nächsten Herkules wegzulassen. Damit konnte er gleichzeitig auch auf die gesellschaftliche Annäherung der Geschlechter hinweisen: Herkules als geschlechtsloser Held, ausgestattet mit modernen Konsumgütern – keine schlechte Idee ...

»Nicht verheiratet. Sie lebt mit einem Mann zusammen. Ich fürchte, er betrügt sie. Und sie kann von Glück sagen, wenn er es nur mit einer einzigen treibt. Gesehen habe ich hier häufiger so eine Dünne mit rabenschwarzem Haar. Ich glaube, die ist sogar ihre eigene Schwester. Ich habe kürzlich versucht, meiner Nachbarin einen Hinweis zu geben, aber sie rennt vor mir davon. Sie hört mir ganz einfach nicht zu. Fast glaube ich, daß sie Angst vor mir hat. Und das nur, weil ich nicht aussehe wie all die anderen hier aus dem Haus. Schon seltsam: Sie ist doch eine erwachsene Frau! Sollte doch in der Lage sein, sich ihre eigene Meinung zu bilden!«

Gerhard Schröder fragte sich, warum er so viel redete. Das pflegte er normalerweise nicht zu tun. Seine schweigsamen, aber tatkräftigen Vorfahren stammten aus Litauen, und seine Sprache war wie der Hammer und der Meißel, mit denen er seine Figuren formte.

Die Frau nickte wieder langsam und bedächtig. Und wieder musterte sie ihn ausgiebig. Sie ging nicht weiter auf Helena ein.

»Ich kenne einen bildenden Künstler, der Autos mit stilisierten Wüstenlandschaften kombiniert, um den Kontrast zwischen Archaischem und Modernem herauszuarbeiten. Er hat bereits erfolgreich in Paris und London ausgestellt! Ein Konzept, das dem Ihren nicht unähnlich ist«, bemerkte sie nun sachlich.

Nun, da er mit irgendeinem dahergelaufenen anderen Künstler verglichen wurde, fühlte Gerhard Schröder sich mit einem Mal ganz unbedeutend. Warum hatte er es nicht auch schon zu einer Ausstellung in Paris gebracht?

»Bei Gelegenheit würde ich Ihnen gern mal meine anderen Arbeiten zeigen!« sagte er. »Sie stehen in der Garage eines Freundes!«

Die Frau betrachtete ihn nachdenklich.

»Wir werden sehen! Was ist sie von Beruf? Die Frau, der Sie den Regenschirm gestohlen haben! Aber da haben Sie wahrscheinlich keine Ahnung. Man kann ja schließlich auch nicht alles wissen, oder?«

Ein leicht herablassendes Lächeln. In diesem Augenblick wünschte Gerhard Schröder sich nur noch eins, nämlich daß dieses Lächeln wieder verschwand. Und obwohl er wußte, daß sie genau das erreichen wollte, antwortete er: »Sie würden sich wundern, was man alles herausfindet, wenn man nur will! Und wenn man – wie ich – gewohnt ist, Augen und Ohren offenzuhalten. Wissen Sie, damals, drüben, war es lebenswichtig, genau hinzusehen und über alles Bescheid zu wissen.«

Die Fremde lächelte.

»Wie interessant! Ich dachte, nicht einmal Gott weiß alles!«

Gerhard Schröder pustete ein Staubflöckchen von Herkules' Nasenspitze herunter und folgte mit glitzernden grünen Augen seinem Tanz zum Fenster.

»Von Gott halte ich nicht allzuviel. Die Frau da oben ist Lehrerin! An einem Gymnasium. Aber die Kleine, die bei diesem Möchtegernholländer von Freund angeblich Holländisch lernt, hat mir erzählt, daß sie noch auf ihre Verbeamtung wartet. Und es sieht nicht gut aus. Soweit ich weiß, unterrichtet sie Englisch und Deutsch. In ihrer Wohnung lebt seit neuestem auch die Schwester von ihrem Typ. Ein freches Ding! Die hätte ich längst rausgeworfen. Und dieser Holzschuhträger verbringt mehr Zeit im Café als bei der Arbeit. Wenn jemand die schweren Einkaufstaschen hinaufschleppt, dann ist sie das. Er hilft ihr so gut wie nie dabei.«

»Sie haben tatsächlich eine sehr gute Beobachtungsgabe. Danke. Und auf Wiedersehen!«

Jetzt wollte diese Frau ihn doch einfach hier stehenlassen! Aber er sah ein, daß es keinen Sinn hatte, ihr den Weg zu verstellen, also fragte er nur: »Sehen wir uns wieder? Sie gefallen mir.«

Maria drehte sich um, und wieder huschte dieses angedeutete Lächeln über ihr Gesicht. »Warten wir's ab.«

Gerhard Schröder fing die Staubflocke zwischen seinen kräftigen Fingern ein. »Ich werde mich melden. Ich habe das Gefühl, das ist sicherer, als einfach nur abzuwarten.«

Maria schürzte die Lippen.

Gerhard Schröder war es eigentlich gewöhnt, daß die

Frauen ihm nachliefen. Diese Mischung aus Macho, Künstler und großem Knuddelfreund kam offensichtlich gut bei ihnen an. Und das galt nicht nur für die westlichen Frauen, sondern auch für die aus dem Osten, wie er vor seiner Flucht über die Grenze immer wieder festgestellt hatte.

Wie traurig er immer wurde, wenn er an den Osten dachte! Seine Datsche und der dazugehörige Garten, das war mehr als nur ein idyllisches Refugium gewesen. Nach wie vor war er mit dieser Gegend verwachsen und sehnte sich nach dem damaligen Leben zurück. Heute noch hatte er das Knarzen des kleinen Tors im Ohr, hinter dem der See lag, in dem man im Sommer baden konnte. Zwar pflegten sich dort Tausende von Stechmücken auf jeden Quadratmillimeter des Körpers zu setzen, der aus dem Wasser ragte, aber trotzdem ... Und seinen Trabi hatte er ebenfalls zurücklassen müssen. Das war nicht einfach nur ein Auto gewesen. An ihm war ein Kunstwerk verlorengegangen.

»Aber sicher! Melden Sie sich«, erwiderte Maria. »Wenn Sie herausfinden, wer ich bin. Denn *ich* werde es Ihnen gewiß nicht sagen!« Grüne Augen trafen honigfarbene.

»Dann habe ich ja ab jetzt eine Aufgabe!« sagte er in scherzhaftem Ton und schloß ohne ein weiteres Wort die Tür hinter ihr.

Maria bemerkte es und war überrascht. Und es war nicht leicht, sie zu überraschen.

***

»Hallo, Maria, ich habe Kaffee gemacht. Oder hättest du lieber Tee?« Helena hampelte ziemlich nervös zwischen Küche und Wohnzimmer hin und her und vermied es, Maria in die Augen zu sehen. Die ganze Situation war ihr peinlich.

Frauen wie die wollen immer etwas anderes als das, was man grad im Haus hat. Jedenfalls trinken sie nie Kaffee. Meistens verlangen sie nach irgendeinem komplizierten grünen Tee, oder sie trinken prinzipiell nur Wasser . . .

WENN SIE EINE DAMENRUNDE ZUM KAFFEE BITTEN, DENKEN SIE DARAN, DASS VIELE FRAUEN HEUTE TEE BEVORZUGEN. HALTEN SIE ZUDEM AUF JEDEN FALL AUCH SÄFTE UND GUTES MINERALWASSER BEREIT.

(*Besser leben*: »Bewirten kann man lernen«)

»Danke. Kaffee ist durchaus in Ordnung. Sind wir allein?«

»Ja . . .«, Helena lachte nervös. »Ja, Willem . . . Willem, das ist mein Freund, er ist Holländer, also, so was ähnliches wie ein Holländer, ist im . . . nun, er ist beruflich unterwegs. Und seine Schwester, die . . . hast du auch einen Mann? Oder einen Freund? Und – bist auch oft beruflich unterwegs?«

Maria lächelte kühl.

»Zunächst einmal, Helena, merke dir zwei Dinge. Erstens: Wenn wir wirklich zusammen arbeiten wollen, mußt du ehrlich zu mir sein. Und zweitens: Ich erzähle dir schon noch von mir und meinem Leben, aber ich werde mich keinesfalls von dir ausfragen lassen. Auch wenn du es noch so geschickt anstellst, also versuch es erst gar nicht.«

Maria lächelte noch einmal, was ihren Worten aber kaum die Schärfe nehmen konnte.

Helena räusperte sich.

»Wieso war ich nicht ehrlich? Nimmst du Milch? Zucker?«

Was für eine unverschämte Person! Am liebsten würde ich sie rauswerfen.

»Danke, nichts. Ich achte sehr auf meine Figur.« Maria nippte an dem Kaffee. Sie trug nur einen einzigen Ring, und der war offensichtlich echt. Ihre Fingernägel waren perfekt manikürt und in einem interessanten hellgelben Ton lackiert. Nein, es war nicht hellgelb, sondern auch wieder dieses Honiggold.

»Weil dein Freund gar kein Holländer ist, nicht wahr? Ich vermute, er tut nur so – obwohl mir sein Motiv schleierhaft ist –, aber dazu kommen wir später. Zunächst einmal das Grundsätzliche: Wie hast du dir unsere Zusammenarbeit konkret vorgestellt?«

»Konkret ... tja ... keine Ahnung! Ich weiß nicht! Ich dachte, du bist bei so was die Erfahrenere und weißt vielleicht eher, wie man es anfängt!«

»Nein! Ich hätte es lieber von dir gehört. Hast du nicht wenigstens einen Vorschlag!?«

Was soll ich dazu sagen? Ich will von ihr lernen, wie man erfolgreich wird. Ich will lernen, nicht immer die naive Verliererin zu sein, die immer und überall übervorteilt wird. Und ausgenutzt! Bestenfalls übersehen!

Helena nippte nervös an ihrem Kaffee. Er war viel zu dünn. Macht der Gewohnheit. Sie war so daran gewöhnt, ihn für den Teetrinker Willem nur schwach aufzubrühen (so daß man die Windmühle auf dem Grund der Tasse noch erkennen konnte), daß sie jetzt gar nicht darüber nachgedacht hatte.

Ja, das ist es, ich will die Angst verlieren, gesehen *zu werden.*

Sie stellte die Tasse auf den Tisch.

»Maria, ich habe keine Ahnung! Vielleicht erzählst du mir, wie du lebst und wie du die Dinge anpackst. Ich mache es dir dann einfach nach!«

Dabei komme sogar ich *mir blöd vor. Warum sagt sie nichts?*

»Man kann das Leben eines anderen Menschen nicht kopieren!« stellte Maria fest. »Nachdem du also nicht weißt, wie sich unsere Zusammenarbeit gestalten soll, mache ich dir einen Vorschlag!«

»Prima!« Helena war erleichtert. »Hier, möchtest du ein Plätzchen?«

»Danke. Wie ich bereits sagte, achte ich sehr auf meine Linie, und das solltest du auch tun. Du bist nämlich ein wenig zu pummelig!«

»Essen macht mir nun mal Spaß!« antwortete Helena verlegen. »Essen und kochen!« Sie zog den Pullover über die winzigen Speckrollen oberhalb der Hose.

»Gewiß, das geht fast jedem Menschen so. Aber wenn es dir zu viel Spaß macht, solltest du dich fragen, ob es nicht eine Art Ersatzbefriedigung ist, weil du ansonsten nicht allzuviel Spaß im Leben hast. Denk einmal darüber nach, ob Essen und Kochen nicht vielleicht einen unangemessen breiten Raum bei dir einnehmen.«

Helena schwieg.

Eigentlich amüsiere ich mich so gut wie nie. Dabei wäre ich so gern mal verrückt und ausgelassen! Aber ich habe nur meine Zeitschriften ...

»Wie sieht's aus? Macht dir dein Leben Spaß?«

Helena versuchte zu lachen. »Also Maria, Spaß ... was heißt das schon!«

Maria schwieg und wartete.

»Ja, mal ein Fernsehabend, mal eine Pizza mit einer Freundin. Nichts Aufregendes ...«

Nichts, nach dem man schweißgebadet, erschöpft, aber glücklich ins Bett fällt und erst mal gründlich ausschlafen muß. Wie nach einem Samba-Abend oder einer Fête am Meer, die bis zum Morgengrauen andauert.

Oder nach einem heißen Liebesabenteuer mit dem Sozialkundelehrer, bei dem man sich den Po auf dessen Motorhaube plattgedrückt hat . . .

Plötzlich sehnte sich Helena so sehr nach etwas Spaß, daß es schmerzte.

Maria äußerte sich nicht.

Nach einer Weile sagte sie langsam: »Nun, im Gegensatz zu den Ratschlägen dieser zahllosen, nichtssagenden Psychoratgeber in den Buchläden, fangen wir nicht bei deiner inneren, sondern bei deiner äußeren Wandlung an. Es ist leichter, amüsanter und hilft der inneren Wandlung auf die Sprünge. Wir werden deinen Kühlschrank und deinen Kleiderschrank durchkämmen, dein Kosmetiktäschchen umstülpen und deinen Friseur auf Trab bringen. Du bist ein ganz anderer Typ als ich, deshalb hätte es gar keinen Zweck, mich zu imitieren. Es würde nur lächerlich wirken. Dann werden wir gemeinsam ein paar kritische Situationen deines Lebens angehen und einen Verhaltens-Schlachtplan entwerfen. In den Osterferien besuchst du mich in meiner Wohnung und darfst mich einen ganzen Tag lang begleiten. Das Ganze kostet dich 5000 Mark. Brutto. Für deine Spesen mußt du natürlich selbst aufkommen!«

»5000!« schrie Helena. »Bist du wahnsinnig? Wieso sollte ich so viel Geld bezahlen?«

Maria runzelte die Stirn: »Ich erlaube mir, nochmals aus dem Buch der Bücher zu zitieren: ›Der Arbeiter ist seines Lohnes wert.‹«

»Was?«

»Lukasevangelium. Kapitel 10, Vers 7.«

»Lukas? Aber ich habe nicht so viel Geld!« sagte Helena. »Willem . . . hat einen teuren Lebensstil . . .«

Maria sagte immer noch nichts, schlug nur ein Bein über das andere und zog eine Augenbraue hoch.

»Maria, geh ein bißchen runter. 3000 Mark. Für 5000 könnte ich ja glatt Urlaub in den Staaten machen!«

Maria fixierte Helena mit dem Interesse eines Insektenforschers für eine seltene Fliegen-Spezies. »Stimmt genau! Und wie oft warst du schon für 5000 Mark in den USA?«

»Noch nie!« gab Helena zu. »Aber ich *könnte*!«

»Du *könntest* auch der erste weibliche Papst werden!« stellte Maria ernsthaft fest. »4000, und das ist mein letztes Wort! Sonst lassen wir's.«

Sie sah auf die Uhr. Helena schüttete sich hektisch noch eine Tasse Kaffee ein. Die Windmühle am Boden der blau-weißen Tasse zitterte, schien fast mit den Flügeln zu schlagen.

Vielleicht sollte ich mir mal Zigaretten kaufen. Raucher haben in solchen Situationen ein paar entscheidende Vorteile. Sie können erst mal an ihrer Zigarette ziehen und nachdenklich dem Rauch hinterhersehen.

»Also gut«, sagte sie. »Einverstanden. Dann muß ich eben mein Sparbuch plündern.«

Mein Gott, wenn Willem das erfährt! Er will Mijnheer F.s Opus zur Not im Selbstverlag herausgeben . . .

»Aber was meinst du mit Spesen?«

»Ja, aber du glaubst doch nicht etwa, daß ich dich weiterhin so herumlaufen lasse! Wenn ich nochmals aus unserer Bibel zitieren darf: ›Was machst du aus dir selbst?‹«

Wann hört sie endlich auf, die Bibel zu zitieren. Das ist ja lächerlich! Das ist genauso glaubwürdig wie ein Edmund Stoiber, der beim Weißbieranstich Marx zu Worte kommen läßt. Außerdem prüft ja sowieso keiner nach, ob das tatsächlich alles in der Bibel steht.

»Du trägst ausschließlich Tarnfarben und Tarnkleidung, als ob du verhindern wolltest, daß man dich in der

Menge erkennt«, fuhr Maria fort. »Du wirst dich wahrscheinlich neu einkleiden müssen! Ich werde diesbezüglich einen Blick in deinen Kleiderschrank werfen. Die meisten Menschen glauben, daß eine Wandlung von innen heraus anfangen muß, spirituell und seelisch-moralisch-geistig. Da mögen sie recht haben, aber es wandelt sich wesentlich leichter in einem Chanelkostüm als in der braunen Gabardinehose, die du da trägst. Obwohl: Chanel können wir bei deinem Lehrergehalt wahrscheinlich vergessen!«

Sie ist unangenehm. Aber sie hat recht.

»Woher weißt du, daß ich Lehrerin bin?«

»Ach!« Sanft stellte Maria ihre Tasse hin.

Sie hat nicht mal einen Lippenstiftfleck an die Tasse gemacht. Warum eigentlich nicht? Wieso passiert so etwas immer nur mir?

»Ich weiß so einiges über dich, Helena. Gut informiert zu sein, ist wichtig für den Umgang mit deinen Mitmenschen. Das hat gleich zwei Vorteile: Es schmeichelt ihnen, weil du dich mit ihnen beschäftigt hast, und es macht ihnen gleichzeitig angst, weil es immer auch ein paar dunkle Punkte in ihrem Leben gibt. Das ist bei jedem so, und jeder fürchtet, daß du sie herausgefunden hast.«

»Ha!« Helena machte sich geistig eine Notiz.

Vielleicht hätte sie ergründen sollen, was für ein Mensch Frau Unser war. Welche Hobbys sie hatte. Welche Bücher sie las. Oder sollte sie gar Glucks geheimen Vorlieben ein bißchen Aufmerksamkeit widmen? Sie wußte eigentlich gar nichts von ihm, außer, daß er ein ausgemachter Kotzbrocken war. Aber auch Kotzbrokken hatten schließlich Familie, Interessen und Haustiere, mit denen sie spazierengehen, sowie Enkel, mit denen sie Eideidei machten.

War das vielleicht sogar Gabis Geheimnis? Immer sah man sie kleine Schwätzchen mit ihm halten. Redete sie mit ihm über seinen Lieblingsfisch? Oder über seinen Sohn? Über Karthagos Untergang? Hatte sie was mit ihm?

Helena erschrak über ihre eigenen Gedanken.

»Zur Wohnung sage ich jetzt im Moment mal nichts! Obwohl mir auch hier bereits einiges einfällt.« Maria stand auf und strich ihren Rock glatt. »Zeig mir also deinen Kleiderschrank.«

Helena ging ins Schlafzimmer voraus. Das Bett war ausnahmsweise einmal gemacht und glattgestrichen. Maria würdigte es keines Blickes. Helena riß die Flügeltüren ihres Kleiderschranks auf. »Hier, obwohl ich nicht weiß, was du dir davon versprichst. Ich kaufe mir eigentlich recht oft etwas Neues, achte schon auf ordentliche Kleidung ...«

»Ach ja?«

Maria warf einen kurzen Blick in das hölzerne Gehäuse.

»Stimmt – *ordentliche* Klamotten hast du wahrhaftig genug. Im großen Synonymlexikon für Kleidung und Stil steht »ordentlich« direkt neben »langweilig«. Aber schauen wir uns das alles doch mal genauer an. Leg die Hosen, die Röcke, die Blusen, die T-Shirts und die Jakken alle mal aufs Bett.«

»Maria, du behandelst mich wie ein kleines Kind!«

»Es tut mit leid, daß du das so empfindest, Helena. Was können wir tun, um das zu ändern?«

Ja was?

»Nichts, fürchte ich!« Helena begann, ihre Kleider herauszuzerren. Sie war wütend, obwohl sie nicht wußte, warum.

Diese Maria war mir noch nie sonderlich sympa-

thisch. Schon als Schülerin nicht. Sie ist nichts als herrisch und arrogant.

»Das heißt, ich weiß es nicht!«

»Gut, wenn du es weißt, dann sag mir bitte Bescheid! Bis dahin machen wir weiter wie bisher ...«

Warte nur. Irgendwann krieg ich dich.

»Du hast also ... zwei Paar Jeans. Keine Markenjeans, sondern normale Kaufhausjeans. Weg damit! Jeans werden nicht zu Jeans, nur weil sie aus blauem Stoff gemacht sind. Dann drei Paar Hosen in undefinierbarem schmutzigem Beige und hier diese in verwaschenem Braun. So wie sie aussehen – an Knie und Po verbeult – waren sie vermutlich nicht allzu teuer: Stangenware. Weg damit! Röcke hast du nur zwei. Einen Wollrock in Beige – ich frage mich, wie sehr dein kleines Bäuchlein darin auffällt – und dann dieser schwarze. Den behalten wir als einzigen. Hast du keinen Blazer? ... ach da, blau mit Marineknöpfen. Sag mal, in welcher Zeit lebst du eigentlich? In einem Paukerfilm aus den siebziger Jahren? Den gib in die Altkleidersammlung. Strickjäckchen hast du gleich drei. Die braune hier behalte von mir aus, die Stickerei am Hals sieht nett aus. Der klägliche Rest kommt weg. Blusen sind unvorteilhaft für dich: Sie tragen nur auf, so daß du regelrecht untersetzt wirkst. Die zahllosen T-Shirts, die du im Laufe der Jahre angesammelt hast, sind allesamt langweilig und verwaschen. Tja, Helena, wir müssen wohl zusammen einkaufen gehen. So wie du rumläufst, würden sogar radikale Religiöse in gewissen Ländern Gefallen an dir finden. Kein Wunder, daß dich niemand beachtet! Deine Schuhe brauche ich mir gar nicht erst anzusehen. Schwarz oder braun, vermutlich praktisch-sportlich und flach, damit du nur ja nicht größer bist als dein Freund oder dein Chef, habe ich recht? Ebenso die Unterwäsche ... Also, ich kann nur hoffen, daß du ein dickes Sparbuch hast.«

Das alles kostet mich ein Vermögen. Ich muß mir womöglich sogar etwas von meinen Eltern leihen. Und das, wo ich kurz vor der Arbeitslosigkeit stehe. Ich muß verrückt geworden sein!

Maria setzte sich mit schräg angewinkelten Beinen aufs Bett und klopfte auf den freien Platz neben sich. Die Sonne drang durch das Fenster herein und wirbelte kleine Staubkörnchen auf, die fröhliche Tänze in der warmen Luft vollführten. Unwillkürlich mußte Maria an die Staubflocke in Gerhard Schröders großer Hand denken. Aber wie immer ließ sie sich nichts anmerken.

»Bevor wir neue Sachen kaufen, mußt du abnehmen. Nicht viel. Nur drei Kilo, das aber an den richtigen Stellen. Wir melden dich im Fitneßstudio an, am besten in dem gleichen, in dem ich auch trainiere. Außerdem gehst du auf die Sonnenbank. Zweimal die Woche für zehn Minuten. Vergiß die Angst vor Hautkrebs. Ich sterbe lieber in fünfzig Jahren an einem Melanom, als immer blaß wie ein Hühnerei herumzulaufen. Und dann – Sauna! Gehst du regelmäßig in die Sauna?«

»Nein, dort war ich noch nie ... ich schäme mich ein bißchen, na ja, wegen der Männer, die die Frauen anstarren! Vielleicht trifft man ja sogar einen Bekannten, vielleicht ist der Vater eines Schülers darunter ... Deshalb war ich noch nie ... Willem geht manchmal ...«

»Unsinn. Erstens ist deine Figur nicht wirklich schlecht. Sie braucht nur eine kleine Korrektur und ein bißchen Disziplin. Und zweitens ist Sauna kein Vergnügen! Es ist Medizin für Körper und Seele, und Medizin ist niemals peinlich. Kirche ist auch Medizin für die Seele, und ist es dir etwa peinlich, in die Kirche zu gehen? Denk nicht an die anderen! Denk nur an dich.«

An mich? Gut gesagt. Es ist trivial, aber ich habe noch nie wirklich nur an mich gedacht. Ich bin nun mal so aufgewachsen. Aber eigentlich ist es doch das, was man unter christlicher Nächstenliebe versteht, oder?

»Und wir gehen mit dir zu meiner Kosmetikerin, ins Nagelstudio und natürlich zu einem vernünftigen Friseur.« Maria kniff die Augen zusammen. »Tja, Helena, es hilft nichts. Wenn wir die Sachlage nüchtern betrachten – und das tue ich immer –, mußt du generalüberholt und rundum erneuert werden. Du kannst nur entsprechend auftreten, wenn deine Kleidung deinem Auftreten entspricht. Andernfalls machst du dich lächerlich und wirkst wie eine Hauskatze, die sich im Zoo in einen Leopardenkäfig setzt und bewundert werden will. Das Fell muß schon stimmen!«

»Fell! Ich bin doch kein Tier!«

Maria lachte. Ihre Zähne waren makellos weiß.

»Merksatz: Eine Frau ist nur dann ein gelungenes Biest, wenn sie auch gut aussieht. Tut sie das nicht, ist sie für die anderen lediglich eine dumme Kuh mit zickigen Manieren.«

Helena saß wie ein Häufchen Elend auf dem Bett. Darunter verriet ein leises Knistern die Anwesenheit unzähliger tröstlicher Frauenzeitschriften.

SAMMELN SIE UNSERE RATGEBERSEITEN, UND SIE WERDEN IMMER WIEDER HILFE IN ALLEN MÖGLICHEN ALLTAGSSITUATIONEN FINDEN. JETZT SCHON VORMERKEN: TEIL 10: »TOP AB 35. DAS ZWEITE LEBEN. SO STARTE ICH MEINE NEUE KARRIERE!« (im nächsten Heft)

»Ich habe schon oft versucht, ein bißchen abzunehmen. Oder in ein Fitneßstudio zu gehen, aber wenn ich diese ganzen gestylten Frauen schon sehe in ihren glänzenden Bodys, flott und gut drauf, dann möchte ich mich am liebsten gleich wieder auf dem Absatz herumdrehen und verschwinden.«

»Wenn du dir lediglich vorstellst, wie du kopfüber an einem Turngerät hängst wie ein nasser Sack, wirst du dich nie trauen! Was du brauchst, ist eine positive Vision deiner selbst. Stell dir vor, du kommst mit federndem Gang in das Studio, gekleidet in ein enges Dress und zehn Pfund leichter. Setze dir Ziele, klebe dir Vor-Bilder neben den Spiegel. Wieder ein Merksatz: Ohne Vision lebt sich's sehr mühsam.«

Ich wünsche mir Oropax zum Geburtstag, damit ich mir ihre Besserwisserei nicht dauernd anhören muß. Merksatz: Ohne Maria lebt sich's ebenfalls angenehmer!

»Außerdem legen diese Studios einen mit den Verträgen rein. Man muß sich gleich auf Lebenszeit festlegen ...«

Maria lehnte sich auf dem Bett zurück und stützte sich graziös auf ihre beiden Arme. Auch ihr Busen sah vollkommen aus.

»Reinlegen? Zu einem schlechten Vertrag gehören immer grundsätzlich zwei, genau wie zu einer schlechten Ehe. Und beides kommt für mich nicht in Frage. Also: Zieh dir irgend etwas von deiner braunen Reizwäsche über und komm mit. Ich zeig dir jetzt, wie man das macht!«

Mitkommen? Was glaubt die eigentlich, wer sie ist? Was für einen Beruf sie wohl haben mag? Gibt es bei uns eigentlich mittlerweile weibliche Feldwebel? Nein, dafür ist sie zu aufgetakelt! Vielleicht ist sie Fotomodell? Oder Schauspielerin?

»Ich müßte noch einkaufen und meinen Unterricht vorbereiten.«

»Ach Helena, du hast jahrelang Unterricht vorbereitet, und es hat dich keinen Schritt weitergebracht. Hör deinen Schülern Vokabeln ab, und laß deinen Möchtegernholländer einkaufen. Und wenn er es nicht tut, bleibt die Küche eben kalt, und du holst dir ein Hähnchen vom Wienerwald. *Eines* wohlgemerkt!«

***

Luxus! So roch er, so fühlte er sich an, und so saß man darin! Helena lehnte sich in Marias cremefarbenem BMW zurück und öffnete das Fenster, um die Frühlingsluft hereinzulassen. Ein Auto mit solchen Polstern machte direkt träge! Sie kam sich vor wie Caroline von Monaco.

Helena hatte ihr Leben lang das Tun und Lassen von Caroline von Monaco verfolgt. Etwa gleichaltrig wie sie, schien diese alles Glück, alles Dramatische, jeglichen Glamour und alle Schönheit in sich zu vereinigen. Ihr Leben erschien Helena wie das genaue Gegenteil zu ihrem eigenen.

Im Kassettenrecorder schrie Milva ein wütendes Lied in die Welt.

Maria setzte eine Sonnenbrille mit edlem Schriftzug am Bügel auf und fuhr flott in Richtung Stadtperipherie. Sehr flott.

Sie warf einen kurzen Blick zu Helena hinüber.

»Laß den Haltegriff los. Und kneif die Beine nicht so ängstlich zusammen. Meine Güte, Helena, entspann dich! Genieß die Fahrt, die Geschwindigkeit! Vergiß deine Schüler, und denk nur an dich, an dein Vergnügen und dein Ziel. Und vergiß Willem! Warte nicht darauf, daß er etwas für dich tut oder dich versteht oder sich in dich einfühlt ... Wir leben nicht im Märchen. Wenn dir etwas wichtig ist, dann mach es halt allein. Warten können und allein sein können – das ist das Wichtigste!«

Ja, genießen ... wann habe ich das zum letzten Mal

getan? Eigentlich bin ich nur mit Ärgern, Kämpfen, Kontrollieren und Grübeln beschäftigt.

Das »Train-Fit« sah aus wie ein weißer, wohlgestalteter römischer Tempel: klein, fein und nur für Frauen. Helena war fast ein wenig enttäuscht, als sie das bemerkte. Maria las ihre Gedanken: »Enttäuscht? Vergiß die Männer. Ich will in einem Studio keine Männer kennenlernen, sondern meinen Körper trainieren. Sonst nichts! Alles zu seiner Zeit!«

Am Empfangspult stand die übliche angsteinflößende Brigade gutaussehender weiblicher Gestalten mit wohlgeformten Muskeln und knappen Bodys. Weiß, braun und blond – das waren die dominierenden Farben.

»Hallo, Frau Gnädig!« sagte eines der blonden Mädchen. »Schön, daß Sie mal wieder vorbeischauen. Wir haben Sie lange nicht gesehen!« Maria antwortete nicht.

Das Mädchen lächelte unentwegt weiter, wurde aber unsicher. Schließlich beugte sich Maria vor und sagte ganz sanft: »Nun, der Rhythmus meiner Besuche hier dürfte wohl meine Sache sein, nicht wahr, Ivonne!«

Dann richtete sie sich auf und sagte etwas lauter: »Ich darf Ihnen eine meiner Kolleginnen vorstellen. Sie sieht sich zur Zeit nach einem geeigneten Fitneßstudio um. Ich gehe davon aus, daß sie hier ein zweimonatiges Probetraining absolvieren kann.«

Ivonne zwirbelte nervös an einer blonden Haarsträhne herum.

»Nun, ich weiß nicht . . . aber, tja, Frau Gnädig, verstehen Sie das bitte nicht falsch, aber bei uns gibt es eigentlich kein Probetraining. Pro Monat kostet das Training 100 Mark. Hinzu kommen 70 Mark Aufnahmegebühr . . . bei Ihnen haben wir damals eine Ausnahme . . .«

Ivonne wußte nicht, wie sie sich verhalten sollte. Sie

dachte daran, daß der Chef jedoch einen Narren an ihr gefressen zu haben schien.

Sie konnte nur vermuten, warum ...

Aus den Augenwinkeln sah Helena nun einen viereckigen, etwa dreißigjährigen Mann auf sie zukommen. Sein dunkelbraun gewelltes Haar wirkte gefärbt. Auf seinen kräftigen Händen sprossen ein paar hellbraune Haare. Er trug weiße Turnschuhe, weiße Socken und verströmte einen frischen Herrenduft.

»Frau Gnädig? Wie schön ... Gibt es Probleme?«

»Nein, nicht mehr. Danke. Meine Kollegin sucht ein Fitneßstudio mit Niveau und keinen Abzockerladen. Ein zweimonatiges Probetraining sollte ja eigentlich kein Problem sein. In einem seriösen Studio kann man schließlich davon ausgehen, daß die Probezeit die Klientin voll zufriedenstellt und sie sich danach gern für ein Jahr verpflichtet und vielleicht sogar ihre Freundinnen mitbringt. Aber, vergessen Sie es! Ich danke sehr herzlich!«

Der Viereckige wurde jetzt ebenfalls nervös. Die bluffte, das war ihm klar, aber sie bluffte so gut, daß man eben doch nicht hundertprozentig sicher sein konnte. – Und mehrere Anmeldungen für ein Jahr, wenn er dieser einen hier zwei Monate Probetraining gewährte? ... Andererseits konnte er sich von dieser Gnädig doch nicht einfach erpressen lassen!

»Ein dreißigtägiges Probetraining können wir anbieten!« sagte er leise über den Tresen hinweg.

Wunderbar, da sag ich sofort zu. Sie ist wirklich gut, das hätte ich nie erreicht.

»Danke! Ich weiß, Sie haben sich bemüht, aber ...« Jetzt beugte sich Maria vor und sagte leise, aber eben doch nicht leise genug, daß es die blonden Muskel-Tiere nicht ebenfalls mitbekamen: »Ich habe Verständnis für

Ihre Situation. Wahrscheinlich können Sie das ja auch nicht allein entscheiden. Vergessen wir die ganze Sache, okay?« Unter der Theke drückte sie energisch Helenas Hand, um sie zum Schweigen zu bringen.

In den Zügen des Cheftrainers spiegelte sich die Empörung darüber, daß jemand es wagte, anzunehmen, er könne nicht allein über so etwas Lächerliches wie einen günstigen Trainingsvertrag entscheiden. Wo er dieses Studio doch ganz aus eigener Kraft aufgebaut hatte – gut, der Schwager hatte ein bißchen zugeschossen, aber das konnte diese Gnädig nicht wissen! Oder doch? Leute wie die wußten ja manchmal alles mögliche!

»Diese Entscheidung liegt ausschließlich in meinem Ermessen und in keinem anderen. Natürlich ist das möglich! Und die Aufnahmegebühr erlassen wir Ihnen ebenfalls!«

Stolz blinzelte er in die Runde. Wollen doch mal sehen, wer hier der Chef ist.

Helena holte Luft, um sich zu bedanken, doch dann hielt sie den Mund. Maria würde das sicher nicht wollen.

Diese reagierte überhaupt nicht. Sie sah den haarigen Kleiderschrank nur nachdenklich an. Der wurde unsicher.

»Sagen Sie schon zu!« drängte er. Jetzt kam er sich vor wie ein kompletter Idiot.

»Na gut«, sagte Maria zögernd. »Bist du einverstanden, Helena?«

Ich muß mich zwingen, genau so zu reagieren wie sie. Ich muß so tun, als ob ich jetzt eigentlich gar kein Interesse mehr an diesem Probetraining hätte. Dabei könnte ich vor Freude jubeln . . .

»Hm«, antwortete Helena langsam. »Darf ich mir erst mal die Duschen ansehen?«

»Bitte!« sagte das Quadrat. »Ivonne, zeigst du der Dame bitte mal die Naßräume . . .«

»Du lernst schnell!« meinte Maria anerkennend, als sie zum Auto zurückkehrten. »Das mit den Duschen war richtig gut. Hast du das Prinzip verstanden? Pack die Leute genau da, wo sie empfindlich sind . . . und wenn du sie hast, weiche keinen Millimeter mehr zurück. Das Leben ist ein Schachspiel, und wenn du vom Bäuerlein zur Dame werden willst, mußt du vorher wissen, wie die anderen ziehen.«

Helena sah aus dem Fenster.

Schach! Ob aus mir jemals eine Dame wird? Ich glaube, ich bin froh, wenn aus mir wenigstens ein Turm wird.

»Und nun gehst du zwei Monate lang kostenlos in diese Muckibude, und dann ist dein Bäuchlein weg! Wenn es dir dort gefällt, dann bleibst du, und allen ist geholfen.«

»Wie viele Monate Gratistraining hast *du* eigentlich am Anfang bekommen? Also wie man so lügen kann . . . die Klientin, die ›sogar ihre Freundinnen mitbringt‹ . . .« Helena schnallte sich an und lehnte sich zurück.

»Aber, aber!« antwortete Maria und bewegte ihren Zeigefinger wie einen winzigen Scheibenwischer hin und her. »Geschäftsgeheimnis! Du mußt nicht alles von mir wissen, Darling. Doch merke dir eines: Ich weiß, was ich will, und ich gehe den für mich passenden Weg, um es zu bekommen. Aber ich lüge nie! Lügen sind dumm und primitiv. Und einfallslos. Ich habe mich an die Wirklichkeit gehalten und nur darauf hingewiesen, daß du *vielleicht* deine Freundinnen mitbringst.«

Aber du bist trotzdem ein Biest! Und in mancherlei Hinsicht wäre ich gern wie du!

***

»Wo gehst du denn *jetzt* wieder hin?« fragte Antje mißmutig. »Kochst du heute schon wieder nicht?«

Es war Sonntag, und Antje saß im Schlafanzug – aus irgendwelchen Gründen trug sie grundsätzlich nur unförmige Männerschlafanzüge – in der Küche. In der Hand hielt sie ein Glas Cola, ihr üblicher Morgendrink.

»Ich gehe ins Fitneßstudio!«

»Was willst du denn da? Du bist mir grade recht so! Diese Muskelpakete finde ich unweiblich!« sagte Willem, der gerade im Trainingsanzug aus seinem Arbeitszimmer geschlurft kam, einen undefinierbaren Fleck am stoppeligen Kinn. Er gähnte. »Du solltest unser Geld nicht für so etwas zum Fenster hinauswerfen! Diese Fitneßstudios sind nichts als Götzentempel, in denen einem dubiosen Pariser Schönheitsideal gehuldigt wird. Ich sag ja: Alles Üble kommt aus Frankreich!«

Unser Geld???? Da gibt es nicht viel hinauszuwerfen! Und was heißt hier unweiblich? Du findest mich offenbar mit oder ohne Muskeln nicht besonders weiblich.

»Also ich finde die Französinnen sehr attraktiv!« sagte Helena. »Ich bin weg. Wartet nicht auf mich, ich gehe hinterher noch in die Sauna!«

»Was hat die nur?« fragte Antje, als Helena gegangen war. »Sie ist irgendwie verändert, wenn auch nicht viel.«

»Wahrscheinlich ist es nur der Frühling!« sagte Willem geistesabwesend.

Antje lachte anzüglich. »Na, wahrscheinlich weißt du ja am besten, wovon du da redest. Obwohl du ja auch im Winter ganz schön aktiv warst! Hahaha!«

»Sei nicht so frech! Und kümmere dich bitte um das Mittagessen. In Holland ißt man sonntags richtig zu Mittag!«

»Kommandier mich hier nicht rum, ja? Ich hab keinen Hunger! Und was die in Holland machen, geht mir glatt am Arsch vorbei. Laß uns lieber warten, bis sie zurück ist und uns was macht.«

Doch da konnten Willem und seine Schwester lange warten. Helenas schlechtes Gewissen, weil sie ihre sogenannte »Familie« ohne sonntägliches Mittagessen zurückgelassen hatte, wurde mit jedem Kilometer, den sie in Richtung »Train-Fit« zurücklegte, leichter, und bald war es nur noch ein Fliegengewicht.

Ganz anders als die Gewichte, die sie kurz darauf im Kreise anderer Damen vor sich hin stemmte, deren stählerne Muskeln und flache Bäuche sie wiederum dermaßen inspirierten, daß sie noch einen zweiten Durchgang absolvierte. Nach Dusche, Sauna und Solarium fühlte sie sich zum ersten Mal seit Jahren wieder so richtig ausgeglichen. Vor dem Spiegel in der Umkleidekabine zog sie den Slip ein Stück nach unten. Wie lange hatte sie es nicht mehr gewagt, einen schonungslosen Blick auf ihren Körper zu werfen!

He, so schlecht sieht meine Rückfront ja gar nicht aus! Mein Po ist eigentlich ganz knackig, meine Beine sind schlank.

Dann betrachtete sie ihre Vorderseite. Ihre Taille war vielleicht nicht mehr so schmal wie vor ein paar Jahren, aber sie war eindeutig noch vorhanden. Und der Speck? Na, der würde schon noch verschwinden.

Als sie um fünf Uhr nach Hause kam, fühlte sie sich richtig gut. In der Küche stapelte sich das Geschirr, und der Kühlschrank stand ein Stück weit offen, jemand hatte wohl vergessen, ihn wieder zu schließen. Helena dachte an ihre Stromrechnung, und die Haare standen ihr zu Berge. Doch sie sagte nichts. Noch nicht. Willem lag über seinem Schreibtisch, als habe ihn jemand erschossen: Mit den Armen umklammerte er einen Briefbeschwerer in Form eines Segelschiffs. Sein Gesicht war zur Seite gewandt, der Mund stand halb offen, die weichen Züge waren im Schlaf gerötet, die blonden Haare fielen ihm lockig über die Schläfe.

Er sieht aus wie ein großes Kind. Er ist *ein großes Kind! Und das wird er auch bleiben. Kein Wunder, daß er keine Kinder will. Sie wären ihm wie Geschwister.*

Antje saß wie immer vor dem Fernseher. Helena warf einen angewiderten Blick auf die Trickfilmgestalten mit Dolly-Buster-Büste.

»Antje, räum bitte die Küche auf!«

»Später, jetzt hab ich keinen Bock!« sagte Antje und gähnte gelangweilt. Dabei streckte sie wie eine Katze einen Fuß nach vorn. Sie trug weiße Söckchen, die nicht mehr ganz sauber waren, an einer Stelle sah der große Zeh heraus.

Ich kann sie nicht leiden. Ich will sie nicht mehr hier haben. Ich will, daß sie auszieht.

»Wann ziehst du eigentlich nach Aachen zurück?« erkundigte sich Helena. »Mach dir bitte innerhalb der nächsten vier Wochen Gedanken darüber!«

»Das ist ja ein Ultimatum! Dazu hast du kein Recht, ey. Das sag ich meinem Bruder! Ich finde, du bist total gemein!«

»Bin ich nicht!« erwiderte Helena.

Ich wünschte, ich wär's.

»Zicke!« antwortete Antje provokativ. Die Augen der beiden trafen sich. Antjes Jungmädchenblick aus ähnlich hellblauen Augen wie denen ihres Bruders war feindselig und kalt.

Helena senkte den Blick als erste.

Noch.

Warte. Warte nur, balde!

***

Als sie zum Briefkasten ging, um nachzuschauen, ob ein Brief mit der Nachricht von einer Riesenerbschaft oder von einem Millionengewinn eingetroffen war – Gott sei Dank wußte Maria nichts von diesen Träumen, sie hätte sie in der Luft zerrissen, denn die Fakten sprachen eindeutig dagegen –, war Gerhard Schröder offenbar in ähnlicher Absicht unterwegs.

»Schönes Wetter heute!« sagte er angelegentlich. »Wenn mein neues Motorrad schon da wäre, würde ich heute aufs Land fahren! Und mich dann irgendwo ins Gras legen und die Wolken zählen. Und wenn's mehr als zehn wären, würde ich ein Bier trinken gehen!«

Der und aufs Land!

»Sie haben doch genügend Fahrräder!« sagte Helena spitz.

Gerhard Schröder lachte. »Damit dauert es so lange. Bis ich durch das endlose Häusermeer geschwommen bin, erlahmen mir die Kräfte! Nein, ich hab mir eine BMW bestellt. Kommt in zwei Wochen!«

»Also, ich habe Angst vor dem Motorradfahren!« bekannte Helena zu ihrer eigenen Überraschung.

Schröder lachte wieder. »Überrascht mich nicht. Schade drum, sonst hätte ich Sie mal mitgenommen. Sie scheinen überhaupt 'ne Menge Angst zu haben. Übrigens, wer ist diese Frau, die Sie kürzlich besucht hat?«

»Warum?« erkundigte sich Helena mißtrauisch. Und enttäuscht. In ihrem Briefkasten war nur eine Mahnung von der Stadtbibliothek: Sie sollte doch bitte endlich das deutsch-niederländische Technikwörterbuch zurückgeben. Außerdem lag da noch eine Einladung zu einer Butterfahrt: »Herrliche Landschaft, 10 Eier direkt vom Bauern und 1 kg Frischwurst!«

»Weil die mir imponiert hat! Das ist eine Frau, die weiß, was sie will.«

»Und sie will sicher *nicht*, daß ich Ihnen ihren Namen gebe!«

Gerhard Schröder betrachtete die Karte mit der Berglandschaft, die auch aus seinem Kasten fiel, nachdenklich. »Wie schön! Da hör ich glatt die Glocken läuten und riech das Heu. Na ja, dann eben nicht.«

»Sie müssen das verstehen!«

Helena hatte noch nie nein sagen können, ohne eine Erklärung anzufügen.

EIN NEIN IST NICHT SO HART, WENN SIE IHREM GESPRÄCHSPARNTER DIE GRÜNDE DAFÜR ERKLÄREN. (*Psychologie Heute*: »Nein-Sagen kann man lernen.«)

Gerhard Schröder zuckte die mächtigen Schultern.

»Schon gut. Schönen Tach noch, die Dame – und den Namen krieg ich auch so raus!«

Hoffentlich nicht.

Kapitel 9

Helena und Maria saßen in einem menschenleeren Raum. Maria hatte ihre Elevin ohne Erklärung an diesen einigermaßen bizarren Ort bestellt. Der Garderobenraum der Stadthalle war zu dieser morgendlichen Stunde noch unbenutzt und unbewacht.

Maria schaltete ein Licht an. Das graue Viereck wurde in kaltes Licht getaucht.

»Dies ist der einzige zugängliche Raum in Karlsruhe, der mir für mein Vorhaben einfällt! Und ich wollte, daß du nicht von anderen Reizen abgelenkt wirst.«

Helena sah sich um. Reihen leerer Kleiderbügel, unbelebte Haken. Irgendwo klirrte leise eine Kette. Vermutlich kettete man damit Pelzmäntel an, damit sie nicht fortliefen.

Maria setzte sich auf die Übergabetheke und ließ die Füße baumeln. Sie trug braune flache Pumps mit Goldferse. Ihre Beine waren schlank, ihre Strümpfe saßen makellos.

»Damit du auch etwas für dein Geld bekommst – denn ich wette, daß du jedesmal, wenn wir uns sehen, an deine paar tausend Mark denkst – möchte ich dir heute etwas über Kleidung erzählen. Und dann will ich, daß du dir überlegst, welche Kleider hier an diesen Bügeln für dich hängen könnten!«

Ideen hat sie, das muß man ihr lassen. Wenn ich nur wüßte, was sie beruflich macht! Ich wette, sie ist entweder etwas ganz Besonderes, oder sie lebt von der Sozialhilfe. Irgendein Mittelmaß kann ich mir bei dieser kaltschnäuzigen Person einfach nicht vorstellen. Schließlich verlangt sie Geld von mir! Das würde sie nicht tun, wenn sie selbst ausreichend verdienen würde. Was für ein Mensch ist sie wirklich?

»Was machst du beruflich, Maria?«

Maria lächelte ihr unangenehm kaltes Lächeln.

»Die Osterferien, in denen du einen kleinen Blick in mein Leben werfen darfst, sind nicht mehr weit. Bis dahin möchte ich, daß du dich auf dich selbst und nicht etwa auf mich oder auf deinen Willem oder auf sonst jemanden konzentrierst!«

Ich hasse es, von einer Gleichaltrigen so behandelt zu werden. Ich hasse es! Aber ich muß das hier zu Ende bringen, damit ich nicht mit sechzig von Leuten unter sechzehn noch schlimmer behandelt werde. Ich glaube, Antje wäre noch frecher, wenn ich körperlich nicht in der Lage wäre, ihr zumindest theoretisch noch eine runterzuhauen, ohne dabei umzufallen.

»Okay! Du bist der Boß.«

»Danke!«

Beide Frauen schwiegen eine Weile.

»Daß Kleidung wichtig ist und den ersten Eindruck prägt, das wissen wir Frauen inzwischen alle. Also stökkeln wir in diverse Boutiquen und kaufen mal Kaschmirpullover und mal herrlich weiche, pflegeleichte Synthetikstrickjacken, dann wieder bei dem ewig grinsenden Inder um die Ecke den netten, brokatbestickten Rock, und im Jeansshop nebenan nehmen wir die heruntergesetzte Jeans für fünfzig Mark gleich auch noch mit. Wir können dem T-Shirt-Schnäppchen bei C&A nicht widerstehen, ebensowenig wie dieser gestreiften Hose aus Leinen und dem halbeleganten Citymantel aus dem Quellekatalog.«

Du sagst es, aber ich werde es nicht zugeben. Wie oft blättere ich meine Zeitschriften durch und würde am liebsten gleich alles kaufen, was die Models dort präsentieren, egal, ob es zusammenpaßt. Aber was Mode angeht, nutzen mir meine Zeitschriften eigentlich gar nichts. Die eine rät dies, die andere etwas anderes. Und trotzdem sehe ich nie aus wie die Frauen auf den Abbildungen.

Helena räusperte sich.

»Na ja, ganz so ist es nicht! Man achtet schon ...«

»Natürlich ist es so, und dann wundern wir uns, warum das alles keine Spur von Wirkung zeigt und warum wir nie so aussehen wie die Frauen in den teureren Modezeitschriften. Und du liest doch teure Modezeitschriften, oder? Du liest überhaupt sehr viele Zeitschriften!«

Das hätte ich ihr besser nicht erzählt!

»Wir haben keinen Plan, und wenn man keinen Plan hat, verfährt man sich. Das gilt für alles im Leben, auch für die Kleidung.«

Daß du einen Plan hast, ist unverkennbar, und gnade Gott dem, der ihn durchkreuzt.

»Also, es gibt – mit kleinen Abweichungen und Ausnahmen – drei grundsätzliche Stile, wie du dich kleiden kannst. Amerikanisch-lässig, exotisch ausgeflippt und damenhaft elegant. Bei dem amerikanisch-lässigen Stil kannst du dir – bildlich gesprochen – problemlos vorstellen, ständig auf dem Campus einer High School herumzuhüpfen oder am Strand von Florida entlangzujoggen. Du trägst US-Marken-Jeans, edle Sweatshirts in allen Farben, bevorzugt aber Weiß, Blau, Rot und Beige. Ferner rustikale Wollpullover mit Zopfmuster, T-Shirts,

Turnschuhe und Slipper. Für bessere Anlässe besitzt du kurze Jeansröcke oder geblümte Trägerkleider, unter die du wiederum weiße T-Shirts ziehst. Wenn du elegant auftreten mußt, trägst du ein Nadelstreifenkostüm oder einen schlichten Rock mit klassischer Bluse aus irischem Leinen. Als Schuhe kommen dazu nur teure Todd's in Frage. Zu diesem Stil paßt nur wenig Schmuck. Ansonsten bist du immer braungebrannt, hast langes Haar und schminkst dich nur sparsam. Deine Zähne sind makellos weiß. Du bist fröhlich, gut drauf, gesundheitsbewußt, sportlich und locker. Als Transportbehältnisse benutzt du ausschließlich Edelrucksäcke oder große bunte Taschen. Diesen Stil kannst du etwa bis Fünfzig durchhalten, danach mußt du dir was anderes überlegen.«

»Hört sich nicht schlecht an!«

»Der zweite Stil ist der exotische Ethnolook. Dafür bist du von der Grundhaltung her eher alternativ. Du kaufst in Dritte-Welt-Läden und Naturkostshops ein. Du trägst vornehmlich dunkellilafarbene und schwarze Samthosen mit Brokatstickerei, manchmal auch blau-weiß gestreifte Hosen mit elastischem Bund. Dazu Blusen mit Rundhalsausschnitt, drei Knöpfen und weiten Ärmeln. Wenn du überhaupt Pullover anziehst, dann nur welche aus Ramie oder Leinen – häufig mit Stickerei –, und zwar direkt auf der Haut, ohne BH. Im Sommer kommt deine Jahreszeit: bunte Röcke, indische Kattunkleider, T-Shirts aus Naturmaterialien. Bunte Perlenketten, lange Ohrringe und ein paar Ringe mit großen Steinen. Deine Schuhe sind Mokassins mit Perlenmuster oder schlichte braune Sandalen, die bis zum Knöchel hinauf geschnürt werden. Im Winter trägst du neben besagten Hosen eher Kleider in Patchworkmuster. Deine Haare sind hennarot und glänzend, ob du es lang oder kurz trägst, ist egal. Du machst Yoga und bist sanft und freundlich. Du kannst braun sein, mußt es aber nicht. Du bist beweglich, aber nicht sportlich. Deine Einkäufe trägst du in afrikanischen Körben umher. Du magst Reis, trinkst lieber Tee als Kaffee und nicht viel Alkohol. Du bist mädchenhaft schlank. Dein Stil ist in gemäßigter Form alterslos. Wenn du ihn konsequent lebst, ist dir die Sympathie deiner Umwelt gewiß, und du findest überall Männer, die ihren Beschützerinstinkt an dir ausleben wollen.«

»Hm, ich weiß nicht ...«

»Der dritte Stil ist der, für den ich mich entschieden habe. Er ist der teuerste von den dreien: die Dame. Irgendwo zwischen Gracia Patricia und Jil Sander. Die, der jeder zutraut, daß sie erfolgreich Jagd auf Millionäre macht, aber der es keiner beweisen kann. Alles an ihr ist edel. Alles hat Stil. Doch auch dieser Stil muß genau geplant sein, sonst wird er zu teuer. Zunächst empfiehlt es sich daher, sich für eine einzige Farbe zu entscheiden.

Bei meinem Typ war es honigfarben. Mit der Farbpalette eines Malers habe ich alle Schattierungen dieses Tons kennengelernt. Und dann habe ich alles zur Kleidersammlung gegeben, das nicht in diese Palette paßte. Außer Weiß und Schwarz, das geht immer.

Ich habe mir drei Hosen gekauft, drei Pullover, drei Röcke und neun T-Shirts, fünf lang- und vier kurzärmelige. Dazu Strümpfe und vier Paar Schuhe. Dann noch zwei Blazer, ein Kleid und ein Kostüm. Alle Materialien sind teuer und edel, fallen aber nicht auf den ersten Blick als solche auf. Kaschmir, Seide und Leinen. Der Durchschnittsbetrachter sieht nur, daß ich gut aussehe. Alle Farbtöne sind untereinander kombinierbar. Dazu habe ich mir eine echte goldene Kette schenken lassen, einen goldenen Ring und ein Paar kleine Ohrringe, ebenfalls aus Gold. Später kam dann das gleiche in Silber dazu. Außerdem habe ich mir teure Unterwäsche und Schlafanzüge angeschafft. Ebenso Morgenmantel, Badeanzüge und eine Joggingausrüstung. Last but not least, eine einzige sehr teure Jeans. Dazu trage ich Shopping-Bags und kleine, flache Handtäschchen, Tücher, Schals und einen Hut. Mit dieser Aufmachung hat man eine reservierte, coole, professionelle und leicht überhebliche Ausstrahlung. Man ist schlank, ganz leicht gebräunt und verwendet nur teure, dezente Kosmetik. Dieses Outfit macht deutlich: Mein Leben hat Disziplin und Kontur. Ich habe ein Ziel.«

Unglaublich. Wie sie das durchschaut hat! Sie ist sicher in der Modebranche tätig. Vielleicht besitzt sie ja sogar eine Boutique in Baden-Baden.

Helena starrte ihre Lehrmeisterin unverwandt an und überlegte, welcher Stil wohl der geeignetste für sie war.

Das zweite liegt mir nicht. Ich bin nun mal keine Exotin, und eigentlich bin ich auch nicht alternativ. Ich trinke keinen Mate-Tee und mag keine Milch vom Bauern . . .

»Wie willst du sein? Wie siehst du dich in deinen Wunschträumen?« fragte Maria in ihre Gedanken hinein.

Wenn ich das wüßte, hätte ich es wohl kaum nötig, mich von dir ins Kreuzverhör nehmen zu lassen.

»Mach die Augen zu, Helena, und überlege, wie du dich selbst siehst. Wie möchtest du sein? – Du hast keine Ahnung? Dann versuche es anders: Wenn du einen Roman schreiben würdest, wie sollte deine Heldin aussehen, insbesondere vor dem Hintergrund, daß sie selbstsicher genug ist, um auf ihre Umwelt zu pfeifen, ohne letztlich als Außenseiterin dazustehen.«

Kaum vorstellbar! Auf die Umwelt pfeifen?

Helena schloß die Augen. Sie versuchte sich vorzustellen, wie sie aussehen wollte. Doch sosehr sie sich auch bemühte, vor ihrem geistigen Auge bügelweise die graubraunen Klamotten beiseite zu schieben – es wollte sich einfach keine geeignete Vision einstellen. Doch da! Aus den Untiefen ihrer Erinnerung tauchte mit einem Mal das Bild auf, das schon seit ihrer Studienzeit in ihrem Unterbewußtsein schlummerte. Damals hatte sie an der Uni eine Gastdozentin aus San Francisco kennengelernt. Mrs. Susie Merriweather hatte sie geheißen, und ihr Nachname war Programm gewesen: Sie war immer gut gelaunt gewesen wie die Sonne nach einem belebenden Frühlingsregen. Helena hatte die Frau damals bewundert, ihre Frische, ihren Stil und ihren blitzblanken Optimismus. Sie hatte immer gelacht, ihre Zähne waren weiß wie Schnee gewesen und ihre Muskeln immer in Bewegung. Alles an ihr war lebendig und fröhlich gewesen. Helena öffnete die Augen. Langsam hob sie einen einzigen Finger. Es sah fast so aus, als lächelte die sonst so kühle Maria zum ersten Mal mit aufrichtiger Wärme.

»Typ Nummer eins?«

Helena nickte.

Maria sprang von der Theke – graziös wie ein Raubtier.

Das ist sie! Ein Raubtier! Ist sie deshalb gleich von Grund auf böse? Können Tiere überhaupt böse sein? Nein, sie machen nur ausschließlich das, was sie wollen: Sie leben, um den nächsten Tag auch noch zu erleben.

»Da bin ich aber erleichtert! Denn Nummer zwei paßt nicht zu dir, und Nummer drei ist unsagbar teuer. Eins ist okay. Also machen wir uns auf die Ringelsocken.«

Etwas außerhalb der Stadt lockte ein großes, mehrstöckiges Jeanscenter. Es befand sich direkt neben einem Motorradladen und zwischen zwei Autohäusern. Der Parkplatz lag gleich vor der Tür. Helena war noch nie dort gewesen.

»American Wear, exclusive and original« verhieß die

umlaufende Leuchtschrift. Davor lud eine kleine, sauber wirkende Bude, die wie ein Hamburger aussah, zu einem typisch amerikanischen Snack ein.

Helena folgte Maria in das langgestreckte Gebäude. Die Türen öffneten sich automatisch und gaben den Blick frei auf Klein Amerika. Ein weitläufiger Verkaufsraum, an den Wänden amerikanische Flaggen, Bilder von verschiedenen Landschaften der USA, die Weite und Freiheit verhießen, Teppichboden in den Landesfarben, Jeans, Lederjacken und Boots, so weit das Auge reichte. Im Hintergrund Frank Sinatras New-York-Song.

»Guten Tag!« sagte Maria ohne Umschweife zu der Verkäuferin, die sich ihnen näherte. »Darf ich zunächst um Ihren Namen bitten?«

»Elisa«, antwortete die junge Frau verdutzt.

»Gut, Elisa. Mein Name ist Gnädig. Ich freue mich, mit Ihnen zusammenzuarbeiten. Könnten Sie uns bitte zum Geschäftsführer führen?«

»Ja, aber ... haben Sie denn eine Beschwerde? Ich meine, Sie sind doch gerade erst gekommen!«

Maria wartete eine Weile mit der Antwort.

Das ist ihre Methode! Nicht ungeschickt, diese Abwarterei. Ich hingegen habe ein Leben lang dem vorauseilenden Gehorsam gehuldigt. Ich habe immer gleich als erste geredet, damit der andere um Gottes willen nicht glaubt, daß ich ihn nicht mag oder nichts zu sagen habe. Ich wollte immer nur eins erreichen: Harmonie. Alle sollten sich gut miteinander verstehen, sich amüsieren und glücklich sein. Wenn Dieter und Petra gestritten haben, wer hat versucht, sie zu versöhnen? Ich! Und was haben sie hinterher gemacht? Mich gemeinsam verprügelt! Wer weiß, was geschehen wäre, wenn ich sie hätte zappeln lassen.

Elisa zappelte jetzt in der Tat wie ein Fisch am Haken.

»Ja, das stimmt. Aber muß man denn immer erst eine Beschwerde haben, wenn man den Geschäftsführer sprechen möchte? Das ist aber eine sehr ... interessante Einschätzung!« antwortete Maria schließlich.

»Aber nein, man kann den Geschäftsführer natürlich jederzeit sprechen!« versicherte Elisa eilig.

»Jederzeit! Fein. Wie wäre es dann mit sofort?« erkundigte sich Maria nicht mehr ganz so freundlich.

Elisa ging voraus, durch die langen Gänge, vorbei an Pappfiguren, die wie John Wayne aussahen, an Glasvitrinen mit Indianerschmuck und an lebensgroßen Frauengestalten aus Plastik, die nette amerikanische Kleider trugen und allesamt große Ähnlichkeit mit Doris Day hatten.

Seltsam. Irgendwie fühle ich mich hier wohl. Wie im Kino, wenn die rauhen Kerle aus dem Marlboro-Spot im Morgengrauen am Lagerfeuer sitzen und Kaffee aus Blechtassen trinken.

Der Geschäftsführer saß in einem großen Büro, das mit einer nostalgischen Jukebox aus den dreißiger Jahren und einem ebensolchen Colaautomaten, ebenfalls stilecht, eingerichtet war. Er mochte um die Fünfzig sein und hatte ein wettergegerbtes Gesicht mit tiefen, dekorativen Falten. Er war groß und kräftig und trug eine von einem silbernen Reif gehaltene Krawatte. Gleich würde er mit markiger Stimme seine Männlichkeit demonstrieren ...

»Chef, das ist Frau Gnädig. Sie möchte Sie sprechen!«

»Danke, Elisa!« sagte Maria in einem Tonfall, als sei sie hier mindestens die Seniorchefin.

Der Westernheld erhob sich und musterte die beiden Frauen mit wenig Begeisterung. Was für ein seltsames Paar diese zwei doch waren! Die eine sah phantastisch aus, war elegant und selbstbewußt. Die andere hingegen war nichts weiter als eine graue Maus. Wäre die in dem

Seidenblazer nicht gewesen, er hätte ihre Freundin glatt für eine dieser Schrapnellen von den Zeugen Jehovas gehalten.

»Was kann ich für Sie tun?«

Maria musterte ihn eine Weile schweigend. Dem Westernheld wurde noch unbehaglicher zumute. Vielleicht waren die beiden ja von der Lebensmittelbehörde und kamen wegen der Hamburger-Bude. Aber der Grill war letzte Woche erst gereinigt worden, und die kleinen Fleischfladen wurden immer gut gekühlt. Zugegeben, die Hamburger bestanden größtenteils aus pappigen Brötchen, aber das war schließlich überall so. Trotzdem: Vielleicht sollte er zukünftig doch auf mehr Qualität achten. Das versprach er sogleich dem lieben Gott, der ihm bei solchen Gelegenheiten immer einfiel.

»Wieviel Prozent geben Sie bei einem größeren Einkauf?«

»Nun ...« Der Westernheld war erleichtert.

»Fünf kann ich Ihnen eventuell anbieten!«

Maria stieß ein trockenes Lachen aus.

»Wenn ich lachen will, sehe ich mir im Theater eine Komödie an!«

»Na, entschuldigen Sie mal ...«

Maria beugte sich ein Stück vor und stützte die Hände auf den Schreibtisch. »Genau wie ich steht meine Kollegin ständig im Licht der Öffentlichkeit. Sie arbeitet in einem sehr sensiblen, von der Presse viel beachteten Bereich. Mehr kann ich darüber jetzt nicht sagen. Sie möchte sich jedenfalls für einen bestimmten Anlaß, über den ich im Moment ebenfalls noch nicht sprechen kann, vollkommen amerikanisch einkleiden. Von Kopf bis Fuß. Und Sie bieten für diese einmalige Gelegenheit fünf Prozent? Wir werden also ein anderes Geschäft aufsuchen müssen! Guten Tag!«

Die Denkmuskulatur des Ladenbesitzers verübte Klimmzüge: Was für ein Anlaß mochte das sein? Kam Clinton zu Besuch, und die Presse war dabei? Vielleicht *waren* die Damen ja sogar von der Presse? »Nun, vielleicht haben wir da ja doch noch etwas Spielraum!«

Maria schüttelte den Kopf. Die kleinen Goldohrringe, die sie sich von wer weiß wem hatte schenken lassen, blinkten in der matten Frühjahrssonne.

»Oh, machen Sie sich keine Umstände! Lassen Sie's gut sein!«

Helena hatte inzwischen begriffen: »Maria, vielleicht kann der Herr ja auch nicht selbst entscheiden. Ich meine, es muß ja nicht hier sein, wir können auch woanders ...«

Der Westernheld reagierte wie auf Knopfdruck.

»Aber natürlich bin ich befugt, das zu entscheiden. Bei einem Einkaufswert von 1000 Mark könnte ich Ihnen beispielsweise zehn Prozent anbieten.«

Jetzt waren die Spielchen vorbei. Maria fixierte ihn knallhart und streckte schließlich einen eleganten Zeigefinger aus. Der Geschäftsführer wich zurück, als richte sie einen Colt auf ihn. »Wissen Sie, was der Unterschied zwischen Ihnen und einem richtigen Amerikaner ist? Ein echter Cowboy erkennt eine Chance, wenn sie sich ihm bietet. Sie würden nicht mal zupacken, wenn sie Ihnen direkt neben die Kaffeetasse fiele. – Abraham Woolworth, der Gründer des gleichnamigen Kaufhauses, sagte einst zu seinen Angestellten: »Gib einem wirklich guten Kunden 50 Prozent Ermäßigung, und er wird dir zehn andere bringen, die 100 Prozent bezahlen!«

Die Geschichte kann nicht wahr sein. Welcher Abraham Woolworth?

Und dann setzte Maria noch eins drauf: »Schade, daß Ihr Chef diese kleine Episode nicht kennt. Auf Wiedersehen!«

»*Ich* bin hier der Chef!« röhrte der Westernheld. »Ich. Aber ich werde Ihnen *keine* 50 Prozent Ermäßigung geben!«

Maria ging zur Tür.

»Zwanzig Prozent bei einem Einkauf von 1500 Mark!« sagte er nervös. »Das ist mein letztes Wort!«

Maria sah Helena an. »Was meinst du?«

Helena zuckte die Achseln.

Maria seufzte. »Na gut. Ausnahmsweise!«

»Danke!« sagte der Westernheld erleichtert. »Elisa wird Sie beraten!«

Kleiderkauf war für Helena bisher Nebensache gewesen. Sie hatte zufällig in der Stadt etwas entdeckt und es mitgenommen, vorausgesetzt, es hatte folgende Kriterien erfüllt: a) es paßte, b) es war nicht teuer, c) es hatte eine unauffällige Farbe.

Jetzt erkannte sie, daß richtiges Einkaufen harte Arbeit war. Maria peitschte sie durch etwa hundert Jeans, bis sie mit dreien zufrieden war. Zu der schwarzen Jeans mit den abgesetzten Samtnähten ein Sweatshirt in warmem Gelb und ein weißes mit edler Silberstickerei. Zu den blauen Jeans Pullover und Sweatshirts in Blautönen und eines in knalligem Rot. Ein kurzer, gerade geschnittener Jeansrock mit Ton-in-Ton-Stickerei, karierte, auf Taille geschnittene Blusen, schicke T-Shirts, eine blaue Strickjacke aus Kaschmir, zwei bunte Wollpullover, ein mädchenhaft schlichtes Trägerkleid, nur ein einziges Kostüm, wie man es von den Damen aus dem »Denver-Clan« kannte . . . und und und . . . Gürtel, Taschen, Broschen, Schuhe, Schals.

Es war wie ein Wunder: Alles paßte zusammen. Sämtliche Kleidungsstücke waren wie aus einem Guß, die Slipper, die Turnschuhe, die Socken, die Kleider, die Röcke, die Shorts.

Aber Helena wandte den Blick ab, als die Kasse minutenlang ratterte. »Und jetzt die zwanzig Prozent!« erinnerte Maria. Erneutes Rattern.

»1800 minus zwanzig Prozent!« seufzte Elisa. »Soll ich Ihnen noch einen Lastwagen bestellen?«

Maria fixierte die unglückliche Verkäuferin, bis diese rot wie Tomatenketchup anlief. »Lassen Sie mich Ihnen in aller Freundschaft etwas erklären, Elisa: Sie können jederzeit einen Witz machen, in Ihrem Freundeskreis, bei Ihrem Freund und bei Ihrer Katze – aber *niemals* bei der Kundschaft. Denn wer zahlt, hat keinen Humor.«

Ihre Stimme klingt wie klirrendes Eis. Wo sie das wohl gelernt hat? Auf der Schauspielschule?

»Wo hast du das alles gelernt, Maria?« fragte Helena draußen.

Und wie immer kam die unwahrscheinlichste aller Antworten. »Im Kloster!«

»*Wie* bitte?«

»Hatten wir nicht vereinbart, zu einem späteren Zeitpunkt über mich zu sprechen?«

»Hatten wir!«

Ich kann sie immer noch nicht leiden! Muß man seinen Lehrer denn eigentlich leiden können? Antwort: Nein. Er soll einem etwas beibringen. Respektieren tut man ihn dann von allein. Warum also reiße ich mir Arme und Beine aus, damit meine Schüler mich sympathisch finden? Vielleicht sollte ich mir darüber mal Gedanken machen.

Das Kosmetikinstitut, welches Maria für Helena vorgesehen hatte, lag im Souterrain eines Karlsruher Nobelhotels. Allein schon beim Anblick der Lobby aus Glas, Marmor und edlem Velours kam sich Helena deutlich eleganter vor. An der Rezeption des Kosmetikinstituts stand, wie hätte es auch anders sein können, ein schönes, altersloses weibliches Wesen mit rotbraunen Haaren und makelloser Haut. »Oh, Frau Gnädig!« sagte die Alterslose nicht sonderlich erfreut. – Es klang eher wie »Oje, die schon wieder!«

»Sie wissen, warum ich komme!« sagte Maria ohne Umschweife. Dann holte sie einen kleinen Lederblock hervor und schlug ihn auf. Helena blickte ihr über die Schulter und bemerkte erstaunt, daß Maria eine leere Seite vor sich hatte.

Die Rothaarige räusperte sich nervös.

»Frau Gnädig, Sie deuteten bereits telefonisch an, daß es mit der neuen Tagespflege von Everbeauty Probleme gegeben hat. Das können wir uns gar nicht erklären, denn die Serie ist allergiegetestet, und all unsere Kundinnen ...«

»Wissen Sie, was mich all Ihre Kundinnen interessieren?«

»Ich kann es mir denken«, erwiderte die Kosmetikerin schwach.

»*All Ihre Kundinnen* laufen schließlich nicht mit kleinen Pusteln direkt auf der Nasenspitze herum, wo sie jedem sofort auffallen. Sogar für den Hautarzt ein Problem. Und Sie wissen, ich kann mir in meinem Beruf kein ungepflegtes Äußeres leisten!«

Sie hat doch eine total reine Haut. Sieht das die Kosmetikerin denn nicht. Ist sie blind? Oder sieht man immer nur das, was einem energisch genug erzählt wird?

»Ihre anderen Kundinnen sollte man darüber natürlich ebenfalls informieren. Aber vielleicht hängen wir die Sache zunächst noch nicht an die große Glocke. In Zukunft muß hier allerdings Überzeugungsarbeit geleistet werden. Sie verstehen, was ich meine?«

»Ja, vollkommen und ... Danke! Dürfen wir Ihnen

eine Gratisbehandlung zukommen lassen, Frau Gnädig?«

Die Frau mit der Haartönung »Herbstlaub« wurde noch nervöser. Helena war verblüfft: Vor dem geistigen Auge der Schönen war offenbar das Gespenst eines imaginären Hautarztes aufgetaucht, der in seiner Praxis Warnungen vor einem bestimmten Institut aushing...

Obwohl sie davon eigentlich kein einziges Wort gesagt hat! Sie hat noch nicht einmal gesagt, daß sie beim Hautarzt war! Sie erzeugt eine unbestimmte Angst bei ihren Mitmenschen und macht sich diese dann zunutze. Nicht nur Schönheit liegt offenbar im Auge des Betrachters, sondern auch die Bedrohung. Und Maria sorgt für bedrohliche Gedanken! Was ist sie nur für ein Biest!

»O nein, nein, aber hier – meine Kollegin – die in einem von der Presse vielbeachteten Bereich arbeitet, gibt Ihnen die Chance, ihre Haut so herzurichten, daß selbst Fernsehkameras keinen Makel daran entdecken können.«

»Fernsehkameras? Gern, aber ob wir da wirklich ganz umsonst... also ich weiß nicht...«

»Oh, das habe ich auch nicht erwartet!«

Maria sah wieder in ihr Notizbuch, als befinde sich der Befund des Hautarztes darin und als müsse sie sämtliche Symptome noch einmal gründlich studieren.

»Gut, Frau Gnädig, wir werden uns um Ihre Kollegin kümmern, und sie wird mit dem Preis zufrieden sein.«

»Wie zufrieden?«

Die Schöne seufzte und hakte diesen Arbeitstag innerlich als verloren ab.

»Sehr zufrieden!«

***

»Wie siehst *du* denn aus?«

Petra musterte ihre Schwester mit nicht allzuviel Sympathie! Sie hatte sie in der Stadt beim Lebensmitteleinkauf getroffen und beinahe nicht erkannt.

Auf den ersten Blick konnte sie nicht einmal sagen, was genau anders an ihr war. Helena trug Jeans, die Petra noch nie an ihr gesehen hatte, nicht die üblichen formlosen Dinger, sondern welche, die ausnahmsweise saßen wie angegossen. Außerdem hatte sie den Eindruck, daß ihre Schwester schlanker geworden war. Und auch im Gesicht hatte sie sich verändert. Die Haut war nicht mehr so blaß und teigig wie früher, sondern leicht gebräunt und glatt wie ein Pfirsich. Petra, die sehr auf ihr Äußeres achtete, erkannte sofort, daß hier eine Kosmetikerin am Werk gewesen war. Und woher hatte Helena diesen Indianerschmuck? Seit wann trug sie so etwas überhaupt?

Aus irgendeinem Grund, den sie selbst nicht benennen konnte, war Petra beunruhig.

***

Max Hübner warf einen Blick in die Runde. Die neue Referendarin war zwei Zentimeter größer als er und hatte einen Arsch wie ein Brett. Nicht sein Fall. Gabi war nur noch selten da. Echt tote Hose im wahrsten Sinne des Wortes. Sein Blick schweifte um den Tisch herum, an Erdmännchen vorbei. Diese Abschied sah in letzter Zeit gar nicht mehr gar so langweilig aus wie früher. Er hätte nicht sagen können, warum, aber sie hatte sich irgendwie verändert. Sie bewegte sich sogar anders als sonst: Sie schlich nicht mehr dahin, sondern hatte einen richtig federnden Gang bekommen. Vielleicht lag es ja an den Schuhen. Seit neuestem trug sie nämlich moderne Turnschuhe. Diese roten heute paßten gut zu dem handgestrickten Pullover in der gleichen Farbe. Und was bewegte sich da so locker unter der roten Wolle? – Tatsächlich: Sie trug keinen BH!

Vielleicht sollte er sich ihren kleinen Nebenlehrerinnenarsch doch mal in natura betrachten.

Aus einem Grund, den er selbst nicht benennen konnte, war Max Hübner interessiert.

***

Willem bemerkte Helenas Veränderung nicht. Das kam daher, daß er sich abgewöhnt hatte, sie überhaupt zu bemerken. Sein Interesse galt immer noch Petra, Helenas Schwester, die ihn aber in letzter Zeit immer häufiger abblitzen ließ. Aus lauter Frust wandte sich Willem den sexuellen Abenteuern des Mijnheer F. um so intensiver zu. In seinem dritten Werk hatte sich Mijnheer F. des einigermaßen heiklen Themas in Afrika aktiver Mädchenhändler angenommen. Allein zehn Seiten benötigte er beispielsweise, um Entjungferungsrituale in einem afrikanischen Dorf zu beschreiben, bevor südfranzösische Mädchenhändler dort ihren sinistren Geschäften nachgingen.

In seiner Schublade hatte Willem gerade wieder einmal eine Absage versteckt, diesmal von ten Bloem und ten Bloem aus Berlin. »Zu unserem Bedauern müssen wir Ihnen mitteilen, daß die Nachfrage nach niederländischen Kriminalromanen in Deutschland eher rückläufig ist!«

»Kulturloses Volk«, knurrte Willem nun, wann immer er aus dem Fenster des vierten Stockes auf Karlsruhe hinabsah. Und auch innerhalb der Wohnung schien alles schwieriger zu werden: Erst gestern war ausgerechnet Helena, die sonst so wenig Ärger machte, in sein Studierzimmer gestürmt und hatte ganze zwanzig Mark für Antjes Nutella und ihre Honig-Smacks von ihm verlangt. »Ich bin Künstler, kein Bankdirektor!« hatte er gesagt, eine Antwort, die sie bisher immer zufriedengestellt hatte. Darauf hatte sie nur geantwortet: »Dann wird Antje eben in Zukunft morgens Marmeladebrote essen wie alle anderen auch.«

»Das kannst du ja mal versuchen, aber gnade dir Gott, wenn sie sauer ist«, hatte er gesagt.

Sie hatte keine Antwort gegeben – wie immer.

Doch aus irgendeinem Grund war Willem verärgert.

***

Gerhard Schröder war fast versucht, seinem Opfer den blauen Regenschirm zurückzugeben. Damals war er eigentlich der Ansicht gewesen, daß der fröhliche Schirm kaum zu dieser faden Person paßte. Vielleicht hatte er deshalb auch keine Skrupel gehabt. Er glaubte nämlich fest daran, daß bestimmte Dinge zu bestimmten Menschen gehörten. Seit neuestem schien seine Nachbarin sich jedoch immer häufiger in knalliges, fröhliches Blau zu gewanden. Doch noch viel besser als das Blau gefiel ihm diese braune Lederjacke mit den dezenten Fransen, die sie sich gekauft hatte.

Man glaubt gar nicht, wie sehr so eine Lederjacke einen Menschen verändern kann, dachte Gerhard Schröder. Aus einem Hänfling machte sie einen richtigen Kerl und aus einer grauen Maus eine Motorradbraut oder eine moderne Version von Winnetous N'schotschi – und die hatte es ihm immer schon angetan.

Kapitel 10

»Maria, wenn es dir nichts ausmacht, also dann, ja dann würde ich gern zu meinem eigenen Friseur gehen und nicht zu einem von deinen. Mit meinem habe ich nämlich noch ein Hühnchen zu rupfen!«

»Zumal er dich wie ein Huhn zurichtet!« bemerkte Maria trocken. Es war die Woche vor Ostern.

Maria und Helena saßen einander gegenüber. Diesmal jedoch nicht in Helenas bevorzugtem Altedamencafé mit den vertrauten Sahnemassen, sondern in einer trendigen Kneipe, in der ein eher jüngeres Publikum verkehrte. Mit Rockmusik, Rauch, Gläserklirren, Gelächter und dem fauchenden Schäumen der Espressomaschinen. Normalerweise keine Atmosphäre für Helena.

Deshalb kauerte sie jetzt auch mit hochgezogenen Schultern auf ihrem verchromten Hocker und hoffte, daß man ihr nicht ansah, wie fremd sie sich hier fühlte. Normalerweise ging sie nicht in solche Kneipen. Meist behauptete sie, sich von der lauten Musik gestört zu fühlen, doch in Wirklichkeit befürchtete sie, zufällig einem ihrer Schüler zu begegnen.

»Warum willst du es so dringend vermeiden, deine Schüler zu treffen?« erkundigte sich Maria. Mit ruhigen Bewegungen zündete sie sich eine Zigarette an, blies den Rauch elegant von sich und sah ihm befriedigt nach.

»Nun, sie brauchen schließlich nicht zu wissen, wie ich meine Freizeit verbringe. Das verstehst du nicht. Sie würden mich auslachen . . .«

»Und was ist so schlimm an der Art, wie du deine Freizeit verbringst?«

»Nun, ich . . .«

»Du gehst in ein Café und trinkst dort etwas. Das machen sie offenbar auch, denn andernfalls würden sie dir nicht hier begegnen. Scheint mir eher eine gemeinsame Basis als ein Grund zum Auslachen zu sein. Es ist ja auch nicht so, als lägen sie direkt unter deinem heimischen Lotterbett!«

Da würden sie sich nur zu Tode langweilen, denn das Lottern hält sich bei uns doch sehr in Grenzen.

»Aber sie werden kichern, wenn sie mich sehen! Und tuscheln.«

Maria zuckte die Achseln.

»Ach herrje, junge Leute kichern sogar, wenn sie ihr eigenes Spiegelbild sehen. Und sie tuscheln, weil ihnen noch niemand zuhört, wenn sie etwas sagen. Helena, dir fehlt die Distanz zu den Dingen. Du stehst nicht darüber, du schwimmst mittendrin und ruderst mit den Armen, um nicht zu ertrinken.«

DIE FRAU VON HEUTE BRAUCHT SELBSTBEWUSSTSEIN UND ICH-STÄRKE. GLAUBEN SIE AN SICH, UND SIE WERDEN BERGE VERSETZEN. MÖGEN SIE SICH SELBST, FINDEN SIE SICH TOLL!
(Keine bestimmte Zeitschrift. Alle!)

Dreißig Psychoratgeber für Frauen, Frauenzeitschriften ohne Ende und stets das gleiche. In jedem Artikel immer der heiße Geheimtip, man solle an sich glauben. Und sich toll finden. Aber wie soll das gehen, wenn man von den eigenen Schülern ausgelacht, den Kollegen übersehen und dem Freund betrogen wird? Das verrät einem keiner!

Maria nippte an ihrem Getränk.

Nachdenklich betrachtete sie das auf der Rückseite der Zuckerwürfel abgedruckte Sternzeichen.

»Helena, auf dieser Welt darf es keinen Ort geben, wo du dich nicht hintraust, weil du Angst vor ihm oder vor den Menschen, die sich dort aufhalten, hast. Diese Welt ist grundsätzlich für alle da, verstehst du? Ein Stück davon gehört dir. Nimm es dir, Helena!«

Vor allem für Menschen wie dich ist diese Welt da. Leute, die kalt und egoistisch sind.

»Und jetzt zu deiner Frage. Deine Formulierungen sind einfach haarsträubend! Mademoiselle Konjunktiv! Und nicht nur das, du fragst dich, wie es scheint, auch viel zu oft, ob es anderen etwas ausmacht, was du sagst ... Schlimmer kann es nicht kommen, denn das läßt dich unsicher und unklar erscheinen. Außerdem legst du damit eine negative Antwort nahe: Wenn du dein Gegenüber fragst, ob es ihm etwas ausmacht, dieses oder jenes zu tun, braucht er doch nur »Ja« zu sagen. Damit machst du es ihm zu einfach. Zwinge deinen Gesprächspartner, dir im ganzen Satz zu antworten. Und dann: Du *würdest* also gern zu deinem eigenen Friseur gehen. Ja was denn nun? Willst du, oder willst du nicht? Gewöhn dir an, deine Wünsche klar zu formulieren. Dein Gegenüber wird schon darauf antworten! Aber eine ablehnende Antwort wird um so schwerer für ihn sein!«

Sie hat recht. Diese Würde–könnte–Macke ist noch ein Überbleibsel aus meiner Kindheit. Was war doch der Lieblingssatz meiner Mutter? »Wie fragt ein liebes Mädchen?« Auch ein Spruch wie »Kinder, die was wollen, kriegen eins auf die Bollen« spricht Bände! Aber heute bin ich kein Kind mehr!

»Gut, ich möchte also zu meinem eigenen Friseur gehen. Nein, besser: Ich *will* zu meinem eigenen Friseur gehen.«

»Fein, mach einen Termin mit ihm aus! Nimm mein Handy.«

Helena suchte in ihrem Notizbuch nach der Nummer des Salon Caspari. Das Notizbuch war neu. Ebenso wie ihr Schlüsseletui und der Geldbeutel aus dunkelblauem Leder. Ohne viel Federlesens hatte Maria Helenas alte praktische Plastikteile dem Mülleimer überantwortet, und es wurden neue, teure Accessoires gekauft. Helena liebte den Geruch und die Beschaffenheit des weichen blauen Leders.

»Weißt du, woran ein ausgebuffter Ladenbesitzer erkennt, ob der Kunde, der sein Geschäft betritt, finanziell wirklich was auf der Pfanne hat?«

»Nein!« hatte Helena seufzend geantwortet.

»An den Schuhen und an der Uhr. Diese beiden Accessoirs dürfen nicht billig sein. Und im Grunde gilt das auch für Kleinlederteile! Stell dir vor, eine wohlhabende Frau, eine Rechtsanwältin oder Ärztin oder die Gattin eines Unternehmers zückt einen Kalender aus billigem Plastik, den sie für 2,89 in der Kaufhalle erstanden hat. Ich weiß: Man kann es sich nicht vorstellen . . .!«

Kleinlederteile? Allein dieser Ausdruck! Sie kommt also doch aus der Bekleidungsbranche! Ich wette, sie ist Einkäuferin. Vielleicht ist sie ja derzeit arbeitslos und überbrückt die Zeit durch die Arbeit mit mir.

Helena wählte Friseur Casparis Nummer. – Besetzt! – Dieser Salon war wieder so ein Ort, den sie fürchtete. Immerhin hatte sie dort so manche Niederlage erlitten. Apropos Niederlagen: Aus den Augenwinkeln sah Helena, wie eine ihrer schlimmsten Befürchtungen wahr wurde: Die allzeit bleiche Stefanie Mechtel aus der Neunten betrat das Café. Der unstete Teenagerblick schweifte suchend über die Chromtische und landete bei ihrer Englischlehrerin. Helena widerstand der Versuchung wegzusehen nur mit Mühe.

Nein, Helena. Sie ist nur eine Schülerin, nichts weiter.

Stefanies Blick blieb an Helena haften, an ihren neuen Jeans, an der Lederjacke und dem engen, bestickten T-Shirt. In der Hand hielt sie ein Handy, neben ihr saß eine elegante Frau, die schlanke Zigaretten rauchte, vor ihr stand ein Espresso. Wer hätte das von dieser altmodischen und ständig nervösen Abschied gedacht? Daß die sich überhaupt hierher traute ... Vielleicht hatte sie sich in ihr getäuscht?

Stefanie lächelte zu ihr hinüber. Helena erwiderte das Lächeln nur kurz und mit kühlem Nicken, wich aber dem Blick nicht aus, sondern musterte das Mädchen von oben bis unten. Prompt fiel Stefanie ein, daß sie ihre Englisch-Hausaufgaben noch nicht gemacht hatte, und es beschlich sie leichtes Unbehagen. Deshalb war sie es, die schließlich den Blick abwandte.

»Eine Schülerin?« fragte Maria leichthin.

Helena nickte.

»Gut gemacht!« sagte Maria. »Unterschiede zwischen den Menschen sind dazu da, ausgelebt zu werden. Du mußt nicht so sein wie deine Schülerin. Wenn der liebe Gott gewollt hätte, daß wir alle gleich sind, hätte er gleich eine Standardausführung entworfen. Hat er aber nicht. Er hat die Menschen bewußt unterschiedlich konzipiert. Das ist eine Tatsache, und an die halte ich mich, wie du weißt, mit Vorliebe. Die Herausforderung für den Menschen besteht darin, diese Unterschiede zu erkennen und sinnvoll mit ihnen umzugehen.«

Jetzt wird sie auch noch philosophisch!

»Du bist die Ältere und ihr eindeutig überlegen. Das mußt du ihr ganz deutlich zeigen, dann wird sie dir letztlich dankbar sein. Denn nur wer Grenzen spürt, kann eine Persönlichkeit entwickeln, das wissen diese Teenager besser als wir!«

So hab ich das noch nicht gesehen! Aber: Ich hasse ihre Besserwisserei!

Doch Helena antwortete nicht, sondern zog es vor, noch einmal bei ihrem Friseur anzurufen. Diesmal hob jemand ab: »Salon Caspari?«

»Abschied. Ich hätte gern einen Termin!« Helena lauschte.

»Vorher geht es nicht?«

Sie lauschte wieder.

»Vielleicht versuchen Sie es? Dienstag? Gut. Um wieviel Uhr?«

»Falsch!« flüsterte Maria. »Gib ihm die Uhrzeit vor!«

»Um drei? Nein, da paßt es mir nicht. Etwas früher?«

»Um zwei? Gut, das ist besser. Und . . . Simone, ich will von Herrn Caspari persönlich bedient werden! Gut, danke!«

Maria schmunzelte.

»Du hast dich durchaus schon etwas verändert, weißt du das? Es ist so einfach, sich durchzusetzen, wenn man sein Ziel kennt und sich über den Weg im klaren ist. Und den Weg findet man, wenn man die Karte richtig liest und aus den Fakten die richtigen Schlüsse zieht!«

»Also aus seinen Erfahrungen lernt?«

Maria runzelte die Stirn.

Warum hat die eigentlich keine Falten?

»Ja! Aber Vorsicht! Man sollte aus einer Erfahrung nur die Weisheiten herausziehen, die auch wirklich drin sind. Mark Twain, den ich ansonsten nicht schätze, da er trotz eines Bestsellers und eines Riesentalents in Armut gestorben ist, bringt in diesem Zusammenhang das Beispiel von der Katze, die sich auf einen heißen Deckel setzt. Sie lernt daraus nur eins: nämlich daß man sich überhaupt nicht auf Deckel setzen darf, auch nicht auf einen kalten!«

Helena mußte lächeln.

»Doch jetzt laß uns über deinen weiteren Lebensweg sprechen.«

Helena wandte den Blick ab.

»Frag dich auch jetzt zuerst einmal, wie du dich siehst. Was hast du für eine Vision von dir selbst?«

Helena schwieg.

»Was führt die Frau, die du vor deinem geistigen Auge siehst, für ein Leben?«

Helena bemühte sich nach Kräften. In Gedanken schob sie ihre verräucherte Dreizimmerwohnung, den Möchtegernholländer und seine pickelige Schwester beiseite, um einen Blick auf das zu werfen, was sie sich schon immer gewünscht hatte. Aber es fiel ihr schwer, denn immer noch stand ihr die Angst im Wege, die Angst vor dem Alleinsein, die Angst vor dem Neuen. Wie viele Frauen waren heutzutage allein? Doch sie hatte immerhin wenigstens Willem. – Und ein Dach über dem Kopf . . .

Ein Dach, ja schon . . . aber was für eins?

Und plötzlich sah sie es wieder vor sich, ihr kleines Traumhaus. Ein Cottage – ähnlich dem, in dem Anne Shakespeare, die Frau des Dichters, gelebt hatte – mit Fachwerk und Reetdach. Oder ein Häuschen, wie Willem und sie es im Elsaß gesehen hatten, und in das sie sich damals auf der Stelle verliebt hatte.

Das Haus in England war von einem Garten umgeben, in dem Blumen sämtlicher Farben und Formen wuchsen, die die Natur in Mitteleuropa zu bieten hatte. Und alles war mit leichter Hand zu einer üppigen, mediterranen Komposition zusammengefügt worden, die einfach bezaubernd war.

Das Haus selbst hatte winzige Zimmer gehabt, einen Holzboden, niedrige Decken. Und aus dem Fenster blickte man ins Grüne, so weit das Auge reichte.

Helena stellte sich eine Bank vor, eine Bank vor dem Haus an einer Mauer neben der Tür. Sie stellte sich die südländische Sonne vor, die den Garten in ihr warmes Licht tauchte. Jetzt verschmolzen ihre beiden Traumhäuser zu einer Einheit.

In so einem Haus wollte sie leben. Egal wo! Es mußte nicht in England sein und auch nicht im Elsaß. Es mußte klein sein, ihr gehören, eine Katze, einen Hund und Kinder beherbergen. Morgens wollte sie mit dem Fahrrad zum Bäcker fahren können, sich über die neugierige Nachbarin ärgern, darauf warten, daß das einzige Kino in der 10 km entfernten Kleinstadt endlich mal einen zweisprachigen Film zeigte. Sie wollte Salami und Käse auf einem Holzbrett servieren, Freunde zum Tee einladen und Wäsche an einer Leine aufhängen.

Helena seufzte. Der Traum war so unwirklich, daß man ihn nicht einmal mit gutem Gewissen einen Traum nennen konnte. Träume hatten zumindest manchmal ihren Ursprung in einem Erlebnis aus der Vergangenheit und somit einen wahren Kern. Helena jedoch konnte sich nicht erinnern, jemals in so einem Haus gewohnt zu haben. Nur eines wußte sie genau: Sie hatte es sich immer schon gewünscht.

»Willem sagt, er braucht die Stadt!« sagte sie jetzt zu Maria. »Und ich denke, es ist okay so!«

Es ist nicht okay! Ich möchte in einem kleinen Haus auf dem Land leben! Mit meiner Familie und mit meinen Tieren.

»Und was brauchst *du*?« erkundigte sich Maria. »Als deine Mutter dich zur Welt gebracht hat, hat sie wahrscheinlich kaum als erstes daran gedacht, daß du einmal irgendeinen dahergelaufenen Willem glücklich machen sollst. Wahrscheinlich hat sie gedacht: »Lieber Gott, laß *dieses* kleine Mädchen glücklich werden!«

Helena sagte nichts.

Glücklich?

***

Helena und Maria betraten den Salon Caspari. Drinnen herrschten die übliche drangvolle Enge und der übliche Betrieb. Kundinnen kamen und gingen. Einige wurden vom Waschtisch zu den Spiegeln gerollt, andere harrten mit ergebener Miene unter den Trockenhauben aus. Der Boden war mit Haaren in allen Farben bedeckt. Das dralle Lehrmädchen kehrte sie kaugummikauend zur Seite.

»Ach, Frau Abschied!«

Herr Caspari sah wieder einmal ganz so aus, als habe er Helena vergessen.

»Nehmen Sie doch schon mal Platz, Frau Abschied . . . die Simone kommt gleich zum Waschen!«

»Ich warte auf Frau Abschied!« sagte Maria zu der heranschlurfenden Simone und setzte sich graziös auf einen der plastikbezogenen Wartestühle.

»Bitte!« meinte Simone. »Bitte!«

Sie zog ein mobiles Waschbecken heran und machte sich an die Arbeit.

Wie immer. Sie knetet meinen Kopf wie einen Salatkopf. Wer hat der eigentlich geraten, Friseuse zu werden?

»Geht das Wasser so?«

Helena wechselte einen Blick mit Maria. Die schüttelte den Kopf.

»Nein, das Wasser ist zu kalt!«

Simone wusch unverdrossen weiter.

»Ich sagte, das Wasser ist zu kalt, Simone.« Helena zwang sich, die Stimme zu heben. Einige Kundinnen wandten langsam und bedächtig die Köpfe wie Schafe auf der Wiese.

»Was?« Simone stellte das Wasser ab.

»Es ist zu kalt, das Wasser.«

»Ist was?« Herr Caspari war irritiert und sah zu seiner treuen Kundin Abschied hinüber, mit der es doch noch nie Probleme gegeben hatte. »Ich sagte, das Wasser ist zu kalt. Sie fragt mich jedesmal, und ...«

Maria im Hintergrund schüttelte den Kopf. Keine Erklärungen.

Sie hat recht. Warum soll ich darüber viele Worte verlieren. Es ist sein Salon, und er hat die Aufgabe, mich zufriedenzustellen.

»Dann stell es halt wärmer, Simone!« befahl Caspari unwirsch. »Jede Kundin ist eben anders!« erklärte er in den Raum.

Schweigen.

Helena sah es mit Triumph.

Wahrscheinlich ist das Casparische Wasser fast allen zu kalt oder zu warm. Es wagt nur niemand, etwas dagegen zu sagen.

Caspari tänzelte ein paar Schritte in ihre Richtung.

»Machen wir's ansonsten wieder wie immer, Frau Abschied?« rief er.

»Nein!« sagte Helena unter dem Handtuch, mit dem Simone sie abrubbelte, als wollte sie ihr die Ohren abreißen.

»Ich möchte diesmal etwas ganz anderes, und ich möchte – ich will –, daß *Sie* es machen!«

Meine Stimme zittert! Warum eigentlich? Von dem Geld, das ich mittlerweile schon in seinen Laden ge-

schleppt habe, könnte sich der Mann glatt ein neues Auto kaufen. Und nur die ersten drei Male hat er mich persönlich bedient.

Caspari machte einen weiteren Schritt auf Helena zu.

»Das ist jetzt aber dumm, Frau Abschied, denn gleich kommt eine neue Kundin, die ganz kurzfristig einen Termin bei mir haben wollte ...«

Was macht Maria? Aha, sie schüttelt den Kopf. Nein, sie tippt sich an die Stirn.

Helena nahm alle Kraft zusammen.

»Ihre neue Kundin muß eben warten, Herr Caspari. Ich bin nämlich eine *alte* Kundin, und ich habe das Recht, zu verlangen, daß Sie mir die Haare schneiden. *Sie! Dafür* komme ich in Ihren Salon, und *dafür* zahle ich!«

Das verbindliche Friseurslächeln des Meisters wurde blasser, sein Blick härter.

Eine Dame in einem eleganten Mantel betrat den Salon.

»Tut mir leid, Frau Abschied, aber Sie sehen ja. Heute geht es wirklich nicht. Beim besten Willen nicht.«

Was mache ich jetzt? Meine Mittel sind ausgeschöpft. Ich muß an Maria denken. Was macht sie? Sie legt den Zeigefinger auf den Mund. Was hat sie gesagt? Warten können!

Helena musterte Herrn Caspari schweigend. Überhaupt war im ganzen Salon Schweigen eingekehrt. Nur das Rascheln einer Zeitschrift war zu hören und das Surren eines leisen Föns.

Nach einer Weile sagte Helena deutlich: »Von Ihrem besten Willen sehe ich leider nichts. Ich muß darauf bestehen, Herr Caspari, daß Sie die getroffenen Vereinbarungen einhalten. Was sollte Ihre neue Kundin sonst von Ihnen denken? Daß Sie selbst bald ebenfalls in den Händen der vielleicht verdienstvollen, aber zweifellos noch in der Lehre befindlichen Simone landet?«

Die Dame im eleganten Mantel ließ ihren Blick fragend zu Simone hinüberwandern. Die kaute abwartend an einem Nagel.

»Meine Kundinnen beschweren sich nie!« sagte Herr Caspari. »Nur Sie!«

Helena wurde unsicher. Das war ein Totschlagargument. Alle Kundinnen waren zufrieden, nur sie nicht. Sie war ein Sonderling, gehörte nicht zur zufriedenen, glücklichen Caspari-Familie.

Ich gebe auf. Was soll ich dazu sagen?

»*Eine* sollte auch schon reichen, Herr Caspari!« sagte Maria aus dem Hintergrund mit ganz sanfter Stimme, die wie das nachmittägliche Gähnen einer verwöhnten Löwin klang. »Denn Sie wissen ja: Ein Staudamm bricht auch immer an einer einzigen kleinen Stelle, Herr Caspari!«

Die Augen sämtlicher Kundinnen sahen Herrn Caspari jetzt unverwandt an. Ganz langsam und mit gezückter Schere ging dieser auf Helena zu.

»Und wie hätten Sie es gern, Frau Abschied? Sie haben ja ziemlich feines Haar. Und dazu noch Naturlocken! Ich würde Ihnen wieder den bewährten Stufenschnitt empfehlen!«

»Nicht mehr stufig«, sagte Helena. »Ich möchte meine Haare lang wachsen lassen!«

Na bitte!

***

»Die nächste Situation dieser Art bewältigst du allein«, verkündete Maria, als sie wieder draußen waren.

Okay! Und ich freu mich drauf!

Wie üblich war Frau-Häßler-wie-der-Fußballspieler um zwei Uhr nicht dort, wo sie hätte sein sollen, nämlich an der Rezeption, um Helena zur Massage in die Kabine zu dirigieren. Statt dessen befand sich dort nur die Empfangsdame: »Abschied. Ich habe einen Termin um zwei!«

Die Kollegin nickte.

»Weiß ich, Frau Abschied!«

Jetzt kommt's!

»Weiß es Frau Häßler auch?«

»Ich denke ja!«

»Warum ist sie dann nicht da!«

Nur nicht zu viele Worte machen. Fragen stellen. Das war gut.

»Sie wird gleich kommen!« sagte die Kollegin erstaunt und musterte die Patientin. Was war denn mit dieser Abschied los? Irgendwie sah sie anders aus als sonst. Sie hatte abgenommen, die Haare waren dunkler und länger – sie hatten sogar einen leichten Rotstich. Sah besser aus als der Stufenschnitt. Und die Ohrringe waren neu. Auch die Jeans. Und diese Kaschmirjacke war ja echt schick! Ja, sie hatte sich eindeutig verändert. Helena wartete schweigend. Der Empfangsdame wurde immer unbehaglicher zumute.

»Sie können ja rasch noch etwas lesen!« sagte sie schließlich.

»Zum Lesen war ich eigentlich nicht hergekommen«, versetzte Helena.

In diesem Moment erschien Frau Häßler, wie immer in eine »Duftwolke« aus Zigarettenrauch gehüllt.

»Ach, Frau Abschied! Gehen Sie schon mal in die Zehn!« rief sie.

Helena ging in die Zehn.

»Du, die ist heut irgendwie geladen!« warnte die Kollegin.

Frau Häßler lachte: »Aber doch nicht die Frau Abschied! Das ist doch 'ne ganz Nette!«

Frau Häßler eilte in die Kabine. Helena lag bereits auf dem Bauch. Sie hatte sich ihr eigenes Handtuch mitgebracht, um nicht wieder stundenlang halbnackt warten zu müssen.

»Und? Geht's, gut, Frau Abschied? . . . Also Ihr Rükken ist heute aber wieder ganz schön verspannt!«

Das sagt sie jetzt seit zwei Jahren.

»Das sagen Sie jetzt seit zwei Jahren!«

Frau Häßler schwieg erstaunt und dachte: Stimmt!

Eine Weile sagte keine von beiden etwas. Dann schnitt die Häßler ihr Lieblingsthema an.

»Haben Sie das jetzt eigentlich auch mal ausprobiert, das mit dem Eigenurin?!«

»Nein!« sagte Helena. Sie wandte den Kopf und sah Frau Häßler direkt ins verkraterte Gesicht. »Und ich *werde* es auch nicht ausprobieren, denn ich finde es absolut widerlich!«

Frau Häßler schwieg verblüfft.

Dann sah sie auf die Uhr.

Siebzehn Minuten nach sechs. In drei Minuten mußte sie in der Acht Fangopackungen machen.

Sie glitt mit ihren Händen zum Nacken, der letzten Station der Rückenmassage.

»So, fertig. Bis nächste Woche!«

»Nein!« sagte Helena. »Wir sind noch nicht fertig!«

»Aber doch!« erwiderte Frau Häßler verwundert. »Es ist zwanzig nach sechs! Wollen Sie noch Franzbranntwein?«

Hoffentlich halte ich durch. Ruhe bewahren. Und keine Erklärungen. Aber: Ein gutes Mädchen ist bescheiden, hält den Mund, nur keine Probleme machen . . . nicht auffallen . . .

»Will ich nicht. Aber Sie haben um neun nach sechs erst mit der Massage angefangen.«

Schweigen seitens der sonst so redefreudigen Häßler. Dann sagte sie: »Tut mir leid, aber mein nächster Patient wartet schon. Wir sind durch!«

Und sie unterstrich ihre Worte durch einen sanften Klaps auf den Rücken.

»Dann hätten Sie eben früher anfangen müssen!«

»Gut, beim nächsten Mal. Kommen Sie mit vor zur Kasse.«

Was mache ich jetzt? Ich kann schlecht hier liegenbleiben wie ein Stück gut abgehangenes Rindfleisch.

Helena stand auf, zog sich an, trat den Weg zur Kasse an.

Was hat Maria gesagt? Konzentriere dich auf das Wesentliche. Analysiere die Fakten, und verhalte dich dementsprechend!

Und was war das Wesentliche im Falle von Frau Häßler? Das Geld. Schließlich verdiente sie mit der Massage nicht nur ihren Lebensunterhalt, sie mußte ihrem Arbeitgeber auch Rechenschaft über das eingenommene Geld ablegen.

Helena holte ihren neuen blauen Ledergeldbeutel heraus und zählte 11,– Mark ab.

»Die Massage kostet 20,– Mark«, sagte Frau Häßler jetzt kühl. Mittlerweile klang sie genau wie Herr Caspari.

»Ja«, antwortete Helena und schluckte den Kloß aus Ängsten, Hemmungen und Konventionen hinunter, der ihr im Hals steckte. »Zwanzig Minuten kosten 20 Mark, 11 Minuten kosten 11 Mark.«

Eigentlich liegt mir jetzt auf der Zunge, daß ich ja wohl noch rechnen kann, aber laut Maria sollte eine Beschwerde so kurz angebunden wie möglich sein. Am besten keine Nebensätze!

Frau Häßler blickte auf die Münzen hinab, die auf der Theke lagen. Noch gab sie sich nicht geschlagen, auch wenn der Patient in der Acht wartete. Was war nur mit dieser Frau Abschied los? Sie war doch sonst immer so eine nette Patientin gewesen!

»Ich muß Sie bitten, sich an unsere Vereinbarungen zu halten und den gesamten Betrag zu zahlen!«

»Das tue ich. Sobald Sie sich ebenfalls an die Vereinbarungen halten!«

»Dann muß ich mit dem Chef sprechen«, beharrte Frau Häßler.

Helena biß sich auf die Zunge.

Weniger ist mehr. Rede nicht zuviel. Fast alle Frauen reden sich um Kopf und Kragen, sagt Maria.

Helena beherrschte sich mit aller Gewalt. Sie sagte nichts, sah Frau Häßler nur an.

Die Masseuse senkte den Blick. Sie wußte, daß es nichts bringen würde, mit dem Chef zu sprechen. Nach der x-ten Gesundheitsreform erstatteten die Krankenkassen immer weniger, und Kunden, die privat bezahlten wie diese Abschied hier, waren ohnehin ausgesprochene Mangelware. Außerdem würde ihr Boß wahrscheinlich Ärger machen, weil sie es mit den Massagezeiten tatsächlich nicht so genau nahm . . .

»Gut, dann bis nächste Woche!« preßte sie mühsam heraus.

»Um zwei Uhr!« lächelte Helena.

Geschafft!

***

Helena betrachtete sich im Spiegel der Metzgerei. Sie sah richtig gut aus. Die Kosmetikerin hatte ganze Arbeit geleistet: glatte, klare Haut, perfektes Make-up, makellos gezupfte Augenbrauen, die Lippen geschminkt, keine kleinen Härchen mehr am Kinn, keine großen Poren.

Das sonnengelbe T-Shirt stand ihr und paßte hervorragend zu der Jeans. Dazu trug sie gelbe, superleichte und edle Wildledersportschuhe, die man kaum spürte und die ihr einen geradezu federnden Gang verliehen.

Sie lächelte ihrem Spiegelbild zu.

Diese ganze Einkleidungsaktion war zwar sündhaft teuer, aber es hat sich gelohnt.

»150 Gramm Lyoner bitte!«

Die Verkäuferin legte ein paar Scheiben auf die Waage.

»Noch was?«

»Ich sagte 150 Gramm. Nehmen Sie also bitte eine Scheibe wieder runter, danke!«

Darf's ein bißchen mehr sein? – Nein! Wenn ich 150 Gramm sage, will ich keine 180 angedreht bekommen. Ich nehme jetzt nur noch, was ich bestellt habe! Die Frage ist nur, was habe ich mir für einen Mann bestellt? Einen notorisch erfolglosen Übersetzer und Phantasieholländer?

»Ist der Eiersalat frisch?«

»Natürlich!« versicherte die Verkäuferin.

»Also von heute!«

Unsicherheit.

»Nein, von gestern, aber wir stellen ihn jeden Abend . . .«

»Dann ist er also *nicht* frisch!«

»Ist er wohl!« sagte die Verkäuferin. »Aber wenn Sie wollen, hole ich Ihnen den von heute aus den Kühlräumen!«

Ja, ich will.

Kapitel 11

LIEBE LESERINNEN! DAS FRÜHJAHR IST DIE ZEIT, IN DER SIE DIE GRUNDREINIGUNG VON SEELE UND KÖRPER EBENSO WICHTIG NEHMEN SOLLTEN WIE DEN HAUSPUTZ. WENN DRAUSSEN DIE SONNE KRÄFTIGER WIRD UND DIE BLUMEN BLÜHEN, SOLLTEN SIE BEGINNEN, SICH WIEDER AUF DIE IN IHREM INNEREN VERBORGEN LIEGENDEN KRÄFTE ZU BESINNEN.
(*Prisma*, »Frühjahrsputz für müde Frauen«)

Die Natur zog sich um. Rasch tauschte sie das zartgrüne, vorfrühlingshafte Gewand gegen die bunten Frühsommerklamotten ein. Sattgelb wie die Forsythien. Zartrosa wie die Magnolien. Weiß wie die Flickenteppiche aus Maikraut auf den Waldlichtungen. Endlich hatte die Sonne wieder ihren Dienst aufgenommen, die Luft erwärmte sich auf Gradzahlen im zweistelligen Bereich. Selbst der Wetterfrosch im Fernsehen strahlte vor Freude, wenn er den Wetterbericht verkündete.

Helena lüftete ihre Wohnung, um den Mief herauszulassen, den zwei Raucher, von denen einer sich der Firma Caballero verschrieben hatte, verursacht hatten. Der Müll quoll über von Coladosen und Käseresten. Von den kulinarischen Errungenschaften Hollands war aus Helenas Sicht der Käse noch das Beste, was Willem ins Haus brachte, aber das machte es auch nicht besser. Wenn sie an das »typisch holländische« Mittagessen – bestehend aus Pommes frites mit Apfelmus – dachte, schüttelte sie sich. Helena packte den Mülleimer und trug ihn die Treppe hinunter.

Unten traf sie – wie hätte es anders sein sollen – auf Gerhard Schröder. Und wieder war er mit einem Fahrrad beschäftigt. Er kniete vor der Lenkstange, die er zwischen seinen kräftigen Oberschenkeln festhielt, und schraubte, was das Zeug hielt.

»Hallo, Frau Abschied! Haben Sie Ferien vom alltäglichen Kinderhorror?«

»Ja, seit heute!« antwortete Helena zurückhaltend. »Seien Sie mir nicht bö ...« Sie unterbrach sich.

Schluß mit den Entschuldigungen, warum sollte er mir böse sein? Unterstelle nicht jedem, den du triffst, daß er böse mit dir ist.

»Also sagen Sie mal, was machen Sie eigentlich mit all den Fahrrädern?«

Der hünenhafte Mann mit den Preisboxermuskeln sah sie aufmerksam, freundlich und interessiert an.

»Ach, das haben Sie bemerkt? Immerhin. Ich brauche sie für meine Arbeit: Ich bin Bildhauer und verarbeite Fahrradmaterial in meinem neuesten Werk: ›Trafficus – Der mobile Gott‹.«

Schon wieder ein Künstler! Eigentlich sollte ein armer Schlucker im Haus doch reichen! Ich frage mich nur, wer dem die Miete zahlt!

»Wollen Sie das Werk mal sehen? Kommen Sie doch mit in meine Wohnung! Leider ist sie zugleich auch meine Werkstatt.«

»Ich ...« Helenas altes, ängstliches Selbst zögerte. Abenteuer jeder Art waren ihr fremd, das Unbekannte erschreckte sie namenlos. Doch dann fielen ihr Marias

Worte ein: Es durfte keinen Ort auf der Welt geben, den sie aus Angst mied! Aus Vernunftsgründen vielleicht, aber nicht aus Angst.

Helena atmete tief durch.

»Na gut!«

Gemeinsam mit Gerhard Schröder oder wie er auch heißen mochte, betrat sie dessen überraschend lichte und aufgeräumte Wohnung.

»Sie haben es aber nett hier! Und so ... na ja ... so sauber! Für einen Mann, meine ich. Und da! Blumentöpfe mit Kräutern! Wie schön!«

Helena beugte sich vor und schnupperte an einem Terrakottakübel voller duftender grüner Blätter.

Gerhard Schröder zupfte ein gelbes Blättchen weg.

»Diesen Thymian hatte ich schon in meiner Datsche. Muß mindestens zehn Jahre alt sein. Zum Kochen ist er mittlerweile wohl zu betagt.«

Sauberer als in der Stube meines zerzausten Übersetzers ist es hier allemal! Zumindest hat Schröder eindeutig schon von den Segnungen des Lüftens und der Errungenschaft des Staubsaugers gehört.

»Und das ist mein Trafficus!« sagte Gerhard Schröder und wies auf eine kompakte Plastik.

Helena betrachtete die Gestalt, die voller geballter stählerner Kraft zu sein schien. Sie war ausschließlich aus Fahradzubehör gefertigt. *Die ist toll. Die ist richtig toll. Eine Mischung aus Steinzeit und Neuzeit. Dieser kleine Kerl aus Schrauben und Drähten gefällt mir!*

Der Trafficus hatte Räder statt Beine, und sein Kopf ruhte auf einer Lenkstange. Die Augen bestanden aus Fahrradlampen. Die restlichen Körperteile waren aus Speichen und Ketten geformt. Zusammengehalten wurde das Ganze mit Lehm. Und an einer Stelle gab es sogar eine Klingel, wie Helena bemerkte ... Sie wurde rot.

»Das archaische Material in Synthese mit unseren modernen Fortbewegungsmitteln. Der Trafficus geht bald in Serie. Det is meen fünfter, und Aufträge hab ick für noch mehr. Den ham sogar schon zwei Autohäuser bestellt, obwohl det Ding doch konsumkritisch ist!«

»Autohäuser? Wirklich?«

Er verdient sogar Geld mit seiner Kunst! Was sagt man dazu? Aber der kleine Verkehrsheld ist ja auch richtig originell.

»Ja.« Er lachte und entblößte dabei sein blendendweißes Piratengebiß. »Das mag ich so bei euch im Westen. Aufgeschlossenheit, selbst auf höchster Ebene. Nun ja, so eine Geellschaftskritik ist ja gut und schön, aber man muß auch davon leben können! Das ist mir genauso wichtig. Ich bin schließlich bildender – und kein Hungerkünstler.«

»Er ist richtig ansprechend!« sagte Helena und strich der Figur über den metallenen Kopf.

Gerhard Schröder sah es mit Rührung. Noch nie hatte jemand seinen Trafficus gestreichelt.

Der Mann ist eigentlich auch nett.

»Und da ich kein Macho bin, wie Sie vielleicht denken mögen, hab ich auch eine Traffica geschaffen. Die geht nach Italien zu Fiat.«

»Ach?«

Gerhard Schröder lachte. »Das Vorbild haben Sie ja letzthin schon kennengelernt.«

»Ach, das war keine ...«

Das darf ich ihm nicht sagen. Über so etwas spricht man nicht.

»Nutte? Nee, so was hab ich nicht nötig. Gott sei Dank! Sex ohne Liebe lehne ich sowieso ab ...«

Helena starrte ihn an. Sie konnte nur hoffen, daß man ihr die Erleichterung nicht zu sehr ansah.

Ich auch.

Dann sagte der große Mann mit Bedacht: »Liebe ohne Sex allerdings auch!«

»Ich muß gehen!« sagte Helena hastig und wurschtelte verklemmt an ihrem Schal herum. »Die Hausarbeit ruft: Betten machen, spülen, und dann hab ich noch einen Termin!«

»Hört sich nach einem interessanten Vormittag an. Die nächste Figur, die ich mache, heißt übrigens Termina, die Göttin des Modernen Menschen. Sie wird mit kleinen Kalendern, Uhren und Computern ausgestattet sein! Ist Ihnen eigentlich bewußt, wie albern das alles ist? Schlagen Sie irgendeinen beliebigen Tag in einem zehn Jahre alten Kalender auf. Vermutlich haben Sie sich damals über tausend Sachen geärgert, haben sich abgehetzt und geflucht, weil sämtliche Ampeln rot waren und irgendwelche Leute Sie aufgehalten haben. Aber können Sie sich heute noch daran erinnern? Nein. Also kann es damals den ganzen Ärger nicht wert gewesen sein. Sie leben noch, folglich war es wohl nicht so wichtig, ob Sie zu spät oder zu früh gekommen sind ...«

Er gefällt mir. Obwohl er wahrscheinlich meinen Regenschirm gestohlen hat. Aber stiehlt Willem mir nicht noch viel mehr? Mein Leben? Und dreiviertel meines schmalen Einkommens?

Als Helena in die Wohnung zurückkehrte, stand Willem singend unter der Dusche. Er achtete peinlich darauf, nur niederländische Lieder zu singen. Er behauptete, sogar auf holländisch zu träumen. Helena hatte davon noch nichts bemerkt, denn er pflegte im Schlaf nicht zu reden, sondern nur zu schnarchen, und da konnte man das Holländische nicht allzu deutlich heraushören.

Einigermaßen müde schleppte sie sich ins Schlafzimmer. Es war Zeit, die Betten abzuziehen. Ostern sollte alles frisch duften. Willem und seiner Schwester machte der Geruch in der Wohnung nichts aus – Willem hatte früher, als er noch sein eigenes Zimmer in einer Wohngemeinschaft mit einem arbeitslosen Stukkateur und einem ebensolchen Soziologen gehabt hatte, seine einzige Bettwäschegarnitur nur gewaschen, wenn er im Hochsommer darin festgeklebt war.

Helena zog das Bettuch ab, wobei sie ein Brandloch und einen Aschefleck bemerkte. Wenn sie morgens zur Schule ging, schlief Willem meist noch. Zumindest tat er so. Jetzt mußte sie vermuten, daß er – kaum daß sie aus dem Haus war – seinen Kaffee, die Zeitung und seine Caballero mit ins Bett nahm. *Eigentlich hatten wir ja mal ausgemacht, daß im Schlafzimmer nicht geraucht wird.*

Sie zog das Oberbett ab und schüttelte den Bezug aus. Dabei fiel etwas zu Boden. Helena bückte sich und inspizierte das fremde Ding. Ein abgerissener Zehennagel, schwarz-lila lackiert! Hatte ihr nicht noch vor kurzem jemand gezeigt, daß er sich den in ebendieser Farbe lackierten Zehennagel halb abgerissen hatte?

Petra! Das ist ein Zehennagel meiner Schwester. In meinem Bett!

***

»Ich bringe sie um. Reicht es nicht, daß sie mir als Kind alles weggenommen hat? Meinen Hamster Jonathan hat sie mir damals auch entfremdet. Er sollte tagsüber schlafen, weil Hamster ja nachtaktiv sind, aber sie hat ihn systematisch an einen anderen Rhythmus gewöhnt, hat ihn geweckt und ihn mit Karotten gefüttert, bis er nur noch aus seinem Häuschen kroch, wenn sie am Käfig erschien.«

»Aha. Erst der Hamster, jetzt der Mann! Du hast offenbar versäumt, deiner Schwester rechtzeitig klarzumachen, was mein und dein heißt. Aber beruhige dich wieder. Wir werden uns dem Problem deines sogenannten Freundes und deiner verschlagenen Schwester noch widmen!« erklärte Maria einer Helena, die vor Wut kochte. »Doch vorher müssen wir noch ein ganz anderes Problem angehen. Ich will, daß du deine Zeitschriften wegwirfst.«

»Meine Zeitschriften?« Helena bemühte sich, den von den Tränen zerlaufenen Kajalstift unter ihren Augen wegzuwischen. »Das interessiert doch jetzt gar nicht. Sie haben es hier getrieben! In *meinem* Bett!«

»Laß gut sein. Er liebt sie nicht, sonst hätte er sich von dir getrennt. Er bumst nur gerne mit ihr. Und wenn er dich jedesmal gleich betrügt, sobald er eine trifft, mit der er gerne bumsen würde, dann solltest du dich fragen, ob er der Richtige für dich ist!«

Antje und Willem waren übers Wochenende nach Aachen zum Geburtstag einer Tante gefahren. Helena hatte ihm zum Abschied nur stumm die Wange hingehalten. Zu mehr hatte sie sich einfach nicht durchringen können. Wahrscheinlich hatte Willem sowieso nichts bemerkt. Und falls doch, hatte er vermutlich angenommen, daß sie sauer war, weil er zu seiner Verwandtschaft fuhr.

»Ihr Deutschen versteht das nicht!« hatte Willem noch vor kurzem pompös erklärt. »Aber niederländischen Familien gehen Traditionen und Familienfeste über alles. Mijnheer F. hat in »Blutige Wellen« beschrieben, wie eine Familie aus der Gegend von Leiden den Geburtstag der Großmutter feiert, und ich sage dir: Davon könnt ihr Deutschen nur lernen!«

So hockte sie jetzt in der entvölkerten Wohnung. Maria saß auf einem Stuhl ihr gegenüber. Ihre attraktive Erscheinung wurde vom Schlafzimmerspiegel reflektiert und wirkte dadurch noch beeindruckender. Helena kauerte auf dem Bett der betrügerischen Tat.

»Also«, wiederholte Maria. »Ich will, daß du dich von deinen Zeitschriften trennst.«

Von meinen geliebten Zeitschriften? Das kann sie nicht ernst meinen!

»Aber ich sammle sie schon seit einer Ewigkeit. Es wäre schade, sie wegzuwerfen. Hier, schau mal, dies ist beispielsweise eine *Brigitte* von 1979. Das Thema des Ratgeberteils lautet: ›Moderne Partnerschaft und doch ganz Frau bleiben – eine Illusion? Zehn Wege zu einer besseren Ehe.‹«

Maria warf einen Blick auf das Titelblatt. Ihre Lippen verzogen sich ironisch.

»32 flotte Sommerfrisuren. Salate für jeden Anlaß, Tips für eine bessere Figur. Immer das gleiche – und das schon seit zwanzig Jahren –, weil Frauen sämtlicher Generationen immer wieder auf die gleichen Sprüche hereinfallen. Helena, die Welt in diesen Heftchen ist stehengeblieben! Komm, schenk sie einem Archiv. Du sammelst sie einfach schon viel zu lange!«

»Aber sie geben mir irgendwie . . . Halt.«

»Ja? Die *Prisma* empfiehlt dir heute, du sollst deinem untreuen Lover noch eine Chance geben, und die *Petra* sagt, daß ein Mann, der einen einmal betrogen hat, es immer wieder tun wird. Und? Bist du jetzt schlauer? Was tust du nun mit deinem Willem? Ihn behalten oder entsorgen? Aha, du weißt es nicht! So weit kann es mit dem Halt, den dir diese Hefte geben, also nicht hersein.«

Helena sah mürrisch aus dem Fenster.

»Die Hefte ersetzen dir das richtige Leben und richtige Menschen. Das kann wohl kaum das sein, was dein Schöpfer gewollt hat!«

»Ausgerechnet *du* sprichst von meinem Schöpfer?«

»Allerdings ich! Wie alles ist auch der Glaube für mich ein reines Exempel der Vernunft: Durch ihn habe ich jemanden, dem ich ein wenig Verantwortung abgeben kann.«

»Aber du glaubst doch vor allem nur an dich!«

»Ich glaube an mich. Natürlich. Warum auch nicht? Das ist doch kein Widerspruch, oder? Untersuchungen haben gezeigt, daß in Ländern mit starkem Glaubensanteil – in Irland und Israel zum Beispiel – die Selbstmordraten deutlich geringer sind als in von Atheismus geprägten Staaten.«

Sie macht sich den Glauben zunutze wie alles andere auch.

»Glaube ist etwas anderes als dein Egoismus!«

Maria lachte.

»Aber mit deiner naiven Dummheit hat er auch nichts gemein! Im Gegenteil: Die Schöpfung ist darauf angelegt, daß alle Wesen im eigenen Interesse handeln. Sonst würde eine Katze zuerst mit der Maus diskutieren, bevor sie sie frißt! Oder sie gar laufenlassen. Nein, sie frißt sie ohne viel Federlesens einfach auf. So überlebt sie. Aber wenn sie zu frech wird, kriegt die Katze vom nächstbesten ranghöheren Kater eins auf die Nase. Und in gewisser Weise ist das bei uns Menschen nicht anders. Nur menschlicher Egoismus ist an gewisse Normen gebunden, damit er nicht vollends über die Stränge schlägt!«

»Trotzdem!« sagte Helena, weil ihr nichts anderes mehr einfiel.

Maria strich sich das glänzende Haar aus der Stirn und ignorierte sie. »Glaub an dich und schrei es in die Welt hinaus« dozierte sie weiter. »Und ich zitiere nochmals die Bibel: Der Gottlose schändet und schmäht sich selbst!«

Da ich die Bibel kaum kenne, kann sie diese Zitate nach Belieben verändern und aus dem Zusammenhang reißen. Nicht unclever.

»Wirf also diese albernen Hefte weg. Sie gaukeln dir eine Welt vor, die nur in ihren Redaktionsstuben existiert! Was willst du mit zwanzig flotten Sommerfrisuren, vorgeführt an Models mit Traumhaar, wenn du selbst nur ein paar dünne Strähnen dein eigen nennst.«

Helena griff sich sogleich an den Kopf.

»Ich meine doch nicht dich persönlich, Helena«, lachte Maria. »Das Hauptproblem wenig selbstbewußter Menschen besteht darin, daß sie alles auf sich beziehen!«

Helena zuckte die Achseln. Falsch war das nicht!

»Und weil wir das jetzt so klar erkannt und formuliert haben«, fuhr Maria fort, »halte ich nun den Zeitpunkt für gekommen, dir etwas mehr von mir und meinem Leben zu erzählen.«

Helena streckte sich auf dem Bett aus, in dem vermutlich ihr Freund und ihre Schwester miteinander geschlafen hatten, und versuchte, den Gedanken an die beiden zu verdrängen. Sie erwartete eine Geschichte über Macht und Erfolg – so wie die, die in ihren Illustrierten standen. Geschichten über Frauen, die sich in ihrem Haus fotografieren ließen, die auch ihre Kleiderschränke den neugierigen Kameras öffneten, die Erfolg und Schönheit ausstrahlten und dazu noch Mann, Kinder und Katze hatten. – Nicht zu vergessen das kreative Potential, das in diesen Frauen zu stecken schien!

DIESEN SESSEL IN VAN-GOGH-BLAU HAT VIOLA AUF EINEM FLOHMARKT IN DER TOSKANA ENTDECKT UND GEMEINSAM MIT IHREM MANN MARK, EINEM BÖRSENMAKLER AUS FRANKFURT, RESTAURIERT. ER IST MITTLERWEILE ZUM LIEBLINGSPLATZ VON TÖCHTERCHEN KATJA UND KATZE MINKA GEWOR-

DEN, WO SIE TAG FÜR TAG MITEINANDER SCHMUSEN. WENN DIE FREUNDE KOMMEN, WIRD BIS IN DIE NACHT AN DER LANGEN TAFEL GEFEIERT ...

»Nach dem Abitur schien mir die Welt offenzustehen«, sagte Maria. »Du weißt, der Scheffelpreis, die Jahrgangsabschlußrede, Applaus, Händeschütteln. Durch, hm, gewisse Kontakte – na ja, ich habe es mit dem Sozialkundelehrer getrieben – konnte ich bei einer Zeitung volontieren und dann als freie Mitarbeiterin in der Redaktion einsteigen. Parallel dazu fing ich an, verschiedene Fächer zu studieren: Germanistik, Geschichte, Theologie und vor allem Publizistik. Schnell stellte ich fest, daß ein rotzfreches Mundwerk nicht reichte. Man mußte auch überdurchschnittlich gut sein! Ein paar frustrierte und verknöcherte Pauker zu provozieren ist *eine* Sache, Professoren und Dozenten mit zynisch-glattem Geist zu beeindrucken eine andere. Ich mußte mich ziemlich anstrengen, mußte viel lesen, um Hintergrundwissen zu erwerben, und viel schreiben, um meine Sicht der Dinge mit diesem Hintergrund zu verbinden. Vor allem mußte ich erst einmal eine Sicht der Dinge *bekommen*, und das war verdammt schwer.

Und dazu noch gut aussehen, um dem Gesprächspartner die Zunge zu lösen und auf eventuelle Redaktionsleiter bei eventuellen Vorstellungsgesprächen einen guten Eindruck zu machen.

Radio und Fernsehen zogen mich magisch an – der Tagesjournalismus eben. Ich bekam eine Stelle in Mainz und schuftete wie verrückt. Am frühen Morgen raus mit den Jungs, Interviews machen, die Kamera immer dabei, am Abend wird der Beitrag in der *Landesschau* ausgestrahlt ... das Leben schien mit jedem Morgen neu zu beginnen. Das fand ich toll!«

»Du bist also beim Fernsehen?«

Ich hab es gewußt. Sie riecht einfach danach! Jemand, der so selbstsicher ist, muß einfach in der Öffentlichkeit stehen.

Maria antwortete nicht.

»Ich sprang um fünf Uhr aus den Federn und filmte Bahnübergänge, an denen nachts ein Unfall passiert war. Und um acht Uhr abends stand ich auf dem Feldberg und berichtete, daß der Wintersturm dieses Jahr sogar die Sendemasten hatte einfrieren lassen. Meine Kollegen waren rauhe Burschen, und die Frauen in diesem Geschäft waren regelrechte Schlangen. Aber ich hatte das Gefühl, alles im Griff zu haben. Ich arbeitete wie verrückt und versuchte, mich anzupassen und mit allen gut Freund zu sein. Im Schneideraum lernte ich dann Janni kennen. Janni, ein dunkellockiger Schweizer mit Vorfahren aus vielen Ländern Südeuropas, war ein faszinierender Mann. Ein Mann mit einer Vision. Und die Vision hieß: TV goes private.

Zu einer Zeit, als Radio und Fernsehen noch fest in staatlicher Hand waren, hatte er sich schon gefragt, warum zwar Strümpfe von Privatleuten verkauft werden durften, nicht aber Radio- und Fernsehsendungen. Und da Janni stets nur einen Anruf weit vom Gedanken zur Tat entfernt war, gründete er in Zürich einen der ersten privaten Radiosender in Mitteleuropa nach RTL. Er hatte Erfolg! Und ich mit ihm. Kurz nach unserer ersten Begegnung hatten wir es nämlich heftig und mindestens zwei Stunden lang miteinander auf dem Schneidetisch getrieben. Du glaubst gar nicht, wozu die Knöpfe und Hebel bei so einem Schneidetisch alles gut sind ...«

Also, bitte.

»Also bitte!«

Maria fegte Helenas Entrüstung mit einer Handbewegung vom Tisch. »Sei nicht so prüde. In deinem Alter wirkt das nämlich ganz schön lächerlich! Niemand verlangt von dir Oralsex mit einem Wasserbüffel, aber du solltest auch nicht unbedingt so tun, als seiest du noch Jungfrau.«

Helena schwieg und dachte an ihren verbalerotischen Übersetzer. »Nun, Janni kannte Dinge, von denen ich noch nicht einmal etwas gelesen hatte, und er brachte mir Stellungen bei, die einem Gemälde von Picasso alle Ehre gemacht hätten. Ich habe später oft von seinem Unterricht profitiert. Die Liebe macht mehr Freude, wenn man sie beherrscht. So wie Skifahren und Tanzen.«

Helena sah zu Boden. Sie sprach einfach nicht gern über Sex. Sie dachte nicht einmal gern daran. Beherrschen? Liebe?

Wie sie das sagt. Ich finde das peinlich. Wie kann sie so etwas erzählen? Sie ist unmoralisch. Es ist mir auch immer peinlich, wenn Willem von seinen Sexgeschichtchen spricht.

Maria lächelte ein wenig, offenbar in Erinnerung an den Schneidetisch.

»Und nach diesen zwei Stunden war ich natürlich verliebt. Das ist bei Frauen so üblich, bei Männern eher weniger. Männer sind befriedigt, Frauen verliebt! Dieser Janni war zwölf Jahre älter als ich und mir haushoch überlegen – wenngleich er auch ein paar Zentimeter kleiner war und nicht mal Abitur hatte. Und ich war so verschossen, daß ich bereit war, für die Vision eines anderen mein Äußerstes zu geben.«

Wie oft habe ich schon Willems Übersetzungen korrekturgelesen und die Manuskripte zur Post geschleppt. Eine Aufgabe, der er sich physisch und psychisch nicht gewachsen fühlt.

»Ich schuftete also den ganzen Tag und den größten

Teil der Nacht, hielt Leib und Seele bei Janni zusammen und wurde so etwas wie die selbsternannte Chefin unserer zahlreichen freien Mitarbeiter. Und das nahm ich sehr ernst. Wenn zwei sich gestritten hatten, sorgte ich dafür, daß sie sich wieder versöhnten, indem ich jedem recht gab, mit allen freundlich redete, in jedem das Beste sah oder sehen wollte und im Notfall die Arbeit eben doch selbst machte. Als einmal ein freier Mitarbeiter ein höheres Honorar verlangte, zahlte ich den Differenzbetrag sogar aus eigener Tasche, nur damit er bei unserem Sender blieb und Janni nicht ärgerlich wurde ... Aktionen wie diese sprachen sich natürlich herum, und plötzlich wollte jeder etwas von mir. Fast alle drohten mit Absprung, und ich wurde nach Strich und Faden ausgenutzt. Meine Autorität, wenn es sie denn je gegeben hatte, sank ins Bodenlose. Sogar meine eigene Sekretärin kicherte, wenn sie mich sah.

In der Kantine saß ich bald allein, die anderen tuschelten hinter meinem Rücken. Manche sagten mir sogar Frechheiten mitten ins Gesicht. Aber selbst das merkte ich nicht. Ich merkte auch nicht, daß Janni immer häufiger allein auf offizielle Empfänge ging und mir die Hintergrund-Arbeit zuschob. Erst als ich in der Boulevardpresse ein Bild entdeckte, auf dem er Arm in Arm mit einer Breslauer Opernsängerin abgebildet war, und in dem dazugehörigen Artikel las, daß eine dauerhafte eheliche Verbindung von Kunst und Kommerz geplant war, gingen mir die Augen auf. Als ich ihn zur Rede stellte, sagte er mir eiskalt, daß ich sowohl auf intellektuellem als auch auf sexuellem Gebiet langweilig für ihn geworden sei und daß er sein Leben fortan sowieso mehr genießen wolle als bisher. Er beleidigte mich fast täglich, bis ich endlich von selbst ging. Tja, und dann hatte ich alles verloren: meinen Job, meinen Mann, meine Selbstachtung als Frau und als Mensch und dazu noch ein paar kostbare Jahre meines Lebens.

Janni gab mir zehn Prozent von dem, was die Firma wert gewesen war, als wir angefangen hatten. Das reichte gerade, um die geldgierige Psychiaterin zu bezahlen, die ich mir nehmen mußte, um nicht von der nächstgelegenen Brücke zu springen. Zu meinem Sender in Deutschland konnte ich nicht mehr zurück, denn damals waren Private und Staatliche noch auf Leben und Tod verfeindet, und wer einmal bei einem privaten Sender gearbeitet hatte oder gar einen solchen Sender mit aufgebaut hatte, der war megaout, wie die jungen Leute von heute sagen.«

Ihr ging es wie mir. Noch schlimmer. Das hört sich ja an wie ein handfester Alptraum!

»Ja, aber du hattest die Firma doch mit aufgebaut! Warum denn nur 10 Prozent?«

Maria lachte: »Was glaubst du wohl? Ich hatte weder einen Vertrag noch sonst irgendwelche schriftlichen Sicherheiten. Irgendwann zwischen dem nächtlichen Orgasmus und dem morgendlichen Kaffeekochen war das Geschäftliche in Vergessenheit geraten. Und nach dem Geld oder nach einem Vertrag zu fragen, das war mir immer schon peinlich gewesen. ›Liebe braucht doch keinen Vertrag‹, denken die weiblichen Schafe, und männliche Böcke nutzen das aus.«

Eigentlich braucht man noch nicht einmal verliebt zu sein, um sich wie so ein Schaf zu verhalten. Ich habe schließlich auch keinen Vertrag mit dem Oberschulamt, der der Rede wert wäre. Jeder Hafenarbeiter ist besser dran als ich. Mich können sie versetzen, rausschmeißen, wiederholen – ganz nach Belieben.

»Meine Position war fast schlechter als die einer freien Mitarbeiterin: Für Janni war ich nur ein preiswertes Arbeitstier gewesen, aber für die Herren Rundfunkchefs war ich eine der Hauptfiguren der kommerziellen Konkurrenz. Also hieß es: Journalismus ade! Und was nun? Sonst konnte ich ja nichts! Bekannte und Freunde hatte ich auch keine mehr. Janni mit seinem großtuerischen Gehabe hatte alle normalen Leute aus meinem Bekanntenkreis verscheucht, und ich hatte ihn getrost scheuchen lassen.

Wenn man einmal das Gefühl hat, daß man am Schalthebel der Medienmacht gesessen hat, will man natürlich nicht mehr zurück in die Reihe der normal sterblichen Fernsehkonsumenten. Meine Familie hatte mich zudem bereits als glamouröse Gattin eines Medienmoguls gesehen und war natürlich unzufrieden, daß ich jetzt als kompletter Fehlschlag wieder zu Hause herumsaß. Jeder nörgelte an mir herum. Mein neuer Freund – eine kurze und aus dem Unglück geborene Zufallsbekanntschaft – ließ mich wegen der Eierfrau, einer hübschen Bauerntochter aus dem Kraichgau, sitzen, und ich stand mit sechsundzwanzig Jahren knietief in der Scheiße.«

Wegen der Eierfrau? Übel, übel!

»Ich wünschte, du würdest solche Worte nicht in den Mund nehmen!«

Maria antwortete nicht.

»Und was hast du dann gemacht? Offenbar hast du es doch geschafft! Hast du einen Mann kennengelernt?«

»Ja. Eines Tages hab ich nämlich einfach meinen Rucksack gepackt, hab mich auf mein Fahrrad gesetzt und bin losgeradelt. Ich wollte mir meine ganze Wut und Angst von der Seele strampeln. Eine Weile funktionierte das auch, denn irgendwann ist man völlig erschöpft, so sehr, daß man es nicht mehr schafft, sich zur nächsten Brücke zu schleppen, um sich umzubringen. Und dann begegnete ich ihm – Pater Lorenz.«

»Wie bitte?«

Sie mußte sich verhört haben!

»Ja, eines Tages bekam ich entsetzliche Magenkrämpfe mit Durchfall. Ich befand mich grade in der Nähe eines österreichischen Klosters bei Landeck. Und da sonst weit und breit keine Menschenseele zu sehen war, klingelte ich an der Pforte. Man ließ mich ein, und mein evangelischer Hintern saß zunächst endlos lang auf dem katholischen Klosterklo. Später servierte man mir eine salzige Suppe und köstlichen Tee. Und irgendwann kam der Abt höchstpersönlich vorbei, um sich diesen seltsamen Eindringling anzusehen. – Es war Pater Lorenz. – Er sah mein blasses Gesicht und meine, wie er sich ausdrückte, ›Augen in Not‹, und er schlug mir vor, ein paar Tage im Kloster zu bleiben. Stundenlang ging er mit mir spazieren, durch den gutgepflegten Klostergarten und durch die Umgebung. Dieses Kloster war ein straff geführtes Unternehmen, das kann ich dir sagen: Klostermolkerei, Souvenirshop, Paramentenstickerei – alles profitabel. Und profitabel war auch unser Gespräch über Gott!«

»Über Gott? Du hast mit ihm über Gott gesprochen?« Helena kicherte.

Das ist sicher alles nur erfunden! Ein Abt! Daß ich nicht lache!

»Ja, denn – und das hab ich dann bald begriffen – ein Abt ist auch nichts anderes als ein Geschäftsführer. Und er leitet ein schwieriges Unternehmen, weil ausschließlich Männer darin arbeiten, Männer, die keinen regelmäßigen Sex haben, die an ihrem Arbeitsplatz wohnen, denen also der Freizeitausgleich fehlt, was wiederum ein denkbar günstiger Nährboden für Intrigen ist. Darüber hinaus ist so ein Kloster eine Art Profit Center, das mit seinen Produkten Profit erwirtschaften muß: frische Klostereier, Stickerei, Souvenirs, besinnliche Bücher. Und neben der Fortbildung der Mitarbeiter müssen die Armen unterstützt, gute Öffentlichkeitsarbeit geleistet und das Ganze noch mit sinnvollen sonntäglichen Predigten gewürzt werden ...«

Ich glaub es einfach nicht!

»Pater Lorenz hat mir seine Führungsstrategien erläutert. Zunächst einmal hat er mir klargemacht, daß man nicht ohne Lebensplan durchs Dasein kommt: Hier stehe ich, da will ich hin, dieses und jenes liegt auf meinem Weg. Wie hat er gesagt? Der Langsamste, der sein Ziel nicht aus den Augen verliert, ist immer noch schneller als der, der ohne Ziel umherirrt!«

»Diese Bibelsprüche, Maria ...«

»Lessing, wenn auch nur sinngemäß!« entgegnete Maria kühl.

Ziege. Ich wette, sie hat irgendwann ein Zitatenbuch auswendig gelernt.

Helena lächelte.

»Menschen, die einen konsequenten Lebensplan verfolgen, werden von der Gesellschaft oftmals für kalt, böse und berechnend gehalten, dabei sind alle anderen nur Schafe. Mit meiner blinden Liebe zu Janni war auch ich ein Schaf. Ich erkannte nicht, daß er nichts weiter war als ein Kerl, der eine Kollegin auf dem Schneidetisch durchnudelt, der sie danach jahrelang für sich schuften, sie aber nie an der gemeinsamen Sache wirklich teilhaben läßt, geschweige denn heiratet.«

Und ich bin ebenfalls ein solches Schaf! Ich nehme den anderen Lehrern die Arbeit ab und werde dafür verachtet. Ich rödele mich im Haushalt um Kopf und Kragen, und Willem betrügt mich.

»Was hatte ich nach dem Abitur tun wollen? Ich wollte mit Menschen zu tun haben, wollte Einfluß haben und meine sprachliche Gewandtheit einsetzen können. Aber ich hatte es seither hartnäckig vermieden, mir Gedanken darüber zu machen, wie ich meine Pläne verwirklichen konnte. Genau wie du überließ ich es dem lieben Gott, für die Erfüllung meiner Wünsche zu sorgen. – Oder wenn du nicht gern von Gott sprichst, dann sagen wir halt: Ich überließ es dem Schicksal. Nun ist das Schicksal aber so unfreundlich, Lebenspläne und Wünsche absolut unerfüllt zu lassen, wenn man ihm nicht unter die Arme greift. Bloßen Träumen und vagen Hoffnungen gegenüber ist das liebe Schicksal sogar ausgesprochen feindlich gesonnen und macht wie ein gemeines Kind das genaue Gegenteil von dem, was es soll. Blinden Eifer hat Fortuna übrigens auch nicht gern. – Und letzteren hatte ich in Zürich an den Tag gelegt. – Aber einem zähen klaren Willen und dauerhafter, klug eingesetzter Anstrengung fügt es sich. Vor allem was materielle Dinge angeht, aber was – bitte schön – hat heutzutage keinen materiellen Hintergrund?!«

»Und das alles hat dir ausgerechnet ein Abt erzählt?«

»Ja, und er hat mir klargemacht, daß sein Chef einen kooperativen Führungsstil befürwortet, und sich selbstbewußte Mitarbeiter wünscht. Mitarbeiter mit Plan und Ideen, Leute, die an sich selbst glauben. Wenn Jesus nicht an sich selbst geglaubt hätte, würde heute weder Hahn noch Huhn nach ihm krähen. Bist du Christus, so hilf dir selbst und uns! heißt es in der Bibel. Wenn also einer etwas von straffer Mitarbeiterführung verstanden hat, dann Jesus. Oder glaubst du, es war in der damaligen Zeit, in der es vor halbseidenen Propheten nur so wimmelte, ein Kinderspiel, dreizehn Jungs ohne Vertrag an sich zu binden?«

»Ich weiß nicht!« murmelte Helena. Das Gespräch nahm eine merkwürdige Wendung. »Ich dachte . . . ich meine . . . diese Anzeige: Biete Flügel, suche Hörner . . . ich dachte, du bringst mir bei, wie man ein richtiges Biest wird.«

»Aber das tue ich ja. Nur muß ein Biest nicht automatisch ein Ungeheuer sein, das keinen Glauben kennt. Biest heißt ethymologisch betrachtet eigentlich wildes Tier, und wilde Tiere sind Jäger, die über Tage hinweg glasklar und zäh ein Ziel verfolgen, die sich nicht ablenken lassen, sondern die Fakten sehen, wie sie sind. Da Beute – da ich!«

Was soll dieser Vortrag?

»Dieser Abt, von dem ich sprach, Pater Lorenz, war auf seine nette, kultivierte und christliche Art und Weise durchaus auch ein Biest. Wie der seine Brüder im Griff hatte, davon konnte man nur lernen. Und wie hat er das gemacht? Zunächst einmal wußte er, was er wollte: Erstens wollte er Abt sein und ein gutes, finanzstarkes Kloster leiten, das sich wirtschaftlich selbst trug. Zweitens wollte er auch weiterhin seine wissenschaftliche Arbeit verfolgen, und dafür brauchte er Zeit und Ruhe. Wenn er sich aber täglich über seine Mitarbeiter ärgern mußte, würde ihm genau das fehlen. Also überlegte er sich, wie er es anstellen konnte, daß er sich über die ihm unterstellten Mönche möglichst selten ärgern mußte. Er mußte erreichen, daß sie seine Anweisungen genau befolgten, ohne ihn ständig zu behelligen. Dazu brauchte er Leute, an die er Arbeit delegieren konnte. Er analysierte die Fakten und die Umstände. Seine Verfügungsmasse war sein Personal, und so suchte er sich ein paar Mönche aus: Es handelte sich um drei Männer, die nicht miteinander befreundet waren. Die Informationen, die er jedem einzelnen von ihnen gab, dosierte er sparsam und vergab sie wie Prämien. Und vor allem beobachtete er aufmerksam, wie jeder einzelne Klosterbewohner lebte und sich verhielt, um sowohl die Stärken als auch – und vor allem – die Schwächen seiner Mitarbeiter genau zu kennen.«

Dabei habe ich immer gedacht, ein Kloster sei ein Refugium, wo man vor dem Ärger des Alltags sicher ist. Ein Ort, an dem Liebe und Freundlichkeit herrschen und wo man gut versorgt wird, und das nicht nur, wenn man krank ist.

»Sein Credo ist mittlerweile auch meine Lebensphilosophie«, fuhr Maria fort. »Wenn wir einen Mitarbeiter betrachten, sehen wir immer nur das, was er *kann*. Mühsam genug suchen wir bei unseren Mitmenschen – und auch bei den Männern, die wir lieben – nach den Dingen, die sie nett und liebenswert machen. Wir halten Ausschau nach dem, was sie können, weil wir glauben, daß sie gelobt werden sollten.«

Das stimmt. Nach all dem suche ich bei Willem schon seit geraumer Zeit. Wenn auch vergeblich, wie ich zugeben muß.

»Mach es einmal umgekehrt, und eine neue Welt tut sich dir auf. Suche nach den Schwächen! Die Schwächen des anderen zu kennen heißt, ihn zu beherrschen.«

Helena sah Maria an. Die lächelte wie eine gutgelaunte Anakonda.

Brutal, aber wahrscheinlich wahr.

»Kein sehr christliches Prinzip!«

»Doch, denn in der Bibel steht: ›Verstand zu haben ist edler als Silber.‹ Und was zeugt wohl von mehr Verstand als die Maximen des Pater Lorenz. Die Selbstverwirklichung zum Wohle der Gemeinschaft ist ebenfalls ein christliches Prinzip, denn wie heißt es doch so schön: ›Liebe deinen Nächsten wie dich selbst.‹ Wir hören bei diesem Satz immer nur heraus, daß man seinen Nächsten lieben soll, aber zunächst einmal soll man sich *selbst* lieben. Die Menschen haben die Bibel nicht geschrieben, um unglücklich zu werden. Gott – oder das Schicksal, wenn du willst – wird wohl kaum wollen, daß man seine Fähigkeiten unter den Scheffel stellt und wie ein Lamm in der Herde mittrottet, wenn man genausogut eine eigene kleine Herde anführen kann.«

Nach den Schwächen der anderen suchen, statt krampfhaft nach ihren Stärken Ausschau zu halten. Keine schlechte Idee.

»Abt Lorenz brachte mir bei, Stärke und manchmal auch Härte zu zeigen. Man kann nur vorankommen und etwas schaffen, wenn man nicht ständig getreten wird und in Verteidigungsstellung ist. Ein Sklave schreibt keine großartigen Opern, er singt höchstens melancholische Lieder, und zwar im Chor mit den anderen Sklaven. Mit einem Wort: Glück erhält man nur durch Autonomie. Und autonom wird man nur, wenn man so lebt, wie man leben möchte. Doch dann kann man nicht mehr zu jedem freundlich sein. Immer nur lächeln und nachgeben ist also keine Stärke im christlichen Sinne, sondern ein Zeichen von Dummheit. Und Gott hat gewiß keine dummen Menschen schaffen wollen.«

»Aber in der Bibel heißt es doch: Wenn man dir auf die eine Wange schlägt, halt die andere auch noch hin!« sagte Helena unsicher. Dieses ganze Bibelgeschwätz war ihr suspekt. Sie hatte Hörner gesucht und keinen Prediger.

Maria lachte. »Was du nicht sagst! Genau das habe ich dem Abt auch gesagt, und er hat geantwortet: ›Kein Wunder, daß ein solcher Satz in der Bibel steht. Denn zu der Zeit, da er geschrieben wurde, war ein solcher Rat ein verdammt kluger Schachzug, um Gegner mit gewaltlosem Widerstand kampfunfähig zu machen. Die andere Wange hinzuhalten, ist zunächst einmal ungewöhnlich, denn normalerweise gibt es auf einen Angriff nur zwei Handlungskonzepte: Der Starke schlägt zurück, der Feige ergreift die Flucht. Diese neue Reaktionsweise trägt mithin dazu bei, den Gegner zu verwirren. Zum anderen muß einer, der die Wange hinhält, ungewöhnlich selbstbewußt sein. Auch das ist einschüchternd!‹«

»Und dieser Abt? Herrschte in seinem Kloster nicht eine Atmosphäre totaler Unterdrückung? Also, *ich* versuche, meinen Schülern gelebte Demokratie nahezubringen . . .«

Maria lachte.

»Schön dumm. Demokratie sollen sie doch schließlich nicht bei dir im Englischunterricht lernen. Da sollen sie Englisch büffeln, sonst nichts. Nein, das Gegenteil war bei meinem Abt der Fall: Durch seine klare Richtungsvorgabe und seine intelligente Dominanz gab Pater Lorenz den anderen Sicherheit. Jeder wußte genau, wo er hingehörte. Und diejenigen, die ebenfalls dorthin wollten, wo er schon war, mußten sich eben ein anderes Kloster suchen. Wobei er ihnen übrigens half. Denn auch ein Netzwerk ist wichtig.«

Ich weiß nicht, was ich von all dem halten soll. Und dieses ganze Klostergerede . . .

»Um mal vom Kloster wegzukommen, weil dich das wahrscheinlich nervt oder verunsichert . . .«

»Nein, nein!« murmelte Helena falsch.

»Bist du sicher? Na ja, also mit der Liebe und mit den Männern ist es jedenfalls genauso. Bevor ich eine Beziehung eingehe, muß ich mir folgende Fragen stellen: Was und wen will ich? Und wenn ich jemanden kennengelernt habe: Wo sind seine Schwächen, und wie kann ich sie für mich nutzbar machen? Wie kann ich autonom bleiben oder werden, damit er keine Macht über mich hat? Und ich muß kühl bleiben, muß genau die gleichen

Dinge beherzigen, die ich dir anfangs beigebracht habe: warten können, schweigen können, beobachten können. Und an sich selbst glauben. Nur dann laufe ich nicht Gefahr, mich letztlich doch zu billig zu verkaufen. Ich habe zur Zeit zwei Männer, die mich beide heiraten wollen, und ich überlege mir sehr genau, ob, und wenn ja, welchen von beiden ich nehme. Genaueres erfährst du ab morgen.«

Zwei Männer?

»Zwei Männer!«

»Ja. Wir treffen uns morgen früh um neun Uhr in meiner Wohnung. Hier ist die Adresse. Und sei pünktlich. Leider gehört auch Disziplin zu einem erfolgreichen Leben.«

Helena warf einen Blick auf die Adresse und fragte sich, ob Maria sie absichtlich gewählt haben mochte: Königinnenstraße 11.

Kapitel 12

Gutgelaunt fuhr Helena zur Stadt hinaus. Ihr Haar war jetzt lang genug, daß sie es zu einem kleinen Zopf nach hinten binden konnte, und erstmals keimte in ihr der Wunsch nach einem Cabrio auf.

Sie genoß die Ferien und die Abwesenheit des Schrekkens, den ihr das schulische Dasein allmorgendlich einjagte. Auch ihr Herzjagen und die leichte Übelkeit, unter der sie seit geraumer Zeit litt, waren besser geworden. Willem beklagte sich seit neuestem immer wieder in weinerlichem Ton darüber, daß sie »nie mehr mittags zu Hause aß« (sprich: kochte), und Antje maulte, weil keiner mehr ihre Sachen wusch, die sie immer noch voller Hoffnung morgens ins Bad schmiß. »Ich denke, die hat Ferien!« sagte sie zu ihrem Bruder.

Eben, du lästiges Faultier. Ganz genau!

Die Königinnenstraße lag in einem eleganter Bau im begehrten westlichen Grüngürtel der Stadt, der durch ein lockermaschiges Netz von Vororten an sie angebunden war.

Eine breite Straße führte zunächst schwungvoll hinaus aus der wenig attraktiven Innenstadt und dann durch locker bebaute Randgebiete. Sie schlängelte sich an kleinen Parkanlagen und dem Stadtwald mit seinen Parkplätzen für Wanderer entlang und führte anschließend durch sanfte Wiesen hindurch, an S-Bahnhöfen sowie an eleganten Villen, gelegentlichen großen, herrschaftlich wirkenden Bauerngehöften, Reitschulen, Tennisplätzen, Schwimmbädern und einem Golfplatz vorbei. Die Königinnenstraße war die hübsche gepflegte Achse von einem Villenvorort zum nächsten. Die von blühenden Magnolien und eleganten Ulmen gesäumte Straße, welche von stadtnahem Wohlstand kündete, lag geschützt wie ein neugeborenes Häschen in der Grube in einem Nest aus Rasenflächen. Ganz in der Nähe befanden sich die ersten Ausläufer der Weinberge, Ausflugstürme und ein Naherholungssee. Die Königinnenstraße trug ihren stolzen Namen also mit vollem Recht. Sie war grün, ruhig und bestimmt nicht billig.

Und Marias Haus war sicherlich selbst für hiesige Maßstäbe besonders teuer, denn es trug sogar einen Namen: »Haus Küferstein«. So etwas ist in Deutschland nur selten und erhöht die Miete gleich um einiges.

Diese noble Idylle hätte ich nicht hinter ihr vermutet. Aber eigentlich typisch: Sie pickt sich immer die Rosinen heraus – und das hier ist definitiv eine besonders süße Rosine.

»Haus Küferstein« war ein sehr eleganter Bau, möglicherweise aus der späten Gründerzeit, aber mit Stuck und Farbe meisterlich renoviert. Es hatte zwei Stockwerke und war von einem gepflegten Garten umgeben, der offensichtlich regelmäßig die professionelle Hand eines Gärtners zu spüren bekam. Maria Gnädig residierte laut Namensschild im zweiten Stock.

Das Haus war ruhig und gepflegt und innen von marmorner Kühle. Unten wartete kein Gerhard Schröder mit Hammer und Meißel, um Nachbarinnen und andere Damen zwecks Besichtigung seiner Kunstwerke in die Wohnung zu locken. Eigentlich bedauerlich, denn seine kraftvolle Gegenwart gab dem Mietshaus etwas Stabiles, das Helena inzwischen zu schätzen wußte.

Erst kürzlich hatte sie Willem gefragt, ob er nicht auch fand, daß Gerhard Schröder fast die Funktion eines Concierge erfüllte – mit dieser Bemerkung versuchte sie, seinen ausländischen Neigungen entgegenzukommen –, doch Willem hatte sie nur erstaunt angesehen. Außerdem war ein Concierge etwas unheilbar Französisches, und er wunderte sich, daß sie noch immer nicht begriffen hatte, daß Franzosen und Holländer nichts miteinander gemein hatten.

Außerdem hatte er Gerhard Schröders Existenz offenbar sowieso noch nicht registriert.

Bemerkt er überhaupt je etwas anderes außer sich selbst? Ach ja, ich vergaß, meine eigene liebevolle Schwester. Die scheint er ab und zu durchaus zu bemerken.

»Hier unten wartet kein Künstler, der an irgendwelchen Fahrrädern herumschraubt«, meinte Helena jetzt, als Marias schlanke, elegante Gestalt in der Tür erschien.

»Schade, nicht wahr?« sagte Maria, die einen lässigen Hosenanzug in einem weichen Champagnerton trug. »Ich finde ihn recht originell, diesen Mann, und das will durchaus etwas heißen. Er ist außerordentlich maskulin und alles andere als dumm. Seine Arbeiten sind gar nicht schlecht. Er hat eigene unverwechselbare Ideen, offenbar eine solide Kenntnis der griechischen Mythologie und einen bodenständigen Humor – eine seltene Kombination in diesem Land! Ich werde ihm möglicherweise etwas helfen. Vorausgesetzt, er schafft es irgendwie, meine Telefonnummer herauszufinden. Wenn nicht, ist er es sowieso nicht wert.«

»Warum heißt du eigentlich nicht mehr Moretti?« fragte Helena und sah sich beeindruckt im Entree der Wohnung um, einem großen Raum, von dem viele Türen abgingen und der beinahe an eine südländische Plaza erinnerte. Wandteppiche, Bilder, eine riesige Truhe und eine merkwürdige, bunte Tür, die zu keinem Zimmer zu führen schien.

»Die Tür aus einer mexikanischen Finca, in der ich einst zu Gast war!« sagte Maria lässig, als sie Helenas Blick bemerkte. »Dort führte sie in die Andenlandschaft, bei mir ist sie nur Dekoration. Und eine süße Erinnerung an schöne Stunden!«

»Mit einem Mexikaner!«

Maria lachte: »Nein!«

Helena wartete gespannt.

»Mit *zwei* Mexikanern! Sehr kultivierte, wohlhabende Brüder, nein, pardon, sie waren Cousins. Ich glaube, der eine war Orthopäde. Aber ... reden wir nicht davon.«

Helena nickte schockiert.

Über derlei Geschichten will ich wirklich nicht sprechen. Obwohl mich der Gedanke an zwei Männer, also zwei gleichzeitig, irgendwie erregt. Der eine macht dieses, während der andere jenes ... hm ... nicht schlecht.

»Warum ich nicht mehr Moretti heiße? Nun, ich war kurzfristig verheiratet, ich glaube, ich vergaß es zu erwähnen! Möchtest du deine Lederjacke ablegen? Du siehst übrigens gut aus! Black Jeans, graues Sweatshirt, schwarze Lederjacke. Schick.«

»Du hast in der Tat vergessen, es zu erwähnen. Wie kann man so etwas vergessen? Ich meine, ich ...«

»Ach Helena, du und die Ehe! Ja, einer hat mich schließlich geheiratet und davor bewahrt, daß ich dereinst als alte Jungfer mein Dasein fristen muß. Ich weiß, für dich ist das ungeheuer wichtig, denn du lebst offenbar nur darauf hin, daß dein kleiner käsefressender Schmarotzer eines Tages seinen passiven Widerstand aufgibt und dich in Gottes Namen endlich heiratet! Und dann wirst du ein bißchen schwanger und, wenn du Glück hast, ein bißchen glücklich. Ein *bißchen* reicht mir aber nicht!«

Maria öffnete einen schweren geschnitzten Schrank, der als Garderobe diente, und hängte Helenas Jacke über einen Kleiderbügel, den der Kopf eines traurigen Clowns zierte. Als das Gewicht der Jacke an ihm baumelte, begannen die Augen des Clowns zu leuchten. Helena mußte unwillkürlich lachen.

Maria wandte sich um.

»Vermeide in deiner Wohnung jedes Kaufhausartige und Gewöhnliche. Deine Wohnung sollte einzigartig sein, denn sie ist ein Spiegel deiner – und nur deiner – Seele! Wenn du das beherzigst, so wird es dir helfen, deine Individualität stärker zu spüren.«

Jetzt redet sie wie ein IKEA-Prospekt. Vielleicht ist sie ja auch in der Werbebranche! Am besten vermarktet sie allerdings sich selbst.

»Vielen Dank. Ich werde es beherzigen, wenn sich mein Konto wieder erholt hat. Mit *wem* warst du verheiratet, Maria?«

Maria zuckte die Achseln. »Mit Frederick Gnädig, einem Industriellensohn aus Ludwigshafen. Nach meiner Zeit im Kloster bin ich wieder auf die Uni gegangen. Dort habe ich ihn in einem Studentenclub kennengelernt. Bei ihm schlug es angeblich ein wie ein Blitz, er hingegen war für mich nicht mehr als ein schmales blasses Kerlchen mit braunen Löckchen. Er war ein nicht allzu intelligenter Student aus ziemlich reicher Familie, und er wollte mich unbedingt heiraten, um mit mir angeben zu können. Ich habe ihm klipp und klar gesagt, daß mir sein Auto, sein Haus, sein Boot zwar gefielen und auch sein Geld mir nicht unangenehm war, daß ich ihn aber nicht liebte und niemals lieben würde. Doch ihm schien das gleich zu sein, solange ich ihn nur heiratete. Seine drei Brüder waren bereits verheiratet, und er wollte Weihnachten endlich auch mit einer Ehefrau aufwarten können. Außerdem behauptete er, mich zu lieben. Und mich zu bewundern. Es sah aus, als könne er sich keine bessere Frau für sich vorstellen. Das alles konnte mich keineswegs überzeugen, aber dann sagte er, daß . . .«

»Daß er noch mehr Geld besäße!« kicherte Helena. »Und daß er dir ein wahrhaft fürstliches Leben bieten könne . . .«

Maria maß Helena mit kühlem Blick. »Gehen wir in den Salon.«

»Wow!«

Toll, dieser Blick auf die Weinberge und die blühenden Bäume! Und drinnen dunkelblaue Möbel, Antiquitäten und jede Menge Spiegel. Hier kommen ihre honigfarbenen Klamotten sicher ganz toll zur Geltung.

»Nein, es war nicht das Geld, das mich überzeugte. Vielmehr war es seine schlichte Art, in der er mir sagte, daß ich ihm einfach nur eine Freude damit machen würde. Da wußte ich, daß er mich auch dann in Frieden leben lassen würde, wenn wir verheiratet waren. Und er würde akzeptieren, wenn es zu Ende war.«

Helena schwieg. Was für eine Art Teufel war Maria eigentlich? In ihren biestigen Träumen vom Post-Engel-Dasein hatte sie selbst Willem mit einem kräftigen Tritt in den Hintern aus ihrem Leben entfernt und Antje mit einer rostigen Schere die langen, mittlerweile blau gefärbten Zotteln abgeschnitten. Jetzt erkannte sie, daß Marias Hörner aus einem anderen Holz geschnitzt waren.

»Ich habe ihm also meine Gefühle und Gedanken in einem Brief beschrieben und ihm ausreichend Zeit zum

Nachdenken gegeben. Er wollte immer noch. Sogar mehr denn je. Und so stieß ich quasi per Zufall auf das Geheimrezept: Behandele einen Mann wie deinen besten Freund, wie deinen Hund oder deine Katze, streichele ihn ab und zu – und zwar möglichst geistesabwesend –, und er wird alles versuchen, um aus der Position des besten Freundes in die des Liebhabers aufzurücken. Nichts macht Männer so verrückt wie das Bewußtsein, nur der beste Freund zu sein. Also habe ich ihn geheiratet und ihm damit eine Freude gemacht. Zwei Jahre lang habe ich ihn auf alle möglichen Empfänge begleitet, er durfte mit mir angeben und glänzen und nebenbei auch ein wenig eigenen Glanz erwerben. Er wurde redegewandter und selbstsicherer. Das waren seine wahren Bedürfnisse, und die habe ich gestillt. Wie du weißt, muß man auch bei einem Mann genau hinsehen und seine Schwächen herausfinden. Nach zwei Jahren war Schluß. Das hatte ich mir schon zu Anfang vorgenommen, denn sonst besteht die Gefahr, aus reiner Gewohnheit in einer langweiligen Beziehung steckenzubleiben. Ich hatte mir für diesen Zeitpunkt bereits ein Konto eingerichtet, eine Wohnung gesucht und ein eigenes Auto gekauft. Ich habe es ihm freundlich gesagt, und er hat es ebenso freundlich akzeptiert. Da ich ein halbes Jahr vorher aufgehört hatte, mit ihm zu schlafen, hatte er sich sowieso heimlich bereits eine Geliebte gesucht und war nicht unfroh, mich auf sanfte Weise loszuwerden. Alle waren zufrieden.«

Maria lächelte.

»Ich erhalte heute noch jeden Monat eine nette kleine Summe von ihm! Die ermöglicht es mir unter anderem, diesen gehobenen Lebensstil zu pflegen!«

»Hast *du* ein Glück!« meinte Helena neidisch und setzte sich hin – vorsichtig, um den Bär aus glasiertem braunem Ton, der eine türkisfarbene Kugel in der Tatze hielt, nicht umzustoßen. Maria stellte interessant aussehende hellbraune Kekse auf den Tisch. Als Helena näher hinsah, bemerkte sie, daß es kleine Männerfiguren waren: ein Schornsteinfeger, ein Arzt mit Stethoskop, ein Metzger mit Hackebeilchen . . .

Maria biß dem Metzger ein Bein ab. – Da konnte sie, wie es schien, trotz figurbewußter Lebensweise nicht widerstehen!

»Ach, Helena, du immer mit deinem Glück! Wenn du aufs Glück setzt, wirst du noch im Altersheim darauf warten, daß dir ein Millionär sein Geld zu Füßen legt oder daß du eine traumhafte berufliche Karriere vor dir hast. Setze nicht aufs Glück, sondern auf deinen Verstand, das ist allemal sicherer!«

»Trotzdem . . .« *Eigentlich gab es in meinem Leben durchaus Gelegenheiten, wo ich auf den Kopf gesetzt habe, aber es hat nichts genützt. Ich habe mein Studium in acht Semestern abgeschlossen, die anderen haben mindestens zehn gebraucht. Weil sie nebenher noch gejobbt oder Kinder bekommen oder sich amüsiert haben, ohne welche zu kriegen. Ich habe immer nur meine Pflicht getan!*

»Meine Ehe basierte keineswegs nur auf Glück, sondern auf sachlicher Überlegung, kombiniert mit sinnvoll eingesetzter Freundlichkeit. Es wäre hinterhältig und unchristlich gewesen, ihn zu heiraten, ohne ihm zu sagen, wie es um meine Gefühle stand. Es wäre dumm gewesen, ihn *nicht* zu heiraten, wo er doch so hübsch reich war und mich unbedingt haben wollte. Und warum hätte ich mich dumm verhalten sollen? Das sollte man, wenn möglich, sowieso vermeiden. Schließlich muß unser Schöpfer sich etwas dabei gedacht haben, als er Hunde schuf, die siebzigmal besser riechen können als wir, Katzen, die achtmal höher springen können, aber Menschen, die sowohl Katzen als auch Hunden weit überlegen sind, wenn es darum geht, zu lesen, was auf der Dose draufsteht, auf deren Etikett ein Huhn zu sehen ist ... Sprich: Ich nutze meinen Verstand.«

»Und jetzt gibt es also zwei weitere Männer, die dich heiraten wollen?«

Maria holte eine cremefarbene Kaffeekanne aus der cremefarbenen Küche und schenkte Kaffee in zwei große, cremefarbene Tassen ein.

»Ja, zwei, die es ernst meinen und die ich ernsthaft in Betracht ziehe. Den einen wirst du nachher kennenlernen, den anderen heute abend. Die Rosen sind von dem ersten, er schickt täglich welche. Der andere zahlt mir meine Telefonrechnung, damit ich ihn einmal am Abend anrufe!«

Maria lächelte wieder zufrieden.

Willem hat noch nie vom Heiraten gesprochen. Wieso hat sie gleich zwei Kerle an der Angel? Und wieso zahle ich *Willems Telefonkosten nach Holland?*

»Willem hat noch nie vom Heiraten gesprochen. Wie machst du das nur? Wie bringst du sie dazu, dir einen Heiratsantrag zu machen?«

WAS TUN, WENN *ER* DIE GEWISSEN FÜNF WORTE NOCH NICHT AUSGESPROCHEN HAT UND IHNEN NIEMALS ROTE ROSEN SCHENKT? WAS TUN, WENN IHRE BESTE FREUNDIN HEIRATET, UND ER DRÜCKT DEM BRÄUTIGAM LEDIGLICH SEIN BEILEID AUS?

Die *Frauenwelt* riet in ihrer Beilage »Ehe und Familie heute« dazu, den Heiratsunwilligen nicht unter Druck zu setzen, ihm aber trotzdem abends regelmäßig etwas Leckeres zu kochen. ZEIGEN SIE IHM IHR INTERESSE, UND ZEIGEN SIE IHM, DASS ER EINZIGARTIG IST. GEBEN SIE IHM NICHT DAS GEFÜHL, DASS SIE EINEN BESTIMMTEN ZWECK VERFOLGEN.

Maria lächelte. »Warum sollte er dich denn heiraten, wo er schon alles hat? Ich kaufe mir doch auch kein Kleid, das ich bereits im Schrank hängen habe!«

»Naja, er könnte ... um mich für immer und auch ganz sicher zu besitzen! Das wollen Männer doch! Männer brauchen das, sie wollen stolz sein, man muß ihren Besitzerinstinkt wecken ...«

Helena verstummte.

Ob ich einen Doktor essen soll? Ich könnte mit dem Stethoskop anfangen.

»Ach, du Schaf!« sagte Maria nur. »Warum sollte Willem den Wunsch haben, dich für immer zu besitzen?«

Aus finanziellen Gründen.

»Eben!« sagte Maria, als sei sie nunmehr auch noch in der Lage, Gedanken zu lesen. »Und *das willst* du?«

Sie hat recht. Ich bin ein Schaf. Bestenfalls!

Maria zuckte die Achseln und runzelte die glatte Stirn über den perfekt gezupften Brauen.

»Um offen zu sein, Helena, geht mir dieses ganze Thema ein bißchen auf die Nerven. Heiraten oder nicht? Ich habe den unguten Eindruck, daß du unablässig darüber nachdenkst. Wahrscheinlich hast du die Sitzordnung der Hochzeitsgesellschaft schon zehnmal geändert: Setz ich Tante Fritzi nun neben Cousine Trudi oder lieber zu Vati? Und wohin mit der Schwiegermama?«

Leider hat sie recht.

»Wo denkst du hin, Maria!«

»Ich halte es für besser, wenn du das Heiraten zunächst einmal von deinem Fahrplan streichst. Wenn du einmal ein eigenes Ziel hast und weißt, wo genau du hinwillst, kannst du in Ruhe abwarten, ob einer vielleicht partout mitlaufen will!«

»Aber ich fühle mich irgendwie so allein ohne Mann. Ohne Freund. Unvollkommen. Ich weiß, heutzutage braucht man eigentlich keinen Partner mehr, um als Frau anerkannt zu werden, aber es ist trotzdem schöner, wenn man einen hat.«

Maria lachte spöttisch und rückte einen ihrer – neuen – Ohrringe zurecht. Zweifellos das Geschenk eines jener Männer, die ihre Richtungsvorgabe akzeptierten.

»Und deshalb gibst du dich mit Schrott zufrieden.« Maria sprang auf: »Und weil du dich ohne Hose ja nackt fühlst, kaufst du die erstbeste, die du siehst. Sie ist zu groß, sie ist zu eng, und die Farbe gibt dir das Aussehen einer wandelnden Aubergine. Aber du nimmst sie. Und bezahlst anstandslos.«

»Natürlich nicht. Ich probiere noch andere an.«

»Eben – und wenn du keine passende Hose findest, streifst du eben wieder dein Röckchen über, oder du machst dir 'nen Schlitz ins Kleid und wartest bis zum nächsten Einkaufsbummel.«

Helena schwieg.

»Ich bin halt nicht gern allein, Maria. Alleinstehende Menschen werden oft wunderlich.«

»Du bist auch jetzt schon wunderlich. Und man geht nicht kaputt an ein bißchen Alleinsein, Helena. Ohne Essen verhungert man, ebenso kann man verdursten oder ersticken. Aber ein Wochenende oder auch zwei oder auch zweiundfünfzig allein zu verbringen, führt nicht unweigerlich zum Tode.«

»Natürlich nicht. Aber in meinem Lehrerkollegium, da sind doch alle verheiratet, und . . . so dachte ich . . .«

»Dann haben die halt schon einen gefunden, der sie ein Stück ihres Weges begleiten will. Schön für sie. Ob sie aber tatsächlich glücklich mit ihrem Leben sind oder sich nachts in ihrem Bett hin und her wälzen, das weißt du nicht!«

Maria nahm wieder Platz, diesmal im Schneidersitz,

den sie beherrschte wie weiland Jeannie in der Zauberflasche. »Ich persönlich versuche, meinen Männern die Ehe immer auszureden. Ich erzähle ihnen so oft wie möglich, daß ich nicht für die Ehe geschaffen bin, daß ich nicht kochen kann, eine miserable Hausfrau und mitnichten eine aufopferungsbereite Mutter und Gefährtin bin. Überdies betone ich dann immer, daß ich nicht mal sicher bin, ewig treu sein zu können. Du glaubst nicht, was das für einen Mann bedeutet. Herausforderung pur! Na, das wollen wir doch mal sehen . . . Mir? Nicht treu? Ha!«

Helena schwieg.

Ich sage Willem immer, wie sehr ich ihn liebe und daß er der einzige für mich ist. Ich dachte, das stärkt sein Selbstbewußtsein. Das tut es wohl auch, nur leider in die falsche Richtung . . .

»So – und jetzt wird's Zeit für ein bißchen Action!« rief Maria, klatschte laut in die Hände und stand auf. Ihre Bewegungen waren graziös wie die eines Pumas. »Ich habe nämlich noch ein Hühnchen mit meinem Vermieter zu rupfen, auf das ich mich richtig freue. Wenn es gutgeht, spare ich zehntausend Mark. Termin: Heute 10 Uhr. In der Wohnung im Untergeschoß.«

Oje, an meinen eigenen Vermieter darf ich gar nicht denken, seit er sich damals geweigert hat, den Schaden zu zahlen, den die Taube verursacht hat, welche gegen unser Fenster geflogen ist. Es sei meine Schuld, wenn sich Tauben vom Inhalt unserer Wohnung angezogen fühlten. Wahrscheinlich sei es außerdem keine Taube, sondern eine Elster gewesen, und die sei nur auf meinen glitzernden Modeschmuck ausgewesen. »Man läßt keinen Modeschmuck herumliegen! Selbstverschulden, Frau Abschied, tut mir leid!«

Marias Vermieter, der mit gespanntem Gesichtsausdruck die Tür öffnete, sah allerdings ebenfalls aus wie eine Nuß, die sich nicht durch ein paar flotte Sprüche knacken ließ: ein schlanker, gutgekleideter Mann um die Fünfzig mit jener Nobelbräune, die man bei wohlhabenden Cabriofahrern häufig sieht, Menschen, die neben der Verwaltung ihrer Fähigkeiten und ihres Geldes noch Zeit zum Skifahren, Tennisspielen und Grillen finden. Er war exklusiv gekleidet: grünes, dezent kariertes Jackett und schwarze, gutsitzende Hose, der man es erst auf den dritten Blick ansah, daß es sich um eine Jeans handelte. Seine Augen waren von Fältchen umgeben, seine Brille blitzte, und sein lächelnder Mund war nicht ungefährlich.

»Ach, Frau Gnädig! Wir hatten einen kleinen Gesprächstermin, nicht wahr? Und wer ist das . . .?«

»Eine Bekannte!« erwiderte Maria knapp und trat ein. Sie ging schnurstracks ins Wohnzimmer voran und setzte sich hin.

Der Vermieter wußte nicht, was er dazu sagen sollte. Helena schwindelte es förmlich bei dem Gedanken, wie viele Erläuterungen und Erklärungen sie bei solchen Gelegenheiten abgegeben hätte.

»So. Nun, und worum geht's heute?« fragte er schließlich, nachdem er ebenfalls Platz genommen hatte.

»Schauen Sie sich bitte mal kurz dieses Bild an.«

Sowohl der elegant Karierte als auch Helena warfen einen Blick auf das Foto, das Maria auf den Mahagonitisch legte.

Es zeigte ein Badezimmer aus den siebziger Jahren.

»Grauenhaft!« sagte der Vermieter schaudernd.

»Genau. Und so sahen die Badezimmer im Jahre 1980 aus.«

»Ein Schrecken in Natogrün!« bemerkte der Vermieter. »Da kann man doch nur am Geschmack der Leute zweifeln!«

»Genau. Und dies ist mein augenblickliches Bad!«

Das Foto zeigte ein aquamarinfarbenes, recht schickes Bad, allerdings mit traditionellem Klo und Waschbekken.

»Das ist Ihr Bad, jawohl, und es ist doch recht nett!« sagte der Vermieter unsicher.

»Genau. Eingebaut wurde es vor zehn Jahren. 1990. Der gleiche Abstand wie bei den zuvor gezeigten Bädern liegt also auch hier vor. Und dies ist ein Bad von heute!«

Maria zauberte einen Katalog hervor, in dem sich ein Bild von einem superschicken Bad in Crèmeweiß mit postmoderner Sanitärinstallation befand.

Der Vermieter räusperte sich.

»Herr Breitmeier, ich möchte nicht in einem Bad aus den siebziger Jahren leben, nicht in einem aus den achtziger Jahren und nicht in einem aus den Neunzigern. Ich möchte das Bad des Jahres 2000. Und ich möchte, daß *Sie* es mir einbauen!«

»Sind Sie verrückt? Das kostet Unsummen. Ihr Bad ist doch vollkommen in Ordnung.«

»Das waren die ersten beiden hier auch. Warum haben Sie dann nicht das allererste Bad, das Bad aus den fünfziger Jahren, gleich dringelassen, als Sie diese Villa im Jahre 1976 gekauft haben? Warum Unsummen in ein Bad aus den Siebzigern und später in eins der achtziger Jahre stecken?«

»Nun, man geht natürlich mit ...«

Im Hintergrund erschien das geliftete, gebräunte und ziemlich dünne Pendant zu Herrn Breitmeier, offenbar seine Gattin.

»Was ist denn los?« Frau Breitmeier warf einen Blick auf den Katalog. »Ach, was für ein schickes Bad! So eins hätte ich auch gern!«

Maria lächelte.

»Ich auch, Frau Breitmeier. – Also warum haben Sie damals renoviert, Herr Breitmeier?«

»Weil die alten Bäder nicht mehr dem Standard entsprochen haben!«

»Und dem Geschmack!« sagte Frau Breitmeier eifrig und musterte Maria neidisch von oben bis unten.

»Eben!« sagte Maria. »Eben. Ich freue mich, daß wir uns einig sind. Ach – und es wäre mir am liebsten, wenn Sie die Handwerker in der Woche vor Pfingsten bestellen würden, wenn ich in Urlaub bin.«

»Aber ich sehe nicht ein, warum ich für Ihre ausgefallenen Vorstellungen von einem Bad so viel Geld investieren soll ...«

»Damit ich mich wohl fühle und damit ich auch weiterhin in dieser schönen Wohnung bleibe, Herr Breitmeier. Und wenn Ihnen das als Argument nicht reicht, empfehle ich Ihnen einen kurzen Blick in den Immobilienteil Ihrer Tageszeitung. Objekte wie dieses sind heutzutage praktisch nicht mehr zu vermieten.«

Herr Breitmeier sah aus, als sei ihm das durchaus klar.

Maria lächelte, beugte sich vor und flüsterte: »Es sei denn, sie haben schöne, schicke neue Bäder.«

»Also, so ein Verhalten hätte ich nie von Ihnen erwartet, schon gar nicht, wenn man bedenkt, welchem Berufsstand sie angehören!« schnaufte Frau Breitmeier, die wie die meisten Ehefrauen mehr Angst um das Geld ihres Mannes hatte als dieser selbst.

»Was hatten Sie *denn* erwartet, Frau Breitmeier?« fragte Maria freundlich.

»Nun, mehr Mildtätigkeit, mehr Nächstenliebe!«

»Meinen Sie, daß Sie meiner Mildtätigkeit sehr dringend bedürfen, Frau Breitmeier?«

»Nun, natürlich nicht ... ich meine, es geht uns gut ... aber ...«

Maria schnurrte.

»Sehen Sie, das weiß ich doch. Überdies kann ich meinen Nächsten viel mehr lieben, wenn ich morgens frisch geduscht aus einem netten Bad komme! Denn wie heißt es doch so schön in der Bibel? ›Liebe deinen Nächsten wie dich selbst.‹ Guten Tag, zusammen.«

»Maria, ich will jetzt endlich wissen, was du von Beruf bist. Bist du vielleicht Ärztin?«

»Hab Geduld, mein Schatz – wir beide werden jetzt in meinen Lieblings-BMW steigen und zu meinem Arbeitsplatz brausen, und dort werden wir das nächste Huhn rupfen.«

Maria ließ das Verdeck ihres Autos herunter.

FÜR MÄNNER IST DAS AUTO EINE VERLÄNGERUNG IHRES PENIS UND EIN CHROMGEWORDENES SPIEGELBILD IHRES BANKKONTOS. FRAUEN HABEN DERLEI STATUS- UND POTENZSYMBOLE, DIE EHER AUSDRUCK ARCHAISCHER BALZRITUALE ZU SEIN SCHEINEN, NICHT NÖTIG. FRAU GEHT ZU FUSS UND FÜHLT SICH WOHL DABEI.
(*Emma*: »Was Frauen und Männer trennt«)

»Weißt du, was du tun solltest, Helena? Mach den Motorradführerschein und kauf dir ein Motorrad. Es gibt nur wenige Dinge, die eine Frau mehr befreien, als breitbeinig auf einer schweren Maschine zu sitzen!«

»Um Gottes willen! Ich bin froh, wenn ich in der Stadt Fahrrad fahren kann, ohne umzufallen!«

Maria lachte und schüttelte ihr honigfarbenes Haar.

»Ich glaube, dir fehlt es ganz einfach an Mut! Wer hat dir eigentlich den Mut genommen?«

»Das Leben!« erwiderte Helena spontan, so als habe sie die Antwort immer schon gewußt. »Ja! – Das Leben!«

»Das Leben hat dir den Mut genommen, und jetzt fürchtest du den Tod. Weiß Gott, elementare Mächte, die sich an Fräulein Helena Abschied aus Karlsruhe zu schaffen machen.«

»Ich habe wirklich schreckliche Angst vor dem Tod«, sagte Helena spontan, obwohl sie unwillkürlich lachen mußte. »Deshalb fliege ich auch nicht! Und dabei würde ich so gern mal nach New York reisen. Oder Paris von oben sehen ...«

»Ach, die Angst vor dem Tod. Gib die Verantwortung für Leben oder nicht Leben ein Stück weit ab. Du kannst nicht jedes Verkehrsmittel zu jeder Zeit kontrollieren.«

»An wen sollte ich die Verantwortung abgeben?«

»Beispielsweise an meinen ehemaligen obersten Boß!« sagte Maria und hielt vor einem kleinen begrünten Platz in einem idyllischen Vorort von Karlsruhe.

»Und wo finde ich den?«

»Da!« sagte Maria und deutete nach vorn.

»Das ist eine Kirche!«

Jetzt ist sie komplett übergeschnappt.

»Stimmt genau. In dieser Gemeinde habe ich als Pfarrerin gearbeitet.«

Helena schnappte nach Luft.

Sie muß verrückt sein.

»Wie bitte? Du? Aber ausgerechnet von dir will ich doch lernen, wie man eine Teufelin wird!«

»Gibt es ein Berufsverbot für Teufelinnen? Was genau dürfen sie sein? Was sagen deine zahllosen Zeitschriften? Models, Schauspielerinnen, Huren, Geldverleiherinnen?«

»Nein, aber du lügst und betrügst ...«

»Ich wünschte, du würdest endlich aus den Klischees deiner Gazetten hinaus ins helle Licht des richtigen Lebens treten. Wann und womit habe ich gelogen?«

Helena schwieg.

»Und wann habe ich andere Menschen betrogen? Du wirst mich bei keiner einzigen Lüge ertappen! Ich nutze lediglich die Vorteile der Tatsache aus, daß man Fakten unterschiedlich interpretieren kann. Ich betrüge niemanden. Keinen Mann und keinen Vermieter. Die Leute betrügen sich selbst, man muß nur Geduld haben und abwarten!«

»Und warum bist du jetzt keine Pfarrerin mehr?«

»Weil ich etwas anderes machen wollte. Der Drang, selbständig zu sein, war bei mir so stark wie bei dir das Bedürfnis, auf dem Land in bäuerlicher Idylle zu leben. Als Mitglied der Staatskirche unterliegt man Tausenden von Einschränkungen, ständig muß man sich mit dem Presbyterium, dem Gemeinderat, den Kollegen, den Eltern herumschlagen. Von den Kindern, die man im Rahmen der Gemeindearbeit betreut, ganz zu schweigen. Und so habe ich irgendwann die Gelegenheit ergriffen und mich selbständig gemacht.«

Helena war so verblüfft über diese neue Seite, die Maria ihr hier offenbarte, daß sie nichts tun konnte, als stumm auf das schlichte Gebäude der evangelischen Kirche vor ihnen zu blicken.

Hier will sie auf der Kanzel gestanden haben, angetan mit einem schwarzen Gewand? Will aus der Bibel vorgelesen und gepredigt haben? Kaum zu glauben! Immerhin hat sie es auf dem Schneidetisch einer öffentlich-rechtlichen Anstalt mit einem Kollegen getrieben!

»Ich muß gestehen!« sagte Maria lässig und schubste mit dem Fuß einen Kiesel über den steinigen Weg, der zu einer kleinen Bank hinter der Kirche führte, »daß es der Aufenthalt bei Pater Lorenz war, der mich auf die Idee brachte, mein Theologiestudium abzuschließen. Wenn man so viel Selbstbewußtsein in der Religion finden konnte, warum sollte ich dann nicht versuchen, mich intensiver damit auseinanderzusetzen. Geltungsdrang hatte ich genug, und wenn mir im Fernsehen schon keiner mehr zusah und zuhörte, vielleicht würden mir die Leute dann von der Kanzel aus zuhören. Ich hatte ja bereits ein paar Semester hinter mir und brauchte nur noch ein paar Scheine und das Examen nachzuholen. Ich lernte eine Menge über das Leben und über die Bibel. Danach kam der normale Werdegang: Und irgendwann bekam ich die Stelle hier in der Gemeinde, die ich mir mit einem Kollegen teilen mußte: ein junger Mann, dessen Frau zum ersten Mal schwanger war. Und jetzt stellte sich heraus, daß ich anscheinend noch nicht verstanden hatte, was Pater Lorenz mir hatte sagen wollen. Zusammen mit dem Kollegen, er hieß Heinz und gab sich vollkommen locker und aufgeschlossen, plante ich ein tolles Projekt: die Konfirmation sollte an einem Ort stattfinden, dessen gesellschaftliche Akzeptanz nahe Null war. Wir wollten zeigen, wie kritisch und modern die evangelische Kirche ist. Also suchte ich diesen Schrottplatz am Stadtrand heraus . . .«

»Schrottplatz?«

»Ja. Die Jugendlichen aus meiner Gemeinde stammten allesamt aus wohlhabenden Familien und waren dementsprechend verwöhnt – sie alle bekamen anläßlich ihrer Konfirmation den einen oder anderen Tausender zugesteckt. Wir wollten ihnen zeigen, daß es auch arme Leute gibt, die den Schrottplatz auf Verwertbares absuchen müssen – im täglichen Kampf ums Überleben. Mit einer Mischung aus Charme und Beharrlichkeit überzeugte ich die Eltern, ich fand die richtigen Argumente – du weißt ja, das kann ich –, und schließlich kam die Sache zustande. Auch die Presse war verständigt worden und hätte uns den nötigen Rückenwind gegeben. Du erinnerst dich, ganz ohne Hintergedanken hatte ich das ganze nicht inszeniert, denn ich wollte nach oben. Und mit einer spektakulären Aktion wie dieser, da war ich sicher, würde ich den Kirchenobersten gegenüber auftrumpfen. Aber ich hatte nicht mit meinem Mitstreiter gerechnet. Der wollte nämlich ebenfalls Karriere machen. Er wollte die Gemeinde übernehmen, wollte eine ganze Stelle, weil er eine Familie zu ernähren hatte. Das beflügelte ihn. Dies waren die Fakten, und die hatte ich nicht kalt genug interpretiert. Als er hörte, daß der Landesbischof von der Sache Wind bekommen hatte, sagte er den Pressevertretern kurzerhand ab, und als der Dekan erschien, war außer den verwirrten Eltern niemand da. Mein lieber Kollege führte schließlich alle in die Kirche zurück. Ja, ich hatte Pater Lorenz anscheinend nicht gut genug zugehört. Egal wo, in Kirche oder Puff, im Büro oder auf der Baustelle, du mußt *allein* an der Spitze stehen, sonst scheiterst du ... Der Dekan machte jedenfalls ein Riesentheater und drohte mir mit einem innerkirchlichen Disziplinarverfahren.

Es gab einen netten kleinen Skandal. Und ich war ziemlich am Boden. Wieder mal, muß ich sagen. Über mir türmte sich die ganze Maschinerie der Kirchenbürokratie auf. Und das, obwohl ich jetzt so viel mehr Einblick in das menschliche Wesen und so viel dazugelernt hatte seit meiner Zeit beim Fernsehen. Jetzt rächte es sich, daß ich nicht konsequent gewesen war und meine Sache allein durchgezogen hatte. Wütend und frustriert fuhr ich nach Hause. Mein Weg führte mich nicht nur an dem Schrottplatz meiner Niederlage vorbei, sondern auch an einem alten, stillgelegten Flughafen, auf dem ein abgewracktes Flugzeug stand. Ein Achtsitzer. Amerikanisches Fabrikat. Ich hielt an. Plötzlich war mein Interesse geweckt. Dieses alte Ding zog mich magisch an, zumal ich von der Fliegerei eigentlich schon mein Lebtag fasziniert gewesen war. Und in diesem Augenblick wußte ich, daß ich wieder einmal an einem Wendepunkt meines Lebens angelangt war. Nur wenige Tage später besaß ich mein erstes eigenes Flugzeug.«

Unglaublich! So etwas kann doch gar nicht wahr sein!

»Maria, willst du mir allen Ernstes weismachen, daß du dir wenige Tage, nachdem du erfolglos versucht hast, als Pfarrerin auf einem Schrottplatz ein paar deiner Schützlinge zu konfirmieren, ganz spontan ein *Flugzeug* gekauft hast?«

»Na klar! Wer sagt, daß ich immer den vorgezeichneten Weg gehen muß? Wenn ich einem Kind einen Legobaukasten mit vielen Teilen und Möglichkeiten schenke, und auf dem Karton ist zufällig eine Burg abgebildet, muß ich doch damit rechnen, daß es mit den gleichen Teilen lieber ein Piratenschiff baut!«

Und was will ich mir bauen? Muß ich bis zum jüngsten Tag Lehrerin am Herdergymnasium bleiben und vor Glück im Staube kriechen? Für irgendeinen Willem das Essen kochen, meine sinnliche Schwester beneiden und auf den Tag hoffen, an dem Antje einen Freier findet?

Kapitel 13

»Marco ist ein Sproß aus allerbester Familie! Sieh ihn dir an ...«, flüsterte Maria und winkte Helena neben sich hinter die Raffrollos. »Ich weiß auch schon, wie er gleich reagieren wird: Er wird seinen Ärger gehorsam herunterschlucken, ihn aber später an seinen Mitstreitern auf dem Tennis- oder Golfplatz auslassen. Wir beide werden lediglich lässige Contenance zu sehen bekommen!«

Helena lugte aus dem Fenster.

»Wieso sollte er denn ärgerlich werden?«

»Wart's ab! Ich pflege eben niemandem etwas zu schenken.«

Unten parkte ein weißer Mercedes Roadster mit schwarzem Dach. Ihm entstieg ein schlanker, gutaussehender junger Mann mit dunklen Locken, die in einem kurzen Fassonschnitt das gebräunte Gesicht umrahmten. Am tennisgestählten Handgelenk blitzte eine weithin erkennbare Rolex, die Schuhe und die Lederjacke waren ebenfalls nur vom Feinsten.

»Sieht gut aus, der Typ. Aber ich staune darüber, daß du so sehr mit den Männern spielst. Schließlich warst du doch einmal Pfarrerin!«

»Pfarrer sind auch nur Menschen. Sie gehorchen den Gesetzen der Natur, sie ver- und entlieben sich, haben

Freunde und Verehrer, heiraten oder auch nicht. Außerdem spiele ich nicht mit ihm. Das wäre nicht nur unchristlich, sondern auch überaus unklug, denn so etwas erweist sich meist als Bumerang. Nein, im Prinzip spielen wir miteinander. Erinnere dich an meine Regel: Man braucht nicht zu lügen, nicht zu betrügen und nicht zu intrigieren, man muß nur die Fakten sehen, wie sie sind, und dementsprechend handeln. Marco wünscht sich eine Partnerin, die etwas ganz Besonderes ist. Dieses Kriterium erfülle ich durchaus, aber alles hat eben seinen Preis. Das gilt für Frauen ebenso wie für Autos. Und dieser hübsche Roadster in Junior-High-Style-Sonderausführung hat ihn nicht nur eine ganze Stange Geld gekostet, er hat auch ganz schön lange darauf warten müssen ...«

Maria hatte sich umgezogen und trug jetzt eine elegante teure Jeans aus beigefarbenem Stoff mit Goldstikkerei sowie einen handgestrickten cognacfarbenen Leinenpulli. Das Haar fiel ihr offen über die Schulter. Sie sah sehr hübsch aus.

Es klingelte.

Maria ordnete in aller Ruhe ihr Haar vor dem Spiegel und tat sonst gar nichts.

Helena wurde nervös.

Es klingelte noch einmal. Stürmisch diesmal, drängend, verlangend.

»Ja, bitte?« gähnte Maria beinahe erstaunt in die Gegensprechanlage.

Im Moment käme, glaube ich, niemand auf den Gedanken, daß sie einen Gast erwartet. Wenn ich Besuch bekomme, stehe ich immer schon eine Stunde vorher parat, um auch ja alles richtig zu machen, und wenn es klingelt, drücke ich den Türöffner mit Schallgeschwindigkeit. Daran merkt jeder Idiot, daß ich in der letzten

Stunde nichts anderes getan habe als zu warten. Als Willem zum ersten Mal zu mir kam, war es nicht anders. Wie stand es doch kürzlich in einer meiner Frauenzeitschriften? Der Charakter einer Beziehung wird in den ersten beiden Stunden festgelegt.

»Ich bin's!« rief Marco in den Apparat. »Hallo?«

»Klaus?«

Marco atmete schwer.

»Nein, Marco!« grummelte es.

»Ach, Marco!« Es klang beinahe enttäuscht, aber eben nur beinahe.

»Möchtest du hochkommen?«

»Ja, natürlich!« ertönte es jetzt leicht krächzend aus dem Lautsprecher. »Wir sind doch verabredet, Maria!«

»Verabredet? Heute?«

Helena konnte fast hören, wie Marco mit den Zähnen knirschte.

So etwas hätte ich mich nie getraut. Ich hätte immer befürchtet, daß er einfach kehrtmacht und sich nie wieder meldet. Eigentlich habe ich immer Angst!

»Maria! Wir wollten doch ins *Il Pietro* gehen. Ich habe einen Tisch bestellt!«

Maria wartete einen Moment. Von ihrem Platz am Fenster konnte Helena sehen, wie Marco den Blumenstrauß in seiner Hand ratlos ansah.

»Für heute? Na gut, dann komm halt hoch!«

Schnell wie der Blitz kam Marco die Treppenstufen heraufgesprintet. Er sah aus wie ein Mann, der normalerweise nur in Nobeldiscotheken verkehrte. Helena sah es förmlich vor sich, wie er lässig am Tresen lehnte und sich aus der Schar schwarzgekleideter schlanker Blondinen die Passende für den heutigen Abend aussuchte. Es kam bestimmt nicht allzu häufig vor, daß er mit einem Korb rechnen mußte.

»Maria!« Marco baute sich vor der Tür auf. In der Hand hielt er einen Fliederstrauß.

»Nett!« sagte Maria und hauchte ihm einen Kuß auf die Wange.

»Danke! Du bist ein echter Schatz.«

Marco griff nach ihrer Taille und zog sie näher zu sich heran. Maria hielt still, doch sie kam ihm nicht entgegen.

»Marco, heute paßt es wirklich nicht. Ich habe Besuch. Das ist meine Freundin Helena. Helena Abschied!«

»Tag!« sagte Marco geistesabwesend.

Blaue Augen, schwarze Locken, durchtrainiert, kein Gramm Fett. Nettes Lachen, strahlendweiße Zähne. Das ist ja ein Traumtyp!

»Aber Maria, ich habe mir extra ab Mittag frei genommen!« sagte Marco mit sanftem Vorwurf in der Stimme.

»Das hättest du eben nicht tun sollen, Marco«, erwiderte Maria kühl.

Marco wußte offenbar nicht, was er darauf antworten sollte. »Aber ich habe es doch gern getan!« bemerkte er lahm.

»Trotzdem! Ich halte es für besser, wenn du jetzt gehst! Ich möchte nicht, daß du meinetwegen wichtige Termine versäumst.«

Marco zappelte wie ein Barsch am Haken eines lächelnden Anglers, dem es vollkommen gleichgültig war, ob es heute Fisch zum Abendessen gab oder nicht.

Mein Gott, mit der gleichen Masche hält Willem mich in Schach. Und wie reagiere ich? Ich gebe nach. Aus Angst vor dem Alleinsein. Wenn ich diese Furcht mal überwinden würde, wäre ich stärker. Denn dann sprächen die Fakten für mich und nicht mehr für ihn.

Im Geiste sah Marco sich offenbar bereits allein in seinen Roadster steigen.

»Ach, schon gut. Man kann ja auch mal was vergessen. Dann lade ich euch eben beide ins *Il Pietro* ein. Komm, gib nach! Bitte!«

***

»Und dann hast du dir auch noch das teuerste Gericht bestellt, das auf der Speisekarte stand«, stellte Helena später fest. »Du hast dich kaum mit ihm unterhalten, sondern hauptsächlich mit mir. Du hast ihn weder gefragt, wie es bei ihm im Job läuft, noch ihn wegen seines beruflichen Engagements gelobt. Willem will mindestens einmal am Tag von mir gelobt werden.«

MÄNNER SIND WIE KINDER. SIE BRAUCHEN REGELMÄSSIG LOB UND BESTÄTIGUNG. WENN SIE DAS BEHERZIGEN, KÖNNEN SIE SIE JEDERZEIT UM DEN FINGER WICKELN.
(*Carina*, Serie von 1996: »Mann, o Mann. Teil 3: Wie man ihn hält.«)

»Mit derlei Streicheleinheiten sollte man sowieso nicht allzu freigebig sein. Man muß sich das jeweilige Objekt erst einmal in aller Ruhe anschauen und dann – ich weiß, daß ich mich wiederhole – die vorliegenden Fakten auswerten«, sagte Maria. »Bei Marco bin ich zu einem ganz anderen Ergebnis gekommen. Marco ist ein verwöhntes Einzelkind, der sein Lebtag Lob und Unterstützung im Überfluß bekommen hat. Sein Selbstbewußtsein als Mann und als Mensch ist vollkommen ungebrochen. Er braucht keine Bestätigung. Die hat er, wenn er in den Spiegel oder in seine Badehose guckt ...«

»Maria!«

»Ach, Süße! Gegen meine Reden ist die Bibel das reinste Kamasutra. Stell dich nicht so an!«

Helena schwieg.

So langsam wundert's mich nicht mehr, daß ausgerechnet Pfarrer so viele Kinder haben . . .

»Marco«, fuhr Maria fort, »braucht etwas ganz anderes: Er braucht die Herausforderung, den Kampf und das unvergleichliche Gefühl, einen fast unbezwingbaren Berg bestiegen zu haben.«

»Und? Hat er dich bestiegen?«

Helena! Jetzt fängst du auch schon an, solche Reden zu schwingen!

Maria lachte. Sie zündete sich mit graziöser Bewegung eine ihrer seltenen Zigaretten an. Es war Nachmittag, die Sonne begann bereits, sich zu verabschieden und wandte ihre letzte Kraft auf, um das Grün der Bäume in verschiedene Schattierungen zu tauchen.

»Aber natürlich. Ich schlafe mit ihm. Nicht allzuoft, aber ab und zu. Glaub diesen Frauenratgebern nur nicht, wenn sie behaupten, daß du einen Mann auf Dauer ohne Sex halten oder wer weiß wie lange warten lassen kannst. Selbst Männer, die die Herausforderung lieben, verabscheuen Zicken. Sex ist Benzin für ihren Motor, und wenn er fehlt, bleiben sie ganz einfach stehen. Trotzdem muß man ihn vorsichtig dosieren.«

»Liebst du ihn?«

Maria zuckte die Achseln: »Er ist nicht schlechter als andere!«

Ob sie auch heute noch Rache an Janni nimmt?

***

»Du hast mir beim Mittagessen von deinem Geschäft erzählt, aber nun möchte ich sie sehen, deine Flugzeuge!«

Helena bemühte sich, den ironischen Unterton, der sich in ihre Stimme zu schleichen drohte, zu unterdrükken. Sie konnte sich beim besten Willen nicht vorstellen, daß diese Frau eine eigene Fluglinie besaß.

Maria zuckte die Achseln und sah auf die Uhr.

»Wir sind um sieben mit Johannes verabredet. Wenn du meine Flugzeuge heute noch sehen willst, dann muß ich diesen Termin eben verschieben. Sonst wird es zu knapp.«

Verschieben? Eine Verabredung mit einem Mann? Käme mir nie in den Sinn. Das war schon früher so. Sobald irgendein Peter oder Rainer ein »Hast du heut schon was vor?« ins Telefon genuschelt hat, haben wir nur ein »Nein!« zurücktiriliert und anschließend gleich die Freundin angerufen, mit der wir doch eigentlich schon seit Wochen für diesen Abend verabredet waren: »Du Moni, sei mir nicht böse, aber mir ist was dazwischengekommen.« Und das Schreckliche war: Die Monis, Renis und Biggis dieser Welt hatten alle Verständnis, denn schließlich machten sie es genauso!

»Nein, laß nur, dann machen wir das später ... nicht, daß dieser Herr Fernow seine Pläne ändern muß!«

»Mach dich nicht lächerlich!« sagte Maria. »Ich zeige dir jetzt, wie man auf elegante Weise einen Termin verschiebt!«

Sie griff zum Hörer ihres Telefons, das – wen wundert's – in einem warmen Cremeton gehalten war, und wählte eine Nummer.

»Gnädig. Ich möchte Herrn Fernow sprechen!«

Sie lauschte.

»Es ist privat.«

Sie lauschte nochmals. Dann wirkte sie fast erleichtert.

»Er ist im Moment nicht zu sprechen? Sehr gut. Dann kann ich die anstehende Entscheidung ohne ihn treffen. Wie sagten Sie noch, war *Ihr* Name?«

Sie wartete und lauschte erneut.

»Danke!«

Wieder Warten. Helena lächelte.

Also eins muß man ihr lassen: Ihre Tricks sind wirklich ausgefuchst.

Maria zwinkerte: »Wie ich schon sagte: Halte dich immer an die Wahrheit. Aber es ist natürlich deine Sache, *wie* du sie verpackst. Und betrachte die Fakten!«

»Johannes ...« Jetzt schnurrte Maria wie eine freundlich gesonnene Katze. »Johannes ... ich habe mich sehr auf unseren Abend gefreut, aber ich habe spontan Besuch von einer Freundin bekommen, weshalb ich es bis sieben mit unserer Verabredung beim besten Willen nicht schaffe.«

Sie machte eine Pause.

»Später? Um acht? Ich weiß nicht so recht. Ich will dich ja auch nicht in die Bredouille bringen. Verschieben wir die Sache lieber auf ein andermal.«

Wieder eine Antwort, die Helena nicht hörte.

»Es macht dir nichts aus? Es ist dir sogar lieber? Na ja, wenn du meinst. Dann also bis acht. Im Provençe? Nein danke, wir nehmen meinen Wagen!«

Maria legte den Hörer auf.

»Er glaubte erst, daß die Sache ganz platzt. Also hat er sich problemlos auf acht Uhr eingelassen. Beruflich erfolgreiche Männer – das gilt auch für Marco – haben es gar nicht gern, wenn ihre Termine sich in Luft auflösen. Ihr Terminkalender ist ihr Rückgrat. Unbestimmte Formulierungen wie ›ein andermal‹ wecken gleich den Kampfgeist in ihnen. Der ist jetzt froh, daß es *überhaupt* geklappt hat!«

Gut, daß ich weder ein Mann noch verliebt in Maria bin.

In diesem Augenblick klingelte Marias kleines, schwarzes Handy.

Anscheinend war es ihr partout nicht gelungen, es in Crème oder Honigfarben zu bekommen.

»Hallo?«

Helena stand auf und betrachtete den herrlichen Garten. Alles schien zu blühen. Die Kirschen. Die Magnolien. Die letzten Forsythien. Der erste Flieder. Es war wie ein Rausch. Und doch stellte sie sich ihren Garten, wenn sie jemals einen hätte, ganz anders vor. Nutzbringender. Mit Äpfeln und Birnen, mit Quitten, aus denen man Quittengelee machen konnte und mit Erdbeeren, die sie in großen irdenen Schüsseln ins Haus tragen würde.

»Wie haben Sie meine Nummer herausbekommen?« Maria lachte. »Gar nicht so dumm!« Pause. »Aha, ja. Ja, vielleicht . . . okay . . . Bis dann also.«

»Wer war denn das? Wieder ein Verehrer, der dich heiraten will?«

»Nein. Zumindest *noch* nicht. Er wollte nicht mal richtig mit mir ausgehen. Er wollte nur, daß ich ihn besuche. Zum Tee. Oder auf einen Cognac . . . irgendwann einmal. Unverbindlich.« Sie lachte. »Du kennst ihn, es war dein Nachbar Gerhard Schröder.«

Helena fühlte einen Stich.

Den gönne ich ihr nicht!

»Was will er von dir?«

Maria steckte das Handy in die Handtasche und wandte sich zum Gehen.

»Ich werde es herausfinden, Helena. Darauf kannst du dich verlassen!«

***

Der kleine Karlsruher Privatflughafen war bequem über eine dreispurige Bundesstraße zu erreichen. Helena war schon oft daran vorbeigefahren und hatte sich jedesmal gefragt, wer wohl den Mut aufbrachte, mit diesen zierlichen kleinen Maschinchen in den Himmel aufzusteigen.

Mit ihrer Codekarte öffnete Maria das Tor des Verwaltungsgebäudes und passierte freundlich grüßend den Pförtner.

»Sei immer ausgesucht freundlich zum Personal! Du weißt nicht, was sie noch alles für dich tun können. Ich habe dem Wachmann auf einem kleinen Parkplatz hinter dem Schloß immer eine Mark mehr gegeben, als ihm zustand, wenn ich das Auto abgeholt habe. Eines Abends hat er mir dann mit seiner Taschenlampe geholfen, stundenlang nach dem Ohrring zu suchen, den ich irgendwo auf dem Weg verloren hatte! Dieser Flugplatz gehört der Fluggesellschaft Badenia Wings. Sie wird von zwei jungen Männern betrieben, ehemaligen Fluglehrern, die sechzig Prozent der von hier aus abfliegenden Maschinen besitzen. Der Rest sind kleine Privatflugzeuge von Hobbyfliegern oder von reichen Geschäftsleuten. Hat sich sehr gemausert, dieser Flugplatz: Betankungsanlage und Enteisungsanlage – alles modern und gut ausgebaut. Nächstes Jahr wollen sie das Flughafengebäude selbst vergrößern. Es war ein hartes Stück Arbeit, bis ich meine Fluglinie – Divine Flights – hier etabliert hatte.«

»Divine Flights? Göttliche Flüge?«

»Ja – die Maschinen gehören nicht nur einer Pfarrerin, sie fliegen auch mit Gottes Segen. Wir beten vor dem Flug. Der Glaube fliegt mit. Zu meinen Kunden sage ich immer: »Mut ist Angst, die gebetet hat!«

»Bibel?«

»Nein, die holländische Jüdin Corrie ten Boom!«

»Das ist unglaublich. Eine Fluglinie. Wie hast du das nur geschafft? Dir Pfarrer gesucht, die dich unterstützen.«

»Andere Pfarrer hätten mir wohl kaum geholfen, sondern mich vielmehr als abtrünnige Blasphemistin hingestellt. Nein, nachdem ich mir das Flugzeug gekauft hatte, fragte ich mich zunächst, wer überhaupt Bedarf an einer solchen Fluglinie hat? Antwort: Menschen, die unter Flugangst leiden, sowie alleinstehende Frauen, die sich in den großen Maschinen, die in Frankfurt abfliegen, unsicher fühlen, weil sie sich dort mit so vielen Unwägbarkeiten herumschlagen müssen: Wie kommen sie überhaupt nach Frankfurt? Wo können sie ihr Auto abstellen? Laufen sie Gefahr, in dem riesigen Parkhaus überfallen zu werden? Und so weiter.«

Und Menschen wie ich, die Schnittmenge aus beidem.

»Nachdem die grundsätzlichen wirtschaftlichen und rechtlichen Fragen geklärt waren, habe ich mich im Gemeinderat umgesehen. Ein Journalist hat mich mit den nötigen Informationen versorgt. So wollte ich beispielsweise genau über die Reisetätigkeit der einzelnen Mitglieder Bescheid wissen. Es stellte sich heraus, daß zwei Gemeinderatsmitglieder sämtliche Dienstreisen mit dem Zug erledigten, selbst wenn es sie in weiter entlegene Ortschaften wie Berlin oder London verschlug. So etwas ist heutzutage doch recht auffällig. Also wandte ich mich an genau diese beiden. Beide litten unter Flugangst, und es gelang mir, sie dazu zu überreden, sich mir und meiner ersten und damals noch einzigen Maschine anzuvertrauen. Vor dem Abflug nämlich sprachen wir ein Gebet, das ihnen das Gefühl gab, mit mehr Sicherheit zu fliegen. Danach war das Eis gebrochen. Die nächsten, die mitflogen, waren die Frauen im Gemeinderat. Ich brachte zwar nicht alle auf meine Seite, aber ausreichend viele. Ich stellte zwei ehemalige Lufthansapiloten ein und mehrere Stewardessen – allesamt überzeugte Christen. Fluglizenzen mußten besorgt werden, eine Landeerlaubnis für diverse Flughäfen und sonstiger Papierkram. Schließlich konnte ich damit anfangen, meine christlichen Flüge professionell zu vermarkten. Als Spezialservice waren und sind meine Divine Flights for Ladies jedoch der absolute Renner. Auch da kamen mir meine gesammelten Informationen über unseren Gemeinderat zu Hilfe, denn ich wußte, was den Frauen fehlte. Meine Frauenflüge waren bestens organisiert. Die Kundin wurde zu Hause abgeholt, dann folgte der Flug, am Zielort wiederum wurde sie sicher ins Hotel gebracht. Die Sache lief: Heute habe ich vier Flugzeuge. Sogar das Fernsehen hat schon mehrmals Beiträge zu dem Projekt gebracht. Es wundert mich, daß du noch nie davon gehört hast.«

Kaum zu glauben.

»Aber dazu braucht man Geld! Viel Geld.«

BEVOR SIE SICH SELBSTÄNDIG MACHEN, MÜSSEN SIE DIE RISIKEN SEHR GENAU ABWÄGEN, EINE MARKTANALYSE TÄTIGEN UND MIT IHRER BANK SPRECHEN. ÜBERLEGEN SIE SICH DIE SACHE GANZ GENAU. VON ETWA 120 000 EXISTENZGRÜNDUNGEN JÄHRLICH ÜBERLEBEN ETWA DIE HÄLFTE NOCH NICHT EINMAL DIE ERSTEN ZWÖLF MONATE.
(*Brigitte*: »So mache ich mich selbständig.«)

»Wie man's nimmt. Das erste Flugzeug hat 125 000 Mark gekostet. Die Instandsetzung 50 000. Lizenzen, Personal- und Werbungskosten noch mal 50 000. Mit rund 250 000 war ich dabei. Und da das Konzept wirklich gut war, hatte ich kein Problem, die Banken zu überzeugen. Oft ist viel mehr möglich, als man denkt. Ich wollte endlich selbständig sein und lieber fallen als gestoßen werden!«

Sie schwieg eine Weile. Dann sagte sie: »Komm, ich zeige dir meine Maschinen.« Mit einer Art Caddy fuhren sie jetzt über das Rollfeld. Schon beim Anblick der Flugzeuge wurde Helena angst und bange. Das Brummen der Motoren verursachte ihr eine Gänsehaut. Nichts, auch nicht Marias Gebete können mich dazu bringen, jemals eine solche Höllenmaschine zu besteigen, in der mich vom Tod nur ein paar Millimeter Blech trennen.

»Divine Flights« umfaßte tatsächlich vier Flugzeuge, von denen drei hier auf dem Rollfeld standen: ein kleiner roter Achtsitzer, der fast wie ein Spielzeugflugzeug aussah, eine graue Maschine, die so unheimlich wie eine Militärmaschine wirkte, und ein schlohweißes Flugzeug, das größte von allen.

»Das ist mein erstes!« sagte Maria und deutete auf das graue Fluggerät. »Das weiße ist mein teuerstes und schickstes! Eine Maschine ist gerade unterwegs. Ich glaube, sie kommt heute abend mit einem Frauenkegelclub aus Nizza zurück.«

Die beiden Frauen fuhren in das Verwaltungsgebäude zurück. Dort hatte jede Luftfahrtlinie einen kleinen Schalter. Sogar ein Kiosk mit Zeitschriften und Zeitungen sowie mit den üblichen Bahnhofsartikeln sorgte für das angemessene Reisefieber.

Hinter dem Schalter von Divine Flights, der von einer dunkelhaarigen Dame in grauem Kostüm betreut wurde, befand sich ein kleines, rundumverglastes Büro. Drinnen saß eine Frau mittleren Alters, die ebenso arrogant wie ungeduldig wirkte. Außerdem sah sie aus wie ein wandelnder Christbaum.

Wenn die abends ihren Schmuck abgelegt hat, ist sie wahrscheinlich gleich zehn Pfund leichter.

Maria betrat das Büro. »Frau Verhooven, ich grüße Sie!« sagte sie und nahm ihr gegenüber an einem Schreibtisch Platz. »Dies ist eine ehemalige Kollegin, Frau Abschied!«

Frau Verhooven sah beunruhigt zu Helena hinüber. »Sind Sie auch Pfarrerin?«

»Ich glaube, das tut nichts zur Sache. Sie haben einige Beschwerden vorzubringen, Frau Verhooven, über die wir jetzt der Reihe nach sprechen werden. Zunächst sind Sie mit einer unserer Maschinen Ihrem Mann gefolgt, der in Rom bei einer internationalen Tagung weilte. Was ist dann geschehen ...«

Das ist schon der erste Punkt für Maria: die Formulierung ›Ihrem Mann gefolgt‹. Und es stimmt. Sie hat recht. Nimm die Wirklichkeit, sieh sie dir genau an, und laß sie dann für dich arbeiten.

»Ja, nach Rom!« schnaufte Frau Verhooven mit leichter Atemnot. »Und dort sind gleich mehrere Dinge passiert: Erstens hat mir Ihre Stewardeß unterwegs Kaffee aufs Kleid geschüttet. Es war ein höchst teures Kostüm, das ich vor Jahren in Düsseldorf gekauft habe. In dem römischen Hotel kamen wir erst mit zweistündiger Verspätung an, so daß mein Mann sich schon Sorgen gemacht hat, und drittens war der von Ihnen organisierte Shuttleservice ja wohl auch nicht das Wahre. Der Taxifahrer hat sich jedenfalls einige recht anzügliche Bemerkungen erlaubt.«

Maria hatte ruhig zugehört.

Als die Kundin fertig war und nur noch vor sich hin schnaufte, wartete Maria noch eine kleine Weile und betrachtete sie lediglich mit beunruhigend aufmerksamem Blick.

»Gut, schauen wir uns die Punkte mal einzeln an«, sagte sie schließlich. »Ich habe mir hier vom ADAC einen Bericht über die Verkehrssituation am vergangenen Freitag schicken lassen. Wären Sie zum gleichen Zeitpunkt mit dem Auto losgefahren, hätten Sie das Hotel in Rom an diesem Abend erst um 23.40 Uhr erreicht. Wären Sie mit der Bahn gefahren, wäre Ihre Ankunftszeit 0.13 Uhr gewesen. Statione Termini wohlgemerkt. Mit der Lufthansa oder den anderen großen Fluggesellschaften wären Sie wegen des Streiks auf Mallorca in den Abflugstau in Frankfurt geraten und an diesem Abend vermutlich überhaupt nicht mehr in Rom angekommen. Kurz gesagt: Mit keiner anderen Fluggesellschaft außer mit Divine Flights wären Sie an diesem Abend *überhaupt* noch in der italienischen Hauptstadt eingetroffen!«

Frau Verhooven starrte Maria an.

»So? Na ja, davon weiß ich natürlich nichts!«

»Aber ich!« sagte Maria kühl lächelnd. »Nun kommen wir zu Ihrem Mann.«

»Ja!« trumpfte die Geschmückte auf. »Ja!«

»Erlauben Sie mir dazu eine persönliche Bemerkung unter uns Frauen: Ist es nicht ganz schön, wenn der eigene Gatte sich mal Sorgen macht, hm? Fühlt man sich dann nicht endlich mal wieder begehrt? Haben Sie es nicht auch ein klein wenig genossen, daß er besorgt war und sich nicht voller Freude die Wartezeit an der Bar vertrieben hat?«

Frau Verhooven sagte nichts. Doch sie hatte schon längst verloren.

Sie hatte bereits verloren, als sie dieses Büro betreten hat.

»Und eigentlich wäre es doch viel eher ein Grund zur Sorge gewesen, wenn der italienische Taxifahrer *keine* anzüglichen Bemerkungen gemacht hätte, meinen Sie nicht auch?«

Frau Verhooven schwieg immer noch.

»Und nun zu Ihrem Kleid. Was darf ich Ihnen dafür auszahlen?«

»Es war ein sehr, sehr teures Kleid!« schnaufte die Dame und griff sich mit den Goldhänden an den vergoldeten Hals. »Und auch in der Reinigung hat man die Flecken nicht mehr herausbekommen!«

»Gut, dann seien Sie so freundlich und zeigen mir die Rechnung.« Marias Stimme klang jetzt stahlhart.

»Ich habe keine Rechnung! Schließlich setze ich meine Kleidung nicht von der Steuer ab! Aber Sie können mir glauben, daß ich es in einer der ersten Boutiquen in Düsseldorf, bei Laurentius . . .«

»Es fällt mir sehr schwer, das zu glauben, Frau Verhooven!« erwiderte Maria kalt wie eine Hundeschnauze.

»Was soll das heißen?«

»Nun, wer es sich leisten kann, in der Düsseldorfer Nobelboutique Laurentius zu kaufen, der muß ziemlich reich sein. Ich verkehre täglich mit Leuten aus den besten Kreisen, und eines kann ich Ihnen versichern: Wohlhabende Menschen sind niemals kleinlich . . .! – Aber gut, kommen wir zu Ihrem Kostüm zurück. Wieviel fordern Sie als Entschädigungssumme?«

Nichts.

»Nichts!« sagte Frau Verhooven und seufzte.

Selten war eine Verliererin mit so viel Gold behängt gewesen.

* * *

»Variatio delectat!« sagte Maria. »Johannes Fernow ist ein anderer Typ als Marco! Er verlangt auch nach anderer Behandlung.«

In der Tat.

Der Mann, der am Abend das Restaurant betrat, war bereits etwas älter, und er hätte in jedem amerikanischen Fernsehfilm die Rolle des mächtigen Firmenbosses mit interessanter Vergangenheit spielen können: Er war schlank, hatte graumeliertes Haar, war gut gekleidet. Vermutlich besaß auch er ein Luxusauto, das aber gewiß größer und sicherer war als das des jugendlichen Liebhabers Marco.

Er betrat das elegante französische, im provenzalischen Stil eingerichtete Restaurant wie ein Mann, der es gewohnt war, zu befehlen, und wußte, daß er es bei der Frau, mit der er sich heute traf, nicht konnte.

Sein suchender Blick aus aufmerksamen graublauen Augen fand schließlich Maria, und seine Miene hellte sich auf wie bei einem Kunstsammler, der ein exzellentes und schönes Gemälde erblickt. Mit einer Mischung aus Selbstsicherheit und Selbstironie, die auf die meisten Frauen unwiderstehlich wirkt, kam er zu ihnen herüber.

Maria erwies sich auch heute wieder als geschickte Verwandlungskünstlerin, denn sie sah wieder ganz anders aus: Fraulicher. Fließender. Zugänglicher.

Für ihre Verhältnisse war sie geradezu mädchenhaft gekleidet. Sie trug ein braunes Kleid mit engem Oberteil und schwingendem kurzem Rock.

In meinen schwarzen, engen Jeans und dem bestickten Pullover komme ich mir neben ihr jetzt doch wie ein Bauerntrampel vor. Ob sie mich da richtig beraten hat?

Als er an ihren Tisch trat, begrüßte sie ihn nicht mit kühler Gelassenheit, wie sie es bei Marco getan hatte, sondern sie hielt ihm mit freundlichem Lächeln die Wange hin. Er zog sie hoch und hielt sie an beiden Händen ein Stück weit von sich weg, wie um ihren Anblick zu genießen. »Du siehst entzückend aus!« sagte er warm.

»Du siehst aber auch sehr, sehr gut aus«, erwiderte Maria. »Aber genug der Komplimente. Darf ich dir meine Freundin Helena vorstellen?!«

Und nun erlebte Helena etwas noch nie Dagewesenes: Ein Mann küßte ihr die Hand.

Johannes Fernow, so stellte sich während der nicht allzu lebhaften Konversation heraus, die immer wieder von Kellnern unterbrochen wurde, welche ihnen kleine Leckereien servierten, war Chefarzt in der Universitätsklinik. Sein Alltag war mühsam: Operationen, Besprechungen, Vorträge, Fortbildungsveranstaltungen. Er trug schwer an seiner Verantwortung. Mit Maria wollte er es leichter haben. Und Maria machte es ihm leichter. Sie lachte, scherzte, und sie hörte ihm zu. Wenn auch nicht bedingungslos. Sobald er sich allzu intensiv in die Probleme des Klinikalltags versenkte, lenkte sie ihn ungehalten ab: »Johannes, bitte! Nicht wieder dieser Streit mit dem Verwaltungsrat. Da muß ich streng mit dir sein.«

Johannes genoß es augenscheinlich, daß sie streng mit ihm war. Seine geschiedene Frau war nicht streng, sondern nur gleichgültig gewesen. »Sie hat sich alles an-, aber niemals zugehört!« sagte er sachlich.

»Keine Klagen über deine Frau!« mahnte Maria. »Immerhin warst du mit ihr verheiratet, vergiß das nicht!«

»Wie könnte ich das vergessen!« seufzte Johannes. »Ein Blick auf meine monatlichen Abbuchungen erinnert mich ständig daran!«

Daraufhin beschloß Helena sofort, auf einen Nachtisch zu verzichten. Doch wie immer gab Maria eine andere Gangart vor.

»Aber Schatz! Geld kann doch bei einem so tüchtigen Mann wie dir kein Problem sein«, sagte sie fröhlich und bestellte noch eine Flasche Champagner sowie einen teuren Nachtisch. Johannes küßte sie dafür.

Überhaupt schmuste ihre Lehrmeisterin weitaus mehr mit dem Arzt als mit Marco. Voller Verheißung schob sie ihm den schlanken Fuß mit dem cognacfarbenen Pumps zwischen Beine und ließ ihn langsam hinaufwandern. Am Knie machte sie halt.

Sie nippte an ihrem Champagner und zog ein Gesicht: »So langsam beginnt der viele Champagner mich zu langweilen«, befand sie. »Laß uns tanzen gehen!«

Tanzen? Gut, daß ich Ferien habe. Was Willem wohl jetzt macht? Ich habe seit Stunden nicht mehr an ihn ge-

dacht. Er geht nie mit mir tanzen. Wie auch? Mit Holzschuhen tanzt es sich eben schlecht!

»Schläfst du auch mit ihm?« fragte Helena später auf der voll verspiegelten Toilette der Disco »Chip«.

»Ja, natürlich. Sogar ziemlich oft. Er braucht das.«

»Aber Maria, das ist unmoralisch!«

»Unmoralisch? Wieso? Weil ich mit zwei Männern schlafe? Ich bin mit keinem von den beiden verheiratet, und keiner von beiden hat Anlaß anzunehmen, daß ich treu bin. Sie fragen mich nie danach, weil sie bereits ahnen, daß ich es nicht bin. Tief im Herzen wissen sie es wahrscheinlich sogar, aber sie leugnen die Fakten. Das ist aber nicht *mein* Problem. Spaß macht es jedenfalls mit beiden!«

»Hast du keine Angst, daß sie den Respekt vor dir verlieren, wenn du ... sexuell so freizügig bist?«

Ich kann Willem gar nicht mehr richtig in die Augen sehen, seit ich weiß, daß er mit meiner Schwester ...

»Oh, da kennst du die Männer schlecht, Helena! Eine Frau, die für guten Sex sorgt, wird von ihnen *immer* respektiert. Auf jeden Fall mehr als eine, die sich ziert! Männerhirne funktionieren anders: Sex ist wichtig für sie, und sie sehen nicht ein, warum sie jemanden nicht schätzen und mögen sollten, der seine Sache gut macht. Achte mal drauf: Nur wenige Männer äußern sich verächtlich über Nutten. Das tun nur Frauen! Männer respektieren sie!

Guter Sex? Was ist das? Bis jetzt habe ich nie einen Unterschied zwischen gutem und schlechtem Sex feststellen können.

»Sieh dir die Leute genauer an, mit denen du zu tun hast, Helena. Überlege, wo sie gerade stehen und wo sie möglicherweise hinwollen. Johannes ist geschieden. Die meisten Männer – egal wie sie aussehen und was sie erreicht haben – empfinden das als Niederlage, denn sie sind im Grunde konservativ und möchten an ihrem Bilderrahmen festhalten, auch wenn sie das Bild darin gern zwischendurch immer mal wieder wechseln. Niederlagen rauben einem die einstige Stärke, und nun setzt man alles daran, diese wiederzuerlangen. Und wo kann man sie außerhalb des Büros noch finden? Bei einer Frau, die einem zwar sagt, was für ein toller Kerl man ist, die aber gleichzeitig auch dafür sorgt, daß die kleinen Rituale und Drangsale der Ehe bestehen bleiben. Streng, aber liebevoll muß sie sein. Johannes ist in der Beziehung ganz anders als Marco!«

Sie ist eine Schauspielerin. Nein – eine Seelenspielerin.

»Und nachher bist du bitte so nett und verabschiedest dich, Helena. Den Rest des Abends und der Nacht will ich nämlich zu zweit und nicht zu dritt verbringen!«

Noch nie habe ich jemanden dafür bezahlt, daß er mich dermaßen herumkommandiert.

Ganz gegen ihre Gewohnheit gondelte Helena noch eine ganze Weile allein mit dem Auto durch die nächtliche Stadt. Das Straßenpflaster glänzte, es hatte geregnet. Der Vollmond ließ die Lücken zwischen den dunklen, am Himmel treibenden Wolken fast leuchtend blau erscheinen. Helena sah in die wogenden Baumgipfel des Schloßparks und dachte an Maria. Sie sah sie vor sich, wie sie – in ein crèmefarbenes Nachthemd gewandet – in die crèmefarbene Satinbettwäsche schlüpfte, wo ein schlanker, drahtiger Johannes bereits ungeduldig ihrer harrte.

***

Unten im nächtlichen Hausflur keine Spur von Gerhard Schröder. Helena schlich auf Zehenspitzen zu Schröders Tür und lauschte. Drinnen ertönte leise Musik. Rod Stewart: »Tonight's the night ...« Und plötzlich glaubte sie Stimmen zu hören. Die von Gerhard Schröder und die einer Frau.

Dieses Lachen! Wie Champagner! Champagner? – O mein Gott, Maria hatte offenbar keineswegs vorgehabt, die Nacht mit Johannes zu verbringen ...

Helena ging nach oben. Ihre Augen waren voller Tränen. Aber es waren andere Tränen diesmal: Es waren Tränen der Wut!

***

»Möchtest du noch Kaffee?«

»Ja, bitte!«

Helena musterte Maria mißtrauisch. Sie sah frisch und entspannt aus wie ein blankgeputzter Apfel.

Sex als Verjüngungsmittel! Ich wette, sie hat eine ganze Schachtel davon zu sich genommen. Und auf der Schachtel stand »Gerhard Schröder«. Daß er ausgerechnet auf sie *reinfällt, hätte ich nicht gedacht. Reinfällt? Sie lügt nicht, und sie betrügt nicht ... sie hat nur seinen wunden Punkt gefunden. Oder vielleicht doch nicht?*

»Wie war es denn mit deinem Johannes?«

»Das ist heute wohl kaum unser Thema! Du bist jetzt hier, damit wir deine aktuelle Situation klären können. Du siehst gut aus, und du hast dir einen Einblick in mein Leben verschafft. Ich habe dir von mir erzählt, du hast mir von dir erzählt, und ich kenne deine Träume: Du wünschst dir einen netten Mann und ein Häuschen auf dem Lande. Zunächst aber willst du geachtet, anerkannt und respektiert werden. Und heute werden wir den Plan ausarbeiten, nach dem du vorgehen wirst.«

Und am meisten wünsche ich mir, ein einziges Mal besser zu sein als du.

Kapitel 14

Als Willem die Tür zur Wohnung im vierten Stock aufschloß und gemeinsam mit Antje eintrat, bemerkte er, daß irgend etwas anders war als sonst. Es war nicht nur der Geruch, der in der Luft hing, sondern die ganze Atmosphäre. Er hätte nicht genau sagen können, woran er es hätte festmachen sollen, aber irgendwie beschlich ihn ein ungutes Gefühl.

»Hallo, wir sind wieder da!« rief er deshalb freundlicher als sonst. »Wo bist du, Helena-Schatje? Hast du einen schönen Tee für deine Heimkehrer gemacht?«

Helena erschien im Türrahmen und lächelte nicht.

Sie hatte abgenommen, das bemerkte er jetzt zum ersten Mal, und diese Jeans sahen weitaus besser aus als die labbrigen Dinger, die sie sonst immer getragen hatte. Aber einen BH hätte sie anziehen sollen. Unter dem roten T-Shirt zeichnete sich ihr Busen nur allzu deutlich ab.

Obwohl eben dieser Busen gar nicht so übel war, wie Willem plötzlich mit einiger Überraschung feststellte. Nicht zu groß, nicht zu klein, rund und fest.

»Nein, ich habe keinen Tee gemacht!« antwortete Helena ruhig. »Aber Kaffee könnt ihr haben!«

»Oh, Mann!« ächzte Antje, schleuderte ihre Turnschuhe von sich und schlurfte in die Küche. »Hast du wenigstens Cola gekauft? War tierisch heiß im Auto!«

»Nein, ich habe keine Cola gekauft! Ich trinke schließlich keine Cola!« erwiderte Helena beunruhigend ruhig und folgte ihr. Willem schlich ihr hinterher wie ein beunruhigter Kater einer beleidigten Katze.

»Hast du irgendwas? Bist du sauer, weil wir zwei Tage länger in Aachen waren? Ach, diese Atmosphäre! Diese Nähe zu meiner Heimat! Allein schon die vielen Autos mit den gelben Kennzeichen – wunderbar!«

»Du *bist* in deiner Heimat!« sagte Helena.

»Wie meinst du das?«

»Wie ich es sage. Du bist ein Deutscher und lebst in Deutschland.«

»Nun, das steht vielleicht in meinem Ausweis, aber mein Blut spricht niederländisch!« sagte Willem verträumt. »Ich muß heute abend unbedingt ins Bistro Amsterdam, damit ich emotional und kulturell nicht vollends vertrockne! In Aachen kann ich ja immer in den Nederlandskroeg gehen, du glaubst nicht, wie . . .«

»Dein Blut mag ja vielleicht niederländisch sprechen!« unterbrach Helena ihn ungerührt. »Aber leider tust du es nicht. Jedenfalls nicht richtig!«

»Wie bitte? Spinnst du? Bist du krank?«

»Ey, Mann!« seufzte Antje. »Kaum zu Hause, schon wieder Streß.«

Sie ging ins Wohnzimmer und schaltete den Fernseher ein.

»Wieso springt da nicht automatisch Sky an?« sagte Willem mißtrauisch und lugte ins Wohnzimmer. »Ich habe den Fernseher doch extra so programmiert!«

»Ja . . .«, lächelte Helena. »Und ich habe ihn umprogrammiert, das heißt, ein Mann aus dem Haus hat es für mich getan. Gerhard Schröder. Ich weiß nicht, ob du mittlerweile weißt, wer das ist. Jetzt springt jedenfalls automatisch Arte an.«

»Arte? Dieser französische Sender? Und welcher Gerhard Schröder? So heißt doch der Bundeskanzler von euch Deutschen!«

»Ja, dieser französische Sender! Und es handelt sich natürlich nicht um *unseren* Bundeskanzler, sondern um einen Herrn, der im Erdgeschoß dieses Hauses lebt und bildender Künstler ist!«

»Min Levje! Aber Helena? Hast du jetzt endgültig jegliche kulturelle Ambition aufgegeben. *Arte*!«

»Ja und nein! Ich will nicht mehr gezwungen sein, mir rund um die Uhr Sky anzusehen, nur weil sie dort ab und zu Berichte aus Holland bringen. Und ich habe auch keine Lust mehr auf die pferdezähnige Beatrix und ihren traurigen Gatten. Und was die Kultur angeht: Dieser Gerhard Schröder ist durchaus ein ernstzunehmender Künstler! Und Kultur und Kunst gehören doch irgendwie zusammen, meinst du nicht auch?«

Willem schwieg. Er kaute an seiner Unterlippe herum. Gut, sie wollte also zickig sein. Er würde sie gegen seine Gewohnheit morgen abend mal mit ins Bistro nehmen, das würde sie wieder friedlich stimmen. Das hatte bisher schließlich auch immer gewirkt. Er kannte doch die Frauen!

»Ich nehme dich morgen mit ins Bistro, hm, und wir machen uns einen gemütlichen Abend. Die haben dort einen wunderbaren Heringssalat ...«

»Willem, ich glaube, wir müssen mal miteinander reden!«

»Was ist eigentlich los mit dir? Immer diese deutsche Ungeduld. Du solltest sehen, wie langsam und gemächlich das Leben in meiner Hei ... in Holland verläuft. Man trinkt ein Bierchen, dann einen Genever, man raucht eine Caballero, man betrachtet die Wellen, die Wolken, die Windmühlen und wieder die Wolken ...«

Helena schloß die Küchentür.

»Willem, ich habe Teile deines Manuskriptes einem Übersetzer für Holländisch gegeben und prüfen lassen. Er hält es für mehr als unwahrscheinlich, daß sich jemals ein Verlag ernsthaft dafür interessieren wird.«

Willems rechtes Augenlid zuckte.

»Ja, weil die schonungslose Offenheit des Mijnheer F. für die deutsche Öffentlichkeit eine erotische und religiöse Provokation ist ...«

Trotzdem war er verunsichert.

»Nein, Willem«, sagte Helena. »Nicht deswegen. An Provokationen hat sich dieses Volk seit Henry Miller ganz gut gewöhnt. Es wird nicht angenommen, weil es schlecht ist. Der Text ist schlecht, und deine Übersetzung ist ebenfalls schlecht.«

Willem klappte den Mund auf und klappte ihn wieder zu. Er sah jetzt aus wie ein Fisch aus seiner Heimat.

»Und hier habe ich dir aus der Zeitung von Samstag die Stellenanzeigen aufgehoben. Es werden immer wieder Steuerfachgehilfen gesucht!«

»Du willst, daß ich mich wieder dem Joch des bürgerlichen Arbeitslebens unterwerfe? Nein! Jetzt übersetze ich zunächst den Roman ›Die Düne der Lust‹, und dann werde ich ...«

»Apropos ›Lust‹, mijn schatje«, sagte Helena. »Ich habe keine Lust mehr, die Wohnung allein bezahlen zu müssen, und ich habe keine Lust mehr, deine Schwester durchzufüttern.«

»Dann muß ich wohl die Konsequenzen ziehen!« sagte Willem im üblichen drohenden Ton. »Ich werde mich für eine Weile zurückziehen müssen und ...«

»Oh!« sagte Helena erleichtert. »Das wäre wunderbar.«

»Wie bitte?«

Willem blinzelte.

»Wenn du dich zurückziehen könntest. Und . . . vergiß bitte bei deinem Rückzug deine kleine Schwester nicht.«

»Du wirfst uns raus?«

»Nein. Ich unterstütze nur deinen Rückzug!«

Willem griff beherzt in die bewährte Trickkiste und holte eine weitere Drohung heraus.

»Bist du dir eigentlich im klaren, wie einsam du sein wirst? Einen Mann wie mich findest du so leicht nicht wieder!«

»Das hoffe ich!« seufzte Helena und ging in den Flur, um ihren Mantel zu holen. – Sie wollte noch ein bißchen an die Luft. Als sie die Tür leise hinter sich schloß, fragte sie sich, ob der süße Geschmack, der ihr auf der Zunge lag, der Geschmack der Einsamkeit oder gar der Freiheit war.

***

»Frau Abschied?« Hausmeister Lernboss näherte sich im üblichen drohenden Stil. »Sie parken auf dem Lehrerparkplatz!«

»Ja, Herr Lernboss, das kommt daher, daß ich Lehrerin bin.«

»Aber Sie haben keine Berechtigung von Herrn Dr. Gluck!«

»Ich brauche keine Berechtigung von Herrn Dr. Gluck. Ich bin hier Lehrerin, und ich stelle mich auf den dafür vorgesehenen Parkplatz!«

»Das melde ich!«

»Wem?«

»Dem Herrn Dr. Gluck-Direkter!«

»Gut, dann melden Sie ihm auch gleich mit, daß Sie samstags abends den Parkplatz aufschließen und Ihre

Bekannten hier parken lassen, wenn sie ins Theater oder ins Restaurant gehen. Oder nehmen Sie vielleicht sogar Geld dafür, Herr Lernboss?«

Lernboss sah diese frech gewordene Aushilfslehrerin fassungslos an. »Das ist Erpressung! Gegenüber einem ...«

»Beamten?«

»Nein, ein Beamter bin ich ja nicht, aber gegenüber jemandem, der mit Beamten zusammenarbeitet!« schnaufte Lernboss. »Fahren Sie sofort weg!«

»Nein. Ich fahre nicht weg. Lassen Sie mich doch von der Polizei abschleppen. Das wird ein Spektakel! Die Schüler werden aus dem Fenster schauen und sich köstlich amüsieren. Jeden Tag. Die Lehrer werden Ihnen dafür unendlich dankbar sein. Auch der Herr Dr. Gluck-Direkter!«

Lernboss' viereckige Gestalt bebte an allen vier Kanten. Doch sein Mund blieb geschlossen. Es fiel ihm einfach nichts mehr ein.

Na, mal schaun, wie's weitergeht. Bis jetzt lief ja alles ziemlich gut. Nur, daß Willem natürlich nicht ausgezogen ist. Leider! Oder Gott sei Dank? Ich habe immer noch ein bißchen Angst vor dem Alleinsein ...

***

»Das sag' ich meinem Vater!« tobte Till Magnus. »Sie haben kein Recht, mir eine Fünf in der Klassenarbeit zu geben. Die war nicht angekündigt, genausowenig wie letztens der Vokabeltest in der Klasse meines Bruders!«

»Als Lehrer ist man nicht verpflichtet, Klassenarbeiten oder Tests anzukündigen, Till, und außerdem brauchst du das deinem Vater nicht zu sagen, denn *ich* werde es ihm sagen. Ist er heute mittag eigentlich im Büro?«

»Sie können meinen Vater doch nicht im Büro anrufen!« rief Till Magnus fassungslos.

»Warum nicht? Ist er etwa in einer Konferenz? Aber dann hat er doch bestimmt eine Sekretärin oder einen Kollegen, der seine Anrufe entgegennimmt. Ich werde also die Nachricht hinterlassen, daß sein Sohn eine Fünf in einer nicht angekündigten Klassenarbeit geschrieben hat . . .«

»Das können Sie nicht bringen!« sagte Till.

»Ach Till!« sagte Helena sanft. »Setz dich einfach hin und halt deine große Klappe.«

Till setzte sich und grübelte über neue Schritte nach.

»Sie können ja nicht mal richtig Englisch!« fiel ihm kurz darauf ein. Triumphierend sah er sich in der Klasse um. Doch nur ein paar Klassenkameraden grinsten schwach. In zwei Monaten gab es Zeugnisse, und Englisch war ein Hauptfach. Außerdem hatte die Abschied in letzter Zeit ganz schön angezogen. Helena lächelte.

»Siehst du, Till, und weil das so ist, will ich dir auch nicht zumuten, noch länger in meinem Unterricht ausharren zu müssen. Da trifft es sich doch ganz gut, daß du in Deutsch im Augenblick ebenfalls auf Fünf stehst. Ich denke, in der nächsten Neunten gibt es viel bessere Lehrer. Und da fällst du auch nicht so auf!«

»Wollen Sie mich etwa sitzenlassen? Und wie meinen Sie das? Ich fall da nicht so auf! Spielen Sie darauf an, daß ich . . .«

Till lief rot an, ein paar Mädchen kicherten.

»Das sag ich meinem Vater! Der geht zum Direktor! Sie sind ja nicht mal fest angestellt!« versuchte er es erneut.

Helena nickte ernsthaft.

»Oh, das sag ich ihm dann natürlich heute mittag

auch. Oder seiner Sekretärin. Daß es mir wirklich leid tut, daß ich beinahe eine unbedachte Bemerkung wegen deiner Körpergröße gemacht hätte. Man darf niemanden wegen seines Äußeren diskriminieren. Habt ihr gehört? Lacht mir ja nicht über den Till!«

»Ich bin überhaupt nicht klein!« rief Till schrill. »Meine Mutter hat ein Buch, da stehen die normalen Körpergrößen drin. Und mit meinen 14 Jahren lieg ich voll im Schnitt!«

»Ja Till, so ein Buch ist doch was Feines! Man kann immer wieder darin blättern.«

Wieder Kichern.

Till verstummte.

»Noch Fragen?«

Keiner sagte etwas.

***

»Kann ich für den Rest des Tages freihaben. Mir ist schlecht!« sagte Stefanie Mechtel.

»Aber sicher, Stefanie!« sagte Helena freundlich. »Ich find's auch viel besser, wenn du nicht so oft in der Schule bist. Ehrlich!«

»Wieso?« fragte Stefanie Mechtel mißtrauisch. »Wieso finden Sie das besser?«

»Weil es dann einfacher ist!«

»Was?«

»Alles!« sagte Helena nur schlicht. »Weißt du, wir haben da heutzutage so unsere Bestimmungen!«

»Was für Bestimmungen?«

Stefanie Mechtels linkes kobaltblau geschminktes Augenlid flatterte wie ein Schmetterling.

»Strenge Bestimmungen halt! Aber wenn der Schüler nicht so oft da ist, geht es leichter!«

Stefanie sah ihre Lehrerin an. Ihr Gesicht verdüsterte sich.

»Und jetzt geh«, lächelte Helena.

Im Lehrerzimmer ging Helena schnurstracks auf die verräucherte Ecke zu, in der die Naturwissenschaftler – meist Männer – saßen.

»Herr Tross, ich habe die Schülerin Mechtel für die dritte Stunde nach Hause entlassen!«

Tross' Züge versteinerten.

»Schon wieder? Also Frau Abschied, ich habe allmählich den Eindruck, daß Sie meinen Unterricht torpedieren wollen.«

»Aber Herr Tross! Ihren Unterricht torpedieren? Warum sollte ich so etwas tun?« fragte Helena laut und deutlich.

Tross raffte seine Bücher zusammen. Seine Stimme klang plötzlich schrill.

»Weil Sie meine Schüler nach Hause schicken! Weil Sie deren Drückebergerei unterstützen.«

Helena wartete eine Weile. Reagierte nicht gleich. Ließ die Worte erst einmal im kleinen Lehrerzimmer wirken.

»Drückebergerei? Hm. Ja, kommen Ihre Schüler denn nicht freiwillig in Ihren Unterricht? Das ist aber schade!«

Tross packte sein Notenbuch und fuchtelte damit herum wie mit einer Waffe.

»Natürlich kommen sie freiwillig. Nur die, die zu faul sind zum Lernen, die wollen nicht kommen. Und die Mechtel ist eine von ihnen.«

»Sind bei Ihnen etwa mehrere Schüler zu faul zum Lernen? Hm ... also bei mir macht die Mechtel eigentlich immer ganz gut mit. Ist ein nettes, aufgeschlossenes Mädchen. Na ja, aber ich versuche ja auch immer, das Beste in meinen Schülern zu sehen. Ich glaube, so denken die meisten Kollegen hier. Nicht wahr?«

»Klar!« stimmte der Biologielehrer zu. »Wir waren ja schließlich auch mal Kinder.«

»Und Mathe hab ich auch gehaßt wie die Pest!« sagte die junge Chemielehrerin und kicherte.

Das Erdmännchen, in dessen Religionsunterricht garantiert auch kaum einer freiwillig kam, ruckte das Köpfchen ein paar Grad zur Seite und sah aus dem Fenster, um nicht angesprochen zu werden.

»Ich auch nicht«, warf Helena in die Runde. »Aber immerhin hatte ich einen total netten Mathelehrer. Den alten Herrn Rebel. Ohne den hätte ich die Schule bestimmt geschmissen. Der hatte im einen Auge immer einen Muskelkater – vom Zudrücken!«

Ein paar Kollegen lachten. Helena drehte sich um und ging an ihren Platz.

Tross sagte nichts mehr.

Es läuft fast zu gut, um wahr zu sein! Warum habe ich das alles nicht vorher schon mal ausprobiert? Warum habe ich mich immer und ewig einschüchtern lassen?

Maria hat recht. Wer ist dieser Tross schon? Ein unfreundlicher und unbeliebter Mathelehrer, sonst nichts.

***

»Hallo, Herr Hübner!«

Max Hübner wandte sich um. Er stand in dem alten, dunklen und muffigen Kartenzimmer und fahndete unter den vergilbten Rollen, die von der Decke hingen und in den Schränken lagen, nach einer Landkarte, die das Frankreich des Louis Quatorze zeigte. Mit sämtlichen Hungersnöten und Aufständen und deren Niederschlagung versteht sich.

»Ach, Frau Abschied . . . na . . . na, wo ist denn dieses

Ding nur, ich hab es doch erst vor zwei Jahren in der Elften behandelt!«

»Herr Hübner, Sie sind doch Personalratsvorsitzender!«

»Ganz richtig.«

Max Hübner zeigte wenig Interesse.

Diese Abschied sah viel besser aus in letzter Zeit, hatte sich irgendwie verändert, aber sein Typ war sie – das hatte er nach reiflicher Überlegung nun doch festgestellt – immer noch nicht. Er dachte an die blonde Gabi und an ihren knackigen Arsch und schmunzelte.

Helena lehnte sich an die Tür.

»Ich will, daß Sie sich für meine Weiterbeschäftigung einsetzen!«

Max Hübner seufzte.

»Tja, Frau Abschied, darüber haben wir uns doch vor geraumer Zeit schon mal unterhalten. Nur in Härte- und Einzelfällen lasse ich da mit mir reden ...«

»Na ja«, sagte Helena freundlich. »Vielleicht handelt es sich bei mir nicht gerade um einen Härtefall, ganz gewiß aber um einen Einzelfall.«

»Ja ...« Max Hübner setzte sein charmantes Lächeln auf. »Ah, da ist sie ja, die Karte ... aber nicht um einen verhärteten Einzelfall.«

»Ach, es gibt so viele Fälle auf der Welt. Auch bei Lehrern!« sagte Helena. »Also, ich kenne da einen speziellen Lehrer ...«

Was du jetzt machst, ist mieseste Erpressung, Helena. Im Grunde schwindelt Maria, wenn sie sagt, daß sie nur die Fakten auswertet. Das tut sie zwar durchaus, und sie lügt auch nicht, aber sie setzt die Fakten wie einen Dolch gegen ihre Gegner ein. Sie sticht ihnen geradewegs in den Rücken. Ich werde es etwas anders machen. Ich steche von vorne zu.

»Also, Herr Hübner, ich weiß, daß Sie in Karlsruhe in der Querstraße im Puff verkehrt haben, um sich dort einer gewissen Behandlung zu unterziehen! Ich nutze dieses Wissen nicht gern gegen sie aus, aber ich möchte eine Festanstellung haben. Nicht weil ich so furchtbar gern unterrichte oder mich zum Unterrichten berufen fühle, sondern weil ich nicht länger verarscht werden will. Ich will eine Stelle!«

Max Hübner starrte Helena an. »Das ist eine Lüge!«

Helena sagte nichts. Sie wartete nur.

Max Hübner stürzte wortlos aus dem Kartenraum.

Seinen Ludwig den Vierzehnten ließ er glatt liegen.

Helena fühlte sich nicht gut. Gar nicht gut.

***

»Frau Kahlenreutter, ich hätte gern einen Termin bei Herrn Dr. Gluck. Und bitte heute noch!«

Frau Kahlenreutter betrachtete die Nebenlehrerin Helena Abschied aufmerksam. Sie sah in letzter Zeit durchaus ein wenig interessanter aus und schien an Selbstbewußtsein zugelegt zu haben. Trotzdem – einen Termin bei Herrn Dr. Gluck für dieses Auslaufmodell ... das kam wohl kaum in Frage! »Das wird nicht möglich sein. Herr Direktor Gluck ist heute völlig ausgebucht!«

»Gut, dann werde ich die anstehende Entscheidung eben ohne ihn treffen, Frau Kahlenreutter!«

In Frau Kahlenreutters unschönem, großen Gesicht, das von einer beeindruckenden Welle grauen Haars optisch noch vergrößert wurde, zuckte es fragend.

»Welche Entscheidung, bitte?«

»Nun, Sie werden schon noch davon hören.«

Frau Kahlenreutters Großvater stammte aus Potsdam und war ein preußischer Unteroffizier gewesen. Pflichterfüllung war ihr sozusagen mit dem Aletebrei eingetrichtert worden.

Jetzt gerieten ihre Werte ins Wanken. Einerseits war diese Abschied eine total uninteressante, zukunftslose Nebenlehrerin, und sie war sicher, daß Herr Dr. Gluck sie unter normalen Umständen nicht würde sehen wollen. Andererseits, wenn die jetzt irgendeine anstehende Entscheidung, welche auch immer das sein mochte, traf, ohne daß der Chef davon erfuhr, dann würde ihr eigener großer grauer Kopf zwar nicht gerade rollen, aber dennoch gehörig wackeln.

»Na gut. Ein paar Minuten wird er vielleicht Zeit haben!« sagte sie freundlicher als sonst zu der ruhig abwartenden Lehrerin.

Dieser Abschied war es doch tatsächlich gelungen, ihr einen Termin abzutrotzen, und das machte sie in diesem Moment zu einer Miniatursiegerin. Und einem Sieger, wie klein er auch sein mag, gebührt ein wenig Respekt.

»Ja, Frau Abschied?« Herr Dr. Gluck betrachtete seine Nebenlehrerin mit mäßigem Interesse. Die Mühe, hinter dem Schreibtisch aufzustehen, machte er sich natürlich nicht. Obwohl dieses fade Wesen in letzter Zeit ein wenig besser aussah als sonst.

»Was gibt's denn so Wichtiges?«

»Herr Dr. Gluck, ich könnte möglicherweise an ein Privatgymnasium wechseln. Ein altsprachliches. Sie verstehen, daß ich keine Namen nennen kann. Es handelt sich um eine . . . hm . . . ja um eine Eliteschule.«

»Ach ja? In Dr. Glucks Augen blitzte ein wenig Neugier. Außerdem freute er sich darüber, möglicherweise eine ungeliebte Nebenlehrerin loszuwerden.

Keine Lügen. Denk dran!

»Ich habe an dieser möglichen Schule etwas vor, und ich hoffe, daß Sie mir nicht böse sind!«

»Wieso sollte ich Ihnen böse sein?

»Nun, weil ich dort eine Homer-und-Cicero-AG gründen möchte ...«

»Ja, sind Sie denn Altsprachlerin?« fragte Dr. Gluck. Helena blickte bescheiden zur Seite.

»Englisch und Französisch, aber ich habe natürlich seinerzeit mein großes Latinum gemacht und mich immer für die Klassiker interessiert!« erwiderte Helena sachlich. Dann lächelte sie mädchenhaft charmant: »Kein Wunder bei *dem* Vornamen, nicht wahr?«

»Tatsächlich!« sagte Dr. Gluck und lächelte ebenfalls. Es war ihm nie aufgefallen, daß sie Helena hieß. Ließ immerhin auf eine Familie mit einem gewissen Background schließen ...

»Ich plane, auch eine Theater-AG mit dem gleichen Schwerpunkt an die Arbeitsgruppe anzugliedern. Durch die Erstellung einer Homepage könnte das Projekt eine Brücke zwischen dem Heute und Gestern schlagen. Kultur- und zeitenübergreifend. Eine Homepage in lateinischer Sprache. Angeblich soll es an der bewußten Schule schon lebhaftes Interesse geben!«

»Welch herrliche Idee!« rief Dr. Gluck spontan und starrte die Abschied an.

»Um welche Schule handelt es sich doch gleich, Frau Abschied?«

»*Könnte* es sich handeln!« sagte Helena und lächelte geheimnisvoll.

»Könnte es sich handeln ...«, wiederholte Dr. Gluck.

»Keine Namen!« bedauerte Helena. »Ich wollte Sie eigentlich nur informieren, denn die Homer-AG in der Schulszene dieser Stadt ist ja Ihr Kind, und deshalb hoffte ich, daß Sie nicht, nun ...«

»Tja«, sagte Dr. Gluck. »Ein klein wenig böse bin ich doch, weil diese Idee nicht an unserer, sondern an einer anderen Schule verwirklicht werden soll.«

Und nachdenklich entließ er seine bis zu diesem Zeitpunkt eher ungeliebte Nebenlehrerin . . .

Es war nicht gelogen. Ich könnte durchaus an eine Privatschule wechseln. Wenn ich mich bei einer beworben hätte. Und dort könnte ich in der Tat eine Klassik-AG mit Homepage gründen. Irgendwelche Einwände, lieber Gott?

Und während sich Helena noch einbildete, daß da oben einer den Kopf schüttelte, ließ sich Dr. Gluck noch einmal die Papiere von dieser kleinen Abschied heraussuchen.

Was für ein glücklicher Zufall, daß Personalratsvorsitzender Hübner am nächsten Tag bei ihm vorstellig wurde und eine Lobeshymne auf die Kollegialität und die fachliche Kompetenz der Nebenlehrerin Abschied vortrug . . .

***

»Aber wie halte ich es mit meinen Freundinnen?« Helena und Maria hatten sich wieder einmal an einem ungewöhnlichen Ort getroffen. Diesmal war es ein Schiff auf dem Rhein. Ein Passagierschiff, das nach Straßburg fuhr.

Ursprünglich hatte Helena jede Menge Einwände gegen diese Fahrt gehabt. Insbesondere die beiden Schleusen, bei denen das Schiff zwischen zwei Betonwände eingekeilt wurde, jagten ihr große Angst ein. Und tatsächlich: Als es dann soweit war und das Schiff immer weiter nach unten absackte, befiel sie eine unerklärliche Panik. Unwillkürlich dachte sie an ihr eigenes Grab. Erst als sich die Schleuse vor ihnen wieder öffnete, und sie hinausfuhren – als die Sonne über das Deck flutete, atmete sie wieder auf. Maria setzte ihre Sonnenbrille ab und sah nachdenklich und befriedigt in die Ferne.

»Eine der beiden Schleusen hast du nun schon überwunden. Die Fakten besagen, daß noch nie ein Rheinschiffahrtspassagier bei einem Schleusenunfall ums Leben gekommen ist. Es ist also höchst unwahrscheinlich, daß der da oben sich die Mühe macht, nur deinetwegen mit dieser lieben Gewohnheit zu brechen!«

»So kann man es auch sehen!« murrte Helena. Schon kam die nächste Schleuse auf sie zu, schon ragten erneut rechts und links Betonwände neben ihnen empor. Wo war das liebliche Rheinufer mit den dahinterliegenden Fachwerkhäusern geblieben?

»Was macht eigentlich dieser Gerhard Schröder? Hat er dich noch mal angerufen?« fragte Helena, um sich abzulenken. Die Freundinnen hatte sie vor lauter Panik glatt vergessen.

»Ja, tatsächlich, jetzt wo du es sagst. Er rief just gestern abend an. Es paßte mir allerdings nicht so recht in den Kram, denn Marco war gerade da, aber ... nun ja ... Konkurrenz belebt bekanntlich jedes Geschäft, auch das mit den Hormonen. Wir haben ein wenig über sein neues Projekt gesprochen. Er plant jetzt Menschen mit einem Computer anstelle des Herzens. Der Kreislauf wird durch Schaltkreise ersetzt. Er ist von seiner Arbeit begeistert. Das gefällt mir. Ich mag strebsame Leute. Ich denke darüber nach, ihm Kontakte mit der Kunstszene zu verschaffen. Ich kenne da einen Galeristen in der Schweiz. Vielleicht kann Schröder ja sogar in Basel ausstellen. Ich glaube, sein Mangel an Connections macht ihm zu schaffen. Und du weißt ja, es lohnt sich immer, nach den Schwachstellen der Menschen zu suchen.«

Wütend betrachtete Helena das Moos an den Schleusenwänden. Sie fröstelte und zog das von Maria verordnete Sweatshirt dichter um sich.

Mistbiene!

»Und nach diesen Schwachstellen mußt du halt auch bei deinen Freundinnen suchen. Das dürfte kein Problem sein. Betrachte die Fakten. Mehr kann ich dir nicht mehr sagen ...«

***

»Helena, Herzchen, du erinnerst dich doch an diesen Wuschelkopf?«

»Du meinst den aus Basel?«

»Genau, der mir mit der langen Zunge ... aber lassen wir das. Ich weiß, du bist da etwas prüde! Also, besagter Wuschelkopf kommt am Wochenende zu einem Kongreß nach Freiburg, und ich würde ihn so schrecklich gern sehen. Es wäre nett von dir, wenn du Prince Charles in dieser Zeit bei dir aufnehmen könntest ... Bevor du nein sagst: Er hat sich ungeheuer gebessert! Wirklich! Er frißt jetzt auch zu der Melodie der Tagesthemen, so daß man jetzt viel flexibler ist ...«

»O ja, gern. Ich freue mich, wenn er kommt. Wirklich! Am Wochenende ist nämlich noch eine andere gute Freundin bei mir, und du wirst niemals erraten, was sie von Beruf ist: Tierärztin! Ich habe ihr schon von deinem Prinzen erzählt und von seinen, nun, sagen wir, von seinen kleinen Eigenheiten. Und sie ist total gespannt darauf, ihn kennenzulernen ... Sie schreibt übrigens für eine Zeitschrift, *Mein Tier und ich* heißt sie, glaube ich, aber welche Sparte darin, das weiß ich nicht mehr so genau. Ich *meine* – aber nagele mich bitte nicht fest – ich *meine*, sie schreibt Artikel für die »Psychiatrische Tiersprechstunde«.

Schweigen am anderen Ende.

Dann ein leises Krächzen. »Du, Helena, da mir fällt gerade ein, dieser Wuschelkopf hat da so eine Andeutung gemacht, daß er eventuell nach der Tagung in Freiburg nach Karlsruhe kommt. Ich meine, eigentlich ist es ja auch nur einen Katzensprung voneinander entfernt. Also eigentlich könnte ich die Pflege von Prince Charles auch selbst übernehmen.«

Aha!

»Schade! Dann vielleicht ein andermal. Wir finden bestimmt noch eine Gelegenheit, denn es könnte sein, daß diese Tierärztin uns jetzt am Wochenende häufiger besucht!«

»Ich melde mich dann wieder! Ciao!«

Ich wußte gar nicht, wie schnell man einen Hörer auflegen kann.

SETZEN SIE IHRE FREUNDSCHAFTEN NICHT LEICHTFERTIG AUFS SPIEL.
(*Carina*, Mai 1990: »Frauenfreundschaften – ein Bund fürs Leben.«)

***

»Hallo, Helena? Wie geht es dir?«

»Oh, hallo, Rüdiger. Was gibt's?«

»Hallo, Helena!«

»Das hast du schon mal gesagt! Also, was willst du?«

Nervöses Lachen. »Ja, nicht wahr ... Ach weißt du, ich wollte einfach mal wieder deine nette Stimme hören. Wir müssen uns unbedingt irgendwann auf einen Kaffee zusammensetzen.«

»Tut mir leid, Rüdiger, aber zum Kaffeetrinken hab' ich im Moment absolut keine Zeit. Wenn du aber möchtest, daß ich dir einen Artikel schreibe, dann tu ich das gern!«

»Ach, kein Kaffeetrinken? Keine Zeit?«

»Außerdem wüßte ich auch nicht, worüber wir uns bei einem Kaffee unterhalten sollten.«

»Na, einfach nur plaudern! Wie in alten Zeiten. Das war immer so nett!«

»Für die alten Zeiten habe ich, wie gesagt, keine Zeit mehr!«

Und Rüdiger, der Berufscharmeur, fühlte sich doch tatsächlich gekränkt!

Nicht, daß er je ernsthaft vorgehabt hätte, zum Vergnügen mit Helena ins Café zu gehen oder sich mit ihr aus anderen als egoistischen Motiven zu treffen. Doch es überraschte ihn, daß sie selbst kein Verlangen mehr danach hatte. Sollte seine Anziehungskraft auf Frauen, die von diversen Lehrerinnen über ein paar Krankenschwestern bis hin zu der Frau, die die Sozialhilfeanträge bearbeitete, reichte, etwa hier versagen? Helena war doch *früher* zugänglicher gewesen!

»Nun, wie du möchtest, Helena. Wir wollen Willem ja auch nicht eifersüchtig machen, oder?«

»Da gibt es nicht mehr viel eifersüchtig zu machen. Also Rüdiger, komm zur Sache.«

Stenz, ewiger!

Rüdiger vermied es normalerweise, sich kurz zu fassen. Schließlich hätten die Leute sonst gemerkt, daß er versuchte, sie einzuwickeln.

»Na ja, ich habe tatsächlich daran gedacht, daß du mal wieder einen deiner köstlichen Artikelchen für unser Blatt verfassen könntest!«

»Kein Problem. Für 200 Mark. Steuerfrei!«

»Zweihundert Mark?« Rüdiger japste nach Luft. »Aber sogar die Rosenschön kriegt nur hundert!«

Ich dachte, die kriegt gar nichts!

»Dann soll es eben die Rosenschön machen. Ich lese ihre Artikel immer mit dem größten Vergnügen.«

»Aber die Rosenschön . . .« Rüdiger verstummte. Die Rosenschön war übers Wochenende mit irgendeinem Typ an den Bodensee gefahren und hatte ihren Artikel angeblich vergessen. Vergessen! Und am Montag war Redaktionsschluß.

»Ach Helena!« quengelte Rüdiger unbestimmt. »200 Mark!«

Rüdiger wand sich. Er profitierte davon, daß die Schreiber für sein Heft *nicht* profitierten. Zweihundert waren schon eine beträchtliche Einbuße, aber er hatte sonst niemanden vom Fach, den er so kurzfristig hätte überreden können. Sein Notizbuch, das Wahrzeichen des Stenz, war zwar voller Telefonnummern einsamer oder alleinstehender Frauen zwischen dreißig und vierzig, die in die »Wir-müssen-mal-nen-Kaffee-trinken-gehen«-Falle tappten, doch es waren leider keine weiteren Lehrerinnen darunter.

»Wenn ich den Scheck habe, lege ich sofort los!«

»Aber Helena . . .«, seufzte Rüdiger. »Was ist nur mit dir los? Früher warst du immer so nett!«

»Nein Rüdiger, ich war nicht immer so nett. Ich war immer so dumm!«

***

»Helena, ich mache am Samstag eine kleine Fete, nichts Großes und auch nur Kollegen, die du überhaupt nicht kennst. Ich dachte, daß du mich vielleicht zum Weinholen in die Pfalz fahren könntest.«

»Nein!«

»Na, also das finde ich sehr unfreundlich. Ich erinnere dich nur ungern daran, aber schließlich habe ich deinetwegen keinen Führerschein mehr, und ein Taxi käme mich ganz schön teuer. Und ich habe doch kein Geld . . .!«

»Gut, daß du von Geld sprichst, Annemie. Ich will mein Auto verkaufen und mir ein schickeres anschaffen, und jetzt weigert sich der potentielle Käufer doch tatsächlich, den Wagen zu nehmen, weil er so nach Käse stinkt. Da fiel mir ein, daß neulich, als wir in Frankreich waren, dieser Camembert ausgelaufen ist und mir den Rücksitz versaut hat. Das mindert den Verkaufswert meines Autos beträchtlich. Deshalb müssen wir mal darüber sprechen, was du mir schuldest, Annemie. Wenn ich es recht bedenke, könnten wir das vielleicht doch auf der Fahrt in die Pfalz tun, da haben wir ja mal so richtig Zeit, wir beiden Frauen, nicht wahr? Und vergiß die Nummer von deiner Versicherung nicht!«

»Wo du es jetzt sagst ...«, kam es hastig zurück. »Die Dodo fährt nächstes Wochenende ja auch in die Pfalz, das hatte ich total vergessen. Ich kann dann auch mit ihr fahren, und wegen der anderen Sache melde ich mich noch mal!«

MACHEN SIE KEIN THEATER WEGEN KLEINIGKEITEN. WENN IHRER FREUNDIN IHR LIEBLINGSGLAS AUF DEN BODEN FÄLLT UND ZERSPRINGT, DANN LÄCHELN SIE NUR UND SAGEN NICHTS. DENN SIE WISSEN JA: SCHERBEN KANN MAN OFT WIEDER ZUSAMMENKLEBEN, EINE FREUNDSCHAFT NICHT.
(*Die Apothekerzeitschrift*: Serie: »Glücklich leben mit anderen.« Teil 2: »Freundschaft«)

***

»Ich hätte gern Sterne über meinem Bett!« sagte die Frau.

»Ich auch!«

Gerhard Schröder zog seine Partnerin näher zu sich heran. Ihre Haut roch frisch und natürlich wie ein abendlicher Garten nach dem Sprengen. Sein Gesicht war nachdenklich.

Im Hintergrund des Raumes stand der metallischgraue Trafficus und schien ihn anzugrinsen.

Gerhard Schröder schloß die Augen. Im Geiste sah er ihn schon in einer schicken Baseler Galerie stehen. Ihn und all die anderen Figuren, die hier in seinem Stadtatelier entstanden waren. Und an sämtlichen stählernen oder tönernen Armen hingen Preisschilder mit fünfstelligen Beträgen.

In diesem Augenblick begann ein einsamer Stadtvogel draußen vor sich hin zu zwitschern, doch das Hupen eines Autos ließ ihn schon bald erschreckt wieder verstummen. Im Schlafzimmer roch es nach Abgasen.

Gerhard Schröder seufzte.

Die Frau neben ihm lächelte.

Kapitel 15

An ihrem Kopf wuchsen mittlerweile kleine hörnerartige Knubbel, die Flügel hatte sie schon ordentlich zurechtgestutzt! Mit jedem weiteren Erfolgserlebnis geriet Helena immer stärker in eine Art Durchsetzungsrausch. Nachdem sie bereits mit dem kahlköpfigen Referendar kurzen Prozeß gemacht hatte – »Bei Ihrem Glühbirnchenwahn würde ich Ihnen empfehlen, eine Elektrikerlehre zu machen!« – und der lieben Kollegin Boos mit dem einnehmenden Wesen sehr deutlich vermitteln konnte, daß es hinfort keine Unterrichtsunterlagen mehr umsonst gab – »Gern. Wir könnten uns vielleicht austauschen! Bringen Sie mir doch Ihre Unterlagen über die Deutsche Kurzgeschichte mit – am Wochenende hätte ich eine günstige Kopiermöglichkeit!« – fragte sie sich, wie sie es anstellen sollte, sich einen besseren Platz im Lehrerzimmer zu erstreiten. Erstmalig ohne Marias Hilfe setzte sie sich zu Hause an den Küchentisch, nahm ein Blatt Papier und einen Stift zu Hilfe und analysierte die Fakten.

Wer stand ihr im Weg? Links die entenähnliche Sportlehrerin Trabitsch und rechts das Erdmännchen. Die Watschelente verstand sich sehr gut mit ihrem Gegenüber. Sie zu vertreiben würde also schwer sein. Folglich würde es wohl das Erdmännchen treffen.

Tatsache war, daß dieser Kollege geradezu auffällig jedem Gespräch aus dem Wege ging, in dem es um seinen Beruf und die mit ihm verbundene allgemein vorausgesetzte Menschlichkeit ging. Der Kleine stand stets aufrecht da, überblickte das Lehrerzimmer, um sich nichts entgehen zu lassen, aber warum tat er das eigentlich? Wieso setzte er sich nicht hin und sah seinen Mitmenschen ins Gesicht wie jeder andere auch? Wieso unterhielt er sich bestenfalls mit seinem Theologen-Kollegen oder Logarithmen-Tross und sonst mit niemandem?

Helena erinnerte sich nun auch daran, daß sie ihn einmal nach der Auslegung einer Bibelstelle gefragt hatte, die in einem Gedicht des unerträglich langweiligen, aber in England unglaublich beliebten Autors William Wordsworth vorkam. Er hatte sich gewunden, sein Köpfchen hektisch nach links und rechts gedreht und keine klare Antwort gegeben. Auf Helena hatte er damals weniger denn je wie ein Gottesmann gewirkt. Vielleicht war er ja tief im Herzen gar keiner? – Vielleicht war es ja sogar das, was die beiden Religionslehrer insgeheim miteinander verband?

Hatte Erdmännchen möglicherweise nur deshalb Theologie studiert, weil er grade keinen anderen Studienplatz bekommen hatte? Oder weil seine Studentenbude so praktisch nah am Theologischen Seminar gelegen hatte?

Helena beschloß, Erdmännchen auf die Probe zu stellen. Und wenn sie ihn dabei verscheuchte, um so besser! Und da Helena auch gelernt hatte, nicht mehr alles auf die lange Bank zu schieben oder auf besseres Wetter zu warten, bis sie handelte, näherte sie sich ihm schon am nächsten Tag und raunte ihm in sein tiefergelegtes Öhrchen: »Ich würde Sie in nächster Zeit gern öfters mal auf ein paar persönliche Probleme ansprechen. Schließlich sind wir sozusagen Nachbarn. Und außerdem sind Sie doch Theologe, und als solcher haben Sie sicher einen besseren Zugang zu den Menschen. Also, ich kann ja gleich mal anfangen ... Meine Mutter hat mich schon als Baby abgelehnt, glaube ich. Und das liegt vielleicht daran, daß meine Oma, also die Mutter meiner Mutter, aus einer Familie kam, in der ...«

»Ja, lassen Sie uns später noch mal darüber reden!« sagte das Erdmännlein hektisch und eilte in Richtung Lehrertoilette davon.

»Ich komm drauf zurück«, rief ihm Helena nach. »Vielleicht in der großen Pause?«

Zwei Tage später hatte der Gottesmann einen neuen Platz. Er saß jetzt schräg gegenüber – allerdings in einer Entfernung von etwa zehn Metern ...

Mit genüßlicher Miene räumte Helena ihre Unterlagen auf den ehemaligen Tisch des Erdmännchens ... Von nun an nannte sie mindestens zwei Quadratmeter guten deutschen Beamtenholztisches ihr eigen!

***

»Der heikelste Punkt wird wohl deine liebe Familie sein!« hatte Maria prophezeit. »Meist ist die Verbindung zur Familie eher emotional gefärbt, und das trübt in der Regel den klaren Blick. Aber auch hier gilt: Beschränke dich auf die Fakten und ziehe deine Schlüsse.«

Helena sah sich in dem Restaurant um, in das Maria sie geführt hatte. Es war ein schickes, kühles Künstlerrestaurant, in welches sie selbst sich früher niemals hineingewagt hätte. Schon die Speisekarte – sie sah aus, als habe sie jemand, wenn auch recht lieblos, mit der Hand geschrieben –, der wenig einladende Stil der kalten Chrom- und Ledermöbel und die Mienen der Kellner, die ein Gesicht zogen, als hätten sie auf der internationalen Gastronomieuniversität studiert, hätten sie einst schon von weitem abgeschreckt.

Maria winkte einem Kellner. Sie rief niemals »Ober« oder »Hallo«, sie winkte einfach nur.

Ein Kellner schlenderte heran.

»Das Mineralwasser ist zu kalt!« sagte Maria – ebenfalls kalt. Der Ober griff an die Flasche. »So servieren wir es immer!« meinte er dann achselzuckend. »Lassen Sie es halt eine Weile stehen!«

Maria sah sich um.

»Hm, was sehe ich denn da? Eigentlich haben wir ja Mittagszeit, so daß sämtliche Tische besetzt sein müßten. Aber hier herrscht gähnende Leere – nur zwei Tische mit Gästen. Was könnte man da tun? Vielleicht sollte man mal darüber nachdenken, das Wasser etwas weniger kalt zu servieren? Oder überhaupt mehr auf die Wünsche der Gäste einzugehen? Was meinen Sie dazu? Das ist natürlich nur ein Vorschlag!«

Der Kellner entfernte sich wortlos. Sein Gesicht war jetzt nicht mehr von arroganter Blässe, sondern von zartem Rot überzogen . . .

»Also, zunächst einmal ist da meine Schwester!« sagte Helena. »Sie war immer stärker als ich. Und alle waren immer für sie und gegen mich!«

»Ich glaube, Napoleon war's, der gesagt hat: ›Gott ist immer mit den stärkeren Bataillonen.‹ Und das gilt auch in Familien. Fazit: Du mußt ihre Position schwächen!«

»Aber wie?«

»Erkunde die Schwächen deiner Gegner, und nutze sie für dich aus!«

»Gegner? Du meinst, ich soll sogar meine Familie als Gegner betrachten? Dir als ehemaliger Pfarrerin sollte die Familie doch heilig sein! Sie ist der Schoß allen Lebens . . .«

»Blödsinn! Heilig sind nur Orte, wo man gern hingeht und wertvolle spirituelle Erfahrungen macht. Gehst du gern zu deiner Familie, oder ärgerst du dich und fühlst dich nach jedem Familientreffen wie eine ausgemachte Verliererin? Wenn dem so ist, dann sind sie – vielleicht ohne es zu wollen – deine Gegner. Die Dinge sind, wie sie sind. Im Tierreich erkennen sich Mutter und Tochter nicht einmal mehr, wenn sie aus dem Säugealter heraus sind – warum sollten unsere Verwandten allesamt unsere Freunde bleiben bis ans selige Lebensende?«

»Wir sind keine Tiere, Maria!«

»Nein, da hast du recht. Im Gegensatz zum Tier besitzen wir Verstand. Doch oft genug setzen wir ihn nicht ein! Aber obwohl wir unsere Jungen nicht aufzufressen pflegen, auch wenn das Nest eng ist, sind wir keine Roboter, denen die Liebe zur Familie einprogrammiert wurde. Nirgends steht geschrieben, daß wir Vater, Mutter oder Geschwister auf ewig mögen müssen – achten ja, aber nicht lieben. Also denk dran: Auch eine Familie ist nur ein Betrieb mit Starken und Schwachen! Auch hier kannst du deinen Verstand nutzen, um dich durchzusetzen!«

»Jetzt weiß ich immer noch nicht, was ich mit meiner Schwester machen soll.«

Immer wenn Helena an den bewußten Zehennagel dachte, kochte sie vor Wut. Diese gemeine Ziege hatte ihr das halbe Leben verdorben! Die andere Hälfte sollte sie nicht bekommen! Und das mußte sie ihr unzweideutig signalisieren. Sie mußte erreichen, daß Petra sich in Zukunft von ihr fernhielt!

»Bei deiner Schwester . . .«, begann Maria nachdenklich und sah dem Rauch ihrer Zigarette nach, ». . . empfehle ich ausnahmsweise – aber das ist wirklich die absolute Ausnahme – die direkte Methode.«

»Und was heißt das konkret?«

»Sag ihr die Meinung! Konfrontiere sie mit ihrem Verhalten. Ganz direkt. Aber auch hier wollen wir unseren wichtigsten Grundsatz nicht vergessen: Sie hat nämlich ebenfalls eine Schwachstelle wie alle anderen Menschen auch!«

Petra nicht. Die miese Schlampe.

»Petra nicht! Diese . . . miese Schlampe!«

Maria lachte. »Endlich ein gesundes Schimpfwort! Obwohl wir dergleichen doch vermeiden sollten und uns anderer Waffen bedienen sollten . . .«

Helena zuckte die Achseln. »Also?«

»Denk nach! Vor wem will sie besonders gut dastehen? Wer sollte keinesfalls Zeuge sein, wenn sie die Meinung gesagt bekommt?«

Helena nippte an ihrem Mineralwasser und starrte ihre Lehrmeisterin über den Glasrand hinweg fassungslos an: »Das *kannst* du nicht ernst meinen!«

»Du willst also Rücksicht auf die mütterlichen Gefühle deiner Schwester nehmen, obwohl sie mit deinem Mann ins Bett geht? In *eurer* Wohnung? Vielmehr in deiner Wohnung? Schamlos, ohne Rücksicht auf Verluste?! Es gibt kaum etwas Schändlicheres, und die Bibel . . .!«

»Du hast recht«, seufzte Helena. »Obwohl rückwirkend . . . mir liegt nichts mehr an Willem. Eigentlich kann sie ihn haben!«

Maria lächelte. »Dann schenk ihn ihr doch!«

***

Abends um acht klingelte Helena an der Wohnungstür ihrer Schwester.

Petra war als alleinerziehende Mutter seinerzeit günstig an ein Reihenhaus gekommen – Grund endlosen

Entzückens für Helenas Eltern. »Das Kind zieht allein zwei Kinder groß und hat es sogar noch zum eigenen Häuschen gebracht! Das schafft weiß Gott nicht jede!«

Wobei sie offenließen, wer es vermutlich niemals schaffen würde, wer kinderlos mit einem schrägen Ausländer in einer Mietswohnung hauste.

Petra öffnete die Tür, und wie immer sorgte ihr Aussehen für Aufsehen beim Betrachter, in dessen Auge ja bekanntlich die Schönheit liegt. Heute trug sie hautenge Leggings im Tigerlook, ein kurzes schwarzes Top und schwarze Gymnastikschuhe. Ihre lackschwarzen, kurzen Haare standen keck in die Höhe. An den Ohren baumelten große silberne Segelboote. – Ob sie die von Willem hatte? – Jedenfalls hätte sie so leicht niemand für eine zweifache Mutter gehalten.

WENN EINE FRAU MUTTER WIRD, VERÄNDERT SIE OFTMALS AUCH IHREN TYP. DAS KANN MIT DER HORMONELLEN UMSTELLUNG ZU TUN HABEN, ABER AUCH MIT DER NEUEN, GERN ANGENOMMENEN MUTTERROLLE UND DER TATSACHE, DASS SIE NICHT MEHR JEDEN MORGEN GESTYLT INS BÜRO GEHEN MUSS. BEGEGNEN SIE IHREN FREUNDINNEN, DIE KINDER BEKOMMEN HABEN UND IHNEN JETZT VIELLEICHT SPIESSIG VORKOMMEN, MIT VERSTÄNDNIS UND OHNE IRONIE.
(*Frauenbild*, Ratgeber: »Hilfe, meine beste Freundin hat jetzt ein Kind!«)

Eigentlich sieht sie aus wie eine schlechte Kopie von Nina Hagen.

»Oh, hallo, Schwesterschwein!« flötete Petra scheinheilig und vom Vokabular her nicht ganz altersgemäß. So hatte man sich vielleicht in den Siebzigern begrüßt und das dann ganz »knorke« gefunden. »*Das* ist aber ein seltener Besuch. Gut schaust du aus!«

Helena machte keine Anstalten, das Kompliment zu erwidern.

»Guten Abend, Petra. Ich möchte kurz etwas mit dir besprechen!«

Petra ließ die Segelschiffe klappern.

»Na, dann komm mal rein, aber paß auf, daß dich niemand sieht. Frauenbesuch nach acht könnte meinen Ruf ruinieren!« Ironisches Lachen.

Diese Ironie ist typisch für sie. Selbst wenn ich ihr als Kind etwas ganz Geheimes anvertraut habe, hat sie immer nur ironische Bemerkungen gemacht. So wie damals, als ich mich das erste Mal verliebt habe – in diesen Nachbarsjungen mit den blauen Augen ... wie hieß er doch gleich? Ach ja: Manfred!

»Möchtest du was trinken?«

»Danke, ich bleibe nicht allzu lange!«

»Na, was hat mein Schwesterschwein denn auf dem Herzen? Bestimmt geht es um den Geburtstag unserer lieben Mama am kommenden Wochenende. Also gut, wenn du das Geschenk besorgen willst, dann werde ich mich zu einem Viertel an den Unkosten beteiligen!«

»Was? Warum denn nur zu einem Viertel?«

»Na ja, ich habe schließlich zwei Kinder! Da ist es doch nur recht und billig, wenn Dieter und du als Großverdiener und Egosingles ohne jegliche Kiddies etwas mehr abdrückt, oder? Also, hast du schon etwas im Auge? Wie wär's mit einem Buch über das Glück, eine Oma zu sein! Ich habe da kürzlich ein sehr schönes Werk gesehen. Mit Tips und Zeichnungen und kleinen Kurzgeschichten! Sehr nett. Ja, ich denke, das solltest du kaufen! Und zu *meinem* Geburtstag eine Woche später könnt ihr euch ja dann auch alle etwas Gemeinsames überlegen ... also – über ein kinderfreies Entspannungswochenende freut sich Mammamia immer molto bene!«

Und dazu lachte Petra wieder in ihrer üblichen provozierenden Art, die Helena haßte, seit sie sich ihrer zum ersten Mal bewußt geworden war.

»Das ist deine kleine Schwester«, hatte ihre Mutter immer gesagt, als das Baby noch neu war. »Die mußt du lieb haben und beschützen.«

Und Helena hatte brav genickt. Doch das Beschützen hatte sich als nicht notwendig erwiesen. Petra war rasch herangewachsen und hatte sich selbst beschützt, indem sie mit Dieters Chemiebaukasten kleine Bomben aus Pfeffer, Sand und noch irgend etwas anderem gebastelt und diese strategisch in ihrem Leben angeordnet hatte. Vorzugsweise neben dem Schreibtisch oder dem Bett der großen Schwester! – Doch die Bomben ihrer Frechheit hatten tiefere Einschläge hinterlassen.

Ein Omabuch? Damit du noch mehr im Vordergrund stehst mit deinen unehelichen Blagen. Nein danke.

»Ich dachte eigentlich mehr an einen Kochtopf!« sagte Helena.

Petra lachte. »Ach, du kleine Spießerin! Du mußt Mama doch nicht immer als Mama sehen!«

»Aber als Oma?«

»Das ist etwas ganz anderes!«

Helena beschloß, zum Angriff überzugehen.

Halali!!!!!

»Eigentlich wollte ich mit dir auch gar nicht über Mutters, sondern über deinen Geburtstag reden. Ich möchte dir nämlich etwas ganz Besonderes schenken!«

»Das ist aber lieb!« Petra warf ein schwarz-weißes Kissen aufs schwarze Sofa. »Du bist mir also nicht mehr böse, daß ich deinen Geburtstag letztes Jahr vergessen habe? Irgendwie vergesse ich ihn immer. Weiß auch nicht warum. Sorry noch mal!«

»Macht gar nichts. Holst du grade mal deine beiden

Jungs? Denn das Geschenk hat auch mit ihnen zu tun!«

Petra lachte schrill. »Hehehe, ein richtiges Familiengeschenk! Ach, Helena, du bist wirklich eine *liebe* Schwester! Adrian, Daniel – eure Tante Helena ist da, kommt runter!«

Mißmutig schlichen der schmale dunkle und der eher stämmige blonde Bub heran. Adrian hatte einen Gameboy in der Hand und Daniel eine zweispurige Schokoladenstraße im Gesicht.

»Hallo, Jungs«, rief Helena munter und schluckte ihr schlechtes Gewissen herunter. »Habt ihr eigentlich schon Sexualkundeunterricht in der Schule gehabt?«

»Klar!« antwortete Adrian gelangweilt.

Petra sah plötzlich beunruhigt drein und räusperte sich demonstrativ.

»Dann wißt ihr doch sicher auch schon, was ein Verhältnis ist, oder?«

»Klar, Mann, wenn zwei miteinander bumsen!«

»Genau ... und genau so ein Verhältnis hat eure Mama auch!«

»Zum Bumsen? Mit wem?« fragte Daniel interessiert.

»Was redest du denn da?« Petras Segelschiffe wären beinahe gekentert.

»Ihr kennt ihn. Es ist mein Freund. Der Onkel Willem! Sie hat ihn mir nämlich ausgespannt.«

»Hast du sie nicht mehr alle?« kreischte Petra. »Laß meine Jungs in Ruhe, du Miststück!«

»Es ist nicht nett, daß eure Mama Miststück zu mir sagt, wo ich ihr doch nur etwas schenken möchte. Also, eigentlich gehört der Onkel Willem ja mir, und eure Mama hat ihn mir gestohlen. Aber weil eure Mama bald Geburtstag hat, habe ich beschlossen, nicht mehr böse zu sein. Deshalb kann sie ihn geschenkt haben! Er zieht dann bei mir aus und bei euch ein. Vergeßt nur nicht, daß er gerade am Wochenende sehr, sehr viel Ruhe zum Übersetzen braucht und daß er keine amerikanische Musik mag! Außerdem ißt er vorzugsweise Pommes frites mit Apfelmus, und wenn er sich die Haare blond färbt, darf man ihn im Badezimmer nicht stören!«

***

»Kommt Petra denn nicht?« fragte Helena am Sonntag nachmittag, dem Geburtstag ihrer Mutter.

»Dem Kind geht's nicht gut!« sagte Frau Abschied. »Sie wollte nicht darüber sprechen. Seltsam!«

»Und Willem geht's auch nicht gut«, sinnierte Helena. »Na ja, es gibt schon *seltsame* Zufälle!« Und lächelte.

Frau Abschied warf ihrer ältesten Tochter einen mißtrauischen Blick zu.

»Was willst du damit jetzt schon wieder sagen? Und wo ist überhaupt Antje?«

»Wieder bei ihrer Mama gelandet!«

»Du hattest schon immer ein Talent, es dir mit Gott und der Welt zu verderben!« Frau Abschied schüttelte den Kopf. »Warum nur? Ich frage mich immer, ob wir bei deiner Erziehung etwas falsch gemacht haben.«

Und jetzt, Maria? Was tue ich jetzt?

Und im Geiste hörte Helena Marias Stimme: Sieh dir die Fakten an. Leidenschaftslos und nüchtern: Deine Eltern haben drei Kinder, nehmen aber offenbar nur zwei wahr. Dieter war immer schwierig, mürrisch oder verstockt, und Petra stellte, seit sie als Dreijährige allein mit dem Bus in die Innenstadt gefahren war, stets eine Herausforderung für jeden Erziehungsberechtigten dar. Also sorge dafür, daß sie dich wahrnehmen. Werde eben auch schwierig!

»Stimmt! Ich verderb' es mir wirklich mit allen!« sagte Helena fröhlich. »Und meinen Willem, den schmeiße ich auch raus!«

»Vater!« rief Frau Abschied ins Wohnzimmer, wo ihr Mann sich mal wieder an Ginnys Knien erfreute. »Komm doch mal!«

»Wieso? Was ist?« Herr Abschied spähte zur Küchentür herein.

»Die Helena will den Willem rauswerfen!«

Herr Abschied betrachtete seine ältere Tochter stirnrunzelnd. Komisch! Sie hatte doch nie Probleme gemacht! Sie war immer irgendwie dagewesen. Still und freundlich und hilfsbereit.

»Warum denn das?«

»Weil er mich betrügt, und weil er ein fauler Nichtsnutz ist!«

»Was soll denn dann aus dir werden!« bebte Frau Abschied. »Du bist doch gar nicht der Typ, der allein zurechtkommt!«

»Stimmt auffallend!« sagte Helena. »Aber ich weiß noch nicht so genau. Vielleicht geh ich in ein tibetanisches Kloster oder in eine Haschkommune. Möglicherweise werde ich auch lesbisch. Erst mal schau ich mich jedenfalls um!«

»Du bist verrückt geworden!« stellte Frau Abschied fest. »Das habe ich schon gemerkt, als du heute keinen Aprikosenkuchen mitgebracht hast, so wie sonst!«

»Ich dachte, Dieter bringt mal einen mit. Oder Ginny!«

»Aber Kind, Dieter ist doch ein Mann, und Ginny ist berufstätig!«

»Helena«, sagte Hans Abschied ernst und liebevoller als sonst. »Hast du dir das alles auch gut überlegt? Denk auch an deine Position als Lehrerin. Da ist es besser, in stabilen Verhältnissen zu leben, und wenn du dich bemühst, wird Willem dich ganz bestimmt heiraten!«

Helena lachte. »Hoffentlich nicht! Und wo wir grade beim Thema sind: Ich werde zwar jetzt fest angestellt, aber ich werde meinen Beruf als Lehrerin vielleicht trotzdem bald ganz an den Nagel hängen!«

Frau Abschied griff sich ans – kerngesunde – Herz und sank auf einen Küchenstuhl.

»Hans!«

»Dieter, komm mal her!« rief Hans Abschied. »Deine Schwester will als Lehrerin kündigen!«

Dieter Abschied betrat die Küche und betrachtete seine Schwester erstmals seit langen Jahren aufmerksam. Sie sah irgendwie anders aus. Flotter.

»Hat sie denn überhaupt schon etwas anderes?« fragte er und lehnte sich ans graublaue Küchenresopal. »Also Helena, in der freien Wirtschaft – frag Ginny und mich –, da geht es rauh zu. Heute in Frankfurt, morgen in New York ... über Pfingsten bin ich wahrscheinlich im Big Apple ...«

»Wolltest du da nicht schon Weihnachten hin? Und in den Herbstferien?« fragte Helena freundlich. »Weißt du, was ich glaube? Du wirst nie den Big Apple sehen, weil du nämlich gar nicht in ein Flugzeug steigst. Du hast Flugangst, nicht wahr? Wie ich. Und weil du kein Engel bist und keine eigenen Flügelchen besitzt, fährst du immer nur in Deutschland mit dem Zug umher, und das ist deiner Karriere nicht förderlich. Schließlich bist du schon seit fünf Jahren bei Pearson and Brothers und noch kein einziges Mal befördert worden.«

»Das stimmt ja gar nicht, was die sagt!« kreischte Ginny und stakste auf ihren hochhackigen Schuhen in die Küche. »Das ist eine pure und ganz gemeine Verleumdung! Lügnerin!«

»Ginny, ich wäre Ihnen sehr verbunden, wenn Sie meine Tochter nicht als Lügnerin bezeichnen würden!« sagte Herr Abschied urplötzlich mit Würde.

»Ha, die darf hier wohl jeden Scheiß verzapfen!« Plötzlich sah man Ginny an, was sie war: eine vierundzwanzigjährige Sachbearbeiterin bei einer Computerfirma.

»Sie ist die Tochter des Hauses!« sagte Herr Abschied gemessen.

»Und ich? Ich bin mit dem Sohn des Hauses ...« Ginny hielt inne und sah Dieter an.

»Ja?« fragte Helena freundlich. »Verlobt? Ach, wie schön, Dieter, daß du endlich zur Ruhe kommst mit deinen Frauengeschichten!«

»Ver ...« Ginny verschluckte sich fast an dem Wort.

»Hm«, sagte Dieter unbehaglich. »Also direkt ver ... ver ... irgendwas sind wir nicht! Mehr ... Bekannte!«

»Bekannte?« kreischte Ginny. »Vögelst du mit all deinen Bekannten dreimal die Nacht?«

»Ja!« sagte Helena und kicherte.

Frau Abschied schmunzelte. Hatte doch eindeutig ihren Humor geerbt, das Mädchen. Man würde ihr jetzt halt ein bißchen unter die Arme greifen müssen, wenn sie keinen Mann und keinen Job mehr hatte, aber schließlich hatte man Petra ja auch geholfen ...

Der Abend endete in einem unerwartet netten Besäufnis. Ginny war verschwunden, und ein mittlerweile betrunkener Dieter gab zu, tatsächlich ungern zu fliegen. Helena schob ihm die Adresse von Divine Flights zu.

»Woher kennst *du* denn jemanden, der eine Fluglinie besitzt? Und dann auch noch eine Frau? Und außerdem: Du fliegst doch auch nicht gern!« sagte Dieter mit schwerer Zunge. »Du bist noch nie geflogen, soweit ich weiß.«

»Aber...«, sagte Helena, »... ich werde es tun. Ich werde nach – Paris fliegen. Ja, nach Paris. Bald! Und zu Silvester fliege ich nach New York!«

Und bevor sie an diesem Abend das Haus ihrer Eltern verließ, schnupperte sie an den Mänteln in der Garderobe. Es waren ja nicht viele, nur die von Dieter und ihren Eltern. Und ihre eigene fransengeschmückte Lederjacke, die eindeutig nach Freiheit roch. Ganz schwach, aber immerhin ein bißchen.

Und das ist eindeutig eine Steigerung!

Kapitel 16

»Warum hast du mich hierherbestellt, Maria?«

Helena vermochte den klagenden Ton in ihrer Stimme nicht zu unterdrücken.

Es war früher Abend, noch hell, aber relativ kühl, und sie war schlecht gelaunt. Ihr Leben schien irgendwie aus den Fugen geraten zu sein, und neue Fugen hatte sie noch nicht gefunden. Sie konnte sich besser durchsetzen, aber sie wußte nicht, wofür.

Maria hingegen schien wieder einmal genau zu wissen, was sie wollte. Sie trug eine beigefarbene Leinenhose, weit und gerade geschnitten, und einen weißen Blouson mit roter Aufschrift. Auf dem Kopf saß schräg und flott eine weiße Schirmmütze mit der gleichen roten Aufschrift: »Divine flights – Flieg mit Gott!«

»Weil ich dich heute befreien will.«

»Wovon?«

Maria lachte selbstbewußt.

»Na, von mir! Und natürlich von deinen Ängsten.«

Helena fühlte sich unbehaglich.

Was hat sie vor?

Maria wurde ernster. »Helena, ich habe dir alles beigebracht, und du hast das meiste davon offenbar begriffen. Willem ist ausgezogen, wirbt aber noch immer um dich, wie es sich für rausgeschmissene Männer gehört. Die

Fakten sprechen natürlich gegen ihn, aber du kannst dir sein Werben so lange gefallen lassen, bis du etwas Neues hast. Frauen mit Partner haben eine andere Ausstrahlung. Antje hat sich endlich wieder nach Aachen abgesetzt. Deine Schwester Petra weiß ebenfalls Bescheid, daß sich der Wind gedreht hat. Deine Eltern haben erkannt, daß sie *noch* eine Tochter haben. Deine Freundinnen spielen nicht mehr Jojo mit dir, und deine Kollegen mögen dich vielleicht nicht lieber als vorher, aber sie respektieren dich etwas mehr. Und Respekt ist mehr wert als Liebe. Lernboss haßt dich, was ebenfalls gut ist. Der Haß hält ihn in Schach. Du hast einen Brief vom Oberschulamt, in dem steht, daß du mit einer Festanstellung im Schuldienst rechnen kannst, da das Herdergymnasium dich angefordert hat. Beruflich bist du also am Ziel: Du bist Lehrerin an einer staatlichen Schule. Vor dir liegen Sicherheit und ein vorgezeichneter Weg. Ob du dich letztlich entscheidest, deinen neuesten Spleen tatsächlich wahr zu machen und deinen Beruf an den Nagel zu hängen, wage ich zwar zu bezweifeln, aber warten wir's ab. – Frau Häßler läßt alles stehen und liegen, wenn du kommst. Herr Caspari sieht dich am liebsten von hinten, und das ist ebenfalls gut so. Dann bist du schneller fertig und mußt nicht stundenlang warten. Du selbst siehst vielleicht nicht aus wie Naomi Campbell, aber du hast deinen eigenen Stil und deine Linie gefunden.«

Dieses Biest war ihr Geld wert. Und jetzt soll sie verschwinden.

»Du bist dein Geld wert, Maria.«

»Ja. Aber ich wäre es nicht wert, wenn du immer noch zu feige wärst, in ein Flugzeug zu steigen. Und genau deshalb sind wir hier!«

Helena blieb wie angewurzelt stehen. Als sie bei ihrer Familie behauptet hatte, demnächst nach Paris fliegen zu wollen, hatte sie nur geblufft! Das wußte Maria doch genau!

»Das meinst du nicht ernst, Maria! Du weißt, daß ich schreckliche Angst vor dem Fliegen habe! Das liegt bei uns in der Familie! Auch mein Bruder steigt in kein Flugzeug! Ist ja auch gar nicht nötig! Man kann ja auch wunderbar mit der Bahn reisen!«

»Brustkrebs mag erblich sein, Flugangst nicht. Also: keine weitere Diskussion mehr. Außerdem ist der Flug im Preis inbegriffen!« sagte Maria. Sie stapfte in ihren – selbstredend honigbraunen – Stiefeln auf die kleine, rotweiße, zweimotorige Maschine zu. »He, Bob, wie wär's mit einem kleinen Abstecher nach Paris?«

Niemals. Nur über meine Leiche! Obwohl es ja grade das ist, wovor ich Angst habe!

SEHEN SIE IHREN ÄNGSTEN INS GESICHT. ÜBERWINDEN SIE SIE, WENN SIE KÖNNEN. UND STEHEN SIE DAZU, WENN SIE ES NICHT SCHAFFEN. NUR DUMMKÖPFE ZEIGEN NIEMALS ANGST.
(*Brigitte*, Mai 1992. Dossier: »Flüchten oder standhalten? – Vom Sinn der Angst«)

Eben!

»Niemals, Maria. Nicht mit diesem Spielflugzeug. Lieber fliege ich auf einem Orientteppich nach Paris!«

»Bob, haben wir einen Orientteppich zur Hand?«

Aus dem Cockpit der Maschine sah ein sehr junger Mann heraus. Er war zwar wie ein Pilot gekleidet, doch konnte er höchstens fünfundzwanzig sein.

»Nee Boß, aber ich glaube, unsere kleine Wespe hier tut's auch!«

Wespe! Aha!

»Nein, Maria, ich trau mich nicht! Ich würde nicht mal in ein richtiges Flugzeug steigen ... außerdem bin ich nicht vorbereitet, gedanklich ...«

Maria schloß den Reißverschluß ihrer Jacke.

»Bleiben wir wie immer bei den Fakten, Helena: Du weißt so gut wie ich, daß es kein sichereres Verkehrsmittel gibt als das Flugzeug. Bob ist ein hocherfahrener Pilot, der zweitausend Flugstunden hinter sich hat.«

»Wieso arbeitet er dann für dich und nicht für die Lufthansa?«

Bob lächelte.

Maria ebenfalls. »Müssen wir das vertiefen, Helena?«

»Nein!« sagte Helena verlegen.

Vielleicht ist er gläubig. Oder er treibt es mit Maria. Oder beides.

»Und ich, ich möchte ganz gewiß nicht sterben. Da kannst du sicher sein.«

»Aber Maria ... schau doch mal, wie klein dieses Ding ist!«

»Oh, ich weiß sehr genau, wie klein es ist, denn deshalb habe ich es ja schließlich gekauft! Nicht die Größe eines Flugzeuges entscheidet über seine Sicherheit, sondern die Bordinstrumente und die Flugeigenschaften, und in diesem Fall entspricht beides den höchsten Standards.«

Maria schubste die widerstrebende Helena in den kleinen Kasten mit vier einander gegenüberliegenden, in Crème und Rot gehaltenen Sitzen. Ergeben ließ sich Helena auf das Polster fallen. Irgendwie erinnerte sie dieses Flugzeug an einen Sarg.

»Weißt du, wir fliegen zwar mit göttlicher Hilfe, aber dennoch wollen wir nicht unbedingt bald vor ihm stehen. Und meine Passagiere auch nicht. Wer sich »Divine Flights« leisten kann, hat auch ansonsten meist noch viele andere Pläne.«

Bob nickte lachend.

»Und jetzt sprechen wir ein Gebet!«

Bob drückte auf einen Knopf, und eine Art Choral erfüllte jeden Winkel des kleinen Flugzeugs mit sakraler Musik. Wenn Helena nicht gerade kotzübel vor Angst gewesen wäre, hätte sie sich wahrscheinlich totgelacht.

»Herr, wir befehlen uns deiner Großmut an. Beschütze uns auf unserem Weg, halte deine Hand über uns und laß dein Licht leuchten über uns. Laß die Wolken und die Winde unsere Freunde sein. Amen.«

»Amen!« wiederholte Helena mit zitternder Stimme. Ihre Zähne schlugen so laut aufeinander, daß sie befürchtete, damit das Brummen des kleinen Motors zu übertönen.

Bob tauschte mit dem verhältnismäßig kleinen Tower einige kryptische Nachrichten in englischer Sprache aus. Helena verstand kein Wort und wollte auch nichts verstehen.

Außerdem mußte sie dringend aufs Klo.

»Maria, laß uns bitte anhalten. Ich muß aufs Klo! Und findest du nicht, daß wir viel zu schnell fahren?«

»Müssen wir, sonst heben wir nicht ab. Und eine Toilette haben wir hier nicht. Kneif die Pobacken zusammen!«

»Ich muß nur klein!« murmelte Helena peinlich berührt.

Sie klammerte sich an sämtlichen Haltegriffen fest, die in erreichbarer Nähe waren. Dann glaubte sie, den Boden unter den Füßen zu verlieren, und tatsächlich: So war es! Zentimeter um Zentimeter stiegen sie in die Lüfte hinauf. Immer schneller, immer weiter, bis das Rollfeld nur noch ein grüner Fleck, die Häuser nur noch rote Dächer und die Bäume nur noch Wipfel waren.

»Schön, nicht wahr?«

»Ja!«

TOPMODELL KATJA: »ICH FLIEGE FAST JEDE WO-

CHE ZWEIMAL ZU MEINER MUTTER NACH KAIRO. WENN ICH DANN WIEDER IN MEINER NEW YORKER WOHNUNG BIN, WEISS ICH, DASS ICH ALLES GETAN HABE, UM IHR NAHE ZU SEIN. ICH KANN NUR ALLEN FRAUEN EMPFEHLEN, SICH BEI DEN FLUGLINIEN NACH EINEM VIELFLIEGERBONUS ZU ERKUNDIGEN; DANN BLEIBT MAN IN KONTAKT ZU FREUNDEN UND FAMILIE.
(*Gala*: »Karriere und Familie: Geht das wirklich?«)

Unter Helena schlängelte sich der Rhein dahin wie ein blaues Band. An den Ufern ein Flickenteppich aus Häusern, die Schnellstraße, eine kleine, graue Schnur. Die Schiffe auf dem Fluß sahen aus, als habe sie jemand aus dem Playmobilkarton entwendet. Das Elsaß – eine Spielzeugwelt.

Helena spähte nach unten. Zum erstenmal vergaß sie ihre Panik. Da unten war der Supermarkt, daneben die Kirche und in der kleinen Straße hinter der Kirche das bewußte Häuschen. Es sah noch immer unbewohnt aus! Die Fenster waren verriegelt.

Das Flugzeug gewann weiter an Höhe. Das Brummen klang jetzt regelmäßiger. Doch bei jedem Ruckeln blieb Helena das Herz stehen.

Maria hatte sich inzwischen an einem kleinen Schränkchen im hinteren Teil der Maschine zu schaffen gemacht und beförderte zu Helenas Erstaunen eine kleine Halbliterflasche Champagner und zwei Gläser zutage.

»Übrigens, Helena, meine Liebe ...«, bemerkte Maria, während sie die Flasche routiniert entkorkte. »Was mir weniger gefällt ...«

»Ja?« Helena zwang sich, den Ausblick auf die Lothringer Hügel und die dahinter beginnende Champagne mit ihren flachen Weinbergen und ihren kleinen Städtchen zu genießen. Wie weit sie noch von Paris entfernt sein mochten? Wie lächerlich ihr Gluck, Lernboss und Konsorten jetzt plötzlich vorkamen!

»Was mir weniger gefällt, ist, daß du offenbar ebenfalls Interesse an Gerhard Schröder hast!«

Der Champagner perlte in die Gläser.

»Wieso?«

»Ich habe doch recht, nicht wahr?«

»Nun ...«

»Ich frage mich, ob du mit ihm geschlafen hast ... Immerhin spricht er recht häufig von dir!«

»Hm ...«

Unten entdeckte Helena die Kathedrale von Reims. Sie sah ganz winzig aus!

»Etwa nicht? Nun, ist auch egal. Tatsache ist, daß ich ihn gern für mich hätte. Er gefällt mir. Er ist ein richtiger Mann, kein gut gekleideter Gigolo oder ältlicher Möchtegernkavalier mit Viagrarezept in der Tasche. Aber in ihm steckt nicht nur erotische Potenz, sondern auch eine gesicherte wirtschaftliche Zukunft. Denn er hat Talent!«

Mit klammen Fingern nahm Helena das Glas entgegen, das Maria ihr reichte.

»Stimmt. Er ist ein richtiger Mann!«

Beide Frauen warteten. Keine sagte etwas. Beide beherrschten nun die Kunst des Wartens, des Lauerns.

»Everything all right, ladies?« schrie Bob nach hinten und nahm eine Sekunde lang die Kopfhörer ab.

»Alles prima!« sagte Maria. »Fly on, darling!«

Bob grinste und wandte sich um.

»Mir gefällt er auch!« sagte Helena schließlich. »Aber nicht, weil er Talent hat.«

Maria zuckte die Achseln.

»Du wirst gegen mich verlieren, laß es dir gesagt sein. Was hab' ich dir tausendmal gesagt, Helena? Schau dir die Fakten an! Der Mann ist im ehrgeizigsten Alter. Er macht wunderbare Plastiken, die den Nerv der Zeit hundertprozentig treffen. Doch er braucht ein Forum. Nicht irgendeinen Hinterhof in Karlsruhe! Und dieses Forum kann ich ihm bieten. Du nicht.«

Helena nickte und sah aus dem Fenster. Sie ließ sich Zeit für ihre Antwort.

Unten begannen sich die endlosen langweiligen Niederungen der Pariser Umgebung auszubreiten.

»Liebst du ihn, Maria? Oder ist er für dich nur eine Neuauflage deines ehrgeizigen Fernsehfritzen, der ja auch Talent hatte, in das du investieren konntest?«

Maria lachte. »Liebe ...?«

»Oder spielst du nur mit ihm wie mit deinem Marco und deinem anderen Kavalier – den Namen habe ich vergessen. Ich frage mich, ob du überhaupt in der Lage bist, jemanden zu lieben!«

Finde den Schwachpunkt des anderen heraus! Nutze ihn.

»Vielleicht ist er ja auch nichts weiter als eine Trophäe, die du dir wie einen Orden an deine honigfarbenen Pullöverchen steckst. Nimmst du auch mit ihm Rache an deinem untreuen Liebhaber Janni? Ich frage mich nur, ob Rache ein christliches Prinzip ist! Wie gut, daß du keine Pfarrerin mehr bist, nicht wahr?«

»Ladies, look!«

Bob zog einen Knüppel nach vorn, irgend etwas blinkte und blitzte an seinem Schaltpult, aus dem Kopfhörer kamen knarzende Geräusche.

Helena trank den letzten Schluck Champagner.

»Zeig ihr, wie man richtig landet, Bob! Keine Rücksicht mehr!« befahl Maria wütend wie ein angeschossener Bulle.

Bob zog den Knüppel noch weiter nach vorn.

Das kleine Flugzeug schien ins Nichts zu stürzen. Helena wurde in ihren Sitz gepreßt, doch sie hatte keine Angst. Am Horizont erhob sich etwas Leuchtendes. Der Eiffelturm. In der Ferne glitzerte ein Ozean von Lichtern.

»Wie schön!« sagte sie zu Maria. »Das ist ja wie im Märchen!«

Die zuckte nur die Achseln.

»Wir landen jetzt auf einem kleinen Privatflugplatz.«

»Auch schön!« wiederholte Helena und lächelte. »Danke, Maria. Aber zurück fahre ich – glaube ich – mit dem Zug!«

Marias Lippen kräuselten sich verächtlich.

»Wie du möchtest, Helena!«

Die Blicke kreuzten sich.

»Vielleicht lassen wir Gerhard Schröder selbst entscheiden!« sagte Helena nun und drängte den Champagner zurück, der ihr gerade wieder in die Kehle zu steigen drohte.

»Du hast keine Chance!« sagte Maria. »Zum letzten Mal: Betrachte die Fakten! Du bist Lehrerin, aber Lehrerinnen sind für freischaffende Künstler etwa so interessant wie ein Glas Fachinger für einen Alkoholiker. Du siehst jetzt vielleicht ganz gut aus, aber ich bin schöner. Ich habe mehr Geld und mehr Erfahrung auf sexuellem Gebiet. Du hast ihm nichts zu bieten. Oder könntest du seine ehrgeizigen Pläne befriedigen und ihm eine Ausstellung in Basel ermöglichen?«

Helena antwortete nicht.

»Ich mag ja vielleicht nur ein Glas Fachinger sein, aber das ist auch bekömmlicher als Champagner. Der verursacht nämlich Sodbrennen, wie man sieht, während Fachinger ein Getränk für jeden Tag ist . . .«

Das Flugzeug verlor immer schneller an Höhe. Die Bäume, Büsche, Zäune und Absperrungen hatten bald ihre ursprüngliche Größe wiedererlangt, die Lichter des kleinen Landeplatzes schimmerten durch die Fensterchen der Wespe.

Die kleine Maschine kam zum Stehen. Bob nahm den Kopfhörer ab und reckte sich.

Helena wischte sich ein paar Schweißperlen von der Stirn. So ganz ohne Angst war die Landung nun doch nicht abgegangen.

»Guter Flug!« sagte Bob und riß den Klettverschluß seiner Jacke auf. »Und jetzt, Boß?«

»Jetzt werden wir beide uns einen schönen Abend machen, Bob! Immerhin kenne ich mich in Paris ganz gut aus!« sagte Maria. Dann wandte sie sich Helena zu: »Du entschuldigst uns doch, liebe Helena?«

»Willst du mich etwa allein in Paris zurücklassen?« fragte Helena atemlos.

Maria kletterte als erste aus dem Flugzeug. Helena und Bob folgten ihr. Ein Mann von der Flugplatzleitung kam auf sie zu und ließ Bob ein Dokument unterzeichnen. Es wehte ein warmer, heftiger Wind, die Luft schien erfüllt vom sanften Brummen der startenden und landenden kleinen Maschinen.

»Nein!« sagte Maria kühl.

Helena seufzte erleichtert.

»Ich will dich allein in Chermont-sur-Ânes zurücklassen. So heißt nämlich das winzige Dorf hier. Auf Pariser Flughäfen bekommt man so spontan keine Landeerlaubnis. Deshalb hat es uns in eine so weit außerhalb liegende Ortschaft verschlagen.«

»Aber Maria, ich war nicht auf eine Übernachtung eingestellt! Außerdem war ich noch nie hier. Ich habe kaum Geld bei mir und kein Hotel . . . Und dann sind wir auch noch in einem Dorf gelandet . . .«

Maria hielt ein kleines honigfarbenes Köfferchen in

der Hand, das sie in der Maschine unter einem der Sitze verborgen hatte. Es enthielt alles für eine Nacht. Helena hatte es bis zu diesem Zeitpunkt gar nicht richtig wahrgenommen.

»Tut mir leid, Helena. Ich bin nicht mehr für dich verantwortlich. Nach diesem Flug bist du frei. Und ich auch!« Maria drehte sich um und ließ Helena auf dem Rollfeld stehen.

»A bientôt, chérie!« sagte sie im Gehen.

Helena starrte ihr hinterher und beobachtete, wie ihre und Bobs Gestalt immer kleiner wurden und schließlich in den flachen Bauten des Flughafengebäudes verschwanden.

Maria hatte ihr also eindeutig den Kampf angesagt. Seltsamerweise fühlte sich Helena geehrt. Denn offenbar hielt Maria sie mittlerweile für eine ebenbürtige Gegnerin. Für eine, die durchaus siegen konnte.

LIEBE LESERIN, BEVOR SIE IN EINE IHNEN UNBEKANNTE STADT REISEN, SOLLTEN SIE ZUNÄCHST MEHRERE REISEFÜHRER LESEN, EIN HOTELZIMMER IN EINER SICHEREN GEGEND RESERVIERT HABEN SOWIE EIN PAAR FORMULIERUNGEN IN DER LANDESSPRACHE UND MÜNZEN IN DER LANDESWÄHRUNG PARAT HABEN. DER BESTE ANREISETERMIN FÜR DIE ALLEINREISENDE FRAU IST DER FRÜHE MITTAG. VERMEIDEN SIE ES, ABENDS ANZUKOMMEN. DAS VERURSACHT NUR UNNÖTIGEN STRESS.
(*Petra*: »Wenn Frauen alleine reisen«)

Na toll! Aber was soll's. Im Zweifel schlafe ich halt unter irgendeiner Brücke. Hat Maria mir nicht selbst vorgemacht, wie man sich durchschlägt, wie man tough und hart wird, ohne sich anlehnen zu müssen, wie man die Fakten richtig interpretiert?

Und die Fakten waren klar: Helena hatte ihre EC-

Karte dabei. Sie konnte also jederzeit an Geld kommen. Es war jetzt neun Uhr. Ob sie noch rechtzeitig von diesem gottverlassenen Ort zu einem Bahnhof kommen würde, von dem aus ein Zug nach Karlsruhe ging, war fraglich. Doch sie konnte irgendwo in ein Hotel gehen. Kein Problem. Hotels gab es überall, wahrscheinlich auch in diesem Nest. Genauso konnte sie in ein Taxi steigen und sich nach Paris fahren lassen. Sie hatte jede Menge Möglichkeiten. Helena lächelte.

Aber sie wußte genau, was sie tun wollte . . .

Kapitel 17

Maria läßt vorfahren.

Maria ließ vorfahren.

Ihr Fahrer sieht aus, als hätte sie ihn sehr sorgfältig ausgewählt.

Und ihren Fahrer hatte sie mit größter Sorgfalt ausgewählt. Da Helena ihre beiden Vasallen Marco und Johannes kannte, hatte sie für ihren Auftritt in Helenas neuem Leben einen unverbrauchten Bewerber akquiriert – John Tykes, einen gutaussehenden Halb-Engländer. Er stammte aus Kreisen, die sich aus dem Umfeld der Queen und nicht aus Normalsterblichen rekrutierten.

So hatte er – gemeinsam mit ungefähr 450 anderen Leuten – sogar schon einmal an einer Gartenparty teilgenommen, bei der auch besagte blaublütige Dame mit den pilzförmigen Hüten zugegen gewesen war. Oder war er vielleicht sogar schon zweimal mit ihr zusammengetroffen? Wenn er darüber sprach, dann murmelte er jedenfalls immer etwas von »a couple of times«. Genau erinnerte er sich sowieso nicht daran, denn was bedeuteten für einen millionenschweren Reedereibesitzer schon Teaparties mit der Queen? Zusammen mit seinem Bruder Timothy hatte John eine Reederei geerbt, die sich mittlerweile auf Glasfiberboote spezialisiert hatte und nun auch in Deutschland auf

Expansionskurs war. So waren derlei Teaparties nichts weiter als passable Perlen in der Kette gesellschaftlicher Ereignisse, die seinen Alltag prägten.

Doch nun weilte John Tykes in deutschen Landen und lenkte mit schlanker, angelsächsischer Hand seinen eleganten Wagen durchs ländliche Grün.

Natürlich hätte Maria dieses kleine elsässische Kuhdorf am Ufer des Rheins – ganz in der Nähe der deutschen Grenze und alles in allem »nothing special« – auch allein finden können, aber sie hatte bewußt beschlossen, sich bringen zu lassen.

Sie hat wohl bewußt beschlossen, sich bringen zu lassen.

Schließlich hatte sie – da biß die Maus keinen Faden ab – gegen ihre eigene Schülerin verloren! Um so wichtiger war es, daß sie jetzt bei diesem Auftritt Klasse, Stil und Niveau demonstrierte und jede Menge Selbstbewußtsein ausstrahlte.

Eigentlich kam sie ja auch nur her, um die Ursache für ihre Niederlage zu ergründen.

Ich wette, sie ist gekommen, um zu erfahren, warum sie gegen mich verloren hat.

Natürlich war Maria verärgert, aber sie ließ sich von ihrem Ärger nicht beherrschen. Vielmehr beherrschte sie ihren Ärger. Die meisten Menschen pflegten sich vor der Erkenntnis, warum sie verloren hatten, zu drücken. Sie lernten deshalb nie dazu und verloren jedesmal aufs neue. Sie aber brannte darauf, zu erfahren, warum Helena ihr einen interessanten und vielversprechenden Mann wie diesen Gerhard Schröder vor der Nase hatte wegschnappen können.

Das Häuschen, in dem die beiden sich niedergelassen hatten, war klein, schief und natürlich nichts Besonderes. Das Erdgeschoß hatte einst ein Café beherbergt; jetzt gab es dort ein deutsch-französisches Zeitschriftengeschäft, als dessen Inhaberin Helena fungierte.

Maria seufzte.

Schilder und Ausstattung ließen keinen Zweifel daran, daß dieses kleine Geschäft durchaus lukrativ war.

Hinter dem Haus stand eine kleine elsässische Scheune, in der sich, wie Maria vermutete, Gerhard Schröders Atelier befand.

Helena öffnete die Tür.

»Gott sei Dank bist du noch nicht schwanger!« sagte Maria, als sie ihrer Schülerin und gleichzeitigen Bezwingerin ansichtig wurde. »Das hätte mich dann nämlich doch an einen Courths-Mahler-Roman erinnert.«

»Keine Sorge!« sagte Helena nur und lächelte auf beunruhigend weibliche Weise souverän.

Das fehlte noch. Endlich habe ich mir innerlich und äußerlich eine gewisse Freiheit erkämpft, da werde ich mich wohl kaum mit einem kleinen Schröder belasten. Das kann warten. Außerdem: Wer weiß, was kommt! Ich habe meinen Lehrerjob aufgegeben und dieses Geschäft eröffnet. Und ich habe gelernt, daß es immer irgendwie weitergeht, solange man die Dinge nur anpackt. Und daß manche Träume sich verändern, sobald man sie verwirklicht. Also werde ich nur so lange Zeitschriften verkaufen und mit Gerhard zusammenleben, wie es mir Freude macht. Und keinen einzigen Tag länger ...

John Tykes, der noch ledig war und nach einem kurzen, in seinem Land nicht ganz unüblichen Ausflug in die Erotik seines eigenen Geschlechts reumütig zu den Frauen zurückgekehrt war, betrachtete sie höflich und nicht ohne Interesse.

In seiner Heimat hatte man ein Faible für Frauen, die einem ländlichen Idyll entsprungen zu sein schienen. Und das nicht nur, weil der Landhausstil gerade »in«

war, sondern weil es ihrer Lebenseinstellung entsprach. Fast alle englischen Adeligen der oberen Kategorie suchten sich Frauen, die auch mal einen Regennachmittag in einem englischen Cottage überstanden, ohne gleich schlecht gelaunt und griesgrämig auszusehen. Oder einen ganzen Regensommer? Seine Tante Beth, bei der er aufgewachsen war, eine entfernte Kusine der Herzogin von Kent, war eine solche Frau gewesen. An regnerischen Tagen hatte sie in ihrem Heimatort Landleton on Brine, einem verschlafenen Nest in der Nähe von Oxford, unzählige Patiencen gelegt und Hunderte von Pianonachmittagen organisiert.

Auch Maria musterte ihr Gegenüber kritisch: Helena hatte ihren Stil tatsächlich noch einmal verändert: die Jeans waren weg! Vielleicht hatten sie auch nie wirklich zu ihr gepaßt. Helena trug jetzt ein Trägerkleid in provenzalischem Muster und darunter ein enges weißes T-Shirt: Sie sah hübsch aus. Ihr Haar war jetzt ziemlich lang und glänzte, so daß sich die Pappeln aus dem Garten fast darin spiegelten.

Dieser Engländer sieht aus, als wüßte er nicht so genau, was er mit seinem Scheckbuch anstellen soll . . .

»Maria und Herr . . . Wie war der Name? Tykes? Das hört sich interessant an, ganz gewiß englisch, nicht wahr? – Also Mister Tykes und Maria, come in, es gibt Gugelhupf!«

»Unverkennbar. Es duftet ziemlich aufdringlich danach!« sagte Maria.

Herrlich. Sie ist neidisch. Hurra!

Wenn Engländer erstaunt dreinschauen, ziehen sie eine Braue nach oben. Genau das tat John Tykes nun. Er kannte Maria nur als Grande Dame, als Lady, und zu einer Lady paßte seiner Auffassung nach kein Neid.

Maria erfaßte das Ambiente mit einem Blick und

kräuselte ironisch die Lippen: Helena hatte sich von ihren Klischees offensichtlich nicht frei machen können. Auch im Inneren des Hauses sah es aus wie auf einem Stilleben aus dem 19. Jahrhundert. Idylle, Terrakotta, Olivenbäumchen, ein bißchen Süden, Wärme und Farben.

Gerhard, in weitem blauem Hemd und einer weiten, ehemals schwarzen Hose, saß am Holztisch und bewachte sein – diesmal kulinarisches – Werk, den offenbar selbstgemachten Gugelhupf. Er sah einigermaßen glücklich aus. Maria seufzte. Er hätte etwas anderes haben können statt eines Gugelhupfs und einer Katze unterm Holunderbusch.

John Tykes nahm Platz und streckte seine spitzen Lower-Gentry-Knie unter dem rohen, unbehauenen Küchentisch aus. Es entspann sich ein gepflegtes Männergespräch, in dessen Verlauf Gerhard Schröder mit seinem immer noch raubtierhaften und dennoch insgesamt schwerer wirkenden Gang in die Werkstatt vorausging, um dem Besucher seine Werke zu zeigen.

Auf dem Weg dorthin mußte John Tykes immer wieder an Helena denken, die er die ganze Zeit aus den Augenwinkeln beobachtet hatte. Wieso erinnerte sie ihn so sehr an seine Tante Beth? Ein Leben lang hatte er eine Frau wie Beth gesucht! Sie war jünger gewesen als seine Mutter, und vor seinem geistigen Auge hatte sie stets einen frischen Rosenstrauß in der Hand, den sie in eine Vase auf den Eßzimmertisch stellte.

Helena goß Kaffee in zwei Blechtassen, die in fröhlichem Rot-Weiß angemalt waren. Maria nahm die ihre kommentarlos entgegen. Dann sagte sie: »Okay, Helena. Erzähl mir, wie du's angestellt hast!«

Helena zuckte die Achseln.

Das ist schnell erzählt, meine Liebe.

»Das ist schnell erzählt, Maria: Da saß ich also mutterseelenallein auf einem gottverlassenen Flugplatz irgendwo in Frankreich. Paris war weit weg, und ich wußte nicht, was ich tun sollte. Natürlich hätte ich mir ein Taxi nehmen können, um zum nächstgelegenen Bahnhof zu gelangen, aber plötzlich hatte ich eine viel bessere Idee, bei der ich zu allem Überfluß auch noch Geld sparen konnte. Auf einmal fühlte ich mich gar nicht so schlecht: Nichts benebelte mehr mein Gehirn, keine Zeitschrift, kein Mensch, keine Angst: Um mich herum waren nur noch die Nacht, die Sterne, der dunkle Himmel und Stille, die nur vom Rauschen ganz entfernter Motoren unterbrochen wurde. Da fiel mir auf einmal alles ein, was ich eigentlich an Wissen über das Zusammenspiel von Männern und Frauen in mir trug. Denn nichts auf dieser Welt tut ein Mann so gern, wie einer Frau aus der Patsche zu helfen. Das ist schon seit Urzeiten so und wird auch immer so bleiben. Ich rief also vom Büro des kleinen Flughafens bei Gerhard Schröder an, und ebenso, wie unser Bundes-Gerhard sich eine zarte kleine Frau gesucht hat, die zu ihm aufblickt, ebenso schwang sich mein Schröder auf sein Motorrad und kam nach Frankreich gebraust. Und ich bin mit ihm zurückgefahren.«

»Auf einem Motorrad?« fragte Maria ungläubig. Der Spott schien ihr gründlich vergangen zu sein. Voller Bitterkeit wurde ihr klar, daß sie selbst Helena den Weg geebnet hatte.

»Ja! Im Mittelalter zogen die Ritter ihre Frauen auf ihr Roß, Gerhard zog mich eben auf sein Motorrad ...«

»Ich dachte, du hast Angst vor dem Motorradfahren?« fragte Maria. »Und die war dann plötzlich weg?«

Helena zuckte die Achseln.

War sie nicht!

»War sie nicht, aber vor unserem Paris-Trip litt ich schließlich auch unter Flugangst! Und verglichen damit war es eigentlich kein Problem mehr, ganz langsam mit einem freundlichen Mann durch Frankreich nach Hause zu gondeln. Als sich jemand einmal nach dem Befinden seiner Frau erkundigt hat, soll Aristoteles geantwortet haben: ›Verglichen womit‹? Und das ist wohl des Rätsels Lösung, nicht wahr?«

Maria schwieg. Mit ihren makellosen, crèmefarbenen Zähnen biß sie auf ihrer Unterlippe herum, ein Zeichen der Nervosität, das man bei ihr nur selten sah.

»Irgendwo bei Nancy haben wir haltgemacht, haben uns ein Hotelzimmer genommen und ganz viel geredet. Von meinen Träumen, Wünschen und meiner Sehnsucht, auf dem Land zu leben, da wo die Luft noch nach Luft riecht und nicht nach Abgasen. Tja, und diese Träume stimmten wohl ziemlich genau mit den seinen überein.«

»Ach ja?« sagte Maria spöttisch. »Könnte es sein, daß du da ein bißchen nachgeholfen hast? Seine Träume hätten durchaus auch anders aussehen können. Der Mann hat Talent!«

»Nachgeholfen? Nenne mir einen Mann auf der Erde, bei dem du nicht nachhelfen mußt. Welcher Mann, der alle fünf Sinne beisammen hat, lebt freiwillig und dauerhaft außerhalb der Paarungszeiten mit einer Frau zusammen? Und das mit dem Nachhelfen hast du ja schließlich ebenfalls versucht, Maria, mit den Vernissagen und Ausstellungen, die du ihm verschaffen wolltest!«

Du leistungsorientierte Kaltmamsell!

Die Gnädigsche Unterlippe wanderte noch weiter nach innen.

»Du hattest ihn durchschaut, seine Lebensverhältnisse, sein großes Talent und seinen Ehrgeiz. Und wie es deine Art ist, hast du seinen Schwachpunkt herausgefunden: Ihm fehlten die Kontakte zu den Kunstschickis und Vernissagenmickis dieser Welt, so daß er bislang keine wirklich großen Ausstellungen hatte machen können. Und in diese Lücke wolltest du stoßen!«

Maria schwieg.

»Aber du hast eines übersehen, Maria!«

»Was sollte das gewesen sein?«

Ja, davon hast du keine Ahnung, auch wenn du tausendmal Pfarrerin warst.

Helena deutete auf eine Stelle links neben ihrem Busen.

»Das Herz! Du hast sämtliche äußeren Fakten analysiert und auch die Triebe, die in Gerhard schlummern mögen, nicht außer acht gelassen, aber du hast sein Herz übersehen.«

»Das Herz?«

»Ja. Ein kleiner Muskel, der sich lebenslänglich nicht ausruhen darf. Und dabei war es so deutlich: Die Kräuter und die Blumen, seine Sorge um die Bäume, die Tatsache, daß er auf dem Lande aufgewachsen war, seine Abneigung gegen das Mietshaus. Er sehnte sich nach dem Landleben. Nach dem Idyll seiner Kindheit. Und seine Kunst ist Ausdruck dieser Sehnsucht und keineswegs nur postmoderne Ausstellungsware. Diese Sehnsucht war stärker als alles andere. Ich habe ihm dann von dem Haus hier erzählt, von dem Garten, dem Schuppen, von meinen Plänen, einen Laden aufzumachen.« Helena lächelte. »Tja, das war's dann!«

Marias Lippe war jetzt vollends verschwunden.

»Es ist ja nicht so, als ob ich großes Interesse an ihm gehabt hätte«, sagte sie schließlich. »John Tykes hat auf alle Fälle mehr zu bieten. Finanziell und auch ansonsten. Er muß aus beruflichen Gründen für eine Weile in Deutschland leben. Du weißt ja, die Engländer zieht es manchmal an den Rhein. Aber hier fühlt er sich ein wenig auf dem Trockenen. Gesellschaftlich, meine ich. Und da liegt wiederum *seine* Schwäche. In England bewegt er sich in der besseren Gesellschaft wie ein Fisch im Wasser. Aber hier braucht er eine starke Frau mit guten Kontakten, die ihm das entsprechende Bassin erst noch zeigt, in dem er schwimmen kann.«

Wenn du dich da mal nicht täuschst! Du würdest das Herz eines Menschen auch dann nicht finden, wenn es dir in die Teetasse fiele. Auch nicht bei diesem Herrn. Wetten?

Wie aufs Stichwort kamen die beiden Männer murmelnd aus der Werkstatt zurück.

»Not bad, really not bad!« sagte John Tykes in schönstem, näselndem Oberschichtsbritisch. »Ihre Arbeiten gefallen mir.«

»Mögen Sie auch ein Stück Gugelhupf?« erkundigte sich Helena lächelnd. »Die Elsässer haben einen reizenden Brauch: Sie servieren Gugelhupf und Trauben und Wein an langen Bänken und Tischen!«

Der Gugelhupf stand auf einer irdenen Platte ebenso wie die Trauben. Der Wein kam aus einer großen Flasche ohne Etikett.

»Vom Winzer!« sagte Helena. »Ich fahre immer mit dem Rad hin und hole zwei, drei Flaschen. In einem Korb. Unten am Fluß entlang, durch die Wiesen! Manchmal pflücke ich noch ein paar Blumen dazu, die trockne ich und binde Sträuße daraus.«

Maria nickte. »Natürlich!« sagte sie spöttisch. »Und wie fühlst du dich so im Elsaß, Gerhard?«

Deine Ironie ist verschwendet, mein Mädchen.

»Oh, es ist wunderbar hier. Die Luft ist weich und mild, und es ist herrlich, bis zum Horizont schauen zu können. Ich plane eine große Arbeit über die Gegend hier: einen Winzer aus Bronze, der den Arm bewegt, um seine Fesseln zu sprengen. Und die Fesseln bestehen aus Autos, Telefonen, Terminkalendern ...«

»Aha!« sagte Maria amüsiert. »Schon einen Auftraggeber?«

Gerhard Schröder zuckte die Achseln. »Ja, Helena hat sich mit einer Galeristin angefreundet, und die hat Kontakte zum Elsässischen Museum in Straßburg. Wir wollen nächstes Wochenende hinfahren!«

»Ich kann euch einen guten Platz empfehlen, wo ihr das Auto sicher und bequem loswerden könnt!« preßte Maria heraus.

Das einzige, was ich jetzt loswerden will, bist du!

»Oh, nein, Maria ...«, lachte Helena. »Wir machen natürlich eine Radtour nach Straßburg und zurück. Vielleicht fahren wir auch mit dem Schiff den Rhein entlang!«

John Tykes seufzte und dachte an die Ruderregatten in Oxford. Diese Wiesen, diese Ufer!

Maria sagte nichts mehr. Wenig später sah sie auf ihre kleine goldene Uhr mit dem crèmefarbenen Lederband. »Ich denke, wir sollten aufbrechen, John. Wir haben heute abend noch diese Einladung bei den Kahlenburgs und gleich morgen früh das Brunch im Holiday Inn, damit du die Leute vom British Golf Club Germany ...«

»Ja, natürlich, dann sollten wir uns auf den Weg machen, dear!« sagte John Tykes wenig begeistert.

Maria umarmte Helena und drückte ihr einen kalten Kuß auf die warme Wange. Dann reichte sie Gerhard die Hand und ging über den Hof zum Auto voraus. Unter ihren Füßen knirschte leise der Kies, nur die Katze, die in ihrem Versteck hinterm Haus hockte, sah ihr hinterher. John Tykes machte Anstalten, ihr zu folgen; Gerhard hatte sich bereits in die Werkstatt zurückgezogen. Der

Engländer reichte Helena zum Abschied die Hand und hielt sie länger als nötig fest. Dann ging auch er zum Auto hinüber.

Helena winkte ihm mit der linken Hand hinterher, die rechte hielt sie geschlossen. Als das Cabrio in der Ferne verschwand, öffnete sie langsam die Finger, einen nach dem anderen. »Call me, I like you.« stand auf dem Zettel, darunter eine Handynummer. Helena drehte sich um.

»Kommst du, chérie?« rief Gerhard.

»Ja!« sagte Helena und lächelte.

Sie erinnerte sich an ihren Traum von dem englischen Cottage, in dem Shakespeares Frau gelebt hatte. Sie hätte immer schon mal gern in England gelebt.

Ich hätte immer schon mal gern in England gelebt.